Aesthetics:
Return to Humanity

审美：向人回归

王元骧　著

浙江大学出版社

鲍尔生说哲学与
时代的关系与其说
是否映这时代，还
拥有的东西毋宁
说是表现这时代，即
缺失的东西人们期
望样美学与文艺
学的大概也是这样

王元骧

目　　录

论近百年来我国对西方美学与文论的接受 ………………………… 1

李泽厚美学的思想基础还是历史唯物主义吗?

　　　——兼与刘再复商榷 ………………………………… 19

论国人对康德美学的三大误解 ………………………… 43

关于"形式本体"的信 ………………………………… 64

"后实践论美学"综论 ………………………………… 69

拯救人性:审美教育的当代意义 ………………………… 92

认识文艺与政治关系首先须解决的两个问题 …………… 106

文学研究的三种模式与理论的选择

　　　——对于文学理论的性质和功能的思考 …………… 114

理论的分歧到底应该如何解决

　　　——就文艺学的若干根本问题答熊元义等同志 …… 134

也谈文学理论的"接地性" ………………………… 153

文学理论的科学性与人文性 ………………………… 164

评蔡元培"以美育代宗教说" ………………………… 174

《文学原理》第三次修订版校后记 ………………………… 186

再评"实践存在论美学" ……………………………………… 192

审美教育与人格塑造 ………………………………………… 208

对我国马克思主义文艺理论研究的哲学反思 …………… 218

"育人"何以不能没有"审美" ……………………………… 227

"需要"和"欲望":正确理解"审美无利害性"必须分清的两个概念

…………………………………………………………………… 238

关于美学文艺学中"实践"的概念 ………………………… 251

审美反映与艺术形式 ………………………………………… 269

关于"人生论美学"的对话

　　——王元骧教授访谈录 ………………………………… 281

文艺理论的使命与承担

　　——文艺理论家王元骧访谈 ………………………… 295

王元骧:审美超越

　　——从文艺学美学的视角,把一把当下社会的人文脉搏 … 306

求实严谨的科学态度　求真创新的科学精神

　　——王元骧教授访谈 ………………………………… 317

校后记 ………………………………………………………… 336

Contents

On China's acceptance of western aesthetics and literary theory in

    last one hundred years ·· (1)

Is historical materialism the intellectual basis of Li Zehou's aesthetics?

    —— A discussion with Liu Zaifu ·························· (19)

Three misunderstanding of Kant's aesthetics in China ············ (43)

Letter about the problem of formal noumenon ················ (64)

A summary of post-practical aesthetics ···················· (69)

The salvation of human nature: the contemporary significance of

    aesthetic education ································· (92)

Two problems must be resolved at the first when comprehending

    the relation between literature art and politics ··············· (106)

Three modes of literary studies and theory selection

    —— Literary theory: nature and functions ················ (114)

How to settle the divergence of view in the end

    —— An answer to Xiong Yuanyi and other's inquiry on some cardinal

    issues of literature and art ··························· (134)

Study on the place attachment of literary theory ·············· (153)

On scientific and human properties of literary theory ············ (164)

On Cai Yuanpei's aesthetic education as substitute for religion ······ (174)

Postscript of Literary Theory: Third Revision proofreading ········ (186)

Reviewing on the practical existential aesthetics ·············· (192)

Aesthetic education and the shaping of character ·············· (208)

A philosophic reflection on the chinese research in Marxist literary and
   artistic theories ·· (218)

Why education cannot go without aesthetics ····················· (227)

Need and desire: two concepts to be understood in aesthetic disinte-
   restedness ·· (238)

The concept of practice in aesthetics and literary theory ·············· (251)

Aesthetic reflection and artistic forms ························· (269)

Dialogue on aesthetics for life
   ——An interview with professor Wang Yuanxiang ············· (281)

Mission and duty of literary theory
   ——An Interview with literary theorist Wang Yuanxiang ········· (295)

Wang Yuanxiang: aesthetic transcendence
   ——Discuss about contemporary humanities and social issues from
   the perspective of literary aesthetics ·························· (306)

Fair and rigorous scientific attitude as well as realistic and innovative
   academic spirit
   —— An interview with professor Wang Yuanxiang ················ (317)

Postseript after Proofread ···································· (336)

论近百年来我国对西方美学与文论的接受

一

近百年来,我们在学习西方美学与文论过程中,参照西方美学、文艺观念及思维方式而建立起来的我国现代文论,可以称得上是一次真正的理论上的转型。因为它不仅以西方的美学、文艺观念来重审我国传统的理论资源,而且以归纳和演绎的思维方式取代我国传统的直觉和感悟的思维方式,真正把美学与文论当作一门科学来加以研究和建设,在推进我国美学与文论向科学化和现代化转化的过程中,其积极意义是有目共睹的。但是由于接受语境的限制以及以往我们对西方美学与文论缺乏全面而完整的了解,对于它们的精华和缺陷未能作出科学的分析和准确的评价,所以也未能完全做到取其精华为我所用,现在看来,其局限性也是十分明显的。

文艺理论与美学思想是不可分割的。因为文艺不同于科学,它的根本特性就在于审美。所以对于文艺问题的理解,追溯到底,也就是对美以及人与现实审美关系的认识的问题。美作为满足人的审美需要的物的属性,又是与人的价值观念、思维方式以及一定民族的文化传统和文化心理有着不可分割的内在联系。西方美学与文论有两大系统,即希腊文化传统和希伯来文化传统。希腊文化传统就其基本倾向来说是外向的、科学的、知识论的传统,所着重探讨的是世界的本原和始基。所以对于美和文艺,基本上是以知识论的观点,按科学的精神来理解的,认为它主要给人以知识、给人以认识上的满足,这是古典主义美学和文论的基本特征。而希伯来文化则开创了内倾的、宗教的、目的论的传统,它发源于犹太教,后来斐洛把它与柏拉图的"理念"说、新柏拉图主义的"心灵"说以及斯多葛主义加以融合而发展为基督教。基督教认为整个世界是由上帝创造的,美的本原就在上帝,所以文艺也就成了人与上帝交往的中介,并以此把人引向自我超越。从某种意义上说,康德美学以及在此基础上所产生的浪漫主义诗学所继承的就是这一传统。两千年的西方美学与文论,就是由这两大系统的相互渗透、交融而构成的。但近百年来我们对西方美学与文论的接受,所着重的显然只是希腊传统而对希伯来文化传统所知甚少,甚至因为它是一种宗教文化,并将宗教与迷信混淆而予以拒绝和排斥。究其原因,可能有这样两方面:

第一,自晚清特别是"五四"以来,西学的东渐是与当时许多热血青年知识分子为探求救国真理、反对封建迷信、提倡民主科学的思潮联系在一起的。这一现实需要使得学界看待西方文化所选择的自然是在希腊文化基础上发展起来的科学的传统,看重的是经验和实证,如严复认为"中国之智慧用于虚,西洋之聪明用于实",西方之所以船坚炮利、国富民强,就是由于得力于科学精神和自然科学的发展,用他的话来说就是"富强之基,本诸格致,不本格致,将无所往而不荒虚"。[①] 而西方自然科学的发展在他看来又是由于近代哲学思想由思辨向经验的转变所促使的,所以他介绍西方学说时特别看重弗·培根的经验论和归纳法,试图以此来改变国人传统的思维方式而培育科学的精神。这思想对"五四"运动所倡导的"民主"、"科学"产生极大的影响。在这一思想背景下,时人在引入西方文艺理论方面,所看中的也必然是在科学精神传统上产生和发展起来的古典主义和现实主义文论。到了 20 世纪 30 年代,随着左翼文艺运动的兴起以及苏联马克思主义文艺理论的引进,这种科学的传统又得到进一步的强化。因为当时我们按照苏联哲学界的理解,视马克思主义是一种认识论哲学,并以唯心与唯物作为划分是否马克思主义的界线;这样,希伯来文化传统自然毫无疑问地属于排斥之列。这就进一步加强了建立在希腊文化传统基础上的古典主义与现实主义在我国现代美学与文论研究中的统治地位,这倾向至今影响犹存。

第二,对希腊文化传统的崇扬和对希伯来文化传统的忽视和排斥,所导致的结果就是重科学和轻人文。虽然欧洲文艺复兴作为反对宗教神学、宣

---

① 严复:《救亡决论》,天津《直报》1895 年 4 月 17 日。

扬人的解放、提倡以人为本位的思想运动,其基本倾向是合乎历史进步的潮流的;但是对于中世纪文化却存在着未作全面分析、批判而一概予以否定和排斥的倾向,结果如同恩格斯所说的:"反对中世纪残余的斗争限制了人们的视野。中世纪被看作是由于千年来普遍野蛮状态所引起的历史的简单中断;中世纪的巨大进步——欧洲文化领域的扩大,在那里一个挨着一个形成的富有生命力的大民族,以及十四和十五世纪的巨大技术进步,这一切都没有被人看到。"①这当中,在我看来还应该包括对人自身认识的进步在内。因为虽然在古希腊,早已有"认识你自己"的古训,继之普罗泰戈拉又提出了"人是万物的尺度",稍后苏格拉底又把哲学研究的对象由自然转向人事,转向人的德性以及人的"善生"问题;但由于受传统知识论哲学思想的影响,"人"在他们的观念中主要是社会的、理性的人而非个别的、具体的人。苏格拉底提出"知识即德性",就是认为人要从善,就必须要有善的知识,了解城邦的行为准则,按城邦的行为准则行事,所着眼的主要也是人的社会的普遍性。这思想被柏拉图和亚里士多德所继承和发展,从而确立了"人是理性的动物"这一古典时代的关于人的经典定义。

　　而把人作为个别的、具体的人来看待,则是新柏拉图主义以"心灵"取代柏拉图的"理念"、以信仰取代知识而开始的。信仰作为对于某种观念和主张的坚信和确信,它是不可能仅凭经验事实来验证的,所以它不完全是属于认识的对象而更是属于情感和意志的对象,不是指向经验世界而是指向超验世界的;是随着人的个体意识的觉醒,进入对于自身生存状态的反思和应是人生的追问才产生的。这样,信仰的提出也就意味着为人打开了一个精神生活的空间。唯此,人才会有自己的个体意识和自我意识,才会意识到自身的存在,引发对自己的生存状态的关切和生存处境的思索,从而使得人们对人的理解由于对人的精神生活的发现,在社会学维度基础上进而向心理学维度、从古希腊的被普遍化了的"理性的人"进而向具体的、个体的人深入。奥古斯丁提出要人们"面对自身、观察自身",对自己的"存在、认识、意志"有所反思,他的《忏悔录》就是这一思想的集中体现。在这部书中,正如

---

　　① 恩格斯:《路德维希·费尔巴哈和德国古典哲学的终结》,《马克思恩格斯选集》第4卷,人民出版社1972年版,第225页。

巴雷特所说的"对自我内在的不安、颤栗、脆弱的以及渴望在爱中超越自身，怀有一种近乎情欲的敏感"，"它给我们描述的主观经验，甚至最伟大的古希腊文学都未能描述"。虽然在柏拉图和亚里士多德那里都曾经问过"人是什么"，但他们只不过把人当作一个客观世界的存在物来看；而《忏悔录》中所提出的问题则完全不同，它问的是"我是谁"，是"出自内在提问者本人的一个更隐晦和具有生命力的中心，这样就打开了一扇与古希腊思想完全不同的关于人的看法的门"。"这种深入内心的经验是通过基督教产生的，而早期的希腊人对此则闻所未闻"①。这显然是基督文化的一大贡献。因为按照《圣经·旧约》创世说的思想，在上帝创造的世界中，人不仅居于世界中心的地位，正是为了人，上帝才创造出整个自然界来让他支配，而且由于人类祖先亚当、夏娃违抗了上帝的禁令，在蛇的诱惑下偷吃了知善恶树上的禁果而惹怒了上帝，从而使得他们的子子孙孙都成了负罪之身。这"罪"与通常人们从法律和道德意义上的理解不同，是指人对上帝的冒犯和背离，所以愈是虔诚的宗教徒就愈是觉得自己是有罪之人，认为只有遵循上帝的训诫，不断忏悔苦修，才能得到上帝的宽恕回到上帝的身边。《圣经·新约·哥林多前书》把"信"、"望"、"爱"作为圣德提出，其中"爱"又是以"信"为根基的；所以在《后书》中又说："我们行事为人是凭着信心，不是凭着眼见。"奥古斯丁认为"爱"只能是由"信"而生，"信心若是破碎了，爱本身就渐渐冷却。人若是失去了信心，他必然也失去了爱"②。因而爱上帝也就是相信上帝，向上帝祈求，就是要人们全心全意、无条件地归顺上帝，期待上帝的拯救。它的消极面是"颂扬怯懦、自卑、自甘屈辱、顺从、驯服"，以致卢梭认为"基督教是教人生来做奴隶的"③；但若是透过宗教的外衣，我们就不难发现它不乏深刻而积极的意义在：从它所宣示的只有通过艰苦卓绝的努力和脱胎换骨的改造才能得到上帝的宽恕而重新回到上帝的身边的信念中，我们可以强烈地感受到人的一种现实自我超越、回归神圣的渴望。

这一精神之所以值得肯定是由于：人作为有生命的血肉之躯，是不可能没有世俗生活的，希腊文化就是以这种人的世俗生活和世俗观念为根基的，

① 巴雷特：《非理性的人》，商务印书馆 1995 年版，第 95 页。
② 奥古斯丁：《论基督教教义》，《论灵魂及其起源》，中国社会科学出版社 2004 年版，第 41 页。
③ 卢梭：《社会契约论》，商务印书馆 2003 年版，第 179 页。

就像马修·阿诺德所说的,它追求的是现世生活的"美好与光明","困难被
排除在视线之外"。"苏格拉底如此满怀希望地谈论完美,从希伯来的观点
来看,则几乎可以说是巧舌如簧"。因为"在希伯来文化中,罪孽所占的空间
实在太大了","罪成了困难的别名;了解自我、战胜自我的困难,阻碍人们走
向完美的困难,在希伯来精神中变成了有形的、活跃的实体,对人充满敌
意"①。正是因为这种困难,他们才感到需要有一种精神上的归属和依托,需
要有神的存在,凭着神的力量来获得拯救。这样,就在人的经验生活之中构
筑起了一个超验的世界。以世俗与神圣、经验与超验两者之间的对立和冲
突的方式,凸显了信仰作为个体生存活动的精神支柱和动力,在提升人生价
值中的地位和作用。弗·培根认为,"在肉体方面,人类与野兽无异。如果
精神上再不追求神圣,那么,人与禽兽就完全毫无区别了"。所以他强调人
性需要借信仰来净化,借助信仰来提升②。桑塔耶那也说"神的作用就在于
向我们解释人类的心灵,帮助我们发现自己内心的抱负"③。这就把自古希
腊萌生的人学和伦理学,从社会的、知识的、理性的维度推向个体的、心灵
的、信仰的维度,以致卡西尔认为:"宗教向新的感情提供充分发挥的机会",
"个体性意味着有限的存在",宗教就是使我们"打破这种有限存在的藩篱"
而去"把握无限"④。这一过程不可能仅凭认识、理性,还需要有感觉、体验、
情感、意志的全面调动和介入,这决定了"信仰的人总是完整的具体的人"。
所以与希腊文化推崇的"理性的人",那种"超然物外地观察到的"理想的城
邦公民不同,"希伯来文化并不放眼于普遍的人、抽象的人,它所看到的总是
具体、特定、个体的人"。他不像柏拉图追求的"只有在永恒中生活才是生
活",而是在苦难和献身中来求得自身的完善⑤。从这样的观点来看,中世纪
基督教神学也就在宗教的外衣下实现了对希腊人文精神的推进,而为近、现
代人学思想开了先河。从某种意义上说,没有中世纪神学也就没有文艺复
兴,没有近代人文主义和近代个人意识的觉醒。所以巴雷特认为"希伯来文

① 马修·阿诺德:《文化与无政府状态》,生活·读书·新知三联书店 2008 年版,第 104 页。
② 弗·培根:《培根人生随笔》,人民日报出版社 1998 年版,第 64 页。
③ 桑塔耶那:《宗教中的理性》,北京大学出版社 2008 年版,第 218 页。
④ 卡西尔:《人论》,上海译文出版社 1985 年版,第 123 页。
⑤ 巴雷特:《非理性的人》,商务印书馆 1995 年版,第 77 页。

化的人的特点正是存在主义哲学家所力图重新发掘并提交给我们这个时代的反思意识的东西"①。

这种对于人的认识上的推进,也就为我们理解美以及人与现实的审美关系开拓了新的视界。因为要是按照人是"理性的人"的观点,美只能被视为认识的对象,它只能是从客观事物的自然属性中求得;而按照人是具体的人,亦即不仅以理性,而且还凭着意志和情感与现实多方面建立联系的整体的人的观点来看,那么美就不仅是认识的对象,同时还应该是意志和情感的对象;它不只是一种自然属性,而且还是一种价值属性。自然属性是不以人的存在为转移的,而价值属性却离不开人的活动,人的情感、想象、愿望和期盼。这样就把人们对美的认识从认识的视界推进到意志的、信仰的视界。这无疑是对希腊人文精神的一种丰富和发展。但是由于以往我们对希伯来文化、中世纪文化认识的片面和肤浅,使得我们看不到西方美学和文论在发展过程中这种内在的延续性,以及基督教文化在其中所起的推动作用,而使我们在吸取西方文化包括西方美学和文论时,在一定程度上存在着无视这两大传统之间的交互影响的关系,而不能把握它发展和变化的内在思想的脉络。

二

中世纪基督教哲学对人的理解的上述推进,也带来了对于美和审美关系的认识上的重大发展和变化,具体的来看我认为至少表现在以下三方面:

首先,是美的本体论的发展和变革。希腊主流哲学认为美在自然,所以在看待美上都倾向于感觉论和经验论;而基督教认为世界的本原是上帝,整个世界就是上帝的作品,是上帝意志的创造,美自然也不例外。希腊教父克莱门特和马赛尔最先提出"上帝是美的根源",后来奥古斯丁把它与普罗提诺的"心灵"论结合起来,更明确地提出上帝是"万美之美"。而上帝是没有肉身的,他虽然无处不在但不会直接现身于现实世界,人们只有在礼拜祝祷中在心灵上与之进行交往。所以对于审美客体,基督教神学美学就不像希

---

① 巴雷特:《非理性的人》,商务印书馆1995年版,第78页。

腊主流美学那样,从感觉论和经验论的观点出发把它看作是感觉的对象,以形式上的比例、对称、变化统一所产生的悦目悦耳的效果为衡量的标准。虽然他们并不否定现实世界有美的存在,但认为这些只是"美之外表",而"美之外表乃是一种不可见的美好者的象征"。奥古斯丁在晚年就明确否定他早年在《论美与适宜》中着眼于"物质世界"所提出的以"事物本身和谐"以及"配合其他事物的适宜"来看待美的观点,认为这"只是低级的美",唯有来自上帝、归向上帝才会"美好甘饴"①。后来维克托派的雨果更明确地提出除了"可见的美"、还有一种"不可见的美",一种不是凭外部感官,而只能通过"心灵的眼睛"才能观照到的美,认为"可见的美"之所以是美只不过由于它是"不可见的美"的一种符号和象征,这样,"不可见的美"自然也高于"可见的美"②。

　　既然真正的美不在于物体的外观、形式,而在于它能否指向上帝、体现上帝的存在,那么,现实中的"丑"在文艺作品中何以会成为审美对象,也就不像亚里士多德那样只是从技巧、从惟妙惟肖的摹仿方面去找原因,而转向从"神正论"("上帝正义论")的观点去进行论证。"神正论"的思想在古希腊就已萌生,如赫拉克里特认为"对于神来说,万物都是美的、善的和公正的"③。基督教则对之做了进一步的发展,它认为世界是上帝创造的一个整体,虽然存在着丑和缺陷,而上帝则是公正的。因此,针对摩尼教因为恶在世界中的存在来否定造物主是善的善恶二元论的论点,奥古斯丁作了这样的驳斥:"创造万物的创造主是至善的,万物因此也都是善的",因为"唯有善的事物才会被败坏,因而败坏无非是对善的损坏","除善之外,恶就没有发生的其他根源"④。"一个人若不行当所行是不能归咎于创造主的",最终使"那人受当受的苦倒是使创造主受到赞美","创造主恰因这些罪而应得荣耀"⑤。后来莱布尼茨把这一思想引入到美学,说"上帝的受造物的最初限制或不完善甚至要求宇宙的最好计划也不能接受更多的善,并且也不能免除

---

①　奥古斯丁:《忏悔录》,商务印书馆1963年版,第63—64页。
②　转引自塔塔科维兹:《中世纪美学》,中国社会科学出版社1991年版,第243页。
③　波尔费留:《论伊利亚特》,苗力田主编《古希腊哲学》,中国人民大学出版社1990年版,第43页。
④　奥古斯丁:《论信望爱》,生活·读书·新知三联书店2009年版,第35—36页。
⑤　奥古斯丁:《恩典与自由》,江西人民出版社2008年版,第127—128页。

某些恶,这些恶反而会产生一个更高的善。在极妙地增进整体美感的各部分中,存在着某些无奈;恰如某些不和谐音,在被适当使用时,能使和谐变得更具美感"①。表明恶的存在不仅成了对上帝公正的证明,而且通过善与恶的对比,反而可以使美的事物显得更美,所以鲍桑葵认为:"基督教是要劝人们认识罪恶的根源并从根本上加以克服的。因此,丑终于也随着基督教原则上被引入到艺术世界中来。所以说,由于这个原故,要想完整地描写理念的具体表现,艺术就不能忽略对于丑的描绘。如果它企图把自己局限于单纯的美,它对理念的领悟也会是表面的。"②这就突破了古希腊把"美"直接等同于"优美"的思想局限,使丑在审美领域的存在有了一席之地而拓展了审美对象的天地,从而推进审美观念从古代向近代转化,并为雨果和卢森克南兹等人所继承和发扬。如雨果就十分强调通过美丑的对比,"可以从恶的认识里提炼出善来","滑稽丑怪作为崇高、优美的配角和对照,是大自然给予艺术最丰富的源泉"③。这思想落实到看待文艺作品的美上,就是认为美不在于它所描写的对象,而在于它能否真正体现"上帝"的存在,这里上帝不是一个实证的问题,不是像托马斯·阿奎那那样试图以知识论的观点所能论证的,而只是个人的心灵生活之所趋,以此来确立人的信仰,起着提升人的精神的作用。这后来就成了康德把"至善"看作不仅是伦理学的本体,而且也是美学的本体的思想来源。

其次,由于美在上帝,是以能否体现上帝的存在,使人的灵魂得到提升为标准,这意味着美对人来说不只是一种事实属性,而更是一种价值属性。在这一点上,基督教美学与苏格拉底"美善合一"说一样,认为美之所以值得追求,都由于其结果是善,"美是善的父亲";但又不同于古希腊美学,强调美不能直接等同于"善",因为善是"使用"的对象,美则是"享受"的对象。享受是"喜乐地使用","你若依恋它,依靠它,觉得你的快乐全在于它,那么可以恰当地说你享受了它","如果超越这种喜乐,把它当作一种达到你要永久信靠的对象的手段,那么就是在使用它"④,所以"美是指善的一种使知觉愉悦

---

① 莱布尼茨:《神义论》,《西方宗教哲学文选》,上海人民出版社 2002 年版,第 187 页。
② 鲍桑葵:《美学史》,商务印书馆 1985 年版,第 516—517 页。
③ 雨果:《〈克仑威尔〉序言》,《雨果论文学》,上海译文出版社 1980 年版,第 35 页。
④ 奥古斯丁:《论基督教教义》,《论灵魂及其起源》,中国社会科学出版社 2004 年版,第 38 页。

的属性,而善则是使欲望愉悦的属性"①。并据此提出审美态度不同于功利的态度,当人们面对一件美好的事物时,若为欲念所动,也就不再是审美的了。如埃里根纳认为"智者在心中估量一个器皿的外观时,只是简单地把它的自然的美归于上帝,他不为诱惑所动,没有任何贪婪的毒害能够浸染其纯洁的心,没有任何欲念能玷污他"。他反对仅仅以感官的愉悦性来判断美与不美,批评"视觉被以欲求的心理看待可见形态美的人们滥用了。因为上帝在《福音书》中说:'谁以贪婪的目光注视一个女子,谁已在心里犯了通奸罪。'"②这就通过把美是心灵的对象这一本体论的命题在美感论中加以落实和贯彻,而提出"至高的美不是凭肉眼,而是凭心灵去认识,……以肉眼所见之物愈是接近我以心灵理知之物,它便愈加完美","因为你的肉眼只能看到物质的事物,只有心灵我们才能看到整一性"③。这样,对传统的"观照"概念就有了新的理解。因为这一思想虽然在柏拉图那里已经萌生,但他的依附于"迷狂"的观照说主要是从认识论的观点着眼的,认为灵魂在依附到肉体之前就曾在上界看到过理念的美,只是由于自从进入肉体之后就已经堕落而不能再领略这种美了;而审美就是在迷狂状态中使灵魂与肉体暂时分离进入回忆,才能重新想起这种美来。④ 这实际上视"观照"为一种认识活动、一种直观的理性认识。由于基督教美学认为美在上帝,认为从感知的世界到神圣的源头有一个层级的秩序,所以为了使心灵通达上帝,"我们必须穿越物质上的、暂时的、外在于我们的他的痕迹","通过祈祷获得照耀而认识到上升上帝的神圣阶梯"⑤,因此要是"没有透彻的沉思、神圣的交往和热忱的祈祷,无人能获得静观(观照)"。所以要观照上帝,"我们的灵魂必须准备好倾听圣洁的言道,尽可能多地做好接受它的准备,向上帝的神圣工作开放自己,清理干净通向那在天堂等待我们的住所的上升之路"。正如"眼睛虚弱不可能安全地直视太阳的光芒"那样,若是没有美的心灵,我们也就不能领略上帝的美⑥。并认为人之所以具有美感是由于上帝进入心灵借助上帝

---

① 转引自塔塔科维兹:《中世纪美学》,中国社会科学出版社 1991 年版,第 275 页。
② 转引自塔塔科维兹:《中世纪美学》,中国社会科学出版社 1991 年版,第 126 页。
③ 转引自塔塔科维兹:《中世纪美学》,中国社会科学出版社 1991 年版,第 77 页。
④ 柏拉图:《文艺对话集》,人民文学出版社 1963 年版,第 125—128 页。
⑤ 波纳文图拉:《心向上帝的旅程》,《中世纪的心灵之旅》,华夏出版社 2003 年版,第 125—127 页。
⑥ (托名)狄奥尼修斯:《神秘神学》,生活·读书·新知三联书店 1998 年版,第 163—164 页。

的助力而生,是由于上帝"把'神圣'赐予我们,使我们因神圣而见到这一切"①。这思想到了夏夫兹博里和哈奇生那里,就被作为审美的特殊感官"内在感官"或"第六感官"而肯定下来,并对康德审美判断力理论的形成产生了深刻的影响。

再次,在看待审美的思维方式上,由静态的走向动态的,单向的、感觉性的走向交感的、启示性的。古希腊哲学的思维方式是静态的,不论是毕达哥拉斯学派、埃里亚学派,还是柏拉图、亚里士多德,都把"本体"看作是永恒不变的实体,如埃里亚学派的巴门尼德认为:"存在的东西无生无灭……当然也不是生成的。"后来柏拉图把这思想落实到对美的理解上而提出"美是永恒的,不生不灭,不增不减的。它不是在此点美,在另一点丑;在此时美,在另一时不美,在另一方面丑;它也不是随人而异,对有些人美,对另一些人丑"②。亚里士多德在谈到美不同于善时也认为"善常以行为为主,而美则在不活动的事物身上可以见到"③。这使得他们在考察美时所着眼的往往都是事物的空间的、共时态的特征,如认为"美要依靠体积与安排"④,"美是由部分与部分,以及部分与全体的比例对称,加上悦目的颜色"⑤构成的。而基督教美学则否认了这一观点,转而从"原罪—救赎"的思想出发,把审美看作是与上帝交往、回归上帝之路。因为按照"天阶说"的思想,观照上帝之美必须穿越一个阶层体系,"一个阶层体系是一个神圣的秩序、一种理解状态,和一种与神圣者尽量近似的行动。它与所受到的神圣启示相称地被提升至对上帝的模仿","其目的在于使存在物尽可能地与上帝相像,并与之合一"。它"振作我们,把我们向上提升,使我们向聚合我们的圣父的'一'和神圣化的单纯性回归"⑥。这里,观照已不同于古希腊的沉思式的静观,而是灵魂的拓展、升华和回归上帝的旅程。它考验人的信念以及对上帝的忠诚和爱,从中也培育和发展了人的意志和信仰,所得的不是感官的享受而由于精神的升

---

① 奥古斯丁:《忏悔录》,商务印书馆 1963 年版,第 126、324 页。

② 柏拉图:《文艺对话集》,人民文学出版社 1963 年版,第 272—273 页。

③ 亚里士多德:《形而上学》,《西方美学家论美与美感》,商务印书馆 1980 年版,第 41 页。

④ 亚里士多德:《诗学》,人民文学出版社 1962 年版,第 25 页。

⑤ 普罗提诺在《九章集》中所转引的西塞罗为"美"下的定义,参看《西方美学家论美和美感》,商务印书馆 1980 年版,第 56 页。

⑥ (托名)狄奥尼修斯:《神秘神学》,生活·读书·新知三联书店 1998 年版,第 114、106 页。

腾所带来的愉悦。这也使得基督教美学在审美取向上都倾向于"崇高",它不仅打破了古希腊美学思想从感觉论出发视"优美"为美的唯一的形态,而且把它的位置置于优美之上。从而在思维方式上也从静态的转向动态的,它不可能直接从现实中得到而只有通过自己的努力去争取,因而也只有在时间的过程中才能实现。这样,就改变了以往仅仅着眼于感觉、从外界物体的形式中去探寻美的存在的思维惯性,而突出了情感、意志在审美活动中的地位和作用,视审美不只是一个感觉的过程、一个看和听的过程,同时也是一个深入自己内心世界,在自己的内心世界发现上帝、与上帝交往和沟通、听顺上帝召唤的过程。

这种建立在信仰主义基础上的美学思想自然都是主观的、唯心的、神秘主义的,它把美视为超验的存在,而否定审美中感官享受的合理性的这种极端的思想,直到托马斯·阿奎那那里才按亚里士多德的经验论的观点予以克服和纠正,给予审美的感官愉悦以合法的地位。但若是我们以此予以否定,就未免显得浅薄、简单而粗暴。这里关涉到对信仰与人的生存意义的认识的问题。因为基督教,也可以说一切宗教原本是人民群众为摆脱苦难、祈求福佑的内心需要驱使下所产生的,只是后来被统治阶级和教会所利用才成为在思想上和政治上统治群众的工具。但是到了欧洲16世纪,自路德和加尔文的宗教改革运动以来,就逐步使之从教会统治中解放出来而把宗教作为一种人生信仰,就像汤因比说的看作是"一种人生态度,一种鼓舞人去战胜人生道路上各种艰难的信念"①来加以接受。这样,它的性质也就发生了变化,变神恩宗教、教会宗教为人生宗教和道德宗教,使长期以来对人民群众进行精神奴役的工具反过来成为人们精神解放的路标,使人由于有了信仰而使灵魂得救。如果看到这一点,我们对基督教神学美学的意义就会有新的发现和理解。因为基督教神学美学在欧洲中世纪延续了一千多年,但是自文艺复兴以来就不断地遭到批判和否定。虽然其后在剑桥柏拉图主义、以夏夫兹博里为代表的英国经验主义中情感派(有别于以洛克为代表的感觉派)美学、以康德为代表的德国古典美学以及浪漫主义诗学中有所继承和发展;但从主流方向来看,已被在希腊知识论哲学基础上发展起来的古典

---

① 汤因比:《展望二十世纪》,国际文化出版公司1985年版,第363页。

主义和现实主义所取代,它的主导倾向是外向的、科学的。这种转向自然有它的进步和积极的意义;问题在于近代西方科学是建立在观察和实验的基础之上的,就像爱因斯坦所批评的它"认为凡是观察不到的都是不存在的"[1],这样就把科学引向实证主义。按照这样的观点,人的心灵世界、精神生活也就被排除在外,似乎在人的活动中起作用的只是知识而无关信仰,这才有"知识就是力量"这一唯智主义观点的流行,以致在对人的理解上使原本知、意、情统一的人分裂了,被理解为只是作为工具的、手段而存在的人;同时由于离开了人这一目的,使得原本是为人造福的科学反过来成为对人的一种统治和奴役。所以康德把那些抱着科学主义理想的学人称之为"独眼怪",说"他们需要再长出一只眼以便能从人的角度来看待事物。这是科学人道化的基础,即评价科学的人性标准"[2]。因为就科学的根本目的来说,原是为了"给人自由以反抗自然法则……它要我们的精神摆脱万物的奴役"[3]。所以当科学发展背离了以人为目的,而变成对人的统治和奴役力量而造成人的人格的分裂时,宗教作为一种人生信仰也就成为对由唯科学主义所引发的实证主义、功利主义和实用主义的一种解毒剂。所以许多伟大的科学家都怀着一种宗教情感去从事科学研究的,认为"科学没有宗教就像瘸子,宗教没有科学就像瞎子"[4]。这表明宗教精神与科学精神不是绝对对立而应该是统一、互补的,唯此才能克服人性的分裂而维护人的整体存在。这样看来,基督教美学环绕着美与审美这个主题,通过对于人自身生存境遇的沉思所阐述的信仰的价值,把人们对美与文艺的认识从认识论的维度上升到价值论的维度,这不能不说是认识上的一大深化和推进。

三

文学的特性是审美,如果以上的分析能够成立的话,那么我们对近百年

---

①　爱因斯坦:《同施特恩的谈话》,《爱因斯坦文集》第 3 卷,商务印书馆 1978 年版,第 283 页。
②　转引自古留加:《德国古典哲学新论》,中国社会科学出版社 1993 年版,第 31 页。
③　泰戈尔:《一个艺术家的宗教观》,上海三联书店 1989 年版,第 105 页。
④　爱因斯坦:《科学和宗教》,《爱因斯坦文集》第 3 卷,商务印书馆 1978 年版,第 181 页。

来西方文论在我国的接受就会有一个较为客观而正确的评价。在我看来，我国自"五四"前后开始引入的诸多西方文学观念和理论，经过历史的筛选而使现实主义成为主流在我国得以确立，其原因不仅由于它是西方近现代文学观念的基本走向，而更由于它强调反映现实，关注民生的创作宗旨与我国传统文学的精神以及现实需要相契合而为我们所做的一种选择。所以，虽然在近三十年来先后受到形式主义、唯美主义和后现代主义等诸多文艺观念的冲击，但迄今仍然是我国文学创作的主导倾向就不难理解了。但也不能否认在它自身发展过程中还有一个需要不断趋向完善的问题。按照我们前面对西方美学发展规律的基本认识，我觉得要使现实主义文学观走向完善，在强调文艺是生活的反映时，应该突破由古希腊感觉论、经验论美学所引申出来的把"审美主体"理解为即是"认识主体"，对审美活动作纯认识论解释的偏颇，而把人作为一个知、意、情统一的整体来看待。这样，"反映"的内涵就不能完全等同于认知，而应该把对于实是人生的思考和对应是人生的期盼都视为反映的内容，而与实证主义与唯科学主义划清界限。这不仅有助于我们对于文艺的性质和功能做出全面的认识，而且对于提升在我国流行的现实主义文论品格有着十分重大的意义。这可以从三方面来说：

首先，从观念论，即对于文艺的性质的认识来看。我们过去接受的西方现实主义文论主要是在知识论、认识论哲学和美学的基础上发展起来的，它奉亚里士多德的《诗学》为正宗，认为"美即是真"，把文艺看作是对现实的"摹仿"，认为它主要给人以知识，并以"真实性"作为衡量文艺作品优劣的最高准则。虽然它也看到了文艺不同于科学，但认为这种区别只在于前者以形象、后者借概念来反映生活，两者并没有什么本质上的区别。它的意义和价值在于坚持了唯物主义的创作路线，对于引导作家深入生活、直面现实人生、为创作反映时代要求的文艺作品起着积极的推动作用。但若是进一步作深入的考察，就显得不够完善。因为文艺不同于科学并非只是以形象的形式对生活的一种反映，而更主要的是通过作家的审美情感的选择和评判，按作家的人生理想和人生信念所重构的一个世界，所以弗·培根把哲学与理智、历史和记忆、诗和想象联系起来，认为"诗是真实地由于不为物质法则所局限的想象而产生的"，"它能使万物的外貌服从人的愿望"，所以"诗一向被人们认为是参与神明的"①,就像歌德说的是作家心灵的一种创造,是"外在世界"和"我的内心世界"的统一②,这就需要我们突破传统认识论思想的局限按价值论和人生论的观点来进行审视和把握。这思想在近代是为浪漫主义文论所发现和倡导的,它把作家看作和上帝一样,都是世界的创造主,认为文艺"在我们的人生中替我们创造另一种人生,使我们成为另一个世界的居民"③。它的作用不仅给人以知识,而且使人由于有了理想、信仰而得以提升。这其实也是一切优秀的文艺作品所共有的特征,从而使得它们所反映的对象即使是最丑恶的,也能因作家审美理想的过滤和渗透而获得美的表现,就像果戈理所说的"由于经过作家灵魂的炼狱而进入了天堂"。但由于浪漫主义文论的这一倡导在强化文艺的精神向度的同时,因为轻视生活实践导致脱离现实而使作品的内容流于虚幻、贫乏,以致我们长期以来很少看到它的积极意义而对之多持批判和否定的态度,并由于对现实性、真实性的片面强调而使文艺的理想性、超越性的维度在人们的认识中被遮蔽了,以致尽管强调客观性和真实性而反不能客观地反映真实的现实人生。因为理想作为一种超越于经验之上的人的内心的愿望和期盼,并非由于人们无所事事而生的想入非非,它是人的本真的生存状态所固有的。正如海德格尔所说的"形而上学是此在内心的基本现象","只消我们生存,我们就总是处在形而上学中的"。④ 正是由于人们对未来人生怀有这样一种诚挚的期盼和梦想,才鼓舞人们去战胜艰难险阻而去创造自己生活的未来。我们承认文艺是"存在的显现"这一命题的深刻性,就在于它把我们对文艺的认识从认识论的维度推向价值论、人生论乃至本体论的维度,从本体论的维度肯定了理想性是文艺真实性的应有之义,在理论上把理想性与现实性统一起来。要是一个文艺作品没有理想精神,也就很难做到真切而深刻地反映本真的现实人生。

　　其次,从创作论和作品论的角度来看,既然文艺的对象不仅是"外部世界",还包括"我的内心世界",所以文艺的价值不只是取决于作家写什么,而

---

①　弗·培根:《学问的推进》,《西方文论选》上卷,上海译文出版社 1979 年版,第 247—248 页。

②　爱克曼辑录:《歌德谈话录》,人民文学出版社 1978 年版,第 32 页。

③　雪莱:《为诗辩护》,《英国十九世纪诗人论诗》,人民文学出版社 1984 年版,第 156 页。

④　海德格尔:《形而上学是什么?》,《海德格尔选集》上卷,上海三联书店 1996 年版,第 152 页。

更取决于作家如何写,取决于作家是否有崇高的审美理想,是否能以自己的理想、信念去观照现实。但由古典主义发展而来的现实主义是建立在知识论哲学和美学思想基础上的,认为"美即是真",审美只是为了使人获得认识的满足,所以在创作中一般都只是强调观察,强调反映外部世界的真实,而鲜有提及作家的理想、信念在文艺创作中的地位和作用。如巴尔扎克把自己看作是法国社会这个历史学家的"书记",他创作的目的就是为了忠实地向人们提供一部"法国社会的风俗史"[①];列夫·托尔斯泰为了维护文学的真实性原则也主张"艺术家之所以为艺术家,只是因为他不是按照他希望看到的样子,而是按照事物本来的样子来看事物"[②]。并认为为了达到这一目的,作家也应该像科学家那样在现实面前保持客观、冷静的态度,强调"艺术家不应该在他的作品里露面,就像上帝不应该在生活里露面一样"[③]。这样,就有意无意地完全置作家于一个旁观者的地位。虽然后来现实主义对于"摹仿"的理解已不像古希腊时代那样看作是直观的,提出要"把现实当作一种可能性加以创造性的再现"[④],这当中需要经过作家想象的加工。但是落实到对想象的具体理解上,往往还是按认识论的观点,被看作只是一种特殊的思维形式,如高尔基说的"想象在其本质上是对世界的思维,但它主要是用形象思维,是'艺术的思维'"[⑤]。它的作用主要是从已知中来推测未知;而无视艺术想象不同于科学想象,它是在作家强烈的审美情感和人生信念激发和驱动下的向着理想世界腾飞的心灵之旅,就像《神曲》中贝雅特里齐那样,把但丁带到一个神圣的世界,引领诗人去漫游天堂。这个世界离现实可能很远,它往往以虚幻的形式出现而非理性思维所能把握;但正是由于它是心灵的真实表达却更能引起人们情感的共鸣和灵魂的震撼。这样不仅改变了以往那种仅仅以"生活本身式样"作为衡量文艺真实的标准的狭隘的观念,而且更突显了作家作为创造主的重要地位,表明文艺就其本性来说,不仅是

---

① 巴尔扎克:《〈人间喜剧〉前言》,《巴尔扎克论文学》,中国社会科学出版社 1981 年版,第 62 页。

② 列夫·托尔斯泰:《〈莫泊桑文集〉序》,《列夫·托尔斯泰文集》第 14 卷,人民文学出版社 1992 年版,第 84 页。

③ 福楼拜:《致乔治·桑》,《文艺理论译丛》第 3 期,人民文学出版社 1958 年版,第 180 页。

④ 别林斯基:《〈哥萨克人〉,亚历山大·库兹米奇的中篇小说》,《古典文艺理论译丛》第 11 册,人民文学出版社 1966 年版,第 67 页。

⑤ 高尔基:《谈谈我怎样学习写作》,《高尔基论文学》,人民文学出版社 1978 年版,第 160 页。

经验的,同时也是超验的。这种抵达超验世界的思维方式最初是浪漫主义诗论家从基督教哲学和美学中获得启示的,它把文艺创作中的想象理解为一种"宗教的感官"①,一种"人理解神性的感官"②,认为作家的想象就像是在向上帝祈祷时的内心活动那样,是一个与上帝对话和契合的过程,它只有当作家把自己全身心都调动起来,投入进去才能发生,以致主客体的界线在想象中几近泯灭。所以诺瓦里斯在谈到诗人时认为"诗人确实是没有感官的,为此,他身上什么都能发生。在最特定意义上,他既是主体又是客体——情绪和世界"。唯有经过"使外部的变成内部的,内部的变成外部的,使自然变成思想,思想变成自然"③这样一番互相转化的过程,作家才能深入它的对象,与对象建立起亲切的关系,才有可能真正地把握它、占有它。这就决定了艺术想象与神话思维、宗教思维一样都是交感的,都是与作家心目中的神灵在开展的一场对话活动。但由于我国以往流传的现实主义文论都是按一种思维的特殊形式的观点来理解艺术想象,以致这些创作中奥秘心理在我们的理论中都成了盲区,也不理解文艺作品不仅是现实生活的反映,也是作家思想情感的表达,以及艺术真实在表达形式和风格上的丰富性与多样性,和作家创作的自由天地与广阔空间。

再次,从接受论和功能论的角度来看,在知识论哲学和美学基础上产生的古典主义和现实主义由于把文艺作品看作只是作家对外部世界反映的产物,它的目的就在于为了帮助人们认识现实并进而改造现实,这思想无疑是值得肯定的;但在一定程度上也忽视了文艺作为一种审美的意识形态,是属于"心灵的事业",它只有通过情感的陶冶,通过提升人的灵魂才能最终达到改造社会的目的,因而一般对接受活动和接受心理都少有研究,或认为接受只是读者对作家创作成果的一种再认识。这样阅读就被看作不过是接受来自外部的思想教化活动,而对于阅读活动中读者的主观条件和能动作用却少有关注。基督教神学美学认为"美在上帝",这就从接受论的角度向我们

———————

① 奥·斯雷格尔:《启蒙运动批判》,《德国浪漫主义作品选》,人民文学出版社1997年版,第382页。

② 弗·施勒格尔:《〈雅典娜神殿〉断片集》,生活·读书·新知三联书店1996年版,第154页。

③ 诺瓦里斯:《断片》,《欧美古典现实主义和浪漫主义》二,中国社会科学出版社1981年版,第395页。

提出这样两个问题：第一，上帝是人们信仰追逐的对象，根据基督教所颂扬的"信、望、爱"三德，没有对上帝的信仰和期望也就没有爱，而爱反过来又使得信仰和期望更为坚定。这就说明了要发现和观照世界的美首先就要我们自己有一种爱美之心，使自己的心灵本身也成为美的，如同普罗提诺说的"一切人都须先变成神圣的和美的"，使自己具有一种内视美的能力（亦即"内视觉"），然后"才能观照神和美"①，做到奥古斯丁所说的使我们能"凭借上帝的助力"去发现美。第二，按照阶层体系的思想上帝是隐匿在这体系的最高层的。所以有些神学家按奥利金的"寓意解经法"提出："在整部圣经中，除了字面意义外，尚有三种精神意义，即指导我们对神和人性应当相信的寓言意义，指导我们如何生活的道德意义以及指导我们如何接近上帝的神秘意义。"②这样，读经也被看作是通向上帝的心灵之旅，是在心灵上追求与上帝默契的过程，是"一种与神圣者接近的行动"。这一思想方式也被当时的一些诗人和作家运用于理解和解释文艺作品，如但丁在谈到他的《神曲》时认为"它具有多种的意义"，"我们通过文字得到的是一种意义，而通过文字所表示的事物本身所得到的则是另一种意义。头一种意义可以叫作字面的意义，而第二种意义则可称为譬喻的或者神秘的意义"③。所以阅读文艺作品也就被看作如同观照上帝那样，是一个通过"可见的东西"去理解"不可见的东西"，通过有限去追求无限的积极的思想探索活动。因而卜迦丘认为诗与神学"可以说差不多就是一回事"，就其性质来说都是"寓言的"，"不仅诗是神学，而神学也就是诗"，它们都可以说是"上帝的诗"④。"隐喻说"即由此而来。这种阅读方式虽然由于过于追求神秘意义，跨越感觉与感性经验分离，导致轻视甚至排斥阅读中的感官享受的倾向；但是它把读者引入阅读活动、参与到对作品的创作中来，把阅读看作如同心向"上帝"的心灵之旅，不像一般的求知活动那样只是被动接受作品向我们提供的现成的结论，而是借助作品审美理想的光照去探寻人生的意义和价值的活动，从而使得

---

① 普罗提诺：《九卷书》（又译《九章集》），《西方美学家论美和美感》，商务印书馆 1980 年版，第 63 页。

② 波纳文图拉：《论学艺向神学回归》，《中世纪的心灵之旅》，华夏出版社 1979 年版，第 155 页。

③ 但丁：《致斯加拉大亲王书》，《西方文论选》上卷，上海译文出版社 1979 年版，第 159 页。

④ 卜迦丘：《但丁传》，《西方文论选》上卷，上海译文出版社 1979 年版，第 175 页。

读者的积极性得以充分调动,赋予阅读以一种探寻活动的乐趣。

以上分析表明:虽然自"五四"以来我们从西方引入的在认识论哲学基础发展起来的现实主义文论,是迄今为止为历史所证明了的最能贴近时代、群众和文艺发展方向的最有生命活力的文艺主张。但若是看不到它的片面性和局限性,仍然只是从反映、认识、真实性、科学精神的维度去看,而无视情感、意志、信仰、理想性的维度,也可能会走向与自然主义合流而丧失文艺的人文精神。这种倾向在我们过去一直存在,如茅盾在"五四"期间介绍现实主义时一开始就是把它命名为"写实主义",并认为这是"经过近代科学的洗礼的最值得提倡的写作态度和方法"①。近些年在我国流行的所谓"新写实"文学论所宣扬的"我写的就是生活本身","新写实真正体现写实,它不想指导人们干什么"②等主张,在某种意义上也可以说是这种文艺观在当今的变种。所以我觉得通过对以往被我们忽视了的西方美学和文论中的超验和信仰维度的发掘和阐释,对于克服我国现实主义文论的局限,正确认识文学在帮助人认识生活的同时,还在启发人们思考人生的目的、意义和价值,帮助人们确立美好的人生理想和人生信念方面应该有所承担,从而在理论上提高我国现实主义文论的品位,使之在认识论的基础上进而向价值论和人生论的维度推进,这在当今这个物欲横流、信仰泯灭的社会里,发挥文艺介入社会、干预生活、促使人的全面发展、社会的全面进步有着十分现实而迫切的意义。我们今天来回顾"五四"以来我国对西方美学和文论的接受,对它的功过得失作一个全面、正确的评价,我认为是我国文艺理论发展到今天要求我们所作的应该有的一种反思。

2010 年国庆期间

原载《学术月刊》2012 年第 7 期

收入本文集时有修改

---

① 茅盾:《自然主义与中国现代小说》,《小说月报》1922 年 7 月 10 日。

② 参看《新写实作家、评论家谈新写实》,《小说评论》1991 年第 3 期。

李泽厚美学的思想基础还是历史唯物主义吗?

——兼与刘再复商榷

历史唯物论

我国的马克思主义美学研究是在 20 世纪中叶美学大讨论中随着"实践论美学"的兴起而开始的,这里有李泽厚先生的一份功劳。我把"实践论美学"看作是我国马克思主义美学研究的起点,就是因为它建立在马克思主义的历史哲学,即历史唯物主义的基础之上。

历史哲学是研究历史发展的原因和规律的科学,在近代由维科所开创,并由孟德斯鸠、伏尔泰、卢梭、康德、赫尔德、黑格尔等人的发展而形成和确立的。但是他们不是受近代自然科学和机械决定论的影响,把历史发展的原因归之于自然环境、种族和风俗,就是按斯多亚学派的"宇宙理性"、"宇宙秩序"甚至基督教的"上帝创世说"思想,把它归之于超自然的天意、理性的意图和计划,因而都不能对之做出科学的解释;是马克思首先拨开了笼罩在历史上的这些迷雾,从物质生产以及生产力和生产关系的矛盾运动中找到了它的根本原因,并从物质生产出发,来解释人类社会和精神生活的各种现象而使之建立在科学的基础之上。这是迄今为止无人所能企及和超越的伟大的贡献。

实践论美学就是以历史唯物主义的观点为指导来探究人与现实的审美关系产生和发展的原因的。它既不同于古典美学把美看作只是一种物理现象,把美感看作只是人对客观世界美的事物的一种反映,也不同于现代美学把美看作是一种心理现象,把美感看作是人的主观情感的一种投射;而认为正是人类在生产劳动中改变了人与自然的关系，使自然由"自在"的变为"为我"的，由与人是对立、疏远的变为亲和的，由仅仅是利用的关系变为观赏的关系；并在这一改变客观世界的过程中同时也发展了人类自身的感觉能力和心理能力，使原本的自然感官变为文化感官，这才有可能使人和自然建立起审美的关系而使对象对人来说成为美的，从而为我们解释审美现象找到了科学的思想基础。当然，这些思想还只是限于对审美关系产生的根本原因上的说明，要使美学成为一门完善的科学，还需要我们在此基础上进一步向审美心理学、审美文化学等诸多方面推进，这还有一段很长的路要走。但美学界的不少人，特到是所谓"后实践美学"的倡导者不理解这一点，因为它不能直接解释一些复杂的审美现象而予以否定，这完全是没有道理的。

不过，我国美学研究中这一思想的逆转，我认为还并非真正始于"后实践美学"，李泽厚本人才是始作俑者。它是从李泽厚晚年对于历史唯物主义的思想背叛和理论篡改，提出所谓"主体性实践哲学"、"人类学本体论"、"情本体"开始的。这三者在他看来实在是同一的理论，它的出发点就是"人活着"。他的思想集中体现在他的后期著作《历史本体论》中，这部著作虽然以历史为题，但实际上是以"情本体"为核心所建构的美学著作。它的基本观点被刘再复誉为是对马克思主义作"穿透性阅读"之后所作出的"相当彻底的历史唯物论的表述"，是"真正的历史唯物论"①，"在当今中国甚至世界范围，历史唯物论表达得如此彻底，也极少见"②。那么事实是不是这样的呢？

把历史和人联系起来，从人的问题切入来看待社会历史和文化问题，无疑是历史唯物主义的一个基本的出发点，因为"历史就是追求自己目的的人的活动"③，"有了人我们才开始有了历史"④，所以"人类史与自然史的区别"就是它"是我们自己造成的"⑤。这表明产生人类史的根本原因在马克思主义看来就是人的活动，首先是生产劳动。这种从事生产劳动的人不是抽象的，

---

①　刘再复：《李泽厚美学概论》，生活·读书·新知三联书店 2009 年版，第 4、37 页。

②　刘再复：《与李泽厚的美学对谈录》，《李泽厚美学概论》，生活·读书·新知三联书店 2009 年版，第 105 页。

③　马克思、恩格斯：《神圣家族》，《马克思恩格斯全集》第 2 卷，人民出版社 1957 年版，第 118—119 页。

④　恩格斯：《自然辩证法》，《马克思恩格斯选集》第 3 卷，人民出版社 1972 年版，第 457 页。

⑤　马克思：《资本论》第 1 卷，《马克思恩格斯全集》第 23 卷，人民出版社 1972 年版，第 409—410 页（注）。

而是"有生命的个人存在"，所以马克思主义创始人特别强调与 19 世纪"德国哲学从天上降到地上"相反，"这里我们是从地上升到天上，就是说，我们不是从人们所说的、所想象的、所设想的东西出发，也不只存在于口头上所说的、思考出来的、想象出来的、设想出来的人出发，去理解真正的人。我们的出发点是从事实际活动的人"①。这些观点从表面上看与李泽厚的"人活着"非常相似，但只要稍加分析，就会发现这两者之间有着根本区别。

　　马克思主义创始人把"有生命的个人的存在"视为历史的第一个前提，无非是说明"人们为了'创造历史'必须能够生活。但是为了生活，首先就需要衣、食、住以及其他东西。因此，第一个历史活动就是生产满足这些需要的资料，即生产物质生活本身"②，否则，人们就无法生存。但这对人来说并不仅仅只是为了"吃饭"、为了"活着"，而只是为了说明历史的创造以及它的发展变化的物质基础，决非历史唯物主义的全部内容。因为人是不可能作为孤立的处在"与世隔绝、离群索居的人"从事生产活动的，在生产活动中还必然会形成人与人之间的关系，出现人与人之间的交往和合作。所以"生产本身又是以个人之间的交往为前提的"。因此，历史唯物主义"从直接生活出发来考察实际生活的过程"时，就必然要求把与"该生产方式相联系的、它所产生的交往形式……理解为整个历史的基础"③。正是生产力和生产关系的这种辩证运动，推动着历史的发展和进步。同时也表明在人类社会中，人总是处于一定的社会关系中的，都是"一定历史条件和关系中的个人"④；反过来这种社会关系又通过由此产生的思想观念，包括政治的、宗教的、伦理的制约着个人的思想和行动，这决定了凡是社会的人总既是个别的，又是普遍的人，"在其现实性上，他是一切社会关系的总和"⑤。这种社会性反映在人的意识中就是人的理性，它集中体现在人对自身社会本性的自觉认识上；反过来也就是说，只有当人对自身的社会本性有了自觉的认识，人才开始具有理性。所以理性与社会性、普遍性在某种意义上是同一的概念，都是对于

---

① 马克思、恩格斯：《德意志意识形态》，《马克思恩格斯全集》第 3 卷，人民出版社 1960 年版，第 30 页。

② 马克思、恩格斯：《德意志意识形态》，《马克思恩格斯全集》第 3 卷，人民出版社 1960 年版，第 31 页。

③ 马克思、恩格斯：《德意志意识形态》，《马克思恩格斯全集》第 3 卷，人民出版社 1960 年版，第 24、43 页。

④ 马克思、恩格斯：《德意志意识形态》，《马克思恩格斯全集》第 3 卷，人民出版社 1960 年版，第 86 页。

⑤ 马克思：《关于费尔巴哈的提纲》，《马克思恩格斯选集》第 1 卷，人民出版社 1972 年版，第 18 页。

人的本质的一种理论上的规定。

但这一基本道理却成了李泽厚所批判、否定的对象,认为"生存在马克思所说的既定的现存生产方式之下,人们交往关系之中,人活着就受它们的支配,控制甚至主宰"①,"在哲学上,由笛卡尔的'我思'到康德的'先验统觉',再由黑格尔的'自我意识'和'绝对精神',翻转为革命的马克思主义,社会性集体性的'我意识'将个体性的'我活着'几乎完全吞食。人为物役,异化极峰"②。他提出"我活着"就是为了"宣告人类史前期那种同质性、普遍性、必然性的结束,偶发性、差异性、独特性的日趋重要和凸出"③,目的是"使人从集体、从理性、从各种约束中解放出来",这"正是由理性、逻辑普遍性的现代性走向感性、人生偶然性的后现代之路"④。为此,他按照他一贯使用的"六经注我"的思维方式,对历史唯物主义加以肆意的篡改,在谈物质生产时,把生产过程所形成的人与人之间的"交往活动"、"交往关系",亦即马克思、恩格斯后来所说的"生产关系"排除在外,借刘再复的话来说,就是"不侈谈生产关系,只注重生产工具的制造与变革的巨大历史作用"⑤。这样就把人从社会关系中抽离出来,而成为孤立的、抽象的人。虽然他反复说明"个体的人总是出生、生活、生存在一定时空条件的群体中,总是'活在世上''与他人同在'。由此涉及了'唯物史观'的理论"⑥。但由于排除了社会关系,这种"与他人同在"也就成了是虚幻的、是没有社会根基的,也就与海德格尔的"人生在世"合流,与马克思主义的历史唯物主义是风马牛不相及的。这就必然使他的"历史本体论"走向主观主义和唯心主义。所以他把心理建设看作是"本体论的回归之路"⑦。认为"心理成本体这是海德格尔哲学的主要贡献",并承认他的"历史本体论"是"承续海德格尔而来"⑧。这样,历史发展也就不再是社会变革的问题而只是一个"心理建设"的问题。这就是刘再复所

---

① 李泽厚:《历史本体论》,生活·读书·新知三联书店 2002 年版,第 131 页。
② 李泽厚:《历史本体论》,生活·读书·新知三联书店 2002 年版,第 97 页。
③ 李泽厚:《历史本体论》,生活·读书·新知三联书店 2002 年版,第 130 页。
④ 李泽厚:《历史本体论》,生活·读书·新知三联书店 2002 年版,第 132、12 页。
⑤ 刘再复:《李泽厚美学概论》,生活·读书·新知三联书店 2009 年版,第 30 页。
⑥ 李泽厚:《历史本体论》,生活·读书·新知三联书店 2002 年版,第 13 页。
⑦ 李泽厚:《历史本体论》,生活·读书·新知三联书店 2002 年版,第 112—113 页。
⑧ 李泽厚:《历史本体论》,生活·读书·新知三联书店 2002 年版,第 91 页。

妄言的是对马克思作了"穿透性的阅读"之后对历史唯物主义所做的"创造性"的发展，"是独家创造的历史本体论"！①

我这样说并不认为心理建设不重要，早在两千五百年前苏格拉底就提出了要为灵魂操心，规劝人们不要只关心自己的身体、财产，而应该"注意灵魂的完善为重"②；所以面对当今社会人们一心为财富操劳而忘却自己灵魂的安顿的情况下，提出"心理建设"问题确是有其十分紧迫的现实意义，我在自己近年发表的论著中也在反复提倡和宣扬这个问题③。但与李泽厚不同的是，我认为这只是属于人生论、伦理学和美学研究的领域的问题，是不能取代历史哲学、特别是历史唯物主义的。所以以"后现代主义"马首是瞻，把人的社会普遍性看作是"人类史前"的特性，而仅仅以个人性、偶然性来为人的本质定性，并认为马克思主义以社会性、集体性"吞食"了个人，是极其轻率、武断、缺乏起码的科学态度的；试图把历史的问题转化为个人心理的问题，放到个人心理的层面上来探寻解决社会历史问题的方案，更是一种脱离实际的幻想和妄想！

事实上，马克思主义创始人不仅把历史的出发点视为"有生命的个人存在"，而且始终把个人的自由解放看作是历史发展的归宿和最终目的，认为"要不是个人都得到解放，社会本身也不能得到解放"④，共产主义社会就是以"每个人的全面而自由的发展为基本原则的社会形态"⑤，"在那里每个人的自由发展是一切人的自由发展的条件"⑥，这些言论都足以充分说明。当然，这些思想在马克思主义经典著作中只是提出而未能得到全面的展开。这是因为历史唯物主义是一种历史哲学，它所着眼的是人类总体，而非像伦理学、心理学、人生学那样以具体的个人为对象；所致力的不是个人的心理建设，而"把历史看作人类发展的过程"，探讨人类历史发展的基本规律。同时也决定了作为历史唯物主义的出发点的"有生命的个人存在"不是抽象

---

① 刘再复：《李泽厚美学概论》，生活·读书·新知三联书店 2009 年版，第 30 页。
② 柏拉图：《申辩篇》，《古希腊哲学》，中国人民大学出版社 1990 年版，第 209 页。
③ 参看拙著：《审美超越与艺术精神》，浙江大学出版社 2006 年版；《论美与人的生存》，浙江大学出版社 2010 年版，见两书中的有关篇目。
④ 恩格斯：《反杜林论》，《马克思恩格斯选集》第 3 卷，人民出版社 1979 年版，第 332—333 页。
⑤ 马克思：《资本论》第 1 卷，《马克思恩格斯全集》第 23 卷，人民出版社 1972 年版，第 649 页。
⑥ 马克思、恩格斯：《共产党宣言》，《马克思恩格斯选集》第 1 卷，人民出版社 1972 年版，第 273 页。

的、偶然性的个人,他本身就是个人性与社会性的矛盾统一体,强调"人作为人类历史的经常前提,也是人类历史的经常的产物和结果,人只有作为自己本身的产物和结果才成为前提"①。所以他们所说的"有生命的个人存在"既不是生物学意义上的,也不是心理学意义上的,而只能是处在一定社会关系中的、个人性与社会性统一的人。李泽厚认为"唯物史观将人的主题完全纳入生产力和生产关系中,以至个人的人看不见了,更不能解决'为什么活'(伦理学)和'活得怎样'(幸福,即宗教和美学)的问题"②,从而提出要把立足点转移到人"为什么活"和"活的怎样"上来,认为"个人作为'我意识我活着'得努力去自己寻找,自己决定,自己负责。即凭自己个体的独特性,去走向宗教、科学、艺术和世俗生活,以实现自己的人生"③。这就把历史唯物主义与人生学、伦理学、美学混淆了。历史唯物主义是社会科学与人文科学的理论基础,它涵盖人生学、伦理学和美学而本身不就是伦理学和美学。否则,还有什么科学分工的必要呢?如果抛开客观的、历史的视野,以个体的偶发性、差异性、独特性,以个体的心理、情感作为历史唯物主义的基本内容,这必然会把个体与社会、人与历史分割开来,对立起来,以人的个体性来否定社会性,这还算得上是马克思主义的历史哲学——历史唯物主义吗?

两个"人化"

把个体与社会、人与历史的分割和对立,集中体现在李泽厚对"自然的人化"这一命题的解释上。"自然的人化"是实践论美学的基本命题。它由马克思在《1844 年经济学哲学手稿》中提出,最先由苏联美学家万斯洛夫与斯托洛维奇等人引入到美学研究。认为"美既不是意识或绝对理念的产物,也不是自然物的自然属性","人们从审美上评价现象的能力,是在人们劳动

---

① 马克思、恩格斯:《德意志意识形态》,《马克思恩格斯全集》第 3 卷,人民出版社 1960 年版,第 515 页。

② 李泽厚:《关于马克思的理论及其他》,《李泽厚近年答问录》,天津社会科学出版社 2006 年版,第 269 页。

③ 李泽厚:《历史本体论》,生活·读书·新知三联书店 2002 年版,第 131 页。

活动过程中形成的"，因为正是在劳动过程中"一方面，人改变着、改造着自然，在利用自然规律的基础上使自然界满足人的需要；另一方面，人也改变着自己，发挥自己的能力和力量，使自己成为创造活动的主体"，人类才能与自然建立起审美的关系①。李泽厚早年就是按这一思想来解释美学问题的，认为"'自然的人化'指的是人类征服的自然的历史尺度，指的是整个社会发展到一定阶段人和自然关系发生了根本改变"②。这"是马克思主义实践哲学在美学上的一种具体表达或落实"③，表明人与自然界审美关系的建立都是"人类实践的历史成果"④。因而被后人概括为"实践论美学"。这表明它在哲学观上是"一元"的，即以人类的生产劳动为基础的。

　　但是自 20 世纪 80 年代中期开始，李泽厚的思想就发生了变化，首先他抛弃了一元论的哲学观和历史观，把原本辩证统一的"外在自然的人化"与"内在自然的人化"这一"自然的人化"的两个方面作机械的分割，视为两个"本体"。认为"外在自然人化"是"工具本体的成果"，故称之为"工具—社会本体"；"内在自然人化"是"情感（心理）本体的建立"，故称之为"文化—心理本体"⑤。并声称前者传承的是马克思的路线，后者传承的则是康德—海德格尔的路线。声称"传统的马克思主义更注重前一方面"，而他自己则"更注重后一方面"。认为前者"用特定的社会存在来解释"，强调的是"有限性、相对性、独特性"，而后者所强调的是"历史的积累性、绝对性和普遍性"，这才真正"关乎人类本体存在"⑥。在今天"精神世界支配、引导人类前景的时刻将明显来临。历史将走出唯物史观，人们将走出传统的'马克思主义'。从而'心理本体'（'人心'—'天心'问题）将取代'工具本体'，成为注意的焦点"⑦。这样就把本属于"自然的人化"的统一的两个方面分割开来，并以"心理本体"来取代和排斥"社会本体"，而使"社会本体"在他后来的美学著作中也就完全成了一种虚设，强调唯有"心理本体"、"情本论"才是美学所要论述

① 万斯洛夫：《客观上存在着美吗？》，《美学与文艺问题论文集》，学习出版社 1955 年版，第 2、4 页。

② 李泽厚：《美学四讲》，《美学三书》，安徽文艺出版社 1999 年版，第 494 页。

③ 李泽厚：《美学四讲》，《美学三书》，安徽文艺出版社 1999 年版，第 478 页。

④ 李泽厚：《美学四讲》，《美学三书》，安徽文艺出版社 1999 年版，第 486 页。

⑤ 李泽厚：《美学四讲》，《美学三书》，安徽文艺出版社 1999 年版，第 499 页。

⑥ 李泽厚：《历史本体论》，生活·读书·新知三联书店 2002 年版，第 38 页。

⑦ 李泽厚：《哲学探寻录》，《李泽厚哲学文存》下编，安徽文艺出版社 1999 年版，第 503 页。

的基本主题。这样，"情"与"理"、"心理"与"社会"、"人性"与"历史"也随之被机械地分割开来了。

我觉得李泽厚的这种解释是颇可商榷的。先来看看他是怎么解释"外在自然的人化"的。他认为"外在自然的人化"狭义的是"指人对自己生存环境的改造"；广义的是指"随着物质的进步，人与自然关系发生变化"，使自然"日后成为个人审美对象的前提、基础和根源"，而"具有了审美的性质"①。这应该是不成问题的，问题在于对"外在自然人化"的社会原因的解释上。李泽厚在谈到历史唯物主义时认为：唯有"使用—制造工具即从原始时代起科技行为是维持延续人类生存发展的根本动力，在社会存在中占有本体位置"②，从而离开了社会关系，把作为社会主体的人看作只是制造和使用工具的人，这是对历史唯物主义的根本篡改。其实，这个定义早在马克思之前的一百年就已为富兰克林所提出，此后，柏格森也认为人的"智力就在于'制造工具'"，利用工具来进行劳动，"'人'应当界定为制造工具的人"③。对于这个定义，马克思肯定它从工艺学的角度"揭示了人对自然的能动关系"时曾明确地指出它具有"排除历史过程的、抽象的自然科学唯物主义的缺点"④。蓝德曼也认为"当富兰克林称人为'制造工具的动物'时，他只是表述了真理的一部分。人不仅创造工具，而且也创造了知识的传统和世界观、技术、道德风尚、社会秩序、交往的程度、风格和其他许多事情"，而这些无不是由生产关系所决定的⑤。这表明唯有把人的活动置于一定的社会关系之中，把生产力与交往方式统一起来，从生产力与生产关系的辩证运动中来探讨社会历史发展的规律，才是历史唯物主义的精髓所在、真义所在，才能科学地说明种种复杂的社会现象；同样对于审美关系，我们也只有按生产力与生产关系统一的观点来进行考察，才会有科学的回答。这种交往方式和生产关系不仅通过以反映在意识领域内的各种文化观念，如自然观、宗教观、伦理观等间接的形式，介入人对外在自然意义的感知，并在自然美中打上或明或显

---

① 李泽厚：《美学四讲》，《美学三书》，安徽文艺出版社1999年版，第496页。
② 李泽厚：《历史本体论》，生活·读书·新知三联书店2002年版，第15页。
③ 柏格森：《创造进化论》，华夏出版社2000年版，第120页。
④ 马克思：《资本论》第1卷，《马克思恩格斯全集》第23卷，人民出版社1972年版，第409页（注）。
⑤ 蓝德曼：《哲学人类学》，工人出版社1988年版，第262页。

的印记，像我国汉代流传的谶纬神学，西方中世纪占统治地位的基督教神学中的天人感应、天人同构的思想对当时人们审美观念的影响都是突出的事例。而且还直接影响着人对于现实的知觉方式，像席勒、马克思批判的资本主义社会的"异化劳动"所造成的人与现实的审美关系的异化就是。这种异化表现为马克思说的它使人在对象面前丧失了审美的感觉而成为仅仅只是一种"占有"关系，"结果人（工人）只有在运用自己的动物机能——吃、喝、性行为，至多还有居住、修饰等等的时候，才觉得自己是自由活动，而在运用人的机能时，却觉得自己不过是动物。动物的东西成为人的东西，而人的东西成为动物的东西"①。但由于李泽厚在谈历史时只谈与生产力相关的工具的制造和使用，而刻意回避和排斥生产关系，认为人若是"生存在马克思所说的既定的现实生产方式之下，人们交往关系之中，人活着就受它们的支配、控制甚至主宰"，而使得"个体总是处在社会性的权力/知识的话语之中"，这是人活着的"三重悲哀之一"②。这样，工具的制造使用和进步，也就成了"外在自然人化"的唯一的决定因素，并以此来说明"外在自然人化"的历史就是人类科技发明和物质文明进步的历史。从而得出"历史规律性首先就是生产工具和经济的发展"③的结论，并把工具和技术命名为"工具本体"。这个概念令人颇为费解，因为：一、按一般的理解"工具"只不过是一种"手段"，它相对于"目的"而言，一旦目的达到，手段也就废弃了。它怎么会有"本体"的地位呢？李泽厚自己也说过，"工具只是第二性的存在，将它置于生活之上，便是本末颠倒、头足倒置"④，现在又把"工具"视为"本体"，这在逻辑上说得通吗？二、基于上述观点，他还把马克思和杜威生硬地扯在一起。说他们"同样从黑格尔的理性主义脱身出来，走向日常生活的经验和实践"，"杜威的工具主义理论或如他自称的'实践经验主义'，恰好可以看作是卡尔·马克思唯物史观的实践观念非常重要的具体开展和补充"⑤，这就更令人百思不得其解。因为在我看来，虽然从宽泛的意义上来说，历史唯物主义和实用主义都

① 马克思：《1844 年经济学哲学手稿》，人民出版社 1985 年版，第 51 页。
② 李泽厚：《历史本体论》，生活·读书·新知三联书店 2002 年版，第 131 页。
③ 李泽厚：《历史本体论》，生活·读书·新知三联书店 2002 年版，第 26 页。
④ 李泽厚：《历史本体论》，生活·读书·新知三联书店 2002 年版，第 34 页。
⑤ 李泽厚：《实用理性与乐感文化》，生活·读书·新知三联书店 2005 年版，第 14 页。

可以说是"实践哲学"；但是马克思主义的"实际生活过程"与杜威的"日常生活"的含义是有着本质区别的，它主要是指构成人类社会基础的生产劳动，不仅与杜威所理解的应对日常事务的实际操作完全不同，而且这种仅仅为了应对日常事务的"实践"正是被马克思冠之以"卑污的犹太人的活动"而加以批判的。就如李泽厚本人当年在《批判哲学的批判》中所指出的："实用主义所讲的实践、操作等，从根本上讲，并不是历史具体的人类社会实践，而是适应环境的生物性的活动。……他们作为实证论的嫡系，与马克思主义的实践论是截然对立的。"①而现在把它与历史唯物主义牵强附会地拉扯在一起，试图借此排斥生产关系，来说明工具和技术的进步为历史发展进步和"外在自然人化"的唯一原因，这是不是显得太随意了呢？这如同伊格尔顿在当年批评本雅明时所指出的，视"决定历史的因素不是技术力量在整个生产方式中所占的地位，而是技术力量本身"的观点一样，都是典型的"工艺主义"②。所以在李泽厚后期的美学思想中，"外在自然的人化"实际上已完全没有本体论的地位，他的全部精力都集中在试图通过对"内在自然的人化"的论证，从人的内在世界、人的心理活动中去探寻历史的本体，亦即他所谓的"情本体"。他之所以还谈"外在自然的人化"，并称之为"工具—社会本体"，无非是为了让人们觉得他的美学似乎还在坚持以历史唯物主义为思想指导的一个障眼法。

现在我们再来看看他对"内在自然人化"的解释。李泽厚认为"内在自然的人化"可分为"感官的人化"和"情欲的人化"。关于前者，他的解释基本上还是以马克思的《手稿》为依据的，在此不予论述；关于后者，他认为就是把人的动物性的生理情欲塑造成为超生物性的需要和享受，而达到"生物性与超生物性的统一"。但是他认为这统一在审美领域与认识和伦理领域是不同的："认识领域和伦理领域的超生物性质经常表现为感性中的理性，而在审美领域，则表现为积淀的感性。在认识领域和智力结构中，超生物性表现为感性活动和社会制约内化为理性；在伦理和意志领域，超生物性表现为理性的凝聚和对感性的强制，实际上都表现超生物性对感性的优势。在审

---

① 李泽厚：《批判哲学的批判》，《李泽厚哲学文存》上编，安徽文艺出版社 1999 年版，第 99—100 页。
② 伊格尔顿：《马克思主义与文学批评》，人民出版社 1986 年版，第 66 页。

美中则不然，这里超生物性已完全融解在感性中"，而成为一种"新感性"①。他所说的"新感性"根据他自己的解释就是"人的自然化"，就是说人的自然本性不受强制而达到与外部世界的协调和契合。所以他认为"人的自然化"就是"情感（心理）本体的建立"②。这样"内在自然的人化"也就成了他的"情本体"的理论支点。所以要说明他的"情本体"能否成立，第一步我们还得先来看看他对"内在自然的人化"是怎样解释的。

"内在自然人化"和"外在自然的人化"原本就是"自然的人化"的两个侧面，我们通常所说的"审美关系"，也就是指在审美活动中这两个侧面所构成的辩证的统一，"关系"总是由两个事物或事物的两个方面互相依存、相互作用而形成的，这要求我们在研究任何一方时就不能离开对方作孤立的说明，而必须看到它们之间的相互作用。"相互作用首先表现为互为前提、互为条件的实体的相互的因果性"③，对于"审美关系"来说，也就是前述的在实践过程中改变了人与自然的关系，使自然从"自在"变为"为我"的同时，也改变了自身的内部条件，使人的自然感官变为文化的感官、审美的感官，然后才有可能使对象对人来说成为美的对象，同时也决定了作为审美关系的客体——"外在自然人化"的成果与主体——"内在自然人化"的成果都是在实践的过程中相互作用而不断发展的。这里，实践总是具有基础性的地位。因此，正如我们不能离开人的活动来谈"外在自然的人化"那样，我们同样不能离开"外在自然的人化"来谈"内在自然的人化"。历史唯物主义的精神就是要求我们"从物质实践出发来解释观念的东西"，认为"个人的真正的精神财富完全取决于他的现实关系的财富"④。然而由于"外在自然人化"作为形成审美关系的前提性条件被李泽厚在解释两个"人化"时虚化了，从而使得他作为"情本体"的理论支柱"内在自然的人化"一开始就缺乏现实的根基。他把"情本体"看作是历史积淀的成果，说他自己从"1956 提出'美感的矛盾二重性'那时起，就一直在研究理性的东西怎样表现在感性中，社会的东西

---

①　李泽厚：《美学四讲》，《美学三书》，安徽文艺出版社 1999 年版，第 516—517 页。

②　李泽厚：《美学四讲》，《美学三书》，安徽文艺出版社 1999 年版，第 499 页。

③　黑格尔：《逻辑学》下卷，商务印书馆 1976 年版，第 230 页。

④　马克思、恩格斯：《德意志意识形态》，《马克思恩格斯全集》第 3 卷，人民出版社 1960 年版，第 42、43 页。

怎样表现在个体中,历史的东西怎样表现在心理中"①。为了判断他对这一转化的内在机制的解释是否科学,我们就得进一步来看看他的"积淀"说。

"积淀"说

"积淀"说发源于荣格,它被李泽厚引入作为建立"情本体"的心理机制和心理前提。荣格认为任何个人的心理意识都不只是个人经验的产物,它还包含着由历史沉积而来的"集体无意识"在内,所以他把作家看作是一个"集体的人",在他的作品中回响着"整个族类"乃至"全人类的声音"②。表明人的心理乃是历史的积淀物,是历史工作的成果,这我认为不是没有道理的。马克思、恩格斯把人看作是历史的产物,认为"一个人的发展取决于和他直接或间接交往的其他一切人的发展;……单个人的历史决不能脱离他以前或同时代的人的历史,而是由这种历史决定的"③。他们在谈到拉斐尔的作品时说"和其他任何艺术家一样,拉斐尔也受到他以前的艺术所达到的技术成就……条件的制约",表明在他的身上有着一种由历史所造成的"既得的力量"在起作用。这些"既得的力量"是"以往活动的产物",不是"任何个人所能自由选择"④的,是"由历代祖先经验"所"积累起来的遗传"的结果⑤,这某种意义上也可以理解为"积淀"说。但要使"积淀"说成为科学,我认为还须对它的内在机制有一个正确的认识,这就关涉到内在机制与外在机制以及人与"历史"关系的问题。按照前文所引的"历史就是追求一定目的的人的活动"的观点,表明历史与人的活动是不能分离的,离开人的活动也就没有历史。这就要求我们看待历史时必须注意这样两点:一、由于人的

　　① 李泽厚:《美学四讲》,《美学三书》,安徽文艺出版社 1999 年版,第 516—517 页。

　　② 荣格:《论分析心理学与诗歌的关系》,《心理学与文学》,生活·读书·新知三联书店 1987 年版,第 121 页。

　　③ 马克思、恩格斯:《德意志意识形态》,《马克思恩格斯全集》第 3 卷,人民出版社 1960 年版,第 515 页。

　　④ 马克思、恩格斯:《德意志意识形态》,《马克思恩格斯全集》第 3 卷,人民出版社 1960 年版,第 459 页。

　　⑤ 恩格斯:《自然辩证法》,《马克思恩格斯选集》第 3 卷,人民出版社 1972 年版,第 565 页。

活动总是在一定现实关系中进行的，而现实关系是一种共时态的存在，是以空间的形态而出现的，所以我们在看待历史时就不能把时间性与空间性加以分离，否则，就会把历史虚化和抽象化了；二、作为构成历史的活动主体的人也不是抽象的，而是"有生命的个人存在"，是作为知、意、情统一的整体的人投入活动的。所以历史的动力就不是像黑格尔所说的抽象的理性精神，而只能是马克思所说的现实生活中"从事实际活动的"、具有"使用实践力量的人"。

　　那么，李泽厚在阐释"积淀"说时是怎样理解历史和作为历史主体的人的呢？这就得先从他对"积淀"的理解说起。他对"积淀"这个概念有过多次解释，他认为积淀可以"从'人类共同的'、'文化共同的'和'个体的'三个层面来剖析。认识是'理性的内化'，表现为百万年积累形成似是先验的感性时空直观、知识逻辑形式和因果观念；伦理是'理性的凝聚'，表现为理性对感性欲求的压抑、控制和对感性行为的主宰、决定；审美则是'理性对感性的渗透融合'。'积淀'理论重视理性与感性、社会与自然、群体与个体、历史与心理之间的紧张以及前者如何可能转换成后者，最终落脚在个体的独特性和创造性，以获取自由，认识的自由直观，伦理的自由意志，审美的自由享受等"①。并认为"'积淀'三层，最终也最重要的是个体性这一层"②。按个体性是"积淀"的最终的落脚点这一思想，后来，他又把"积淀"分为广义的和狭义的。广义的是指"不同于动物又基于动物生理基础的整个人类心理的产生和发展"，包括"理性的内化"和"理性的凝聚"；狭义的是专指"理性在感性（从五官知觉到各类情欲）中的沉入、渗透和融合"③。前二者"主要是理性在建造、主宰、控制着感性"，因为理性"是为了'与人共在'、'活在世上'而组建的共同规则"，是"群体对于个体此在的生活规范和生存规范"，"其人类普遍性非常突出"，所以这种"理性心理乃是'非本真本己'存在中的历史组建"；而审美作为"理性的积淀"由于把"理性融化在'我'的感性中，在这里，'非本真本己'的存在沉入'本真本己'的存在中"④，这就使得在审美中"由各不同文化（民族、地区、阶层）所造成的心理差异，即理性与感性的结构、配合、比

---

① 转引自刘再复：《李泽厚美学概论》，生活・读书・新知三联书店 2009 年版，第 36 页。
② 李泽厚：《历史本体论》，生活・读书・新知三联书店 2002 年版，第 130 页。
③ 李泽厚：《历史本体论》，生活・读书・新知三联书店 2002 年版，第 124—125 页。
④ 李泽厚：《历史本体论》，生活・读书・新知三联书店 2002 年版，第 105 页。

例,便可以颇不相同"而最能显示个体的心理特征。①

且不说这样的分析是否存在着机械分割的倾向,至少有一点我认为是值得商讨的,即这里所说的都只是就"积淀"的内在机制所做的静态的考察,而毫不涉及它的外部根源。这显然是与他把人与历史分割,而导致对历史作时空分离的解释是分不开的。而在我们看来,历史作为人的活动在时间的延续上的一种形态,既然它的发展的动力是人的活动,而人的活动总是在一定的现实关系中进行的。所以只要承认历史是人的活动的产物,在历史研究中,我们就不能把时间与空间作机械的分离,把空间性排除在历史的视野之外。空间性的特征是广延性和共时性,是一切物质系统中各种要素得以共存并互相作用的根本条件。所以奥古斯丁认为"一样不被空间所占有的东西,即是虚无,绝对虚无"②。马克思主义创始人把人的活动看作是社会历史的基础,就包含着对人的生存的空间性维度的积极的肯定在内。他们批评"过去的一切历史观"的错误之一,就是"完全忽视了历史这一现实基础",把历史的东西"说成是某种脱离日常生活的东西,某种处在世界之外和超乎世界之上的东西,这样就把人对自然界的关系从历史中排除出去了,因而造成自然界和历史之间的对立"③。这就表明空间性乃是时间性的前提,正是这种处在特定空间条件下的人的活动的延续和发展,才会有以时间承续的形式而出现的人的历史。否则,就等于把历史虚化、抽象化了。尽管从文化的角度来看,人类的活动不会是完全没有历史前提的,任何空间条件下的人的活动,都总是这样那样地承载着历史的经验和成果;但从世界的物质性的观点来看,我们就不能不把特定空间条件下的人的活动置于基础的地位。而恰恰在这一点上,被李泽厚在解释"积淀"说时给任意地排除了,他认为"历史会有两层含义,一是相对性、独特性,即指事物在特定的时空、环境、条件下的产物(发生或出现);一是绝对性、积累性,指事物是人类实践经验及其意识、思维的不断的继承、生成。人是历史的产儿,同时具有这两个方

① 李泽厚:《历史本体论》,生活·读书·新知三联书店 2002 年版,第 125 页。
② 奥古斯丁:《忏悔录》,商务印书馆 1963 年版,第 113 页。
③ 马克思、恩格斯:《德意志意识形态》,《马克思恩格斯全集》第 3 卷,人民出版社 1960 年版,第 44 页。

面的内容"①，这并没有什么不对。但按一般的理解，相对性是指处在特定的时空条件中的，因而是有限的，特殊的，暂时的；而绝对性是超越时空条件的，因而是无限的，普遍的，永恒的。这两者原本是不可分割地联系在一起的，总是在相对之中包含绝对，而绝对体现在相对之中，比如对于某些伦理道德观念像诚信、仁义等，我们一方面承认它有超历史、超时空条件的绝对价值，但另一方面更应看到它的内涵总是因历史的发展而发生变化的，在不同的历史年代，它的具体内涵和现实意义也不完全一样。但李泽厚对相对性和绝对性作这样的分解目的不是说明两者的内在联系，而是为了强调"传统的马克思主义更看重前一方面"，而他则"更注重后一方面。因为后一方面（历史的积累性、绝对性）正关乎人类的本体存在"②。这样产生的实际效果就把原本辩证统一不可分割的时间性和空间性机械地分割开来，并由此把空间性的内容，如人所处的特定的社会关系、人的活动和外部环境和条件等客观因素排除在他的历史的视野之外，这与他前面排除生产关系来谈生产力的思想是一脉相承的。所以李泽厚虽然表面上也承认历史的空间维度，但既然认为唯有时间的维度才"关乎人类的本体存在"，这不就是说明以空间的形态而出现的人的活动中的各种要素的共存和互相作用是没有基础性、本体论的地位吗？这实际上就是把人与历史加以分离，使他的"情本体"趋向封闭，而这种历史也只能说是他主观虚构的而实际上是不存在的。

正是由于否定了历史的空间的维度，否定了在特定现实关系中的人的活动在历史发展过程中的作用，所以在他的"积淀"说中，作为构成人的心理活动知、意、情这三个部分，也就不再是一个有机的整体，这样，就为他在"积淀"说中把认识、伦理、审美三者做机械分割埋下伏笔。而事实上在人的实际活动过程中，知、情、意这三者总是互相联系、互相转化、互为前提的。因为实践是人的有目的的意识行为，所以为了使实践获得成功，从逻辑上来说，人们首先必须认识世界，掌握世界发展变化的客观规律，然后才能按照规律提出切实可行的目的，并通过意志努力在对象世界实现自己的目的。但是"思想根本不可能实现什么东西，为了实现思想，就要有使用实践力量

---

① 李泽厚：《历史本体论》，生活・读书・新知三联书店 2002 年版，第 38 页。
② 李泽厚：《历史本体论》，生活・读书・新知三联书店 2002 年版，第 38 页。

的人"①。这里所说的"实践力量"，按我的理解不只是指一定的工具和技术，更包括推动人去从事实际活动内部意志和精神动力，如目标、意向、愿望、激情等，其中无不包含着鲜明的情感的成分。正是由于情感在从认识向意志过渡过程中所起的动力作用，才有可能使得认识和意志由理性的强制转化为个人主观的意愿；同时通过实践，反过来又使得认识和意志获得进一步的深化和加强，把原先间接认识到的变为自己直接体验到的，从而使原先外在于人的变为内在于人的。这就是一个理性与感性、社会意识和个人意识相互作用、转化和融合的过程。表明在人的在实际活动过程中，人作为"有生命的个人存在"总是以一个整体的人而出现的。所以人的心理的成长和发展既不可能只限于情感，而情感也不可能完全脱离人的整个心理背景而获得成长，而都是以整体的形式来实现的。要是没有整体的心理背景的发展，就不可能有其中单一心理元素的提升。就李泽厚所说的作为"内在的自然的人化"的基本标志"情欲的人化"来说，不就是由于理性的介入而使本能的欲望上升为人的情感和情操，亦即由情欲的理性化而实现的吗？所以情的积淀是离不开理的积淀的，情的提升从根本意义上说也就是理的提升。因此把积淀分为"理性的内化"、"理性的凝聚"和"理性的沉入"，并认为前二者都是"非本真本己"的，唯有后者才是"本真本己"的东西，从而把认识论、伦理学和美学这哲学之中的三个分支，机械地分割开来，以贬低认识论和伦理学来提高美学在对人的本体建构过程中的地位和作用，这完全是由于他离开了人的活动这一历史前提，对之作抽象的、静态的、纯心理的分析所致。所以在我看来，李泽厚的积淀说虽然不像荣格那样，把个人身上的集体无意识归之于"遗传"，认为"它不是从个人那里发展而来，而是通过继承与遗传而来，是由原型这种先存的形式所构成的"②，但实际上都是脱离人的活动所作出的一种主观唯心的理论假说，这就决定了他由"积淀"说所引申出来的"情本体"是缺乏科学基础的。

---

① 马克思、恩格斯：《神圣家族》，《马克思恩格斯全集》第 2 卷，人民出版社 1957 年版，152 页。
② 荣格：《集体无意识的概念》，《心理学与文学》，生活·读书·新知三联书店 1987 年版，第 94—95 页。

"情本体"

"情本体"是李泽厚后期美学思想的核心，它被刘再复认为是"最有原创性"的思想。他提出"情本体"的目的用他自己的话来说，就是"反对道德秩序即宇宙秩序，反对以伦常道德作为人的生存的最高境地，反对理性统治一切，主张回归感性的真实的人"①。

理性是西方传统哲学的精神。亚里士多德就曾提出"人是理性的动物"，认为人之所以不同于动物就在于他有理性。这一传统经笛卡尔、斯宾诺莎、莱布尼兹等人的发展到了黑格尔那里被推到了极端，认为人只不过是理性的工具，都必须宿命地接受理性的主宰，从而招致了叔本华、尼采、狄尔泰、柏格森、海德格尔等为代表的现代西方人本主义以及当今流行的后现代主义哲学的猛烈攻击，并都以对理性的批判来为他们自己哲学的开路。李泽厚把"心理"、"情感"视为历史的本体，即沿承以上思想传统而来。他的理由是：一、由于理性对人来说都是一种外来的强制，是"非本真本己"的东西，所以"人性的塑造、陶冶不能只凭外在律令，不管是宗教的教规，革命的'主义'。那种理性凝聚的伦理命令使所塑造的'新人'极不牢靠，经常是在这所谓'绝对律令'崩毁了后便成为一片废墟，由激进的'新人'到颓废的浪子，在历史上屡见不鲜"②。这种情况应该说是存在的，但原因非常复杂，需要我们作具体的分析，笼而统之的借此来贬低和排斥理性是缺乏科学态度的。二、在否定理性对人的支配地位的基础上，他主张把理性视为"实用理性"、一种"经验合理性的概括和提升"，它只能"作为现实生活的工具来定位，重视的是功能而不是实体"③。这样，也就从根本上否定了理性对于塑造人的作用以及从理性中去寻找人生的归路，认为人生无常，一切都是偶然的、当下的、即时的，"与其在重建'性'、'理'、'无'、'Being'、'上帝'、'五行'等等道德来管辖、统治、皈依、归宿，又何不皈依、归宿这'情'"。所以对于人生来说，也

①　李泽厚：《实用理性与乐感文化》，生活·读书·新知三联书店 2005 年版，第 71 页。

②　李泽厚：《历史本体论》，生活·读书·新知三联书店 2002 年版，第 129 页。

③　李泽厚：《历史本体论》，生活·读书·新知三联书店 2002 年版，第 34—35 页。

"只有以这亲子情、男女爱、夫妇恩、师生谊、朋友义、故国思、家园恋、山水花香的寄托,普救众生之襟怀以及认识发现的愉快、创造发明的欢欣、战胜艰险的悦乐、天人交会的皈依感和神秘经验,来作为人生真谛、生活真理了"。因为"能常在常住心灵的,正是那些珍惜的真情'片刻'只有它能证明你曾经真正活过……'命'非别的,它关注的正是这个非人力所能主宰、控制的人生偶然"。他提出"情本体"就是表明人只能"停留、执着、眷恋在这种情感中,并以此为'终极关怀'。这就是归路、归依、归宿。因为已经没有在此情感之外为'道体'、'心体'、Being 或上帝了"。就"让这种审美情感引领你'启真'、'储善'吧"①。这与其说是对理性瓦解后的虚无人生的一种心理疗救,不如说是李泽厚本人信仰泯灭后的内心写照:由于无家可归了,心灵也只能四处漂泊,在"片刻"中找到情感的慰藉,这就是他所说"皈依、归宿这'情'"。

我们并不否认情感的培育在人的心理建设中的重要。这不仅由于在人的活动过程中,情感是由认识过渡到意志行为的心理中介,一切为人所认识了的东西,只有经过情感体验,化为自己的内心的需要和追求,才能成为人的行动的动力,在人的行为中得以落实,而且唯有强烈的情感的支撑和维护,人的行为才能得以持久,才会最终实现自己的人生目标。所以狄德罗认为"只有情感,而且只有强大的情感,方能使灵魂达到伟大的成就","情感淡泊使人平庸","情感衰退使杰出的人物失色,一勉强就消灭了自然的伟大力量"②。这也就是马克思在批判资本主义异化劳动所造成人的异化时,并不认为由于知识和技能的退化,而从根本上把原因归之于情感的物欲化和荒漠化的理由。这充分说明情感在人格结构中的重要地位。问题是对于情感与理性的关系应如何作辩证的理解。李泽厚的失误我认为不在于强调情,而在于没有看到甚至完全否定两者之间的辩证关系,具体表现为:

一、以强调"情"来贬低、否定和排斥"理"。不加分析、笼而统之地把"理"一概视为"工具",认为它只有功能性而没有实体性的意义。这认识是片面的。其实,"理"所指的不仅是人对外部世界的科学认识,而且也包括人对自身社会性的自觉意识,不仅是指"知识理性",而且也包括"道德理性"

---

① 李泽厚:《哲学探寻录》,《李泽厚哲学文存》下编,安徽文艺出版社 1999 年版,第 524—526 页。
② 狄德罗:《哲学思想录》,《狄德罗哲学选集》,商务印书馆 1983 年版,第 1—2 页。

（实践理性）。它无时无刻不在支配着人的行动。所以康德一方面接受自"智者派"以来把希腊理性主义哲学冠以"独断论"来加以批判，而另一方面又把"理性"二分，把知识理性作为认识论中的构成原理，把实践理性作为伦理学中的范导（调节）原理，像人生理想、信念、信仰等都属于此。它们在一个人的行为中是至上的，是人生存的思想根基；要是连这个根基也摧毁了，那么他的灵魂也就无处安顿，行为也就失去依托。正是由于这样，康德才把它看作是一种"先天的律令"、"道德的本体"。并认为实践理性与知识理性不同，由于它最终目的为了付诸实行，这就必须要求进入人的内心，化为人们"对法则的爱"而使人"乐意执行"①，这才有可能在人的行为中落实。他在写了《实践理性批判》之后还写了《判断力批判》，在我看来就是为了探讨如何通过审美而使先天原则、使"思辨规律"成为一种"感觉意识"，一种"活在心中的对于人性价值的感觉"而"进入人的心灵"成为主体人格主导意识②。这表明康德的伦理学不像李泽厚说的"只是一套理智主义的空论"③，一种"森严可畏的绝对命令"④，它的最终目的就是为了如何进入生活。如果把实践理性也视为一种工具，它只是用来应付日常事务的，甚至是为求"经验的合理性"而可以放弃原则的；那么，伦理学岂不成了处世哲学甚至市侩哲学？

　　二、当然，李泽厚也并没有完全否定"理"，他强调"道由情生"，认为它作为一种生存的智慧，应从自然情感中产生、提升而来，"只有'以美启真'、'以美储善'，才是真正的心灵成长、真正的人性出路"⑤。但若是承认在情提升为理的过程中是不可能完全自发的，而是经由主体意识的评价和选择这一中介环节来实现的，那就不可能完全排除理的介入。自近代情感主义伦理学的创始人休谟以来，人们就认为伦理学的基本命题不是以"是"与"不是"为连系词，而是由"应该"与"不应该"联系起来的。而"应该"与"不应该"不只是认知，而且更是一种体知，是经由自身体验所得的认识，亦即是休谟说的是"由道德感得来"的⑥。如在生活中，当我们帮助了别人，从别人的快乐

---

　　①　康德：《实践理性批判》，商务印书馆 1999 年版，第 90 页。
　　②　康德：《论优美感与崇高感》，商务印书馆 2001 年版，第 14 页。
　　③　李泽厚：《中国思想史论》下，安徽文艺出版社 1999 年版，第 1132 页。
　　④　李泽厚：《历史本体论》，生活·读书·新知三联书店 2002 年版，第 104 页。
　　⑤　李泽厚：《历史本体论》，生活·读书·新知三联书店 2002 年版，第 129 页。
　　⑥　休谟：《人性论》下册，商务印书馆 1980 年版，第 510 页。

中获得自己情感上的满足的时候,我们同时也就从中认识到自己的行为应该怎样而不应该怎样。这难道不包含着理性的评价和选择吗?这表明没有理的参与和介入,"情"是无法上升为"道",上升为李泽厚所说的"情感信仰"的。但是由于李泽厚认为在当今社会,理性已被消解,也无须再去重建,人们不需要"并不存在的,以虚幻的'必然'名义出现'天命'、'体性'、'规律'主宰自己"①,所以为了这偶然的人生有个归宿的家园,只能求助于所谓"神秘经验",并认为"中国传统中的儒、道、释就是以某种天人交会的神秘经验作为底线,来建立情感信仰"②。断言这种"以神秘经验为本体或最终依托,尽管形态不同,甚至多种多样,都已经没有认识论意义,也不是伦理学的课题,它只属于宗教或美学的范围","它很难是如康德那样的道德的神学,而只能是非理性的审美的神学"了③。

　　这种反理性主义的理论我觉得是缺乏最起码的科学精神的。阿那克西曼德早就指出,人不是来到世上"便能独立生活","人需要一个很长的哺育期"④,这"哺育期"不仅是指生理的,也包括文化的。蓝德曼在谈到人与动物的区别时也说:"动物从已经完成的自然之手之中出来,它只需要实现已经给予它的东西",它先天具有日后生存的一切能力;而"自然没有把人制造完整便把人放在世界上了,自然界没有最终决定人,而是让人在一定程度上尚未决定",也就是说,人来到世上还是一个半成品,他还必须经过后天的塑造才能最终完成⑤。这一过程就是进入社会、在社会交往中接受文化教育的过程,也就是经由理性的再塑造的过程。在这一过程中,知识理性使人超越外在自然规律的强制而获得自主,使人能够掌握和支配自然规律;道德理性使人超越内在自然欲望的强制而获得自由,使人能够按自己的自由意志来选择自己行为方式和生活道路。这样,才能使人与自然的关系从原本混沌的状态中解放出来而具有自身独立的品格。这说明理性作为人类智慧的结晶,乃是社会、历史给予每个人的一份珍贵的馈赠,它使人在自身成长过程

①　李泽厚:《哲学探寻录》,《李泽厚哲学文存》下编,安徽文艺出版社1999年版,第525页。
②　李泽厚:《历史本体论》,生活·读书·新知三联书店2002年版,第120页。
③　李泽厚:《历史本体论》,生活·读书·新知三联书店2002年版,第122页。
④　伪普鲁塔克:《述要》,《古希腊哲学》,中国人民大学出版社1990年版,第29页。
⑤　蓝德曼:《哲学人类学》,工人出版社1988年版,第245—246页。

中超越个人经验的有限性而与社会和人类的智慧得以融通;人若要使自己得以健康的成长,就应该自觉地接受社会、历史的这份珍贵的馈赠。所以对每个社会的文化的人来说,不仅都是感性与理性的两重组合,而且在这种组合中,理性成分的多少往往是衡量一个人社会化程度的高低的一个重要的标志。我们决不能因为现代社会由于理性的片面发展,以致使原本从对自然与人生做统一把握所形成的知识理性,在近代自然科学的影响下蜕变为只是科技理性、工具理性所造成对感性个人的奴役,而对之不加以分辨、区别地一概加以否定或拒斥,或把它理解为仅仅只是一种"工具"。

根据以上分析,我觉得李泽厚的"情本体"其实不过是被"后现代主义"和"庄禅哲学"改造了的"陆王心学"。他与陆九渊和王阳明一样都否定客观世界的基础地位,把世界的本体归之于"心"。但是他对"陆王心学"不仅没有按照批判继承的原则,扬弃它思想局限而吸取其合理的因素把它推向前进,而反而作了更加片面的发展,表现为:一、在陆王心学中,情与理是统一的,认为个人的"心"与"千百载圣贤心"、"宇宙万事万物之理"是相通的,是一切是非善恶的标准;与之相反,李泽厚的"心理本体"、"情本体"恰恰是以"心"来否定理,认为要"回到根本"、回到"本真本己",就必须突出偶发性、差异性、独特性,"与'后现代人生'接轨",理的成分却基本上已被消解。二、"陆王心学"是从传统儒学发展而来的。中国传统哲学,特别是儒家学说与希腊哲学不同,是没有认识论的,不像古希腊哲学那样热衷于对世界本原和始基的探寻而不考虑实际应用,它基本上是一种人生哲学、伦理哲学,主要是为了解决个人修养和家庭、社会伦理的问题。它与历史哲学是属于两个不同的层次,前者立足于个体(按:"个体"在儒家哲学与近代西方哲学中理解不同,并非指"感性的个人"而是"社会的角色"),后者立足于社会和历史。李泽厚以"情"来作为历史本体,把历史的问题完全看作只是一个个体的问题、心理的问题,而认为心理建设根本又是一个情感塑造的问题,是一个美学的问题,从而提出"美学是第一哲学"。认为"自黑格尔将理性宣扬至顶峰后,作为巨大反动,人的感性存在、感性生命成为哲学的聚焦。……历史本体论承续着这一潮流,将美学作为第一哲学,正是将人的感性生命推到顶峰"①。从而

---

① 李泽厚:《实用理性与乐感文化》,生活·读书·新知三联书店 2005 年版,第 96 页。

把美学的问题看作既是历史的"起点"又是历史的"终点"①,它承担着解决社会历史问题的根本任务。这不是把历史完全主观化、心理化和美学化了?这还算得上是历史唯物主义吗?

余　论

最后,我还想谈一点阅读李泽厚美学理论著作时所生的感想。李泽厚无疑中国当代学界的大家,我的美学思想最初主要是受他早期的美学论著的影响。至今还是认为当年以他为代表的"实践论美学"作为美的哲学,有关审美关系形成的社会历史根源的探讨,对于美学研究沿着科学的道路前进,还是有重要的指导意义的。但遗憾的是自新时期以来,他似乎并没有沿着这一正确的方向继续前进。我这样说并非思想保守;因为我同样认为,在学术研究的道路上,故步自封、墨守成规是没有前途的,只有不断创新突破和超越自我才能推进学术的进步。但学术的创新本身毕竟不是目的,它的目就是通过更新观念和方法来拓展思路而使我们的认识不断地逼近真理、更趋完善。从这样的标准来看,李泽厚近些年的学术创新似乎并没有与科学真理性获得同步前进,尽管他的理论新见迭出,许多见解也颇能给人以启迪,但不少往往都出于一种对传统的逆反的心理而做出的带有明显情绪化的论断,缺乏实事求是的态度,在学理上往往都经不起科学分析;在理论建树上,在推进美学学科向着科学的方向发展和提升方面,似乎还不如他前期的成果。他的问题在我看来主要有两方面:

一、在观念上,他力图广泛地吸取中外古今他认为有价值的各种思想作为理论资源,通过融合会通来建构他的以"情本体"为核心的美学体系,并被刘再复认为是"自'美学'概念传入中国、美学学科在中国确立之后第一个建构体系的人","是中国近现代史上唯一建立美学体系的哲学家"②,这些理论资源除了刘再复所提到的我国儒家思想、康德哲学、马克思主义的历史唯物

---

① 李泽厚:《实用理性与乐感文化》,生活·读书·新知三联书店 2005 年版,第 108 页。
② 刘再复:《李泽厚美学概论》,生活·读书·新知三联书店 2009 年版,第 13 页。

论之外,我觉得至少还有庄禅哲学、存在主义、特别是后现代主义哲学。这些理论原本是没有共同的思想基础和话语契合点而很难直接开展对话的,但是为了"会合融通",李泽厚运用他惯常的"六经注我"的思维方式,往往违背其基本精神而通过任意肢解、肆意发挥,来加以裁剪、拼凑。这使得某些理论资源,特别是马克思主义都有意无意地被他曲解得面目全非,而且在理论的推进过程常常未作任何分析和论证而以"我注重"、"我以为"作为转折,显得非常随意、主观、武断,很难以理服人,如对于两个"本体"、人性与历史、情感与理性、相对与绝对的关系等论述,都显得自相矛盾,难以自圆其说。总的来说,不免让人感到有些混杂。在我的感觉中,与刘再复评价"真的是打通中西文化血脉,一切论述均是融会贯通后的表述"①就有着很大的距离。所以,尽管他的论著文字晓畅,也颇有文采,但从理论上来把握他的思想脉络,读来却很困难,有时感到比读康德、黑格尔还难理解。因为后二者主要是理论的艰深,反复钻研尚能渐入佳境;而前者则是思想的驳杂,本身就没有形成逻辑严密的思想体系,结果只能是让读者枉费精力。若是一定要说他后期美学理论的思想特色,我觉得既不像他自己所说的是循康德到马克思或循马克思到康德,也不像刘再复所说的"是马克思与康德互补而原创的哲学工程"②,而是被后现代主义改造了的"陆王心学"。因为在他以"情本体"为核心建构的美学论著中,康德的理性精神和马克思的实践理论其实都已解构殆尽。

　　二、在方法上,缺少辩证思维而带有明显机械凑合的倾向。他在讨论问题时常常喜欢把事物作分解考察,如生产力与生产关系、外在自然人化与内在自然人化、空间性与时间性、感性与理性、人性与历史,……这原本无可厚非,但同是这样二元分解,辩证思维与形而上学却有着根本的区别:前者不仅注意彼此的对立,更看重彼此的联系、转化和统一,主张"从对面的统一中把握对立面","从否定的东西中把握肯定的东西"③。所以对辩证的思维来说,对立面双方是相互依存、相互渗透、互相转化的。如在历史与人性的问题上,认为人是离不开历史的,人既是历史的产物,又是历史的创造者,所以历史中有人的因

---

　　①　刘再复:《中国现代美学的第一小提琴手》,《李泽厚美学概论》,生活·读书·新知三联书店2009年版,第2页。

　　②　刘再复:《李泽厚美学概论》,生活·读书·新知三联书店2009年版,第4页。

　　③　黑格尔:《逻辑学》上卷,商务印书馆1966年版,第39页。

素,而人身上有历史的因素。这就要求我们既反对离开人的活动来考察历史,也反对脱离历史来研究人。而李泽厚在分解时不仅没有看到双方互相依存、相互转化的一面,而且往往以一方来排斥另一方,如在历史与人性的问题上,处处都是以人性来排斥历史,这样就必然引发以个人性排斥社会性、以感性来排斥理性等倾向。虽然有时李泽厚似乎也发现这种机械分割所造成的理论上的片面和极端,而回过头来想从另一方来作些纠正。如他提出历史的出发点就是"我活着",就是"每个活生生的人(个体)的日常生活本身"时又补充说"这活生生的个体的人总是出生、生活、生存在一定时空条件的群体之中,总是'活在世上''与他人同在'"。并认为这就是"涉及到'唯物史观'的理论"①。但由于经过他改造的"唯物史观"早已把交往活动、生产关系排除在外,这里"与他人同在"和"人活着"之间就已不再有学理上的内在的逻辑联系,充其量只不过是一些"修补"的工作,而丝毫没有改变他理论本身所存在的内在矛盾。

　　说明一点,以上所论的不少问题,李泽厚在不同的场合的说法似乎并不完全一致,至少侧重点是不同的,如在《历史本体论》之后发表的《"超越"与"超验"》、《情本体、两种道德和"立命"》②等谈话中的有些观点似乎也在对《历史本体论》作不断的修补。但由于他的《历史本体论》于 2002 年出版以后,又于 2003 年、2008 年与其他著作合编在一起,由不同的出版社出版多次,最近又像玩魔方似的,把它们另行编排题名《哲学纲要》由北京大学出版社出版,表明他迄今没有放弃书中的观点,加上在其他场合他都是以谈话的形式发表的,唯有《历史本体论》是系统的著作,所以我写这篇文章主要以此书为依据,其他谈话可能无暇全都顾及。为了写这篇评述文章,我对此书读了多遍,但由于智力愚钝、功底浅薄,可能还存在把握不准、说得不够到位甚至误解的地方,敬请李泽厚先生、刘再复先生以及学界的同仁批评指正。

2010 年中秋前后

原载《文艺研究》2011 年第 5 期

收入本文集时有修改

---

① 李泽厚:《历史本体论》,生活・读书・新知三联书店 2002 年版,第 13 页。
② 见《李泽厚近年答问录》,天津社会科学出版社 2006 年版。

论国人对康德美学的三大误解

　　康德美学自王国维从日本引入以来已有近百年的历史，并在我国产生了巨大的影响，特别是近三十年来，人们对它的兴趣更是与日俱增，但也普遍地存在着不少误解。

　　这些误解归根到底是由于对康德在"审美判断力分析"中所提出的"四个契机"认识的片面所生。"判断力"是他认识论中的一个概念。他不赞同当时流行的经验主义和理性主义的认识观，而力图加以调和，认为单独的表象是个别的、偶然的，是不能成为知识的，只有以具有普遍的、必然的内涵的知性概念加以整合，作出判断，才能成为知识。他把这种联结经验的特殊性和先验的普遍性之间关系的能力称之为"判断力"，以此表明认识不像亚里士多德所理解的只是主观符合客观，而且还有一个客观符合主观的问题。因此，在认识事物过程中，人们就必须预先掌握知性的范畴体系，他把这些范畴体系分为质、量、关系、情状（模态、方式）四组，并把它们应用到对"审美判断力的分析"之中。"质"表明美的事物虽然使人愉快但不是以利害的观点去评判的，美感不同于快感，审美无关欲念；"量"表明美的事物对人虽是普遍有效的，但又不是以概念的形式出现，所以审美不同于认识；"关系"表明审美判断由于无利害、非概念的，因而也是无目的的，但又是以人为目的；"模态"表明审美判断虽然以个别的形式出现，但并非偶然而是必然的。这四个方面是一个整体，就像康德当年自己声称的："没有一个真正的形而上命题能够与整体相分离而得到证明"，而只能是"从这种认识的可能整体的概念中推导出来"①。所以他非常反对别人在批评他的著作时攻其一点而不及其余，他不怕自己的思想被证明有错误，而只怕被别人所误解。若是我们

---

　　① 康德：《致克里斯蒂安·伽尔韦》，《康德书信百封》，上海人民出版社 2008 年版，第 89 页。

细细揣摩康德的本意,不难发现审美判断力的这四个契机并非完全并列,而是以"无目的的合目的性"为思想核心的。李泽厚认为这是"美的分析的中心项"①,我认为是很有见地的。而要深入说明这个问题,我们就得联系康德哲学思想的整个体系来分析。

众所周知,他的主要著作是三大批判,即《纯粹理性批判》、《实践理性批判》和《判断力批判》,三者分别属于"认识论"、"伦理学"和"目的论"。认识论关涉现象世界,伦理学关涉本体世界,他把致力于探讨目的论的《判断力批判》分为上、下两卷,上卷探讨的主要是"主观的合目的性",下卷探讨的是"客观的合目的性";但它们都作为反思的判断力,"为了沟通认识和伦理,即他的前两大《批判》,以联系自然与人。审美判断力以自然形式的合目的性与人的主观的审美愉快相联系,目的论则以自然具有客观目的性与道德的人相联系"②,而起到沟通现象世界和本体世界的桥梁的作用。其中"审美判断力"又是以求达到这一沟通所迈出的第一步。它之所以能起到这样的作用,就是由于审美判断既具有认识的内容又有本体的内容,既没有目的又是以人为目的的。这样,这四个契机就不仅构成一个整体,而且都环绕着这"关系"的契机而得以展开。所以,我认为国人对康德美学的许多误解,都是由于没有把这四个契机视为一个整体,特别是离开了"无目的的合目性"这一思想核心而产生的。这些误解主要反映在以下三个问题上。

一

首先,康德的美学是否是形式主义的?

说康德的哲学和美学是"形式主义"的是国内外学界所普遍存在的看法,但不能得出他认为美只在形式而无关内容的结论。要说明这个问题,就需要我们对"形式"这一概念先作一番辨析。

前面说过,康德力图调和经验主义和理性主义,认为认识虽然起源于感

---

① 李泽厚:《批判哲学的批判》,《李泽厚哲学文存》上编,安徽文艺出版社1999年版,第399页。
② 李泽厚:《批判哲学的批判》,《李泽厚哲学文存》上编,安徽文艺出版社1999年版,第421页。

性经验,但要成为知识必须经过知性概念的整合,他的哲学就是研究这些先验范畴的应用逻辑的。逻辑研究的是论证规则,是不受具体材料制约的一般的思维形式,它如同数学。这是柏拉图在《斐多篇》中所倡导的方法,因为在柏拉图看来,就像"轻捷之鸽翱翔空中,感遇空气的阻力,遂悬想在真空中飞翔当更轻捷"那样,他"以感官世界限制知性过甚,遂鼓观念之翼",认为只有"离感官世界才能进入纯粹知性之真实的世界中"①。这思想深为康德所认同,并在自己的研究中效法柏拉图,为建立"纯粹理性的立法的机能",而把经验现象排除在外,这就是他所说的"形式",这形式实际上与"理念"同义。所以黑格尔认为"单就这些范畴本身来说,它们是空的、无内容的、属于思维本身的","它们只有通过给予的多样性的直观材料才有内容"②,黑格尔指出这些范畴是空的、无内容的目的,"不能认为这是范畴的缺陷,反倒是范畴的优点"。因为这不仅由于它所包含的内容"多于感觉材料的内容",而且"这些范畴和范畴的总体(即逻辑的理念)并不是停滞不动,而是要向前进展到自然和精神的真实领域去的"③,这表明在康德哲学中,这"形式"只是与"质料"相对,并非与内容相对而言。如同古留加在谈到康德的伦理学时所指出的,"康德力图在严格的形式的基础上建立伦理学,但他毕竟不是一位形式主义者,他从不忘记事情的内容方面(因而也是社会方面)"④。但在我国学界,对于康德的"形式"似乎不是作这样的理解,而认为它"从审美对象中抽掉内容","不涉及它的内容意义、目的和功能"。如宗白华在《康德美学原理评述》中认为:"康德喜欢追求纯粹、纯洁,结果陷入形式主义、主观主义的泥坑,远离丰富多彩的现实生活和现实生活里的斗争……美学到了这里空虚到了极点、贫乏到了极点","康德美学把审美和实践生活完全割裂开来,必然从审美对象抽掉一切内容,陷入纯形式主义……"⑤这我认为就值得研究了。要说清这个问题,我们就得从"审美判断力分析"中的"关系契机",即无目的性和合目的性说起。

---

①　康德:《纯粹理性批判》,商务印书馆 1960 年版,第 34 页。
②　黑格尔:《哲学史讲语录》第 4 卷,商务印书馆 1978 年版,第 270 页。
③　黑格尔:《小逻辑》,商务印书馆 1980 年版,第 124—125 页。
④　古留加:《德国古典哲学新论》,中国社会科学出版社 1993 年版,第 84 页。
⑤　宗白华:《康德美学原理评述》,《判断力批判》上卷附录,商务印书馆 1964 年版,第 217—218 页。

　　在审美判断分析的四个契机中,最难理解的就是"关系"契机。"关系"契机所研究的是如何联系对象所能产生的效果来对对象作出评判的机能,它是与"目的"的概念有着密切的联系,因为通常当效果以概念的形式为人们所想象时,"这时人们自己便在思维着一个目的"①。但是由于康德认为审美虽然有它的目的,但它的出现形式又是无目的的,以致我国当今许多学人在谈到这一契机时,着重分析的主要是"无目的性",即只是着眼于"形式的合目的性",认为"关系方面的特点是一个美的对象只具有主观形式的合目的性",而对于"客观的合目的性"却少有涉及。而在我看来,联系康德的整个思想体系来看,他的真意恰恰是在"客观的合目的性"上。

　　"目的论"是柏拉图、亚里士多德哲学为后人留下的重要遗产,并为中世纪基督教神学所继承和发展,如托马斯·阿奎那在《神学大全》中认为世界是上帝按照一定目的创造的,所以,"必定有一个有智慧的存在者,一切自然的事物都靠它指向着他们的目的。这个存在者就是上帝"②。因此自文艺复兴以来,人们在反对基督教神学的时候,把目的论也一概予以否定;反映在对人的认识上,像霍布斯把人视同于"钟表",或像拉美特利等人把人视同于"机器"那样,认为人的活动都是受物理学的原理所决定的,如爱尔维修认为:"人是一台机器","人身上的一切都是感觉;因此肉体的感受性乃是人的需要、情感、社会性、观念、判断、意志、行动的原则",这决定了"他们只能拿自己的利益当作判断的准绳"③。霍尔巴赫也认为"人是自然的产物,他只能服从自然的法则而不能超越自然",所以我们去观察人的时候,就应该"把人放在物理规律的支配之下,而不是凭着想象、意图使他成为例外,那就会看到,精神界的各种现象,也同样遵循着物质世界现象的规律","人在生存的每一瞬间都处在必然性掌握中的一个被动的工具","人的精神想冲到有形世界的范围之外,乃是徒然的空想"④。这样,人的自由意志也就遭到彻底的否定,而把人看作与动物那样完全凭"肉体的感受性"行事,这就必然会导致人性的堕落和社会风尚的腐化。康德从"目的论"的观点提出"没有目的的

---

①　康德:《判断力批判》上卷,商务印书馆1964年版,第57页。

②　阿奎那:《神学大全》,《西方哲学原著选读》上卷,商务印书馆1981年版,第264页。

③　爱尔维修:《论人》、《论精神》,《西方哲学原著选读》下卷,商务印书馆1982年版,第180、182页。

④　霍尔巴赫:《自然体系》,《西方哲学原著选读》下卷,商务印书馆1982年版,第234、220、203页。

合目的性"，就是为了改变这种按自然律和决定论来理解人的流行的观点，以求唤醒人的自觉意识。因为"目的论"与"伦理学"虽然不能等同，前者属于本体论，后者属于实践论，但两者所探讨的核心内容是一致的，都是一个"应该"的问题。这样，"目的论"也就成了既是伦理学的出发点，也是伦理学的最终归宿。所以我认为《判断力批判》就其性质来说，就是一部"目的论"的著作；而康德之所以从"审美判断力"说起，只不过是为他的伦理学制造一个铺垫，表明他的道德原则不像有些学者所说的是"森严可畏的绝对律令"①，而是建立在人的感性意识和情感体验的基础上的。唯此，我们才能理解他们所说的唯有"道德的人"才是"自由的人"。

　　认识到这一点，也就为我们理解"无目的的合目的性"的关系找到了一个突破口。这里，"无目的性"是指"形式的合目的性"，因为这种形式的合目的性是不关涉到对象的实际存在，不引发人的占有的欲望的，是指没有"客观的目的"，而只是主观上令人愉快的，这是从"审美的原则"提出来的；"合目的性"所指的是"客观的目的性"，是从"目的论原则"、从"人是目的"的原则来谈的。康德在分析审美判断时之所以从"无目的性"说起，在我看来只是为了否定以实际效果、即"有用性"的观点来看待美。因为按照西方传统的美学思想中的"美善合一"说，事物之所以美就在于它的"有用性"，如苏格拉底认为："任何一件东西如果它能很好地实现它在功用方面的目的，它就同时是善的又是美的。"所以粪筐可能是美的，金盾可能是丑的，"如果粪筐适用而金盾不适用"的话②。虽然后来人们对"善"与"美"作了区分，如奥古斯丁认为善是"使用"的对象而美是"享用"的对象。作为享用的对象，物具有目的本身的意义；而作为使用的对象，它则成了达到另一目的的手段③。但似乎并不足以抵消长期以来美善合一说的影响，直到十八世纪，在伏尔泰、狄德罗的著作中，美善合一的观点还在不断地重复着。这样，美自身的目的和功能也就丧失了。康德对于审美判断力的分析在"质"的"无利害性"和"量"的"非概念性"的基础上，再从"关系"方面提出"无目的的合目的性"，就是为了说明，从一般意义来说，"目的"是意志（欲念）的对象，它是经过理

① 李泽厚：《历史本体论》，生活·读书·新知三联书店 2002 年版，第 104 页。
② 克赛诺封：《回忆录》，《西方美学家论美与美感》，商务印书馆 1985 年版，第 19 页。
③ 奥古斯丁：《论基督教教义》，《论灵魂及其起源》，中国社会科学出版社 2004 年版，第 38 页。

性的分辨,并借概念来把握的,因而总要关涉到利害得失;而美由于无关对象的实际存在和效用,首先是以其形式而使人感到愉快的,若是关涉到欲念和概念,也就不是"纯粹的"、"自由的"美了。所以康德在分析"无目的的合目的性"时,首先视美为主观的、"形式的合目的性"的对象。以致人们在解释这个契机时往往只停留在康德分析到的这一步,而没有看到他以此说明的只是审美判断的前提条件,他的真正的用意不仅没有否定"客观的合目的性",而且恰恰是为了指向"客观的合目的性"。这就需要我们进一步从对"客观的合目的性"的内涵作具体、深入的分析入手。

康德把"客观的合目的性"分为"外在合目的性"与"内在合目的性"两种。"外在合目的性"是指"有用性",即作为手段为其他目的服务,认为这是对自身目的的否定;而"内在的合目的性"是指"完善性"(完满性)。这一概念萌生于斯多亚主义,并为莱布尼兹—沃尔夫学派所继承和发展,被理解为某类事物排除了其作为有限的存在物所有的一切限制,按先天理性设定的目的所可能达到的最完满的境地。所以康德认为"我们如果想在一事物上表现出客观的合目的性,那就必须先有一个指明这事物应该成为什么的概念。而在这事物里其多样与概念的协调(这概念赋予它结合的规则)正是一事物的质的完满性(完善性)"①。在《判断力批判》下卷"目的论判断力的批判"中,他还把"有机性"的思想引入对完善性的阐释中来,认为自然物乃至整个自然界都是一个有机整体,而有机物的特点就在于"其中所有一切部分都是交互为目的与手段的"②,都是为了达到自身的完善而发生作用的。这样"完善性"也就成了我们看待客观的"内在合目的性"的根本依据。所以由此而产生的美与由主观的、"形式的合目的性"所生的"自由美"不同,他把这称之为"附庸美"(依存美),即不是单凭形式而由于有一个概念为依托所生的美,并视"依存美"优于"自由美"。以致人们认为这里是矛盾的;这也就成了康德美学中的一个难题。

其实这个难题并不存在。只要我们细加体会,就不难发现对于这一矛盾康德并非没发觉,他提出"审美理想"这个概念,其用意就是为了把两者沟

---

① 康德:《判断力批判》上卷,商务印书馆1964年版,第65页。
② 康德:《判断力批判》下卷,商务印书馆1964年版,第25页。

通起来,使之得以合理的解决。因为他在"审美判断力分析"中从"形式的合目的性"说起,只不过说明美感是一种"自由感",并非认为美无关内容而就在形式,与"客观的合目的性"是势不两立的;而只是认为从审美的观点来看,这"客观的目的性"不能理解为一种"外在的合目的性"、亦即"有用性",而应该落实到"内在的合目的性",亦即经由"完善性"归结到"人是目的"上来。因为按照《判断力批判》下卷"目的论判断力批判"的思想,尽管自然界一切都互为目的和手段,但其中又必然有一个是"最后的目的",它"不需要任何其他目的为条件的"[①]。而在整个自然系统中,他认为只有人才是"世上唯一拥有知性因而具有把他自己有意抉择的目的摆在自己面前的能力的存在者",也就是说,唯有人由于具有自觉意识和自由意志,具有按照自己理想目标来求得自身完善的能力,是以自身为目的而不是作为达到其他事物目的手段存在的,他才最有资格真正"做自然的主人"。所以在自然这个目的论系统中,人也自然成了"最终的目的"。"因为没有人,一连串的一个从属于一个目的就没有其完全的根据","整个世界就会成为一个单纯的荒野,徒然的,没有最后目的的了"[②]。世界上的万事万物,只有当它有利于人自身的完善才有其存在的价值。他设定人是世界的最后目的,就是为了这种反思的需要。所以,要探寻客观的"内在的合目的性"我们也只有追究到人那里。这样,就确立了人在"审美理想"中的地位,认为"只有'人'才独能具有美的理想,像人类尽在他的人格里面那样;他作为睿智,能在世界一切事物中独具完善性的理想"[③]。

　　但是"完善性"既然是德国理性主义哲学中的一个概念,是由莱布尼兹—沃尔夫学派的信徒鲍姆加通引入到美学中来的;那么,这与康德所主张的审美判断以排除概念为前提条件的思想怎么获得统一呢? 这在我看来就是由于康德强调审美判断是"纯粹的",其目的并非为了排斥理性内容,而只是认为它不能以概念的形式出现。因此,对于"依存美"来说,只要我们"不把这种形式的原因放在一个意志里面",设想"判定者或是对这一目的毫无概念,或是在他的判断里把它抽掉","合目的性因此也可能成为没有目的

---

①　康德:《判断力批判》下卷,商务印书馆 1964 年版,第 98 页。
②　康德:《判断力批判》下卷,商务印书馆 1964 年版,第 94—109 页。
③　康德:《判断力批判》上卷,商务印书馆 1964 年版,第 71 页。

的"。这样它不仅会是"纯粹的"，而且还会使由此而生的"审美的愉快由于和理智的愉快相结合而有所增益"①。这就使得"完善性"在审美理想中"不经概念"而以"不确定的观念"进入个别的表象里，从而在理论上为化解"合目的性"与"无目的性"的矛盾迈出了第一步。

但是到此问题还没有完全解决。因为"内在的合目的性"终究还是一种"客观的合目的性"，而"目的论原则"并不等于"审美的原则"。因为按照康德的理解，审美判断不同于认识判断，就在于它不是"凭借知性连系于客体以求得知识"，而是凭借想象力和知识性的结合"连系于主体的和它的快感和不快感"而作出的②，所以它只能是主观的。只是按"量"的观点来看，这主观性并不等于个人性或偶然性，它对每个人来说必须是普遍有效的；而情感本身总是带有即时性、情境性的，因而为使审美判断普遍有效，还必须要找到一个以一定概念为基础的理性的观念做根据。"这观念先验地规定着目的，而对象的内在的可能性就奠基在它上面"③。所以他在审美判断力的"模态"契机中提出"共通感"来作为审美判断的主观原因，认为必须有一个既隐含着"应该"的观念而又"只通过情感而不通过概念"而建立的普遍有效的"主观性原理"为依据才有可能形成审美判断。正是由于这主观性原理隐含有一个"应该"的观念，才能使它成为一个"理想的规范"而"对每个人构成法则"④，使美成为不依赖于概念而必然使人感到愉快的对象。这样，就可以化"目的论"为"审美论"，即使得原本以"客观合目性"而存在的"审美理想"在审美判断中作为"最高的范本"和"鉴赏的原型"，转化为"主观合目的性"原则的客观依据，如同先天理性观念那样，在审美判断中起着构成和范导（调节）的作用。这样就环绕着"人是目的"这一主题，不仅把"无目的性"与"合目的性"，而且把审美判断力的四方面契机统一成了一个有机整体。

所以，如果把"目的论"看作是伦理学的起点和归宿这观点能成立的话，那么康德把审美理想纳入到目的论视野而作为一个范导原理和反思原则来进行研究，也就成了他伦理学的一个铺垫，他的美学是典型的伦理美学，足

---

① 康德：《判断力批判》上卷，商务印书馆1964年版，第58、69页。
② 康德：《判断力批判》上卷，商务印书馆1964年版，第39页。
③ 康德：《判断力批判》上卷，商务印书馆1964年版，第71页。
④ 康德：《判断力批判》上卷，商务印书馆1964年版，第78页。

见把它冠之于"形式主义"是多大的误解！对于这些误解,朱光潜是有所察觉的,他指出以往人们指责康德是形式主义者,并把当今流传的形式主义美学理念经都追溯到康德那里,"这估价很大程度上起于误解和曲解";但又认为"康德也不能完全辞其咎",其原因就在于"他确实郑重其事地单从形式方面来分析美;而没有很清楚地指出从形式分析所得的结论和内容分析所得的结论为何协调一致",这是由于他"背上了先验理性那一套包袱,终于只做到嵌合,没有达到真正的统一"①之故。这就等于说康德的先验逻辑必然会脱离实际内容产生形式主义的,这岂不又推翻了他前面的分析？这就显得自相矛盾了。

二

其次,"无利害性"是否完全无关利害？

以康德审美判断的四个契机中的"质"的契机"无利害的自由愉快"为审美判断的基本特性,是我国美学界流传得最广的一种观点。王国维在 1903 年所撰的《论教育之宗旨》中按照他对康德的理解,对于美作了这样的界说:"盖人心之动,无不束缚于一己之利害;独美之为物,使人忘一己这利害而入高尚纯洁之域,此最纯粹之快乐也。"其后对之又作了反复的论述,如在《孔子之美育主义》中说:"美之为物,不关于吾人之利害者也。吾人观美时,亦不知有一己之利害。德意志之大哲人汗德(今译康德),以美之快乐为不关利害之快乐。至叔本华而分析观美之状态为二原质:(一)被观之对象,非特别之物,而此物之种类之形式;(二)观者之意识,非特别之我,而纯粹无欲之我也。"②自此之后,这观点在我国就广泛地流传开来,朱光潜又把这一思想与克罗齐的"直觉说"和布洛的"距离说"结合起来,在《谈美》和《文艺心理学》开篇借对古松的三种态度,即同一古松,科学家以真(求知)的观点,木材商以善(实用)的观点,而画家则以审美的观点来看待为例,认为这种"脱净

---

① 朱光潜:《西方美学史》下册,人民文学出版社 1964 年版,第 60—61 页。
② 王国维:《王国维学术文化随笔》,中国青年出版社 1996 年版,第 148、150 页。

了意志和抽象思考的心理活动叫'直觉',直觉所见的孤立绝缘的意象叫'形象',美感经验就是形象的直觉,美感就是事物呈现形象于直觉的特质"①,又使得审美判断是无利害性的自由愉快的观点在人们心目中得到进一步的巩固。这认识虽然有一定的道理,但也很容易使人产生误解,似乎"美"与"真"和"善"是绝缘的,甚至是对立的。像在我国曾经流行一时的所谓"纯诗"、"纯艺术"的理论,就是基于这一思想所生。

这种误解产生的原因我认为就是没有把康德在"审美判断力分析"中所提出的四个"契机"作为一个整体,联系"无目的的合目的性"这一核心思想来理解审美判断的"无利害性"之故。而事实上,康德把审美判断从"质"的契机方面规定为"无利害的自由愉快"时,这"质"与我们通常按亚里士多德定义的"质出于事物之规定性"理解为事物的性质、本质并不完全相同,而只是指"限制性"而言。它只不过说明对于美,我们不能超越限制像"美善合一"说那样,以"有用性"的观点来理解。但由于"善"这一概念在后世使用过程中,人们按自己的需要对之有不同的解释,而导致它的内涵不断扩大,所以康德又把"善"作进一步的区分,即从"善"中又分出"快适"来,认为"快适"是指"在感觉里使官能满意"的,它只是一种个人的主观感觉,维系着个人的欲望;而"善"则是"依着理性通过单纯的概念使人满意的"②。这两种理解分属于经验主义和理性主义。反映在美学思想上,理性派认为唯有思维所把握到的才是真实的,而感官往往是骗人的,所以都轻视和反对感觉经验和感官享受,强调美的理性内容,视美只是一种道德的手段,最典型的莫过于伏尔泰在谈到悲剧时说的"悲剧是道德的学校,纯戏剧与道德课本的唯一区别,即在于悲剧教训完全化作了情节"③。经验派则从感觉论和肉体的感受性出发,认为"美是指物体中能引起爱或类似情感的某种性质",它"只限于单凭感官去接受的事物"④,看重美的感官愉悦的功能,以是否能给人以感官的快适作为衡量美的标准。而这两者在康德看来既非按审美的原则,也非按目的论的原则,都是着眼于利害关系,即从"有用性"的原则来加以评判

---

① 朱光潜:《文艺心理学》,《朱光潜全集》第2卷,安徽教育出版社1997年版,第11页。

② 康德:《判断力批判》上卷,商务印书馆1964年版,第42、43页。

③ 伏尔泰:《论悲剧》,《伏尔泰论文艺》,人民文学出版社1984年版,第395页。

④ 柏克:《论美与崇高》,《西方美学家论美与美感》,商务印书馆1985年版,第118页。

的。这样,美也就被看作只是一种手段,一种为它自身之外的其他目的服务的工具,而不再是纯粹的、自由的了。而在这两种"有用性"中,康德又特别强调审美与利欲关系的不可兼容性。这是自奥古斯丁把"善"区分为"使用"和"享受"以来西方美学思想史上广泛流传的一种观点,如中世纪哲学家埃里根纳认为"智者在心中估量一个器皿的外观时,只是简单地把它的自然的美归于上帝,他不为诱惑所动,没有任何贪婪的毒害能够浸染其纯洁的心,没有任何欲念能沾污他",他反对仅仅以感官的愉悦性来判断美与不美,批评"视觉被以欲求的心理看待可见形态美的人们滥用了。因为上帝在《福音书》中说:'谁以贪婪的目光注视一个女子,谁已在心里犯了通奸罪。'"①这些思想后来经夏夫兹博里和哈奇生概括而提出"审美无利害性"的命题。但由于自文艺复兴以来人们对自然人性的片面肯定所造成的对于人的感性需求的极度崇扬,这种视美为快适的对象,以单纯的感官的愉悦性来评判审美的倾向,不仅没有受到抑制反而更加流行,并被爱尔维修和霍尔巴赫等人在"自爱论"的原则指导下作了进一步的强调:认为"人是一个纯粹肉体的东西","肉体的人就是凭感官认识到的原因刺激而活动的人"②,因而人的本性总是趋乐避苦的,人的行动的动力就是"肉体的快乐和痛苦";"丧风败俗的原因不在于这些快乐的享受",而是手段的不正当③。这样就等于把美视为完全是一种享乐的工具,使得人由于依恋于"有限目的"而成为情欲的奴隶,对自己的生命价值不再有终极的关怀。这与康德所追求的作为世界"最终目的"的道德的人是格格不入的。所以虽然他同时把"善"与"快适"都当作是"美"的对立面,认为"美"是"既没有官能方面的利害感也没有理性方面的利害感来强迫我们去赞许","只有对于美的欣赏的愉快是唯一无利害关系的和自由的愉快"④,但这都只不过是出于对理论的全面性和科学性的考虑,就批判的矛头来说显然主要是针对"快适"的,他强调审美态度是"静观"的,它只是从对象的表象来看,而无关对象的实际存在和效用,就是为了使人从欲望的关系中摆脱出来使之落实到终极目的上,试图借审美来创造一个有

① 转引自塔塔科维兹:《中世纪美学》,中国社会科学出版社1991年版,第126页。
② 霍尔巴赫:《自然体系》,《西方哲学原著选读》下卷,商务印书馆1982年版,第204—205页。
③ 爱尔维修:《论人》,《论精神》,《西方哲学原著选读》下卷,商务印书馆1982年版,第178—180页。
④ 康德:《判断力批判》上卷,商务印书馆1964年版,第46页。

利于道德的人健康成长的文化环境。表明他的审美无利害性的观念就是从"无目的的合目的性"这一核心思想出发而提出的,认为对于审美,不应该按"有限目的"的观点,只是看重美的"有用性",把它作为一种"有用的工具",去实现美和艺术领域以外的其他目的服务;而认为美应该有它自己的"绝对目的",这目的就是为了人,就是使人"在完全的自由里不管大自然会消极地给予他什么",他都能"不顾享受而行动",从而赋予人作为一个人格的生存的存在以一绝对的价值①。这就是我们前文谈到的他通过"无目的性"的分析所要达到的"合目的性"意旨之所在。

根据康德的这一思想,德国浪漫主义诗论家奥·斯雷格尔在《关于美文学和艺术的讲座》中联系对艺术本质的理解,明确地提出了"美的自主性"观点,他说:"人的目的有些只是有限的、偶然的,有些又是无限的、必然的",他认为"只有为追求后一类目的的艺术中才能产生一种哲学理论"。而对于美的艺术来说,它既是"具有一种绝对目的"的,"又以某种方式显得无目的"的,因为"原来我们通称为目的者,不过是知性的一种有限任务,是一种对绝对目的的否定而已"。从这一认识出发,他批评当时一些持功利主义艺术观的人,认为他们虽然"一向善待艺术,但是如果试图从效用方面来推荐它,那就未免方枘圆凿了"。所以他提出"不愿意有用,才是美的艺术的本质。美在某种意义上是效用性的对立面,它就是使效用性成为多余的东西"。"一座房屋是用来在里面住人的。但是,在这个意义上,一幅画或一首诗又有什么用处呢? 一点用处也没有"②。只要我们细加分析品味,就不难发现:在这里,奥·斯雷格尔所反对的无非从功利、从"有用性"、"有限目的"的观点把艺术看作只是一种手段和工具,而强调它应该有其自身的"绝对目的"。但这思想却被戈蒂耶所曲解而用来作为他所提倡的"为艺术而艺术"的理论根据,他在《〈阿贝杜斯〉序言》中对奥·斯雷格尔的观点作了这样的发展:"诗有什么用处? 美就是它的用处。这还不够么? 花、香气、鸟儿以及一切还没有因效用而丧失本来面目者都是如此。就大概来说,一件东西有用便不美。一沾实用,一落入实际生活,它就是由诗变为散文,由自由人变为奴隶。艺

---

① 康德:《判断力批判》上卷,商务印书馆 1964 年版,第 45 页。
② 奥·斯雷格尔:《关于美文学和艺术的讲座》,《欧美古典作家论现实主义和浪漫主义》二,中国社会科学出版社 1981 年版,第 360 页。

术一言以蔽之它就是自由,是奢侈、是余裕,是闲适中的心灵开展。图画、雕刻、音乐都绝没有用场。刻得精致的宝石,稀罕的玩具和新奇的装饰都是世间多余之物。但谁愿意把它们取消呢?"①后来在《〈莫班小姐〉序言》中则说得更加彻底:"只有毫无用处的东西才是美的;所有用的东西都是丑的,是卑污的、龌龊的。一幢房子里最有用的地方是厕所。"②这就把"美"与"真"和"善",艺术与伦理、道德完全对立起来,并对后世产生极大的影响,如唯美主义的创始人王尔德认为"艺术家没有伦理上的好恶,如果艺术家在伦理上有所臧否,那是不可原谅的矫揉造作"。"文学无所谓道德不道德,而只有写得好和写得糟的区别"③。对这些言论,以往人们(包括许多国外学者和权威著作)几乎都溯源到康德;但只要我们稍加辨析就可以发现,这两者之间有着根本的区别,即不论康德还是奥·斯雷格尔,都是为追求"绝对目的"而反对"有限目的"的;而到了戈蒂耶和王尔德那里,在反对艺术为"有限目的"服务时,已经不再有对"绝对目的"的追求了。

这一思想变化使得在唯美主义之后发展起来的许多艺术流派,如颓废主义、形式主义,结构主义等,都无不在反对"有限目的"时而对艺术的"绝对目的"也一概予以否定,由于排斥对文艺社会功能而使"诗学"蜕变成"修辞学"。所以我觉得要对这个问题有正确的认识,还得要我们联系"无目的的合目的性"这一康德美学的核心思想来分析。按照这一思想,康德认为审美虽然不是用作理性的说教或满足感官的享受的,但由于它隐含着一个不确定的"应该"概念,因而又必然具有理性的功能,所给予人的不会只是一种单纯的感官享受,不像"快适"那样,"只顾到快适感觉的大小,只能让自己作为量来了解",它所要求的对象是具有"一定质的表象","这质是能够被了解的和能被还原于概念的,并且由于它同时教人注意愉快情绪里的合目的性,因而也教养着人"④,通过"教化"而使人变得有文化。

"教化"(humanization)英文的含义是人性化、人格化,所以在现代文献中往往与"社会化"(socialization)同义,都是指使人成为人的途径和过程。

---

① 戈蒂耶:《〈阿贝杜斯〉序言》,《唯美主义》,中国人民大学出版社 1988 年版,第 16 页。
② 戈蒂耶:《〈莫班小姐〉序言》,《唯美主义》,中国人民大学出版社 1988 年版,第 44 页。
③ 王尔德:《〈道连·葛雷的画像〉自序》,《唯美主义》,中国人民大学出版社 1988 年版,第 180 页。
④ 康德:《判断力批判》上卷,商务印书馆 1964 年版,第 107 页。

这是由于人是从动物进化而来的,但人之所以不同于动物,就在于他有"文化"。所以康德认为"人类有理由以之归于自然的最终目的只能是文化"①,而作为文化的人的标志就在于他不仅有知识、技能,而且还有超越本能欲求的道德情感。就是因为"由于种种欲望,我们就依恋于某一定自然事物,而使我们不能进行自由选择",而文化能"使我们的意志从一些欲望的专制解放出来"不为"欲望的冲动所束缚"②。这表明只有当一个人在知、意、情方面都由于全面的发展而达到和谐、协调时,他才能成为一个完善的人、一个有文化的人。而审美判断的特点就在于它是按照想象力和概念机能相一致时的合目的性的情调来评定的,也就是说,它使"主观合目的性建立在想象力的自由活动中",从而使得理性与感性在审美活动中达到协调和统一,这就可以通过审美"把文雅与教化输入社会中来",通过"克服情欲偏向的专横"而"使人变得文明"③。使得在完善人自身的这一过程中,审美具有其他教化方式所不能达到的巨大作用。即使只是由"形式的合目的性"而生的"自由美"来说,它也决不仅仅只是给人以感官的愉悦,只是为了"合乎人的眼睛(或耳朵)的需要",以"眼睛(或耳朵)"为目的。因为自毕达哥拉斯学派提出"数的本原即是万物的本原"以来,西方美学史上就是把形式的美与"数"的观念联系起来,认为"整个天界不过是和谐与数而已","天界的各种特点和部分乃至整个宇宙秩序所有共同的东西都显示在数与和谐之中",如同音乐那样,形式的比例、和谐共源于"数"④。所以后来许多音乐论著都从星辰运行所构成的"天体音乐"以及从天(大宇宙)人(小宇宙)相对应的观念出发,认为"使声音的和谐有规则可循的原则同样也制约着人的本性。而决定了不等音的和谐的数的关系同样也决定着生命和肉体的和谐,也决定着相反要素的和谐以及整个宇宙的内在和谐"。这样,就使得音乐通过这种美的形式不仅可以促使人的心灵的协调,而且使得人们在行为举止上都能按照美的法则行事,"由于音乐,我们的思维合理、谈吐优雅、举止得当","使人变得

---

①　康德:《判断力批判》下卷,商务印书馆 1964 年版,第 95 页。
②　康德:《判断力批判》下卷,商务印书馆 1964 年版,第 96 页。
③　康德:《判断力批判》下卷,商务印书馆 1964 年版,第 98 页。
④　亚里士多德:《形而上学》,《古希腊哲学》,中国人民大学出版社 1990 年版,第 70 页。

公正、性格平和"①，在感官的享受中而同时获得一种文化教养，形成如同席勒所说的"这正是每个文明人所要求的好风度"②。何况在"美的分析"中，康德的真正用意不在于倡导"自由美"而是"依存美"。他认为"美"与"善"不同，只不过不是作为工具，依着理性所把握的概念来评判，而以看似纯粹的、自由的形式出现；并非为了反对理性，只是为了使"审美愉悦"与"感觉快适"区别开来。因为他认为"快适"只是个人的享受，它在某种意义上是反理性的，与他所要追求的人的"完善性"以及"作为一个人格的存在以一绝对的价值"的目的是相违抗的。而"依存美"把理性的内容化为人的感觉意识，不以概念的形式暴露于外，给人以感觉仿佛完全是自由的，使"人们乐意以这样一种判断力为消遣，给予德行或依照道德法则的思想方式以美的形式"③，从而使得人人乐于接受而不受强制。因而康德把审美判断视作为一种"道德观念的感性化的评定能力"，把"鉴赏的真正入门"视作为"道义的诸观念的演进和道德情感的培养"④。这就可以达到"无目的的合目的性"的效果，在给人以无害的自由愉快中实现了"道德的善"这一"最高的利害关系"⑤。由此可见以往学界把"美"与"善"完全分割开来、对立起来，认为"审美的无利害性"这命题就是表明"美"对于"善"的否定，这与康德的本意是相距得多么遥远！

三

　　再次，美与崇高是否对立的？

　　对于康德所说的"审美判断力"，在我国学界一般只着眼于"美的分析"而往往忽视"崇高的分析"，这样，有意无意地也就把"美"等同于"优美"，把"审美判断"等同为"鉴赏判断"，把"审美教育"等同于"优美的教育"，甚至认

---

① 转引自塔塔科维兹：《中世纪美学》，中国社会科学出版社 1991 年版，第 167、110、171 页。

② 席勒：《审美习惯的道德作用》，《席勒散文选》，百花文艺出版社 1997 年版，第 146 页。

③ 康德：《实践理性批判》，商务印书馆 1999 年版，第 175 页。

④ 康德：《判断力批判》上卷，商务印书馆 1964 年版，第 204—205 页。

⑤ 康德：《判断力批判》上卷，商务印书馆 1964 年版，第 45 页。

为"美"与"崇高"是对立的。如朱光潜认为"康德在'美的分析'中所得到的关于纯粹美的结论基本上是形式主义的……而在'崇高的分析'中,他却不仅承认崇高的对象一般是'无形式的'的,而且特别强调崇高感的道德性质和理性基础,这就是放弃了'美的分析'的形式主义",从"'美在形式'转变为'美是道德观念的象征',……在写作《判断力批判》的过程中,康德的思想在发展,所以其中有前后矛盾的地方"。又说"康德的崇高说缺点很多,例如崇高与美在他心目中始终是对立的,他没有看到二者如何统一,使崇高成为一种审美的范畴"①。这我认为又是一大误解。

而事实上,康德认为虽然美与崇高在表现形态上不同,但就其性质、目的、功能来说却是一致的,两者相辅相成构成"审美判断力"的两个主要的方面。在早于《判断力批判》27年前所写的《论优美感和崇高感》中,他就明确提出:美感"主要地是如下两种:崇高的感情和优美的感情。这两种情操都是令人愉悦的,但却是以非常之不同的方式"表现出来,"崇高使人感动,优美则使人迷恋","崇高的性质激发人们的尊敬,而优美的性质则激发人们的爱慕"。这两者不是对立,而是互渗的。虽然"崇高的情操要比优美的情操更为强而有力,但没有优美的情操来替换和伴随,崇高的情操就会使人厌倦而不能长久地感到满足"②。而后在《判断力批判》上卷,对于这两者的共同性又作了进一步的说明,指出不论美感还是崇高感所给人的愉快都是以"反省(反思)判断为前提的",既"不系于感觉,像快适那样,也不系于概念,像善的愉快那样",而是由想象力与知性和理性协调作用所产生,所以虽然都是"单个的判断",但对每个主体都具有普遍的有效性。因此,对于美和崇高,"分析的工作都可以按照同样的原则进行","都必须就量来说是普遍有效的,就质来说是无利害感的,就关系来说是主观合目的性的,就情况(模态)来说须表象为必然的"③。

至于这两者之间有什么区别,他作了这样的补充说明,认为"美存在于对象的形式",它必然会受到对象的限制,它虽然不关涉概念,但又是与一个不确定的知性概念相联系,它给予人的愉快不仅是和"质"结合着,而且由于

①　朱光潜:《西方美学史》下册,人民文学出版社1964年版,第26—27、33页。
②　康德:《论优美感和崇高感》,商务印书馆2001年版,第2—3、6—7页。
③　康德:《判断力批判》上卷,商务印书馆1964年版,第83—86页。

想象力和知性是协调的，总是"直接在自身携带着一种促进生命感觉"，如同游戏那样；而崇高却"只能在对象的无形式中发现"，它会"把人引向无限"，所以它与"量"结合着，它所给予人的愉悦是间接的，使人"经历着一个瞬间的生命力阻滞，而立刻继之以生命力的因而更加强烈的喷射"。"它的感动不是游戏"，"所以崇高同媚人的魅力不能结合，而且心情不只是被吸引着，同时又不断地反复地被抗拒着"，它"好像对人的想象力是强暴的"，但却可以证实人的一种"超越任何感官尺度的心灵能力"，而起到"放任想象力"而"扩张理性"的作用，使我们在欣赏中仿佛感到"自己被提高了"，"这个感觉就是崇敬"。这样，"那对于自然界里的崇高的感觉就是对于自己本身使命的崇敬"，只不过它"经由某一种暗换赋予了一自然界的对象"。虽然崇敬不是一种快乐的情感，对人多少带有由于畏惧而屈从的特点，但却可以借此"在我们心里所激发起超感性的使命的感觉"，把我们的精神力量提高到"超过平常的尺度"，就像人们面对"上帝"那样。因为上帝至高无上、威力无比，尽管会使人感到恐惧，但当人"自觉到他的真诚的意图是合乎上帝的意思的，这时那自然威力的作用就会在他内心唤醒对于那对方的本质的崇高性的观念，他认识到一种与这对方的意志相配合的意图的崇高性在他自己体内，由于这个他就能克服对自然界威力的畏惧"。这表明"崇高不存在于自然界的任何事物内，而只内在于我们的心里"，它"把我们的规定使命作为对它的超越着来思维"。所以与美感不同，它不是静态的、静观的，而是动态的，崇高情绪的质是一种不愉快感，但却又是"作为合目的的被表现着"。它可以使人在自己的"无能中发现自身无限的能力"，而起到激发人的生存自觉的作用。这时，即使在这威力面前所表现的恭谦，作为"对自身的缺点不留情面的自我批判"，也是一种"崇高的情调"①。所以他特别强调以崇高感来唤起人的力量来克制"感性界的阻碍"的作用，认为"没有它，伟大的事业就不能完成"②。

这些思想显然是受了基督教文化的影响。基督教视"上帝"为世界的本体，他创造了整个世界，并把自然交付给人去支配。但由于人类祖先亚当和

---

① 康德：《判断力批判》上卷，商务印书馆 1964 年版，第 71、95—97、101—104 页。
② 康德：《判断力批判》上卷，商务印书馆 1964 年版，第 113 页。

夏娃经不起蛇的诱惑,违反抗上帝的意志,偷吃了知善恶树上的禁果,从而惹怒了上帝而被驱逐出伊甸园,从而使得他们的子子孙孙天生就是有罪的。只有信上帝,爱上帝,真心实意地向上帝忏悔、祈求,才能得到上帝的宽恕,回到上帝的身边。康德尽管出生在一个信奉"虔诚宗"的家庭,但他自己并不相信上帝;与经院哲学家托马斯·阿奎那试图以哲学的方式证明上帝的存在相反,他通过对本体论、宇宙论、目的论的分析都证明上帝是不存在的。但出于对当时流行的伦理学从感觉论和经验论出发,把"自爱"与"同情"看作是德行的基础,否定理性的作用,从而使人处身于自然律和必然律的支配中而丧失意志自由,对于人生价值不再有终极关怀的深切感受,康德认为"在我们这个时代,人们更希望以顺从柔软的情感,或以轻风嚣张的并且令人心萎缩而非强健的狂妄要求来调校心灵",而这与"由于人类的不完善性以及向善进步"的要求完全是南辕北辙的①。这就使得他强烈地感觉到信仰对人的生存的重要,所以他通过对自然目的系统分析提出"如果我们要树立一个与道德律的需要相符合的最后目的,我们就必须假定有一个道德的世界原因,那就是一位创世主。换句话说,假定有一位上帝"②。所以他把"上帝存在"作为伦理学的三大公设的客体条件而提出。这并非像叔本华所说的康德把上帝从前门送走又从后门请回来。这里,对于上帝作为"一个最高的道德上的立法创作者的真实性,其充分证明只是为着我们理性的实践使用,而关于它的存在,在理论上是没有确定什么的"③,它只是"理性的对象",而非"理论的对象",只是"道德上的确实"而非"逻辑上的确实"。因为在他看来道德行为像爱尔维修所说的出于"自爱"固然应该否定,但像休谟所说的出于"同情"也不见得正确;因为同情往往是情境性、即时性、没有理性基础的,是不能巩固、持久的。所以真正的道德行为只能是出于对"先天理性"所颁布的道德律令的"敬重",唯有出于这种无私的动机,才能充分显示出道德的崇高性。而"敬重"作为对于"法则的屈服",总是带有某种强制性和畏惧的心理的,就像人们面对崇高的对象如上帝那样。以致李泽厚认为康德的道德法则是"森严可畏的绝对命令";这样就把道德行为与自由意志分离

---

① 康德:《实践理性批判》,商务印书馆 1999 年版,第 171 页。
② 康德:《判断力批判》下卷,商务印书馆 1964 年版,第 119 页。
③ 康德:《判断力批判》下卷,商务印书馆 1964 年版,第 126 页。

开来、对立起来了。卢梭在谈到"自由"时曾把它分为三种,即"仅仅以个人的力量为其界限的自然的自由","以被普遍意志约束的社会的自由",以及"服从人们自己为自己制定的法律的道德的自由",认为"唯有道德的自由才使人类真正成为自己的主人"的自由。① 在我看来康德正是在卢梭这一分析中获得启示并吸取奥古斯丁的"自由意志"的思想来理解道德的,认为一旦当人们意识到这种法则的崇高性和正义性,把执行法则作为自己的职责和义务的时候,就会像"爱上帝意谓乐意执行他的命令,爱邻人意谓乐意对他履行所有职责"那样,"敬畏就变成偏好,敬重就变成爱"②。这样就变他律为自律、强制为自由,使"职责的法则找到通过对于我们自己的敬重进入我们自由意识的方便之门。一旦自由确实奠立之后,当人们深感敬畏的莫过于在内心的自我反省中发现自己在自己眼中是可鄙而无耻的时候,那么此刻每一种德性善良的意向都能嫁接到这种自由上去",因而"自由的意识"也就成了"提防心灵受低级的和使人败坏冲动侵蚀的最佳的、唯一的守望者"。所以他认为"人类唯一能够自己给予自己的那个人价值的不可缺的条件"就是使自己自由地服从法则、按法则行事,而且只有"凭借其自由的自律",人才能成为"道德法则的主体",才是"目的本身"③。因此,自由也就成了"道德法则必需的条件","假使没有自由,那么道德法则就不会在我们内心找到"④。这样,就使人由于有了"献身法则的意向"而达到"完善的境界"⑤。所以道德的人也必然是自由的人。这一心理转换过程在康德看来与"审美判断"中的"崇高感"是一致的。他提出的"美是道德的象征"这一思想虽然在谈到"美"的时候也有涉及,认为"对于自然的美具有直接的兴趣时时是一个善良灵魂的标志"⑥,"我们称建筑物或树木为壮大豪华,或田野欢笑愉快,甚至色彩为清洁、谦逊、温柔",就是"因为它们所引起的感觉和道德判断所引起的心理状况有类似之处"⑦,但它主要是在对崇高的分析中确立的。

---

① 卢梭:《社会契约论》,商务印书馆1980年版,第26页。
② 康德:《实践理性批判》,商务印书馆1999年版,第90页。
③ 康德:《实践理性批判》,商务印书馆1999年版,第176、95页。
④ 康德:《实践理性批判》,商务印书馆1999年版,第2页注。
⑤ 康德:《实践理性批判》,商务印书馆1999年版,第91页。
⑥ 康德:《判断力批判》上卷,商务印书馆1964年版,第143页。
⑦ 康德:《判断力批判》上卷,商务印书馆1964年版,第203页。

　　所以我认为在康德美学中,"美"与"崇高"不是"始终对立",而是互相渗透的,从"美的分析"到"崇高的分析"不仅不是"前后矛盾",而且恰恰是为了把人的意识从有限向无限、从经验的现象世界向超验的本体世界推进的一种逻辑的必然,同时也决定了在他的美学思想中,"崇高"的地位要高出于"美"。因为它比美更加接近道德本体与完成对人的本体建构,实现他所要达到的"人是目的"这一理论的终极目标更接近了一步。表明康德的美学不仅在理论思想上深受基督教文化的影响,而且理论构思和论证方法方面也都受了它的启示。基督教神学认为从感知的世界到神圣的源头有一个层级的秩序,这神圣的源头也就是美的源头,因为美与上帝是合一的。现实的美只不过是上帝的美的象征。所以认为"不可见的美"高于"可见的美"①。因此,为了观照上帝的美,就像心灵通达上帝的途径那样,"我们必须穿越物质上的暂时的,外在于我们的他的痕迹","通过祈祷获得照耀而认识到上升至上帝的神圣阶梯"②。康德的哲学的方法也就是他所说的"纯粹理性的建筑术",就是参照这个阶层体系建构的。所以他写《判断力批判》不仅是为现象的经验世界过渡到本体的超验的世界,为《纯粹理性批判》向《实践理性批判》过渡搭建桥梁,而且在《判断力批判》中他从"审美判断力分析"到"目的论判断力分析";在"审美判断力分析"中,又从"美的分析"到"崇高的分析"这一思想进程,也就是使评判机制"从官能享受到道德情绪的过渡"的过程③,本身又是使审美从"无目的性"为达到"合目的性"而精心设计的一个阶层体系。何兆武在《〈论优美感和崇高感〉译序》中曾把康德的批判哲学比作但丁的《神曲》,说"它要带你遍游天、地、人三界,第一批判带你游现象世界;第二批判带你游本体世界;最后第三批判则是由哲学的碧德丽采——美——把你带上了九重天"④。而《判断力批判》的理论建构,又是为进入这九重天所铺设的天阶,一条心灵通向上帝的朝圣之路中的最关键的一段。

　　这样,他的《判断力批判》不仅从通过对审美的"无目的性"、"无利害性"、"非概念性"的分析入手指向审美的"合目的性",即以"人为目的",而且

---

　　①　转引自塔塔科维兹:《中世纪美学》,中国社会科学出版社 1991 年版,第 126、243 页。
　　②　波纳文图拉:《心向上帝的旅程》,《中世纪的心灵之旅》,华夏出版社 2003 年版,第 125—126 页。
　　③　康德:《判断力批判》上卷,商务印书馆 1964 年版,第 142 页。
　　④　何兆武:《论优美感和崇高感·译序》,《论优美感和崇高感》,商务印书馆 2001 年版,第 2 页。

向我们表明"唯有道德才能无限的提升人格的价值",才能作为自然目的系统中的"最后目的"①。而道德人格之所以值得崇扬就在它无条件地以职责（义务）作为人的行动的动机,他在《实践理性批判》中对职责的崇高性作了这样的礼赞:"职责呀! 好一个崇高的而伟大的名称。你丝毫不取悦人,丝毫不奉承人,而要求人们服从,但也决不以任何令人自然生厌生畏的东西来行威胁,以促动人的意志,而只是树立起一条法则,这条法则自动进入心灵,甚至还赢得不情愿的尊重,在这条法则面前,一切禀好尽管暗自抵制,却也无话可说。……而人类唯一能够自己给予自身的那个价值的不可缺少的条件,就是出身于这个根源的。""这正好是使人超越于自己（作为感觉世界的一部分）的东西,……它不是任何别的东西,只是人格而已,亦即超脱了整个自然的机械作用的自由和独立性。"所以"在全部被造物之中,人所愿欲的和他所够支配的一切东西都只是被用作手段;唯有人,……凭着自由的自律,他就是道德法则的主体",也"唯有凭着这个人格他们才是目的本身"②。康德对"审美判断力批判"全部论证所要达到的逻辑终点,我认为也就在这里。

以上论述只是为了还原康德美学思想的本意,并不认为他的观点都是正确的;它的某些局限性也十分明显,如尽管他主观意图力求把理性主义与经验主义统一起来,但他的理性主义的立场使得他最终没有完全克服二者的对立:如为了强调道德行为的纯粹性而对于一切经验的动机都予以否定,这就显得有些高蹈了。它就像席勒所嘲讽的,如果认为出于关爱或为亲友效劳就未必是道德的,那么,为了"做义务要求我做的事",就得先要对他们"心怀厌恶"。而在对崇高感的理解上,似乎也由于对恐惧感的片面强调,以致人们以为它与美感是完全对立的。类似这些思想局限,都还需要我们去做进一步的分析和评判。但是不论怎样,要使康德美学研究在我国有切实的推进,第一步的工作我认为就应该清除误解、还其本意。为此,我们就不能为贤者讳了。

2010 年 11 月下旬至 12 月上旬

原载《社会科学战线》2011 年第 7 期

---

① 康德:《判断力批判》下卷,商务印书馆 1964 年版,第 110 页。
② 康德:《实践理性批判》,商务印书馆 1999 年版,第 94—95 页。

关于"形式本体"的信

宏斌君：

　　您好！看到您刊于《学术研究》2010 年第 10 期上的文章《形式何以成为本体》，我很感兴趣，因为这是长期以来困惑我的一个问题。但是看了之后，原有的困惑似乎没有消除，倒是产生了一些新的困惑。现在我把这些困惑写出来，希望能进一步地听听您的意见。

　　如果我没有理解错的话，您文章的中心论题好像是说西方哲学史上有两种形式观，一种是与"质料"相对的形式，一种是与"内容"相对的形式。自 19 世纪后期开始，后一种形式观逐渐被抛弃而使前一种观念占据主导地位，西方现代艺术由此也走向抽象主义和形式主义。这就让我感到有些百思不得其解了。"质料—形式"这对概念最初是由亚里士多德提出来的，认为质料是"潜在的实体"，待到与"形式"结合后，潜在的实体才能转化为"实在的实体"。如木材在木匠那里只不过是"质料"，待到木匠按桌子或椅子的"形式"制作成为桌子和椅子之后，这实际的桌子和椅子也就成了实在的实体。所以他认为"形式因"也就是"目的因"和"动力因"，表明他所说的"形式"实际上也就是柏拉图的"理念"（理式），在美学上也就是康德所说的"审美理想"，是一种"观念的表象"，它不同于"知觉表象"，既是一般的、普遍的、抽象的，又是以表象的形式而存在的。为了与作为与内容相对的具体事物感性状貌——form 相区别，它作为一个哲学的术语，通常以复数的名词 Forms 来表达。这"形式"（Forms）在艺术家的创作过程中作为对他所要创造的作品预定目的存在于他的头脑中，驱使着艺术家采取一定的手段和技法使他所使用的材料以它为范式来创造具体的作品。所以席勒说创作就是"使材料消融在形式中"，对于一件人物雕塑来说，就是使坚硬的大理石消融在柔韧的肉体中。所以从"质料—形式"模式中，我认为是得不出抽象主义和形式主义的走向是现代艺术的"一种必然趋势"的结论的。

您为了说明这一"必然性"在理论上做了这样的分析和推导：把"内容—形式"模式说成是"质料—形式"的"衍生物"。您的分析是：按内容—形式的观点，内容是本质，形式是现象；而按照质料—形式的观点，形式也就是事物的本质，是事物的"本体和本原"，"是事物得以产生的原因和根据"，"是事物的内在结构"。这样一来，构成艺术内容核心的恰恰是"作为一般本质的形式，因而内容在根本上是由形式所决定的"。这里有两个问题是需要我们做进一步辨析的：一、我觉得您混淆了两种不同"形式"的概念。按质料—形式（Forms）的模式这"形式"可以说是本质；但是现代形式主义画论与文论都不是按质料—形式的观点而是按内容—形式的观点来看待形式的，如抽象画派的创始人康定斯基就是把形式理解为绘画中的"点·线·面"；俄国形式主义文论的创始人之一什克洛夫斯基也把形式理解为只是写作的手法，认为"文学性"的根本问题不在于"写什么"而在于"如何写"，所指的都是"form"，丝毫看不出有作为"Forms"、作为"理念"、作为"世界本原"的"形式"的意思。所以我认为您在这一推论过程中似乎有意无意地把与"质料"相对的、具体事物作为本质、本原的形式（Forms）同与"内容"相对的作为具体事物现象的形式（form）混淆起来使用，而犯了偷换概念的毛病。二、就算是您按"质料—形式"的模式把形成"形式"理解为事物的本体、本原、本质，也很难成为西方现代艺术必然走向抽象主义的理由。您认为"西方思想的根本特点是认为个别性只是事物的现象，一般性和普遍性才是事物的本质"，好像本质就是"抽象的"，这我认为似乎并不全面，或者说还只是停留在古希腊哲学的观念中，它在近代就已经遭到否定，如在黑格尔那里，就强调本质是处于一定关系之中的，是与现象不可分离的，是"多种规定的综合"、"多样性的统一"，认为"如果真理是抽象的，则它就不是真理"，哲学就是要"反对抽象而使之回到具体"。这些思想后来又为马克思主义所继承和发展，他们把事物的本质分为一般性（普遍性）、特殊性和个别性这样三个层面，认为一般性只不过是一个"贫乏的规定"，只有进入特殊性和个别性层面，我们才有可能真正认识事物。这些思想在今天似乎已成了人们的共识。您把与质料相对的形式看作是事物的本原、本质，认为内容—形式模式中的"内容"，就是"质料—形式"模式中的"形式"（Forms），是由它所衍生的，似乎艺术就是一些抽象观念的演绎，就是"观念表象"，以此来为抽象主义、形式主义辩护，并说明这是现代艺术的必然趋向。我觉得这观点即使是那些抽象派的画家也是不会接受的，因为对于艺术，他们所强调的恰恰是主观性、个人性、自我表现、标新立异，而不是什么抽象的观念与观念的演绎。

为了说明抽象主义、形式主义是艺术发展的历史必然，您还力图从理论和现实两方面寻找它的客观根源。您把形式主义的"理论根源"归结为康德美学，这也是中外学界所流行的见解，我是不赞同的。我认为真正的源头在于戈蒂耶对康德美学的误解和曲解，我们不能再让康德蒙冤。不久前我写了一篇《论国人对康德美学的三大误解》，《社会科学战线》今年第七期将会刊发，此处我就不多说了。我想着重谈一谈您所说的"现实的根源"。您认为，这现实的根源就是"现代科学和技术的发展充当了重要的幕后推手"，具体地说，也就是照相术的发明而使得再现性的艺术相形见绌。这见解我也听得多了，但我感到实在是不值一驳！理由是：一、人的眼睛不同于自然的眼睛，它是一种"文化的感官"、是人的大脑对外的门户，是照相机的镜头所不能等同的；二、人的知觉表象是一种"心理映象"，作为心理映象，它总是受到主体的情感、兴趣、定势的选择和调节的，多多少少都打上主观的印记，是不可能为反映在照相机镜头里的"物理映象"所取代的；三、"摹仿"只是古希腊美学中提出来的一个素朴的概念，只不过表明艺术来自生活、源于生活，从科学的高度来说，自然是不够辩证的；但这观念后世也在不断地发展和完善，如别林斯基认为摹仿就是"把现实作为可能性加以创造性的再现"，表明摹仿与创造这两者是不可分离的，所以即使面对同一现实，不同画家所画出来的作品也不可能完全一样，这里有画家自己的选择、理解、意愿、期望、处理方式和笔墨技巧在内。否则照相术 19 世纪虽然就产生了，但籍里柯、德拉克洛瓦、柯罗、米勒、列宾、苏里柯夫、希施金、列维坦、吴昌硕、齐白石、黄宾虹、徐悲鸿、潘天寿、李可染的作品非但没有因此消失，却反而日益显其伟大的价值，这又怎么解释呢？

这里就涉及一个您文中提到的"意义"的问题，也就是艺术对于人的价值的问题：这价值我认为就根本上来说就是陶冶人的情操、提升人的人生境界。所以艺术的意义是不可能脱离人生意义，以及人的情感生活与人生境界的关系来谈的。狄德罗说"只有强大的情感才会使灵魂达到伟大的成就"，"情感淡漠使人平庸，情感衰退使杰出的人物失色，丧失伟大的力量"，这我认为是千真万确的真理。所以马克思在批判资本主义异化劳动所造成的人的"异化"时，所着眼的不是人的知识和技能的退化，而是情感的欲望化和荒漠化。正是由于这样，我认为在抵御当今社会人的日趋物化和异化的险境中，艺术正日益显示出它为其他意识形式所不可取代的意义和价值，要是艺术丧失了这一人文的精神，那么它的意义就无从谈起。所以许多科学家虽然按古希腊形式美学，按比例、对称、均衡、变化统一的观点，从数学公式、物理实验、化学反应中感受到某种美的形式获得某种美的享受，但却从未想到以此可以取代艺术，甚至没有比那些伟大的科学家，如达尔文、赫胥黎、爱因斯坦、钱学森……那样，这样强调艺术的重要性和科学对艺术的不可取代性，如赫胥黎在他的著名演讲词《科学与艺术》中，就是这样阐述艺术对于人的意义的："当人们再无爱与恨，当苦难再无人怜悯，丰功伟绩再无人激动，当田野里的百合花再不能与至尊的所罗门媲美，雪峰和深谷再不能引人惊叹，当科学的怪兽完全吞噬了艺术，那么人类也就丧失了它所应有的天性中的另一半。"如果您也赞同赫胥黎的观点的话，那么，按照您的形式（Forms）即内容的观点，所引的蒙德里安、柯布西奥等人按数学的眼光，把艺术意义理解为"就是发现事物内部的这种固定的秩序和结构"，这样艺术岂不就完全被科学所同化？它的人文价值又从何谈起？它还有什么自身存在的特殊的价值呢？

这里我得谈谈我对抽象主义、形式主义的理解。我理解的抽象艺术是康定斯基、蒙德里安、波洛克以及我国旅法画家赵无极的一些作品。它的特点就是完全排斥客体、对象，把线条、色彩不再当作媒介而当作是绘画本身。这些抽空了内容的线条和色彩的组合，其中一些优秀的作品作为装饰艺术，如花布图案倒也好看；但是似乎很难求之过深，说它有什么深刻的思想意义的。您在文章所引的那些抽象派画家所说的理由，如什么"让它如实地表现出存在的原因"，"艺术的目的就是把观众放在数学性质的状态中，即一种高尚的秩序状态中"，"艺术使我们意识到固定法则的存在，……这些法则也许可以被当作等价法则的补充，这些等价法则创造出动态平衡并揭示现实的真实内涵"等，似乎都是些让人堕入五里迷雾的玄虚之谈，从未见到他们联系具体"作品"做出过有说服力的分析的，让我觉得似乎都是一种骗子的瞎话,以致不少人像安徒生童话《皇帝的新衣》中的那些臣民那样,怕被讥笑为愚昧无知而甘愿跟着受骗。对艺术的理解不是靠理性说服,而是建立在个人的感觉和体验的基础上的,如果您在观看抽象绘画时不能把这些"理由"化为您自己实际的真切的艺术感受,那么我认为您实际上并没有真正在感情上接受它,您的认同还是带有一定的盲目性的。后来叶圣陶先生为《皇帝的新衣》写了续篇:最终被一个小孩道破真相而结束了这场骗局。因为小孩天真无邪而无被人讥为愚昧无知之忧。这些话我只能与您通讯时私底里说说,要是在论文里我是绝不敢写的,怕的是也被人讥为愚昧、无知,因为我毕竟早已不是小孩了!

您非常勤奋,不仅对西方现代哲学如胡塞尔、海德格尔、哈贝马斯、鲍德里亚等相当精通,从大作来看,对于古典哲学如柏拉图、亚里士多德、康德、黑格尔等也都读得很熟、理解得较深。这些方面我都不如您。在当代我国美学界和文艺理论界的中青年学者中也是为数不多的。按照实力,您应该写得出比此文更有说服力的文章来,可能是由于您对抽象主义、形式主义爱之过深,我总觉得您的文章是刻意在为抽象主义、形式主义辩护,而使得您的评价和结论有失客观、公允。我对大作读得不细,有些理解可能不够准确,自己对抽象主义、形式主义的认识也可能偏于保守,对这些实验的态度显得有些粗暴,不够"宽容"(现在的问题是在"宽容"的口号下使我们的评论正在日益丧失原则,这恐怕是洛克当年提出这口号时所未曾预料到的),在这里提出来只想进一步听听您的意见,使自己的认识有所提高、完善。穆勒(一译密尔)说"真理遇见谬误才会闪闪放光",我信中所说的可能是一些谬见,但若能彰显真理,我写这封信也就算是达到它的目的了。

握手!

元骧匆匆

2011.4.5

原载《学术研究》2011年第6期

收入本文集时有补充

"后实践论美学"综论

一

　　"实践论美学"是 20 世纪五六十年代美学大讨论留下的重要成果。它是在苏联社会派美学的代表人物万斯洛夫和斯托洛维奇著作的启示下,按照马克思《1844 年经济学哲学手稿》的思想对美学问题所作的一种创造性的论述。它在美学研究上的突出贡献在于把历史唯物主义的观点引入美学,使得美学的观念和方法都发生了一个根本性的转变,表现为:它既不像古代客观论美学那样,把美看作是脱离人而独立存在的客观事物的物理属性,也不像近代主观论美学那样,把美看作只是人的主观情感的一种表现;而认为正是由于人的实践,特别是人类最基本的实践活动——生产劳动,改变了人与自然的关系,使"自然人化",亦即与人之间的关系由对立、疏远的变为亲近、和谐的,由"自在的"变为"为我的",并在改变外部自然的同时也改变了人的内部自然,使人的感官从"自然的感官"变为"文化的感官",亦即"人化的感官",这才有可能使得人与自然的关系由仅仅是利用的关系而上升为观赏的,亦即审美的关系,使对象对人来说成为美的对象,从而确立了为马克思主义美学所特有的"审美关系"的理论,为我们研究复杂的审美现象找到了科学的思想基础。

　　但是到了新时期,这理论成果就不断遭到人们的批判和颠覆,这最早起始于以潘知常的《生命美学》和《生命美学论稿》为代表的"生命美学"和以杨春时的《超越实践美学　建立超越美学》和《走向后实践美学》为代表的"生存美学"(亦称"超越美学"),亦即人们通常所说的"后实践论美学"。它们的共同特点都是以现代西方非理性主义哲学为依据,而把它作为美学研究的指导思想。非理性主义的特点就在于把理性与感性对立起来,强调情感、意志、直觉、体验、潜意识等非理性因素在人的生存活动中的地位和作用,以求摆脱"理性的统治"而回归个人的心理生活而受到人们的青睐。"后实践论美学"就是站在这一理论立场,反对从主客体关系的角度,把审美当作在实践的基础上所形成的人与现实关系的一种特殊的形式来进行研究;否认美的客观性和社会性,认为"美学的根本问题就是人的问题",它所阐释的就是"那在自由体验中形成的活生生的、'说不可说'的东西"。断言从主客体关系出发来研究美学乃是"知识型美学的方向性的错误","这样就必然固执地坚持从抽象、一般、普遍、知识、真理、理性、本质入手",把美"置于对象的位置上去冷静地加以抽象,从客体的大量偶然性中归纳出某种必然性、某种终极真理,在动态的、现实的、丰富多彩的此岸世界之上,建构起一个静态的、永恒的、绝对的彼岸世界,一个美的世界,一个纯粹概念的、外在的、目的论的世界",这样"生命的维度也就被遮蔽和取消了"。从而宣称"我国百年美学史的失误就在于坚持主客二分","只有走出主客二分,中国的美学才有希望"[①]。认为"实践论美学"就是这样一种知识型的美学,它"虽然在一定程度上突破了传统美学的局限",但由于承认美的客观属性,所以仍然未能突破主客对立的二元结构以及"古典美学的理性主义"的窠臼,而把审美活动"压缩到理性的范围,非理性、超理性的活动被排除在外"[②],因而都力图以否定"实践论美学"为他们自己的理论开路。

在我看来,这种以由于承认主客二分为理由,把"实践论美学"看作是一种"知识型美学",乃是对"实践论美学"的一大误解。因为在马克思主义看来,"主客二分"并不等同于"二元对立",而认为这两者既是对立的又是统一的。它是解释人的活动首先必须确立的思想原则。这是由于人不同于动物,动物与世界是直接同一而不存在主客之间的关系的;人由于有了意识,才开始把自己与世界从混沌状态中分离出来,把世界当作自己认识和意志的对象,这样主客二分也就成了人类意识活动和意志活动所必不可少的前

①　潘知常:《生命美学论稿》,郑州大学出版社 2002 年版,第 15、5、85、326、43 页。
②　杨春时:《生存与超越》,广西师范大学出版社 1998 年版,第 141—142 页。

提条件。只是自十七世纪以来由于理性主义的片面发展,使得哲学脱离现实生活而走向思辨形而上学,以致把两者完全分离开来、对立起来,当作互不相关的两个预成的实体。而这正是马克思主义所竭力反对的。要说明这个问题,还需要我们回过头来对 subject 和 object 这两个概念作一番语义上的分析。这两个概念在传统哲学中通常都按直观的思维方式,视 subject 为人的主观意识、object 为不依赖人的意识而存在的客观事物而被译为"主观"与"客观"。而马克思主义不同于以往哲学就在于立足于人的实践活动,认为不论是 object 还是 subject,都是在实践过程中分化出来,并随着实践的发展而发展的。所以在马克思主义实践论的视野里,并没有什么预设的实体。就 object 来说,它并非是与生俱来的自然界,而是人类"世世代代活动的结果"①,其中无不打上人的活动的印记;从 subject 来说,也正是人在改变世界的过程中,由于经验、智慧、技能的积累和内化,不断地改变着人自身的心理结构和活动能力,而使作为联系两者之间关系的人的感官不同于"自然的感官",而成为"以往全部世界历史工作的产物"②。所以为了显示与传统哲学的理解的不同,后来在翻译中也就按马克思主义哲学的精神译为"主体"和"客体",以示与"主观"和"客观"的区别。表明在马克思主义看来既不存在完全独立于主体的客体,也不存在完全独立于客体的主体,它们之间总是相互依存、相互渗透、相互转化的。"实践论美学"所说的"美的社会性",也就是从本体论层面说明了美并非自然原本的属性而其中无不带有人的活动的印记,它是人的实践活动的历史表征和历史成果。"后实践论美学"认为"只要强调从主客体关系出发,就必然假定存在一个脱离人类生命活动的纯粹本原,假定人类生命活动只是外在地附属于纯粹本原而并非内在地参与纯粹本原。而且既然作为本体的存在是理性预设的,是抽象的、外在的,也是先于人类生命活动的,主客体之间必然是彼此对立的、相互分裂的,也必然只有通过认识活动才有可能加以把握的",因而"在从主客体关系出发的美学中,审美活动被看作是一个可以理性把握的对象、一个经验的对象,因而就不得不成为某种被动的东西,从而也就最终放逐了审美活动",使美学成

---

① 马克思、恩格斯:《德意志意识形态》,《马克思恩格斯选集》第 1 卷,人民出版社 1972 年版,第 48 页。

② 马克思:《1844 年经济学哲学手稿》,人民出版社 1985 年版,第 83 页。

为一种"知识型的"、"见物不见人"的"冰冷冷的美学"①。这都是由于没有理解马克思主义的实践观，按直观的思维方式来理解马克思主义哲学中主客体关系的内涵而把它混同于主客观关系所造成的曲解和误解。

我的理解与"后实践论美学"刚刚相反。我认为在美学研究中，正是马克思主义的实践观点的引入，才改变了传统哲学对人作孤立的、抽象的理解，使人从抽象的、脱离现实的、被知性所分解了的理性的人成为现实的、以整体而存在的活动的人，从而克服传统知识论、认识论美学的局限，而把审美放到整个人的活动系统中来加以考察，从根本上改变了客观论美学那种"见物不见人"的倾向，赋予审美活动以实际的人的内容。这是由于传统哲学是一种知识论、认识论哲学，因而人也只是作为认识的主体被视为是"理性的人"，亦即笛卡尔说的"一个在思维的东西"，它的"全部本质或本性只是思想，它不需要任何地点以便存在，也不赖任何物质性的东西"②。马克思反对把人作这样抽象、分割的理解，认为这样的人是"天上降到地上"的；与之相反，"我们不是从人们所说的、所想象的、所设想的东西出发，也不是只存在于口头上说的、思考出来的、抽象出来的、设想出来的人出发，去理解真正的人。我们的出发点是从事实际活动的人"③。这种人与抽象的、思辨领域中的理性的人不同，只能是处身于现实生活中的知、意、情三者有机统一的具体的、整体的人，是从知、意、情全方位、多方面与世界发生关系和联系的人。如果说，认识（知）使人与世界二分，即由于有了意识使人从动物与世界的那种浑然一体的状态中分离出来，把世界看作认识和意志的对象，并从对世界规律的认识中提出自己所追求的目的；那么，实践（意）则把认识成果的目的化为自己活动的动机，通过意志努力在对象世界中实现自己的目的，而使主客二分回归统一。所以马克思认为理论和实践的"对立的解决不只是认识的任务，而是一个现实生活的任务"，以往的"哲学未能解决这个任务，正因为以往的哲学把这仅仅看作是理论的任务"，不理解它"只有通过实践

① 潘知常：《生命美学论稿》，郑州大学出版社 2002 年版，第 236—237、338 页。
② 笛卡尔：《谈方法》，《西方哲学原著选读》上卷，商务印书馆 1987 年版，第 369 页。
③ 马克思、恩格斯：《德意志意识形态》，《马克思恩格斯选集》第 1 卷，人民出版社 1972 年版，第 30 页。

的方式,只有借助于人的实践力量才能得以解决"①。这里所说的"实践力量"在我看来不仅是指在实践活动中所使用的技术和工具,而更是指驱使人从事活动的心理能量和精神动力,包括情感、意志、愿望、动机等。所以马克思把"激情、热情(都看作)是人强烈追求自己对象的本质力量"②,认为没有这些心理的、精神的力量的驱使,一切实践活动都不会产生、持久,也很难得以完成。这充分表明马克思主义的实践的理论不仅不存在什么需要摆脱的"理性主义的痕迹",而且正是由于把实践的思想引入哲学,才改变了近代理性主义哲学以理性来排斥非理性的倾向,同时又避免了现代非理性哲学由于对非理性的片面强调以至走向完全否定理性这样一种极端,而使人真正成为具体的、整体的人,使哲学对于人的活动的研究得以全方位的拓展。我们凭什么理由断言"实践论美学"是一种"知识型的美学",它把"人的生存活动压缩到理性的范围,非理性和超理性活动被排除在外"呢?

　　当然,马克思主义的实践理论作为历史唯物主义的核心内容,它的理论视角是"人类总体的社会历史实践",不像在审美活动中那样以个体活动的形式出现。这决定了"实践论美学"就其性质来说只能是一种哲学美学而非经验美学,它只是为我们研究美学提供一个思想基础而并不旨在直接解释审美活动中的具体现象和经验的问题。所以要使美学研究走向完善,我们还得在实践论美学的基础上向审美心理学、审美文化学等方面作进一步的推进,这还有一段很长的路要走。但这并非要我们离开"实践论美学"的根基去改弦易辙、另谋出路;而实际上它正是"实践论美学"向我们所发出的理论预示和所作出的理论指向,是"实践论美学"的内在本质的一种具体展示。因为它从哲学的高度指出实践主体是一个知、意、情统一的整体的人,而意志和情感不仅都是一个哲学的问题,而且也是一个心理学的问题,它只能发生在个人的内心或经由个人内心才会转化为现实的力量,这就决定了在马克思的实践论视野中作为"人类总体"的人不像笛卡尔的"一个在思维的东西"那样,只是一种"知性的抽象",而只能是"理性的具体",是在理性层面上对人所作出的整体把握,这就意味着它必然要向个体的、心理的人开放,赋

① 马克思:《1844年经济学哲学手稿》,人民出版社1985年版,第83—84页。
② 马克思:《1844年经济学哲学手稿》,人民出版社1985年版,第126页。

予审美活动中个人的、心理的因素以充分的地位，为我们研究在具体审美活动中人的个体的、心理的、非理性的活动打开了一个广阔的空间。"后实践论美学"认为以实践的观点来研究美学，是把"实践活动与审美活动，实践的成果与美学的成果统统放在同一层面"，把实践活动与审美活动"互相等同"①，而以此断定"实践美学仅有本体论基础而缺乏解释学基础，因此只能作实践（作为物质生产）角度而不能从解释（作为认识或价值判断）角度来阐释审美本质"，必然导致抹煞审美的超越性、审美的精神性、审美的个体性②。这显然是没有认清美的哲学与审美心理学两者之间的内在联系，完全按审美心理学、审美经验论的思维方式来看待"实践论美学"而产生的误判。

美是属于感性世界的东西，它直接诉诸人的感觉和体验，离开个人的心理活动也就不可能有审美情感的发生。从这个意义上，"后实践论美学"转向从审美活动与审美经验的角度对于美以及审美与人的追求自由、超越的本性联系起来进行探讨，对于推进我国美学研究从实践论维度向人生论维度发展是有积极意义的；但若是完全否定了实践在人的社会生活中的基础地位，否定了任何个人都是生活在一定社会关系之中，就其性质来说都是"社会性的个人"，以完全排除社会内容的所谓"生命"、"生存"作为美学研究的逻辑起点，那就很难突破非理性主义的思想局限。所以我觉得我们在吸取现代"非理性主义"的合理因素在克服近代"理性主义"的局限的时候，就不能把"非理性主义"视为终极真理，同样也存在着一个超越"非理性主义"的思想局限的问题。

二

如果说"后实践论美学"的逻辑起点是"生命"和"生存"，那么它的中心论题则是"超越"和"自由"。它们认为："生存的本质，一言蔽之，就是超越性。"③"美学不可能是别的什么，而只能是人类生存的超越性阐释，只能是人

① 潘知常：《生命美学论稿》，郑州大学出版社 2002 年版，第 78 页。
② 杨春时：《生存与超越》，广西师范大学出版社 1998 年版，第 147、35—36 页。
③ 杨春时：《生存与超越》，广西师范大学出版社 1998 年版，第 31 页。

类关于生命的存在与超越如何可能的冥想。它不去追问美和美感如何可能，也不去追问审美主体和审美客体如何可能，更不去追问审美关系和艺术如何可能，而去追问作为人类超越性的生命活动如何可能。这就推动着美学从发生学的追求真正转向美学的追问，从主客二元层面的考察真正转向了超主客二元层面的考察；也推动着美学的内容走出局限于审'美'的困窘领域，成为对人类生存的超越性阐释，还推动着美学从实体形态转向境界形态……"因为"对于心而言，无所谓世界而只有境界"①。因此，从生命和生存活动的基础上来研究美学，它的领域也就是"心"即主观心理活动，它的主题也就是超越和自由，它的目的就是为"自由生命定向"。

超越性是人的主观能动性的集中体现，唯此，人才能从现实关系的束缚中解放出来而进入自由，它毫无疑问是美学所要探讨的核心问题，我自己这些年的研究也都以此作为主题②。问题在于它们能否像"后实践论美学"那样脱离现实关系，当作一种抽象的主观心理的活动，把"生命活动的原则"与"实践活动的原则"对立起来，认为唯有"从实践原则扩展为生命活动原则"，才能进入超越和自由③？这种把"生命活动"与"实践活动"对立的倾向，使得它们所谈论的超越和自由都是内外分离而作为一种纯粹的精神活动来理解，认为它不能在现实中而只能在审美活动中实现。如"生命美学"把自由分为所谓"把握必然的自由（自由的客观必然性）"和"超越必然的自由（自由的主观性和超越性）"，强调唯有主观的、"超越必然的自由"才是"美学之为美学所必须面对的真问题"，认为"实践论美学"把审美活动与实践活动等同，这就把主观的、"超越必然的自由"，还原为客观的、"把握必然的自由"，以致"自由的现实属性片面地加以突出，自由的超越属性被片面地加以遮蔽"而使美学的"真问题"丧失了④。这种内外分离的倾向也同样反映在"生存美学"之中，它把人的生存方式分为"自然的生存方式"、"现实的生存方式"、"自由的生存方式"三种。认为在前两种生存方式中，人都受着自然和

---

① 潘知常：《生命美学论稿》，郑州大学出版社 2002 年版，第 103—104 页。
② 详拙著：《审美超越与艺术精神》，浙江大学出版社 2006 年版；《论美与人的生存》，浙江大学出版社 2010 年版。
③ 潘知常：《生命美学论稿》，郑州大学出版社 2002 年版，第 91 页。
④ 潘知常：《生命美学论稿》，郑州大学出版社 2002 年版，第 42、47、42 页。

物质的关系的束缚,而使精神未能得以独立;只有后一种生存方式由于精神获得独立,才使得主体成为"自由的主体",而进入一种审美的生存方式。因为在"审美态度下,主体忘却现实,进入超常的体验;客体失去真实性,成为幻觉的对象;时空限制不复存在",是一种"与现实隔绝的生存状态",这就使得"审美不仅是一种自由的生存方式,也是一种超越的解释方式"。这样"生存的自由本质即在于它有超越的要求和能力,而这种能力就是审美创造力的哲学反思能力"①。这些论述表明"后实践论美学"所理解的生命活动和生存活动都是与实践这种现实的感性物质活动完全没有内在联系而截然对立的抽象的、纯精神的主观心理活动。

这就关系到我们应该怎样正确地理解"生命"和"生存"这两个概念的问题。在我看来,这两个概念是不可分割地联系在一起的。生命是一切生物活动的动力源,生命的消失,生存活动也就终止了。所以对于人来说,他的生存的原动力也就在于他的生命。但是,在人文科学领域,"生命"是一个十分歧义、迄今尚未获得统一而准确的科学界定的概念,即就近现代"生命哲学"的代表人物狄尔泰和柏格森来说,彼此的理解就很不相同,狄尔泰所指的主要是人的精神生命,而柏格森所指的主要是人的自然生命。但是共同之点在于两者对之都离开人所处的现实关系,对之作抽象的理解,如同黑格尔在谈判"生命"时所说的,都"把自己作为个别的主体而和客观性分割开来"②。而马克思不同于狄尔泰和柏格森,他在把"有生命的个人存在"看作是历史的出发点时,强调"有生命的个人"总是处在一定现实关系中的"从事实际活动的人","人们的存在就是他们的实际生活的总过程"③。这样,就把人的生命活动、生存活动与实践活动统一起来,放在由于人的实践活动所形成的主客体的关系中,按历史唯物主义的精神来理解超越与自由的问题,这才对生命和生存的认识开始进入科学的轨道。

为什么这样说呢? 因为从哲学上来看,"超越"与"自由"问题的提出,就是以人来到世间总是处身于一定的现实关系之中,并必然被一定现实关系

---

①　杨春时:《生存与超越》,广西师范大学出版社 1998 年版,第 35—36、31—32 页。

②　转引自列宁:《黑格尔〈逻辑学〉一书摘要》,《哲学笔记》,人民出版社 1956 年版,第 188 页。

③　马克思、恩格斯:《德意志意识形态》,《马克思恩格斯选集》第 1 卷,人民出版社 1972 年版,第 30 页。

所规定和约束这一认识为前提的。"关系"的范畴最早是由亚里士多德发现，它表明"有些东西由于它们是别的东西的，或者以任何方式与别的东西有关"，因此"属于关系范畴的各对对立者，都需要借对立的一项与另一项的关系来加以说明"①。这样，要正确说明问题就不能脱离在实际生活中人所处身的现实关系，所谓超越与自由，也就是人凭着自己的主观能动性，从这种现实的必然性中解放出来按自己的意愿和意志从事活动。所以恩格斯说"自由不在于幻想中摆脱自然规律而独立"，而"在于根据自然界的必然性的认识来支配我们自己和外部自然界"②。这种客观必然性所造成的对于人的支配和约束主要来自两个方面：即"外部自然界"和"我们自己的内部的自然界"。前者是指物质世界对人的支配和约束，后者是指"我们自己"的内心欲求对人的支配和约束。这样，人的能动性也就相应地可分为实践的能动性与意识的能动性，前者使人从物质的约束中摆脱出来，不像动物那样受必然律的支配行事而达到外部的超越，亦即"外在的自由"；后者使人从欲望的支配中摆脱出来而实现内在的超越，亦即"内在的自由"。但由于欲望说到底是由物质内化而来的，是物的支配力量在人的内心生活中的反映；所以，要根本解决欲望对人的支配，就不能完全离开如何超越物质对人的支配这一现实基础而作纯精神的探讨。这表明要求得内部的超越是不可能完全离开外部的超越而单独实现的。

所以，要真正从外部和内部来实现人对现实关系的全面超越而进入自由，就需要把人的全部心理能力——知、意、情都调动起来投入到活动中去。因为实践的能动性需要凭认识、意志的力量。认识是为了透过现象来把握事物的本质，为的是使我们的行动遵循客观规律而避免主观、盲目；意志是根据对现实世界内在规律的认识而提出的目的，通过意志努力在对象世界实现这一目的，而最终实现对外在的、物质世界的超越。这种超越在历史唯物主义的观点看来，最根本的就是人通过自己的生产劳动，从物质世界获得满足的过程中来摆脱物对人的支配和奴役。若是人在现实生活中连基本的物质需要都不能满足，对他来说所谓的"超越"也就成了一种奢谈。超越欲

---

① 亚里士多德：《范畴篇·解释篇》，商务印书馆1959年版，第23、38页。
② 恩格斯：《反杜林论》，《马克思恩格斯选集》第3卷，人民出版社1972年版，第153—154页。

望的支配则需要凭情感的能动性,通过文化教养和情感的陶冶,使人从一己的利害关系中解放出来意识到自己和别人是同一的。如果再加细分,又可以分为伦理的超越和审美的超越。伦理是人的社会行为的准则,它虽然需要理性的规范,但由于它的目的是为了付诸实行,因此这些理性所规定的行为准则只有经过内化,从内心真切地体验到自己与别人是统一的,自己活着应该为别人尽到点什么义务和责任之后,才能转化为人的行动。它是理性向情感的融入。审美与伦理不同,它是不受任何理性的强制完全凭着自身的自由爱好而产生的,但由于它是一种纯粹的"观照"活动而不为任何欲望所驱动,这就使得审美愉悦突破了一般感觉快适所不可避免的个人性和自私性,"就好像认识判定一个对象时具有普遍法则一样"而"把自己对于客体的愉快,推断于每个别人"①。这样,原本完全由个人趣味所生的个人性的情感,由于有了社会性的内容,使得它与伦理情感一样,都在情感领域实现了社会性对个人性的超越。所以,情感的超越作为一种内在的超越与认识的超越、意志的超越这些外在的超越不同,它所要解决的不是物质世界中的问题,而是通过心灵净化、人格提升和人生境界拓展来超越一己利害关系的支配和束缚的问题。这在当今这个金钱至上、物欲横流的社会里,在人日趋物化、异化的险境中,对于维护人的人格尊严和独立有着十分重要的作用。所以"后实践论美学"把"超越"与"自由"作为美学的基本主题提出,我认为是有它的现实意义的。

　　问题在于,由于"后实践论美学"把"生命活动"、"生存活动"与"实践活动"对立起来,离开了人的社会实践对"生命"和"生存"作孤立的、抽象的、纯精神的理解,不认识实践的能动性与意识的能动性、外在超越与内在超越之间的辩证关系以及外在超越的基础性的地位,以致把审美在人的生存中的地位和作用无限夸大,认为"实践活动限定了人类的理想,审美活动则不然,它固然涉足于有限,但却并非着眼于有限,更不是为了一个有限的创造,而是为了通过这有限而达到无限的境界",达到"人的自由本性的全面实现","生命活动也只有在审美活动中才找到了自己"。这样,审美活动也就"失去了实在的需要,而成为一种象征。因此,审美活动的可能,恰恰证明了现实

---

① 康德:《判断力批判》上卷,商务印书馆 1964 年版,第 137 页。

中理想本性的不可能;审美活动要为人找到理想,恰恰因为现实中缺少理想;审美活动要为人找到无限,恰恰因为现实中没有无限……审美活动所面对的是永远无法解决的问题"①。这样一来,不仅由于对意识的能动性的无限夸大而使之堕入唯心主义,而且也使得审美成了对现实人生的一种逃避,一种完全没有实际意义的精神的陶醉和抚慰了。

那么,怎么正确理解审美情感所造就的人的内在超越对于提升人的人生境界、完善人格建构、实现人的自由解放的意义和作用呢? 这可以从两方面来说:从情感本身来说,由于情感是由生物性的情绪的社会化而来的,因此它具有沟通感性和理性的功能,就像席勒所说,在感性的层面上实现理性的工作,从而使理性的强制转化为主观的自愿。从情感与认识与意志的关系来说,它能把从对客观规律的认识的基础上所提出的目的,内化为驱使行动的需要和动机,推动着人们通过自己的意志努力使目的在现实世界得以实现。从而使得认识、意志、情感三者在人身上达到全面发展,有机的统一而成为一个整体的人。所以许多哲人都十分重视情感在人的人格结构中的地位之重要。如狄德罗认为"只有情感,而且只有强大的情感,方能使灵魂达到伟大的成就","情感淡漠使人平庸","情感衰退使杰出的人物失色,勉强就消灭了自然的伟大力量"②。这也就是马克思在批判资本主义异化劳动所造成人的异化时,并不认为由于知识和技能的退化,而从根本上把原因归之于情感的物欲化和荒漠化而造成人的工具化的理由。一个人要是缺乏情感的教育特别是审美的教育,他就很难成为一个完整的人、一个自由的人。

但是不论怎样,内在的超越和外在的超越总是不可分割地有机地联系在一起,并以外在的超越为基础和前提的。因为物质生活对于人来说毕竟是第一性的,正如马克思所说"忧心忡忡的穷人甚至对最美的景色都不会有什么感觉"③。所以在一个尚存在着贫穷、失业,还有很多人在为温饱发愁的社会里,审美在国民教育中的地位和作用总是不可能得到充分的重视和普及的。完全脱离人与现实的关系,离开外部世界的超越,认为仅凭个人的

① 潘知常:《生命美学论稿》,郑州大学出版社 2002 年版,第 280、279、317 页。
② 狄德罗:《哲学思想录》,《狄德罗哲学选集》,商务印书馆 1983 年版,第 1—2 页。
③ 马克思:《1844 年经济性哲学手稿》,人民出版社 1985 年版,第 83 页。

"主观选择"就可以实现自我超越进入自由①，这显然是一种不切实际的空想。但是从辩证的观点来看，也并不意味着我们只有等到物质领域内的问题解决了之后才有条件来提倡审美。因为既然审美与伦理有着内在的统一性，伦理学与社会学不同，它属于人生科学而不是实证科学，所遵循的是自由律而不是必然律，这就在一定限度内为人的自由意志留下了发挥的空间，表明审美的作用在人的整个生存活动中也不是完全是消极的、被动的，它可以为人们树立一种信念和理想，以激励和鼓舞人们在不自由中去争取自由。这样，我们在美学研究中就可以做到既不否认在人的生存活动中物质生活的基础地位，脱离物质领域内人的解放去奢谈精神上的超越和自由；又不否认审美在改变人的人格结构、造就的人的信念和理想，在实现现实世界中的人的自由解放所起的积极作用。这样，我们也就从人的整个活动结构中为审美找到了自己所处的正确的地位，而使审美对人的生存的意义和价值获得一个科学的定位。这就是"实践论美学"所要达到的目的。它的意义和作用不在于具体地描述和说明审美的经验现象，却保证了我们的研究不迷失方向而朝着科学的道路前进。

三

紧随"生命美学"、"生存美学"之后在我国出现的是以邓晓芒、易中天为代表的"新实践论美学"和朱立元为代表的"实践存在论美学"。它们与"生命美学"、"生存美学"的主要差别是在于主观上似乎都力图维护"实践"的原则，但是从具体的论述来看，实际都已偏离了马克思主义"实践"的原则，而向"生命美学"和"生存美学"靠拢。所以我将"后实践论美学"扩容，而把它们都包括在内。在"新实践美学"与"实践存在论美学"这两者之间，虽然"实践存在论美学"的出现在时间上稍迟于"新实践论美学"，但在思想观点上与生命美学、生存美学的内在联系似乎更为紧密。因为在"实践存在论美学"看来，生命美学、生存美学对"实践论美学"批评的理由，如认为"实践论美

---

① 潘知常：《生命美学论稿》，郑州大学出版社 2002 年版，第 310 页。

学""把实践直接作为美学的基础,跳过许多中介环节,直接推论到美学基本问题;审美强调超越性,而实践没有超越性;审美强调个体性,而实践往往是群体的、集体的、社会的活动;审美强调感性,而实践强调理性,带有目的性"等,都"不无合理、可取之处,有的批评甚至有振聋发聩的功效"①,因而都为"实践存在论美学"的担纲之作《走向实践存在论美学》所吸取和继承。正是由于这种直接的亲缘关系,所以,我把它提到"新实践论美学"之前紧随"生命美学"、"生存美学"来说。

"实践存在论美学"的思想核心是"生成论",认为"美不是现成的,而是生成的"②。这思想是值得重视的。其实,"实践论美学"也就是一种生成论美学,它认为美不是物的自然性而是社会性亦即价值属性,而社会性就是在自然性中生成的。但是两者在对"生成"的现实根源的具体理解却存在着深刻的分歧。这分歧源出于对"实践"的不同理解。

"实践"这一概念在我看来,从最宽泛的意义上说就是指与"知"(认识)相对的"行",它的含义十分丰富,有的从伦理学的观点,有的从认识论的观点,也有的从存在论(生存论)的观点对之作过种种不同的解释。与这些解释不同,马克思则是从历史唯物主义的观点,把实践理解为感性物质活动首先是生产劳动,认为这是人类社会得以存在和发展的现实基础,并强调必须"从物质实践出发来解释观念的东西"③。"实践论美学"就是按照这一思想原则来研究美学的。但"实践存在论美学"似乎并没有从历史唯物主义视角理解实践对于建设马克思主义美学思想体系的特殊意义,认为这等于"把人的其他各种活动完全排除于外",是"对马克思关于实践的看法的严重误解",从而以亚里士多德和康德的伦理学思想为例,来证明"从西方的思想背景来看,实践从来就不是单纯指物质生产劳动,而且主要不是指生产劳动"④。这就抽去了物质生产活动在马克思的"社会存在"学说中的基础地位,而把它与"存在主义哲学"中的"存在"概念混淆在一起,认为"在马克思

①　朱立元:《我为何走向实践存在论美学》,《文艺争鸣》2008 年 11 期。

②　朱立元:《走向实践存在论美学》,苏州大学出版社 2008 年版,第 269 页。

③　马克思、恩格斯:《德意志意识形态》,《马克思恩格斯选集》第 1 卷,人民出版社 1972 年版,第 43 页。

④　朱立元:《走向实践存在论美学》,苏州大学出版社 2008 年版,第 281 页。

的学说中,实践概念与存在概念有一种本体论上的共属性和同一性,两者揭示和陈述着同一本体领域",它们的"根本取向","都是走向现实的人生和实际生活","马克思的历史唯物主义,或者说实践的唯物主义,就是以存在论意义上的社会存在为基础的"①。从而试图把马克思的"实践论"与海德格尔的"存在论"加以融合,来为"实践存在论美学"提供理论基础。这恐怕只能是一朵不结果的花。因为事实上两者的思想观念和思维方式都存在着根本的差别,我们似乎很难从马克思的作为历史出发点的、处在一定现实关系中的"从事实际活动中的人",与海德格尔的"在世界中存在的人"之间找到什么共同的东西。这是因为:第一,海德格尔所说的在世界中的、与他人共在的人即"此在",是与他人("常人")、社会处于对立地位的、个体的、心理的人;而马克思则认为就其本质来说,人是"社会关系的总和",社会就反映在个人身上,使得任何个人都是"社会的存在物"、是"社会的人",这里社会与人是统一的。第二,在海德格尔看来,"此在在世"就是一种"被抛状态",这种被抛状态只能以个人的情绪体验才能领悟。情绪体验是一种非理性的心理活动,所以在情绪体验中,人与世界则总是未经分离浑然一体的,这决定了他的哲学在思维方式上必然是反认识论、反主客二分的。他虽然也谈论人生的"筹划",按可能性开展自己的行动,但与马克思的实践观却有着根本的差别。因为在马克思主义看来,实践作为人有目的、有意识的活动,即按照自己的目的通过意志努力在对象世界实现主观目的的活动,它虽然与认识不同,但却不是对立的,认为凡是正确的、通过实践活动得以实现的目的,都不可能仅凭主观意愿确立,而总是建立在对客观规律认识的基础上,是"客观世界所产生的,是以它为前提的"②,所以又不可能没有认识论的基础。若是排除主客二分、排除认识论的前提,那只能是一种盲目的活动。"实践存在论美学"认为它的理论建构"虽然仍然以实践作为美学研究的核心范畴,却突破主客二元对立的认识论,转移到了存在论的新的哲学的根基之上"③,这在我看来实际上就是放弃马克思主义实践论转而以海德格尔的存

---

① 朱立元:《走向实践存在论美学》,苏州大学出版社 2008 年版,第 269、271、283 页。

② 列宁:《哲学笔记·黑格尔〈逻辑学〉一书摘要》,《列宁全集》第 38 卷,人民出版社 1959 年版,第 201 页。

③ 朱立元:《走向实践存在论美学》,苏州大学出版社 2008 年版,第 280 页。

在论作为他们美学的思想基础，这样，作为活动主体的人，也就不再是社会性的个人，而只能是个体的、心理的、非理性的人了。

由于"实践存在论美学"按海德格尔的存在论的思想把人看作是个体的、心理的人，所以，对于"审美关系"也就不再像"实践论美学"那样理解为由人类社会实践特别是生产劳动过程中历史地形成的人与现实的主客体关系中派生出来的一种客观的、社会的关系，而只是在个人审美活动中所形成的主观的、心理的关系。这样，它的"活动优先原则"所指的"活动"也只能是一种个人的、心理的活动。这就不难理解它把审美活动也看作是一种实践活动，认为它"不仅是人的存在方式之一，而且是基本的存在方式之一，是基本的人生实践之一"[1]的理由了。所以，按"实践存在论美学"所倡导的"生成论"的思想和"活动优先的原则"，也就必然否认在个人审美活动之外有相对独立的"审美客体"的存在，把它看作与"审美主体"一样，都是"在审美活动中当下、现时生成的"，认为"传统主客二分的认识论美学的一个基本立足点就是把'美'作为一个早已客观存在的对象来认识，预设了一个固定不变的'美'的先验存在，而总是追问'美是什么'的问题。……从而使人们陷入了一个怎么说都可以却总是说不清、道不明的怪圈之中，说来说去，难以有大的突破"[2]。这样美也就被看作完全是由个人的审美活动所生、依赖于个人的审美经验而存在的而完全没有客观现实性可言的东西。为此，在《走向实践存在论美学》中，作者还引了海德格尔说的当《莎士比亚全集》没有被人欣赏时，那么它与茶缸、土豆一样只是具有同样"物性"的"物"；杜夫海纳说的当博物馆关闭后，那里的画就不再是审美对象为例，来为自己的观点佐证。其实这些观点就像王阳明与友人一同游山时，在友人按照他的"心外无事、心外无物、心外无理"的思想向他提问"此花树在深山自开自落，于我心亦何相关"时说的"你未看此花时，此花与汝心同归于寂，你来看此花时，则此花颜色一时明白起来，便知此花不在你心外"那样，在我看来，都只是从审美经验论、审美心理学、审美现象学的角度，来说明在具体审美活动中，只有当事物与人的感觉发生联系之后才能成为实际的审美对象，而并没有否定《莎士

---

① 朱立元：《走向实践存在论美学》，苏州大学出版社 2008 年版，第 295 页。
② 朱立元：《走向实践存在论美学》，苏州大学出版社 2008 年版，第 303 页。

比亚全集》,博物馆关闭后那里存放的名画,以及与人的视觉未曾相遇时那深山里的花的实际存在。这是我们在审美活动中之所以能获得美感的前提条件。所以,就将审美心理学与美的认识论对立起来,否定美的本体论、美的客观性这一点来说,"实践存在论美学"与"生命美学"、"生存美学"是如出一辙的。

所以,我认为按历史唯物主义的观点,我们所说的"审美关系"首先应该是指在人类总体实践活动中,特别是生产劳动中人与世界建立起来的一种客观的、社会的关系。它相对于在具体审美活动中所形成的个人与审美对象所发生的那种主观的、心理的关系来说,不论在时间上还是在逻辑上都是先在的。也就是说,唯其有了在人类总体实践活动中历史地形成的人与现实的这种宏观的审美关系,才会有在个人审美活动中所形成的微观的审美关系。"实践论美学"所谈的"审美关系"我认为正是指前者而非后者。现在大家都以鲜花为审美的首选对象,但原始人却并不以花为美,如普列汉诺夫在《没有地址的信》中谈到澳洲的土著布什门人生活在一年四季鲜花盛开的地方,而布什门妇女却从不以鲜花来装饰自己[①]。原因就在于由于当时生产水平低下,使得他们还不能摆脱功利的目的以审美的眼光看待鲜花。这表明鲜花进入人类的审美的视域,从根本原因上来说,乃是生产力发展的历史成果。所以从历史唯物主义的观点看来,只有当人类与鲜花发生了这种宏观的审美关系之后,才有可能出现个人以具体的鲜花为对象的微观的审美活动。一切个人的审美活动,都不可能超越这历史的、客观的条件所制约。这就是我们之所以坚持审美对象的客观社会性的理由。当然,审美不同于认识,它是一种情感活动,它总是这样那样地受着主体情感的选择和调节,这种在选择和调节过程中起作用的不仅有个人的兴趣、爱好、生活经历、文化教养等相对稳定的因素,而且还有心境、情绪、联想等偶然性的、不稳定的因素。所以在具体审美活动中,呈现于人的意识中的只能是现实事物被主观因素所加工、改造过的美的"意象"而不是它的"物象",它反映的不完全是事物的事实属性,而是事物与主体审美需要之间所产生的关系属性。这使得任何审美对象反映在个人的审美意识中都会出现种种变异,就像普罗泰

---

①　普列汉诺夫:《没有地址的信》,《艺术与社会生活》,人民文学出版社 1962 年版,第 36 页。

戈拉说的"对于我来说,事物就是向我所呈现的那个样子,对于你来说,事物就是向你所呈现的那个样子"①;它不像认识的成果那样可以彼此互证。但是,也决定了并非一切情绪性的判断都是审美判断,如冰心在《寄小读者》通讯十七中有这么一段自白:

> ……我对于花卉是普遍的爱怜。虽有时不免喜欢玫瑰的浓郁,和桂花的清远,而在我忧来无方的时候,玫瑰和桂花也一样的成粪土。在我心情怡悦的一刹那顷,高贵清华的菊花,也不能和我手中的蒲公英来占夺位置。

尽管情绪性的判断是这样随机、偶然,但从社会的、客观的标准来看,菊花的审美价值无疑要高出于蒲公英。这表明并非凡是"当下、现时生成的"情绪体验都可以归属于审美判断的。所以康德在谈到审美判断时特别从量的关系方面,强调它必须对每个人都具有普遍有效性,认为它虽然没有概念,但又必须像认识的成果那样得到社会的普遍认同。所以他把"不依赖概念而具有普遍传达性的愉快"视为"构成鉴赏判断规定的依据"②。唯此审美才能起到社会交往的作用。尽管审美判断常常是在主体与对象不经任何理性思考而在瞬息相遇之间即时产生,但只要是审美的,它在偶然性之中必然蕴含着必然性,而在逻辑上必然是判断在先的。在这个问题上,休谟的"趣味"(亦即"鉴赏力")的理论是颇能给我们以启示的,他一方面认为"美存在于观赏者的心里",审美情感都是一种个人的偶然的感觉,"每个人心见出的都是不同的美","每个人应该默认他自己的感觉,也不应该要求支配旁人的感觉,想要寻求实在的美或实在的丑,就像想要确认实在的甜与实在的苦一样,是一种徒劳无益的探讨";而另一方面他又把这种个别性和偶然性的情感只限于"偏爱"的范围之内,而对于"偏见"则提出了尖锐的批评,主张"必须有高明的见识才能抑止偏见"。所以"理性尽管不是趣味的组成部分,对于趣味的正确运用却是不可缺少的指导"③。表明凡是审美情感,都不可能完全不受现实世界中客观地存在着的美的对象所激发以及对于审美对象的审美属性的理性认识所规范。

---

① 柏拉图:《克拉底鲁篇》,《古希腊哲学》,中国人民大学出版社1990年版,第185页。
② 康德:《判断力批判》上卷,商务印书馆1964年版,第59页。
③ 休谟:《论趣味标准》,《古典文艺理论译丛》第5辑,人民文学出版社1963年版,第11页。

四

以邓晓芒、易中天的《黄与蓝的交响》为代表的"新实践论美学"与"实践存在论美学"一样,也试图从对"实践"的概念作新的阐释入手来推动我国美学研究的发展。它认为当今我国美学界"许多人已经意识到马克思主义实践论是当代中国美学的出路,但对实践的理解仍然受到传统的机械唯物主义的束缚。它通常被像费尔巴哈那样理解为一种纯粹物质牟利活动、谋生活动,因而像费尔巴哈那样被一道鸿沟与人道主义原则隔离开来;人道主义是心,实践是物,心与物不相谋。这道鸿沟……阻拦着美学理论迈向具体生动的审美经验,而成为一种冰冷冷的说教……这是我国当前美学界走向深入的最大障碍"①。

这段话虽然是对当今学界有些人对"实践"的错误理解所提出的批评,但也反映了邓晓芒和易中天本人对实践认识的局限:把实践中主观因素和客观因素、价值因素和事实因素的关系理解为"心"、"物"的关系。在我看来,这理解之所以难以成立,是因为"实践论美学"是从历史唯物主义的角度理解"实践"的,这里实践主体不是心理学意义上的个人,而是"作为社会实践的历史总体的人类"。"新实践论美学"以"心"来规定实践的主观能动性,并以能否直接"迈向具体生动的审美经验"来要求"实践论美学",这与"实践存在论美学"一样实际上都是把实践理解为个体的生存活动和心理活动,已非马克思主义实践论的本意。所以,按它的这一理解来批评"实践论美学"的代表人物李泽厚,认为他在对"自然的人化"的解释上只着眼于物的因素而排除了人的因素,以致"对个人、对主观、对精神的独创性和自由的尊重",在美学中都没有找到应有的位置②,这我认为都是不准确的。李泽厚认为"所谓'人化',所谓通过实践使人的本质对象化"是指"通过人类的基本实践使整个自然逐渐被人征服,从而与人类社会生活的关系发生了改变,……是

---

① 邓晓芒、易中天:《黄与蓝的交响》,人民文学出版社 1999 年版,第 397 页。
② 邓晓芒、易中天:《黄与蓝的交响》,人民文学出版社 1999 年版,第 398 页。

指人类社会历史发展的整个成果"。从这样的观点来看，"具有主观目的、有
意识的人类主体实践，实际上正是一种客观的物质力量。正如区别于社会
意识，社会存在是客观的物质存在一样；区别于人类的意识活动，人类的实
践活动也是一种客观的感性现实活动，它属于物质（客观）第一性的范畴，而
不属于意识（主观）第二性的范畴"，"不是任何个人主观意识在审美中偶然
的、一时的作用"①。这理解我认为是可以成立的。而"新实践论美学"认为
李泽厚的这些观点虽然从苏联"社会派"美学中而来，但他"不承认社会派立
论基础中包含人的主观的因素"，"为了从实践观点坚持美的客观性，他从实
践中排除了人的主观因素，使之成为一种毫无能动性的、非人的、实际上是
如费尔巴哈所认为的那种'丑恶'的实践"（这其实正是李泽厚当年所批判
的）②。这些批评我认为不但都是强加于李泽厚的，同时也反映了"新实践论
美学"对主观性认识上的片面：即只承认个人意识活动的主观性而不承认人
类实践活动的主观性。正是从这种观念出发，它在否定李泽厚从物质层面
上论述主客观的统一的同时，而竭力推崇朱光潜从意识活动层面、即审美意
象不同于物理映像的意义上所提出的"美是主观与客观的统一"，认为朱光
潜的这一见解"可以和中国传统美学的'移情'观点挂起钩来"，"它的一个突
出的理论倾向就是要打破认识论和反映论对美学的限制，而诉诸实践论和
表现论，……而直接与西方近代以来的人文美学的步伐合上拍"，这是"朱光
潜对我国当代美学的最大贡献"③。从中可以看出其倾向与"生命美学"、"生
存美学"和"实践存在论美学"一样，不论就观念还是方法来看，都是一种主
观论美学，都是力图否定美的客观实在性、否定从人与现实的审美关系方面
来研究美学，都是把"美的问题归结为审美心理的问题"，并按这一认识，提
出这是中西美学"经过长途跋涉"从不同方向最终找到的"真理的大门口"，
从而把美定义为"情感的对象化"，"'对象化的情感'就是美。"④

　　当然，"新实践论美学"也不是完全没有意识到仅仅从心理的观点看待
美的问题可能会走向主观唯心论，所以它不像"实践存在论美学"那样，把那

---

① 李泽厚：《美学三题议》，《美学论集》，上海文艺出版社 1980 年版，第 173、153、173 页。
② 邓晓芒、易中天：《黄与蓝的交响》，人民文学出版社 1999 年版，第 386 页。
③ 邓晓芒、易中天：《黄与蓝的交响》，人民文学出版社 1999 年版，第 388 页。
④ 邓晓芒、易中天：《黄与蓝的交响》，人民文学出版社 1999 年版，第 400、418 页。

些"随缘而发"、"当下生成"的个人的情绪体验都当作审美判断,而力图通过对审美心理的理性的、社会性的内涵的揭示,来表明审美情感的普遍有效性。强调它所理解"实践论美学是实践论人学的一部分,它必须以艺术起源于生产劳动这一原理作为一切审美心理学和美的哲学的前提",这种"审美心理学不仅仅是一个普通心理学的问题、实验心理学的问题,乃至是一般社会学分支的社会心理学的问题,是一个意识形态学和精神现象学的问题,它必须上升到人的哲学(哲学人类学)才能为自己找到正确的答案",并从实践是人的"有意识的生命活动"这一认识出发,论述了正是"在生产劳动中所逐步形成起来的人的意识(自我意识和对象意识),使本来只是动物的心理活动都带上了理性精神的烙印,从而上升为人的心理活动":"使动物也有的对待客观外界的直观的'表象',上升到了人的'概念'";"使动物也有的对自己生存必需的物质对象的'欲望',上升到了人的有目的的自觉'意志'";"使动物也有的由外界环境引起的盲目的'情绪',上升到了人的有对象的'情感'",使之社会化而具有精神性。这种经过社会化的情感具有"一种要得到普遍传达的倾向",因而它也就成了生产者的"内在的尺度",通过自己的产品把它传达出来而与别人开展交流[①],审美活动也就由此产生。这些分析应该说是比较精到的。但是由于"新实践论美学"一方面否认审美对象的客观属性,把审美判断和认识判断绝对对立起来,认为"审美主体和审美对象的关系决不是认识关系和'反映(模写、映象)的关系',因为主体体验到的并非对象固有的客观属性,而是对象对于自己情感的适合性、融洽性",而无视关系属性总是以客观属性为条件的。另一方面把"美感"视为"一切审美评价和审美判断的最终标准",认为"它没有真正客观标准的依据,而只能是主观的、相对的。在这一点上,英、美流行的美感经验固守着一个十分有利的阵地,他们坚持从人的直接的美感经验出发,而这个立场实际上是驳不倒的"。所以虽然根据它对情感的社会性的认识,认为"它既是个人的、相对的,又是社会的、包含着普遍性的",但这个社会的、普遍性的标准"决不是认识论意义上的'客观标准'而只是一种社会意识形态标准"[②]。这就等于把人的心理

　　① 邓晓芒、易中天:《黄与蓝的交响》,人民文学出版社1999年版,第401、435、404页。
　　② 邓晓芒、易中天:《黄与蓝的交响》,人民文学出版社1999年版,第474、486—487页。

生活中原本统一的认识、意志、情感加以分割,把情感与认识看作是互不相关的甚至是对立的,表明它没有跳出康德的窠臼,都是以"主观的量"来解释审美的普遍有效性问题,这样也就没有评判的客观标准了。

所以,我认为要正确揭示审美判断的普遍有效性是离不开对审美客体作认识论的研究的。这不是说要像自然派美学那样,把美看作是纯粹是物的自然属性,把审美看作只是对客观存在的美的一种认识性的反映。因为审美判断是一种情感活动,情感不同于认识,它是客观事物能否满足人的主观需要所生的一种态度和体验,它在性质上不是属于事实意识而是一种价值意识。这决定了凡是审美意象都不是物理映像而只能是一种心理印象。但是不论怎样,它总是以客观世界所存在的价值客体为前提,是建立在对于价值客体的评价性反映的基础上的,这里就不可能完全排除认识的内容。所以现代心理学创始人冯特一方面认为"情感是独特的主观状态而不是我们身外物体的特性"的反映;而另一方面又认为情感与意志一样,都是"与观念相联系的",它们只有"在心理抽象中"才能分离开来,在实际生活中,"情感的意识始终伴随着我们的感觉和观念"。"情感是主观的,而观念则具有客观的关系",它与感觉一样都有一个"共同的目标——认识外部世界"。这样,观念也就作为外部世界与心理活动的中介,在情感活动中起着支配和调节的作用①。这都表明正是人的情感所具有的认识的性质,亦即"新实践论美学"所说的"在生产劳动中所逐步形成起来的人的意识"所赋予情感的那种"理性精神",才使得审美情感具有社会的普遍有效性。否则,在审美判断中就难免会出现像他们自己批评的"把一个无知顽童的信手涂鸦与达·芬奇的佳作同等看待"那样荒唐可笑。这表明,审美情感的普遍有效性总是以对它的对象的客观属性的认识为依据的。比如对于花,虽然人们各有所爱,如陶渊明爱菊、林和靖爱梅、周敦颐爱莲、郑思肖爱兰……但是人们无不肯定和承认这些所爱都属于一种高雅的审美情趣,从未听说有人指责其中谁的爱好是属于偏私的判断而不具有社会的普遍有效的价值。如自周敦颐写了《爱莲说》以来,人们都称莲为"花之君子",甚至那些并不最喜爱莲花的人也会认同,这就是由于客观上莲的那种"出淤泥而不染,濯清涟而不妖,中通

---

① 冯特:《人类与动物心理学导论稿》,浙江教育出版社1997年版,第222—223页。

外直,不蔓不枝,香远益清,亭亭净植,可远观而不可亵玩"的客观属性与君子的品性的相似性为周敦颐的审美判断普遍有效性提供了事实的依据。这里体验和评价与认识是统一的。审美判断自然不属于认识判断,它不是概念的、逻辑的,但在审美情感发生的过程中,认识虽然不直接参与,而却无不暗含在对审美客体的评价之中。因而,康德对于审美判断的普遍有效性虽然着眼于从"主观的量"方面进行分析,但他认为这不可能"建立在经验的基础上",其内部必然含有一个"应该"的观念,所以总是以一定的"理性概念"为基础,只不过它不是直接以概念的形式而是借"一个符合观念的个体的表象"亦即"美的理想"呈现于人们的意识之中。这就要求在审美活动中"每个人都必须结合悟性和感官去判断",所以它虽然不依赖于概念,而实际上却隐含着概念,隐含着"客观的量"在内①。这我认为至少比"新实践论美学"的理解要辩证一些。

"新实践论美学"当然也不是完全排斥审美对象的存在,认为"情感的社会性本质在其具体现实的表现中只能是情感的有对象性",但是这里对象不是作为客体,客观事物而是由情感的外化而来的,认为正如"人类通过亿万次的实践所建立起来的范畴和概念,无一不是通过拟人的方式从人的主体能动活动而扩展到自然界对象上去的"那样,审美对象作为人化的自然,也无非只是这种"拟人化"的成果,"可以说,没有对象的人化或拟人化就没有艺术和审美"②。这样,"对象化"和"人化"也就不再被看作是人类的实践活动中与自然之间所形成的审美关系的一方,即由于在对象世界打上人的印记而成为美的对象,而被理解为只不过是在审美活动过程中由个人的"移情"作用所生,这就使原本实践论意义上的主客观的统一变成了心理学意义上的主客观的统一,亦即是朱光潜所说的意识层面上的主客观的统一。这样,也就背弃了"实践论美学"的基本精神而走向表现论、移情论。因为这里所说的对象只不过是一种主观情感的符号,已不是作为审美关系的客体而存在的客观世界的美。这即使"表现论美学"也是承认的。如鲍桑葵的"使情成体"说即是。他批评克罗齐把美看作"只是一种内化状态"而认为外部

---

① 康德:《判断力批判》上卷,商务印书馆1964年版,第78、70、51、57页。
② 邓晓芒、易中天:《黄与蓝的交响》,人民文学出版社1999年版,第449、440页。

媒介都是多余的观点,认为"心灵没有事物是不完整的,就和心灵没有身体一样"①。人的活动是一个主客体从对立走向统一的过程,对于审美来说,也就是通过情感活动来达到"对象化"和"人化"的交互作用的过程。所以若是要坚持马克思主义的实践的原则,我们就应该把审美放在由人类实践历史地所形成的主客体的关系中来分析,要是离开丰富多彩的对象世界,仅仅从主观的、心理的方面来进行探讨,那不仅会使美学研究的内容趋向封闭,而且也必然会使审美趣味流于凝固、保守。

　　所以我认为尽管"新实践论美学"联系实践活动在对审美情感的社会性方面作过一些深入的分析,但同样很难说是对马克思主义"实践论"的真义的真正传承和发扬,同样不是"实践论美学"发展所应走的正确的路向。"新实践论美学"的倡导者感叹在 20 世纪 80 年代末期由于"'美学热'陡然降温",使他们的著作在当时出版未能引起学界的广泛关注,以致"中国美学界停滞了 20 年"②,这自我估价是否会太高了一些?!

> 2011 年"五一"前后初稿
>
> 2011 年 6 月上旬修改
>
> 原载《学术月刊》2011 年第 9 期

---

① 鲍桑葵:《美学三讲》,人民文学出版社 1965 年版,第 34 页。
② 邓晓芒:《什么是新实践美学》,《学术月刊》2002 年第 10 期。

拯救人性:审美教育的当代意义

一

　　审美教育的思想虽然在先秦与古希腊就已萌生,但一般还未形成一种自觉而系统的理论,直到 18 世纪末才由席勒正式提出。席勒的美育理论主要是针对以"利益为时代的伟大偶像"的现代社会人的物化和异化而发的,他认为古代社会人是一个具有"完美的人性"的整全的人,工业文明之所以使人性分裂而成为"碎片",就在于人的情感为欲望所同化[①],所以他寄希望于通过美育来实现人性的复归而回到整全的人那里去。这一思想在 20 世纪初被王国维介绍到我国,他在 1903 年所写的《论教育之宗旨》中认为:教育之宗旨,就在于使人成为"完全之人物",而所谓"完全之人物",就在于"人之能力无不发达且调和是也"。人的能力可以从内外分为"精神之能力"和"身体之能力",与之相应,教育也可以分为"心育"和"体育"两个方面。而人的精神是由知力、情感和意志三个部分所组成的,因而"对此三者就有真善美之理想,真者知力之理想,美者感情之理想,善者意志之理想也。完全之人物不可不备真善美之三德"。所以就"心育"而言,又必须有知育、德育、美育三者,"美育者,一方面使人之感情发达,以达完美之域;一方面为德育与智育之手段,此又教育者所不可不留意也"[②]。此后,又经蔡元培等人的倡导,"美育"这一思想才在我国流传开来。

---

　　①　席勒:《美育书简》,中国文联出版公司 1984 年版,第 37、51 页。
　　②　王国维:《论教育之宗旨》,《王国维学术文化随笔》,中国青年出版社 1996 年版,第 146—147 页。

　　美育在我国流传虽然有一百多年的历史，但一直未能引起人们的足够重视，表现在我国历年所颁布的各种教育法中，在 2006 年颁布的"义务教育法"之前，都只是提"德、智、体"三育而从未提及"美育"；即使在提倡美育的学者中，对它的认识也颇有待进一步的深化，这突出地反映在两个问题上：第一，一般认为美育只是属于学校教育，而忽视它在国民教育中的地位和作用；第二，通常比较看重王国维所说的美育功能的后一方面，即"为德育、智育之手段"，而对于前一方面，即"使人之感情发达，以达完美之域"认识不足。这样，有意无意地把美育当作只是一种辅助教育，而对其相对独立性的意义缺乏应有的认识。在这两种认识中，我觉得后一方面更需要我们着重加以辨析和研究。

　　要说明这个问题，恐怕还得要追溯到柏拉图。柏拉图对人的灵魂研究方面的贡献就是提出知、意、情三分说。但由于他是按照古代埃及社会等级的观念来阐述三者关系的，把知、意、情分别比作是王者、武士和农工商者，把情等同于欲望，是灵魂结构中最低劣的部分，认为如同在一个"正义的国家"（按："正义"在希腊语中有各阶层恪守本分、各司其职而使彼此和谐相处之义）里，王者（爱智者）必须是通过武士（爱胜者）来控制农工商者（爱利者）使之各安其位那样，对于个人来说，也只有以理智通过意志来控制欲望"使整体的心灵遵循其爱智部分引导，内部没有纷争"，使每个部分都是"正义的"，才算得上是一个健全的人格[①]。这表明他的理论带有明显的理性主义、唯智主义的倾向。这种倾向到了近代社会不仅没有予以克服，反而得到进一步强化。在古希腊哲人那里，"知"的内涵是由两部分组成的，即"用真理来完善心灵，用德性来完善精神"，它不仅关乎自然，即作为知识的"知"，而且还关乎人事，即属于智慧的"知"。所以，"'智者'指的既是那些倾力浸淫于崇高事物的思考的人，也是那些以德性和正义为根基，按法律来正确地创建国家，通过明哲来管理国家的人"[②]，这在柏拉图看来只能是哲学家。但是到了近代，在自然科学的影响下，"知"的内涵几乎完全被知识所取代，而使人事方面的内容趋于淡化。弗朗西斯·培根提出的"知识就是力量"最先反

----

　　①　柏拉图：《理想国》，商务印书馆 1986 年版，第 366—377 页。
　　②　维柯：《论一切知识的原则和目的》，《维柯论人文教育》，广西师范大学出版社 2005 年版，第 220—221 页。

映了这种观念上的转变。在他仿照柏拉图的《理想图》所写的《新大西岛》中,作为国家的统治者已不再是哲学家,即柏拉图认为的最有智慧的人,而是科学家。在国王所罗蒙那的诸多光鲜业绩中,最为突出的成就就是创办了一个科学教育机构所罗门宫来开展科学研究。不过培根没有把它强调到绝对,他在《论善》中借《圣经》里亚当、夏娃偷吃了"知善恶树"上的果子被上帝逐出伊甸园的故事,指出"过分的求知欲也曾使人类祖先失去乐园"①。只是到了霍布斯以后,在法国启蒙运动思想家那里,才把科学知识的作用发展到极端,看作是人类社会进步的唯一动力以及看待一切问题的思想准则,并被许多哲学家引入对于人的本质的理解,认为如同钟表和机器按物理学的机械原理转动那样,人也是完全在"肉体感受性"驱使下行事的。如爱尔维修认为:"人是一台机器","人身上的一切都凭感觉,因此肉体的感受性乃是人的需要、情感、社会性、观念、判断、意志、行动的原则",人的行动的动力就是"肉体的快乐和痛苦","他们只能拿自己的利益当作判断的准绳"②。霍尔巴赫也认为:"人是自然的产物,他只能服从自然的法则而不能超越自然","人在生存的每一瞬间都是处在必然性掌握中的一个被动的工具","肉体的人就是凭感官认识到的原因刺激而活动的人","人的精神想冲到有形世界的范围之外,乃是徒然的空想"③。这样,人的精神生活如情感、想象、自由意志等也就被彻底否定和排除。

精神生活与物质生活不同,它的本质如奥伊肯所说在于"超越性",它使人"超越了彼此孤立的个体生活而进入普遍","只要你与别人共享精神生活,你就不仅是个体一人;此时,普遍生活就会成为你自己的生活,成为你生命的动力"④。而精神生活是离不开情感体验的,所以一旦否定和排除了精神生活,人就只能像动物那样按决定律匍匐于物质需要的支配之下,这就使得人格结构中的知、意、情出现分裂,人也不再是整全意义上的人了。因而自霍布斯以后,这种唯科学主义的思想就不断遭到剑桥柏拉图主义、卢梭以及浪漫主义的批判。针对当时日益被自然科学同化的"理性的人",卢梭提

① 弗朗西斯·培根:《论善》,《培根人生随笔》,人民日报出版社 1998 年版,第 47 页。
② 爱尔维修:《论人》、《论精神》,《西方哲学原著选读》下卷,商务印书馆 1982 年版,第 180、182 页。
③ 霍尔巴赫:《自然体系》,《西方哲学原著选读》下卷,第 234、220 页。
④ 奥伊肯:《新人生哲学要义》,中国城市出版社 2002 年版,第 163—164 页。

出了"自然人"的理想，认为"比我们这些经过启蒙而变得浅薄的理性的人"，原始民族以及中世纪的人"生活在更丰富的现实性之中，他们不像以前的迷信所相信的是不发达的有缺陷的人，相反，我们应该赞美和嫉妒他们，嫉妒他们的情感，他们的直觉，他们的梦幻，他们更接近于事物的本质，世界神性的基础"①。浪漫主义批评家奥·斯雷格尔也认为，在启蒙运动功利原则的指引下，理性就成了"陷于纯粹有限性囹圄之中的理智"，它的目的仅仅为了解决尘世间的一些事务性的问题；在启蒙运动思想家眼里，"人类的存在和世界都是单纯得像数学一样明白晓畅"，一切都可以用功利原则去进行计算。这样一来，就不仅"把所有超出他们感官感受性的界限之外的现象统统视为病相"，"随时慷慨地以狂热、荒谬等名称相与"来加以排斥，而且还把它的思想贯彻到道德行为领域，把"凡是不愿意迁就尘世事务的有用性的德行，启蒙运动按照它的经济的倾向一概斥之为妄想"。这样，德行也就完全按照功利的原则来加以推行，被他们"套进了一定市民义务的牛轭中，套进了职业的、职务的，然后是家庭生活的牛轭中"②。于是人性中的一切美好的、诗意的东西都随之消失，都被化解为平庸的、浅薄的、世俗的、唯利是图的东西。这些思想也深为康德赞同，他质问："为什么大多数想在科学中一展身手的人，不仅没有使理性得到完善，反而使理性受到歪曲？"这在他看来就是因为缺乏对人的本性作整全认识的哲学眼光，他把这些科学家比作"独眼怪"，"是导致智慧学的狭窄之阀"，认为"他们需要再长出一只眼，以便能从人的角度看待事物。这是科学人道化的基础，即评价科学的人性标准"，并要求"哲学必须时时保持它作为监护者的科学"③。这表明对于人的生存来说，除了知识理性之外，还需要有一种道德理性，一种引导人如何按照人所应有的方式生活的理性。所以对于一个整全的人格来说，是不可能没有精神生活、情感生活的。

　　近代社会是工业社会，与以简单再生产延续的农业社会不同，它的生产方式是一种扩大的再生产，它是以科学技术的发展和商业利润最大化为发

---

① 引自蓝德曼的概述，见《哲学人类学》，工人出版社 1988 年版，第 140 页。

② 奥·斯雷格尔：《启蒙运动批判》，《德国浪漫主义作品选》，人民文学出版社 1997 年版，第 376、380、381 页。

③ 康德：《实践理论批判》，人民文学出版社 2000 年版，第 179 页。

展动力的。这使得现代社会比以往任何时候都看重实效原则和功利原则。它极大地推动着现代社会经济的发展,但也导致在教育方面由于看重知识和技能的传授,而不再关注灵魂的塑造和人格的培养。如斯宾塞在《教育论》中批判传统教育是一种"装饰先于实用"的"绅士教育",把传授科学知识作为教育的首要任务,认为它是"最有价值的",应该"统治一切"[①]。这样,教育的目的也被理解为只是教人做事而不是教人做人,只是为了"就业"而不是为了"成己",有意无意地把人培养成只是一个最大限度的牟利的工具。这就必然使人走向物化和异化。因为当一个人甘心情愿把自己变为工具,他便不再有自由意志和独立人格,而只是凭外力的操纵来从事活动。这就把人带入险境,很有可能为了逐利而使自己迷失方向,堕落成为恶势力的帮凶。早在两千多年以前,亚里士多德就指出了知识的两面性,认为它只有"以善德加以运用,意趣善良才会有所成就";如果人无德性,就会"把知识用于最坏的目的",而使人"淫凶纵肆,贪婪无度,下流而成为最肮脏、最残暴的动物"[②]。出于对 20 世纪以来被误用的科学技术所带来的种种灾难的深切感受,哲学人类学的代表人物蓝德曼也认为"人在天性上便是有危险的存在",动物"不会超出自然形成的本性为自己选择";"人处于远为扩大的范围"。"如同古人所见知识和美德也可能包括错误和罪恶,人可以把自己提升为值得惊奇和崇拜的东西。……人也能运用自我形成的能力,而'变得比野兽更加野兽化'"[③]。

这样,科学的进步、经济的发展不仅不能造福人类,反而导致道德的堕落,风气的败坏,甚至给社会带来灾难。鉴于近代社会人们对于教育认识上的片面性,维柯在当时就敏锐地认识到"我们时代的研究方法的最大的弊端就在于,当我们竭力耕耘于科学时,却忽视了伦理学,关于人类精神的心智(ingenio)及其情感如何适应公民生活……的学说","它在我们手中几遭遗弃,任其荒芜"[④],并论证了人文教育在培养整全人格教育方面的重要性。席勒的美育理论,正是吸取了维柯教育思想并在康德美学理论的基础上提出来的。

---

① 斯宾塞:《教育论》,《外国教育经典解读》,上海教育出版社 2004 年版,第 205 页。
② 亚里士多德:《政治学》,商务印书馆 1965 年版,第 9 页。
③ 蓝德曼:《哲学人类学》,工人出版社 1988 年版,第 246 页。
④ 维柯:《论我们时代的研究方法》,《维柯论人文教育》,广西师范大学出版社 2005 年版,第 140 页。

二

美育对于整全人格的培养为何有这么大的意义？这还得从情感在整全人格中的地位及其构成整全人格的作用说起。

"人格"又叫"个性"。个性不同于个人，个人是自然的个体，而个性则是指个人在长期社会实践中经由文化塑造所形成的属于个人的相对稳定的思想和行为的总体特征，是一个人的自我意识和自由意志的集中体现。这种思想和行为的总体特征不可能仅凭理性认识，更需经过自己的情感体验才能形成。因为认识所得到的是一种普遍的知识，它并非为个人所特有；而情感只能发生在个人身上，是人的一种心灵活动的形式，是以个人的心理机制为基础的。所以即使面对同一对象，不同的个人也会有不同的反应。因而对于人格的塑造来说，仅凭知识的传授是难以奏效的，只有经过情感体验使理性认识进入人的内心，化为自己的思想和灵魂，才会有助于人格的成长。然而对于后者，以前人们往往认识不足，很需要作一番具体论证。这可以从两方面来说。

第一，人只有在情感生活中才能意识到个人的存在。情感是一种感性意识，它与认识的不同在于，认识所追求的是社会普遍认同的知识，通常以概念、逻辑的形式得以储存和传播。所以在认识活动中，主体只能是以社会主体、类主体的身份出现，这样，个人就被社会性同化而没有自身的地位了。而情感不仅只发生在个人身上，是个人所特有的内心感受，是唯一能显示个人存在的一种心理形式，而且是未经理性筛选、加工的、直接发自个体的内心的对待事物的一种态度和体验，是一个人的本真人格最真实、生动的自然流露，所以比之于理智状态来更能反映一个人真实的内心世界和人生态度，以致人们有时对于某些人物和事态所产生的情绪反应与理智状态下是如此不同，连他自己都感到惊讶。这决定了人也只有在情绪体验中才能看到一个真实的自我。这样，体验也就成了人们面向自我，进行自我认识和自我评价的最可靠而有效的现实依据，一个具有自我意识的人，不仅就是通过对自己平时内心体验及其外显行为的反思和评判来认识自己是怎样一个人，而且也正是通过对自己的内心体验及其外显行为的反思和评判,如对自己的自私、懦怯感到羞惭,对自己的公正、无私感到欣慰,以及通过对良好情感的肯定和维护、对不良情感的否定和改变,使自身的情感不断地得到重整和提升。从奥古斯丁、卢梭、托尔斯泰的《忏悔录》中可以看出,他们就是在拷问自己的灵魂、反省自身的思想与行为中而达到个性的成长和人格的完善的。

第二,人也只有通过情感生活才能超越个人存在。对于个体来说,所谓超越,无非是突破个人的有限性而意识到自己和别人是统一的。这是人的社会性的根本标志。因为人与动物之不同就在于人是社会的存在。这里,社会性是相对于自然性而言的,它不仅不排斥个人性,而恰恰是以个人性为基础的。这是由于人的社会性不同于动物的集群性。集群性是自然形成的,而社会性则是以人意识到自己是社会一员为前提的,它是个人社会化的成果。这种社会化所追求的不只是认识意义上的个人与社会的统一,而更是一种行为意义上的个人与社会的统一,它不是仅凭认识活动所达到的。因为认识是一种理性的活动,在认识活动中,社会是作为对象而存在的,如同马丁·布伯所说,个人与社会所发生的是"我与它"的关系,彼此总是处于二元对立的状态;行为则是一种躬亲的、实际的活动,它建立在个人与社会直接交往的基础之上,这样,人与对象之间就由"我与它"的关系转化为"我与你"的关系[1],由一种在思维领域发生的间接的关系转化为现实生活中的直接的关系。唯此,个人才有可能进入别人的生活空间而意识到自己与别人是统一的。这里就凸显了情感体验在人的社会化过程中的重要作用。这是由于"心灵的感受性就程度而论与想象力的活泼性相关,就范围而论与想象力的丰富性相关"[2]。而想象有一种推己及人(物)的能力,它会使人"投身于旁人和众人的地位上,把同胞的苦乐当作苦乐"[3],在意识活动中使自己在与人分离隔绝的状态下解放出来而在情感上与别人融为一体。所以休谟把情感看作是人的心理能量,"由于它产生快感或痛感,因而造就幸福或苦痛成为行动的动力"[4],因而美感在形式上虽然是静观的,而就其效能来说却是

---

① 马丁·布伯:《我与你》,生活·读书·新知三联书店 2002 年版,第 1—30 页。
② 席勒:《美育书简》,中国文联出版公司 1984 年版,弟 53 页。
③ 雪莱:《为诗辩护》,《19 世纪英国诗人论诗》,人民文学出版社 1984 年版,第129 页。
④ 休谟:《论人的知解力》,《西方美学家论美与美感》,商务印书馆 1980 年版,第 111 页。

实践的,它在性质上不属于理智感而更近乎道德感。这就不难理解为什么许多道德行为都不是出于理性的告诫,而往往是在情感的驱使下发生的。因为一切理性的教育都只是一种"说服",它不免带有从外部"灌输"的性质,而很难变为人的情感。而一个情感淡漠的人必然是麻木的人,是不会理解别人,对别人的欢乐和痛苦有真切感受而能为别人奉献、牺牲的人。

　　这充分说明情感生活对于激发人的自我意识和生存自觉,使人具有自由意志和道德人格,而在自己身上实现个人性和社会性的统一的作用之重要。我们把这样的人称为"社会性的个人",表明这种统一不像以往人们所理解的那样,是个人性消融在社会性之中,以社会性吞噬个人性,使个人只是作为群体力量的工具;而恰恰是立足于个人,将社会性融入个人性之中,突出和提升个人在活动中的地位和作用。因为,按照马克思、恩格斯的"任何人类历史的第一个前提无疑是有生命的个人的存在"[①]的思想,一切人类的活动总是由个人来承担的。若是以群体性来否定个人性,就等于把个人抽象化、虚无化了。从这个意思上来说,我觉得克尔凯郭尔"'群众'就是虚妄"[②]的观点是值得我们思考的。因为群众是"匿名的",所以当人在活动中只是依赖于群体的力量时,他就会在行动中丧失自我感觉,分散责任意识,弱化个人作用,成为不敢承担甚至逃避社会责任的人。这种责任意识不可能仅凭认识活动、通过思想灌输来确立,它作为一种道德意识,一种"德性之知",就像张载和王阳明所指出的不同于事实意识和"闻见之知",不是属于"认知"而是一种"体知",它需要经过"着实操持,密切体认"这种"心上功夫"才能建立[③]。所以,没有情感体验,也就不会有自由意志和独立人格的社会性的个人。这绝非我们的教育所要培养的社会主义的新人,而充其量只不过是按机械学原理运作的工具。所以马克思和恩格斯都非常看重培养人的自由个性,把共产主义社会看作以"每个人的全面而自由发展为基本原则的

　　① 马克思、恩格斯:《德意志意识形态》,《马克思恩格斯选集》第1卷,人民出版社1972年版,第24页。
　　② 考夫曼:《存在主义:从陀斯妥也夫斯基到沙特》,商务印书馆1987年版,第90页。
　　③ 王阳明:《传习录》,《王阳明全集》,上海古籍出版社1992年版,第134、32页。

社会形态"①,"在那里每个人的自由发展是一切人的自由发展的条件"②。

正是由于情感生活在构成整全人格过程中的地位是如此重要,所以,在塑造整全人格的问题上,许多思想家都强调必须加强情感教育而使之免于衰退。这里涉及情感与欲望的关系问题。因为情感体验总是与人的需要能否获得满足相联系的,而人的需要是一个层级系统,至少可以分为自然需要和文化需要、物质需要和精神需要两级。人作为有生命的个人存在,首先是自然的个体,他不可避免地保持着动物所固有的自然本性和自然欲望;像叔本华和王国维那样不加分析地对欲望采取一概否定的态度是不足取的。而另一方面我们也应该看到,欲望虽然有其合理的成分,但毕竟只是为了维护一己的生存。人作为"社会性的个人"与动物不同就在于他除了物质需要之外还有精神的需要,唯此,才能使人超越一己的利害关系,从有限进入无限。但历史事实告诉我们,自从进入现代社会以来,科技理性和商业文明的发展,除了创造丰富的物质生活条件,也使得人的物质需求不断强化,而欲望不断膨胀,如同丹尼尔·贝尔所指出的:"资产阶级社会与众不同的特征是,它所满足的不是需要而是欲望",是无节制的财富积累和物质享受③。这样,人的情感也就欲望化了。一旦当人的内心完全为欲望所占据,原来丰富的现实关系也必然随之而趋于淡化,就像马克思、恩格斯在批判资本主义社会时所指出的:由于"一切神圣的东西都被亵渎",以致"人和人之间除了赤裸裸的利害关系(之外),就没有别的联系了","甚至连家庭关系也变成了纯粹的金钱关系","被浸没在利己主义打算的冰水之中"④。这表明情感的欲望化必然会导致情感的冷漠化,使人丧失体验别人的能力,不会再意识到对别人的义务和责任,道德人格也就无从谈起。达尔文在《回忆录》中曾有这样的一段记述:他原本是一个对于艺术具有广泛兴趣的人,但到了晚年兴趣渐渐丧失,这使他感到自己的头脑"好像变成某种机器",只是把"收集来的事实加以加工,制成一般法则",而"削弱了天性中的情感部分",他认为这些兴

---

① 马克思:《资本论》第10卷,《马克思恩格斯全集》第23卷,人民出版社1972年版,第649页。

② 马克思、恩格斯:《共产党宣言》,《马克思恩格斯选集》第1卷,人民出版社1972年版,第253—254页。

③ 丹尼尔·贝尔:《资本主义文化矛盾》,生活·读书·新知三联书店1989年版,第68页。

④ 马克思、恩格斯:《共产党宣言》,《马克思恩格斯选集》第1卷,人民出版社1972年版,第253—254页。

趣的丧失，不仅会对智力发生损害，而且还可能危及品德。所以为了重新激活情感，他决定为自己制定一条守则，保证每周读几首诗歌和听几首乐曲①。这事例充分表明情感教育不仅是学校教育、而且是国民教育不可缺少的。而美育，就是实施情感教育最为切实有效的途径。

三

在说明了情感在整全人格中的地位之后，我们有必要进一步追问：美育在情感教育中何以会有这样大的作用？这要从美感的性质和功能来看。

康德在《判断力批判》上卷关于"审美判断"的分析中，从质的关系上把美感界定为"没有利害观念的自由愉快"，它"既没有官能方面的利害感，也没有理性方面的利害感来强迫我们赞许"②。按照亚里士多德的说法，这种感知方式所带给人的情绪体验是"静观"的，它与实践的方式不同，对客体的存在是淡漠的，不会引发占有的冲动。它虽然给人以感官享受，但不仅不为个人所独占，而且还能把"自己对于客体的愉快推断到其他每个人"，"就好像一般认识判定一个对象时具有普遍法则一样，个人的愉快对于其他人也能宣称作法则"③。这就超出一己的利害关系，在情感上进入别人的空间，而使个人与别人融为一体。

但这些分析主要还只是从审美感知的方式来看待其社会功效。当年王国维在倡导美育时主要也是从这层意思着眼，认为"盖人心之动，无不束缚于一己利害，独美之为物，使人忘一己利害而入高尚纯洁之域，此最纯粹之快乐也"④。此后，人们往往都从这一角度来理解审美的特征和美育的功能，而很少关注它的内容。就这使得对审美情感的理解难免流于空泛。其实，审美情感作为一种价值判断，总是立足于一定的审美客体。所以要全面探讨美育在情感教育中的作用，就应该联系其对象的性质做深入的分析。这

---

① 达尔文：《达尔文回忆录：我的思想和性格发展回忆录》，商务印书馆1982年版，第92—93页。
② 康德：《判断力批判》上卷，商务印书馆1964年版，第46页。
③ 康德：《判断力批判》上卷，商务印书馆1964年版，第123—124页。
④ 王国维：《论教育之宗旨》，《王国维学术文化随笔》，中国青年出版社1996年版，第149页。

里就涉及"什么是美"的问题。以我之见,作为美学元范畴的"美"是不能把崇高、滑稽、丑排除在外的。但是以往由于受古希腊在毕达哥拉斯学派的思想基础上所发展起来的美学观念的影响,人们习惯以"和谐"为标准,把美看作是一种整体协调的、纯粹的、令人"松弛舒畅"的美。这样实际上就把美等同于优美,而把崇高、滑稽等非纯粹的美排除在外,把美育看作像柏拉图在《理想图》里所描写的,使青年们在"如坐春风、如沾化雨"的、"松弛舒畅"的氛围中获得情感陶冶①。这就把美育的内容狭隘化、柔性化了。这至多只适合少年儿童的教育,与国民教育的要求相悖。事实上,自古希腊晚期,特别是中世纪以来,人们对美的理解就在不断扩大。中世纪美学认为"美在上帝",上帝至高无上,既让人崇敬又令人畏惧。所以上帝之美实际上已不是优美,而是崇高。从某种意义上说,中世纪美学史就是一部关于崇高的审美史。这些思想成果后来都为康德所吸取,他在早于《判断力批判》二十七年前所写的《论优美感和崇高感》中就曾表明:"美感主要的是如下两种:崇高的感情和优美的感情。这两种情操都是令人愉悦的,但却是以非常之不同的方式表现出来……崇高使人感动,优美则使人迷恋","崇高的性质激发人们的尊敬,而优美的性质则激发人们的爱慕"②。这两者正是一个健全的人格不可缺少的心理特征。人类一切高尚的行为,无不是在"爱"与"敬"这两种情感的协同作用下做出的。若是把崇高排除在美育之外,我们对美育的理解将是不整全的。这可以分别从两方面来说。

先说"爱"。爱包括慈爱、仁爱、对一切美好事物的挚爱,这是优美感的一大特征。优美是一种和谐、纯粹、静态的美,它以形式取胜。柏克认为它的特征是小巧、娇弱,形体流畅,色彩鲜明,它仿佛是"屈服于我们",使"我们得到奉承而顺从"③而博得我们的喜爱,如同我们平时面对花鸟虫鱼、小猫、小狗和乖巧的小孩所产生的情感那样。它让人产生的是一种亲和感和融合感,所以黑格尔说"爱就是意识到我和别人的统一"④,它会使我们由于爱而甘愿为之付出、奉献甚至牺牲。这无疑是一切道德行为的思想基础。因而

---

①　柏拉图:《理想国》,商务印书馆 1986 年版,第 107 页。
②　康德:《论优美感和崇高感》,商务印书馆 2001 年版,第 2—3、6、7 页。
③　柏克:《论美和崇高》,《西方美学家论美与美感》,商务印书馆 1980 年版,第 122 页。
④　黑格尔:《法哲学原理》,商务印书馆 1964 年版,第 175 页。

爱的教育也被斐斯泰洛齐看作是人生教育的第一课，认为"人类的爱、感激和信任等情感在人的本性中产生来源于婴儿与其母亲之间的关系"[①]。对于少年儿童特别是婴幼儿来说，要是缺乏爱的体验，长大后很可能会变得冷酷，不仅不会同情、理解别人，而且还可能由于爱的缺乏而产生嫉妒的心理，并向社会报复。所以中外哲人自古以来就把爱看作是道德精神的核心，如孔子提出"仁者爱人"，"己所不欲，勿施于人"，耶稣把"尽心、尽性、尽意爱你的神"和"爱人如己"看作是"律法和先知一切道理的总纲"[②]。要实现社会的公平、正义，在社会生活中就不可能没有爱。当然，只要社会上还存在邪恶的势力，人们也不可能没有恨的情感，否则就像没有爱那样都是情感淡漠的一种表现。但恨只能是由爱而来，正是由于对美好事物的爱之深，才会有对邪恶事物的恨之切。所以，凭借优美的对象来进行情感教育，在美育应该具有基础的地位，特别是学校教育尤应这样。

但若把美育局限于爱的教育，则很可能导致人格的柔性化。所以为了避免这种倾向，我们还需要有刚性的教育。这就凸显了崇高在美育中的重要地位。崇高感的特点就是"敬"。

"敬"是一种崇敬、敬仰、敬畏的情感，它是崇高感给予人的心理特征。崇高在形态上与优美刚好相反，以巨大、粗犷、强势、令人畏惧的形式，与人处于对立的状态，在心理上对人构成巨大的威胁。如面对星空、大漠、崇山峻岭、惊涛骇浪、伟人伟业的时候，我们都会感到自身的渺小、无力而在心灵上产生强烈的震撼。因而崇高感总带有强烈的恐惧感。"恐惧是人们对即将遭受毁灭性的祸害的预感相伴随的"[③]，它最能激活人的生存意志和与之抗衡的勇气和力量，所以蒙田认为"恐惧的威力超过其他任何情感"[④]。以致拿破仑认为"恐惧是战争的主要动力"，"正是恐惧促使人们去战斗"。但这是从消极意义上的理解；崇高感所带给人的则是一种积极意义上的恐惧心理，即由"敬"所生的"畏"。这种思想很大程度上来自基督教。按照基督教的"原罪"说，人天生就是一个负罪之身，只有信仰上帝、不断忏悔、改恶从善

---

①　斐斯泰洛齐：《教育论著选》，人民教育出版社1992年版，第79页。

②　《新约·马太福音》第22章第34节。

③　亚里士多德：《修辞学》，生活·读书·新知三联书店1991年版，第83页。

④　蒙田：《论恐惧》，《蒙田随笔集》，陕西师范大学出版社2002年版，第19页。

才能重新回到上帝的身边。上帝既是人所敬又是人所畏的对象,这样,敬畏感也就成了一种抗拒出于功利目的而对道德法则产生轻慢亵渎行为的神圣感。它使人保持如同对神的敬畏那样对自身行为的戒备心理。这对人来说既是一种约束力,又是一种提升力,使人们感到由于神的存在以及对神圣的追求而在自身精神上获得升华。所以培根认为,"人的意志力量如不依托一种信仰就不可能产生"。他把无神论斥之为一种"愚人之见",认为它"从根本上摧毁了人在内心战胜邪恶的精神力量"①。这一思想后来为剑桥柏拉图主义、夏夫兹博里和康德等人继承。尽管在康德那里,上帝不再是作为人格神而是道德法则而存在,但就其神圣性来说,两者是完全一致的。他认为,"道德法则对于绝对完满存在者的意志是一条神圣性的法则",因此真正的道德意识也必然只能是一种出于"对法则的敬重",一切道德的行为也只是被安置在"对法则的敬重的必然性之中"②。他把美视为"道德的象征",主要也体现在对崇高的阐述上。崇高可以弥补优美带来的人格的柔性化,激起我们的力量去克服障碍,在一切艰难险阻中变得无所畏惧;同时也使美育逸出了优美和美的艺术教育的狭小天地,引导人们从宇宙天地和现实人生中领受美的力量,使人由于有了信仰而变得勇敢和坚毅。这是培育整全人格不可缺少的意志锻炼。特别是在物质昌明带来社会风气奢靡的时期,它可以起到作为解毒剂的作用。因为唯有在苦难中人才会渴望神的拯救,一旦"处在太平安定、文化发达的时期,人们就会感到不需要再依赖神"③,或者说在物欲的驱使下金钱取代了神,因为它像神力那样可以满足人们的一切,什么名誉、地位、爱情、友情都可以由金钱去交换,由金钱去获得。神圣感的丧失也就使得人的行为不会有任何顾忌,就像当年亨利·莫尔所批评的,由于"灵魂已无半点上帝感和神物感"全凭欲望行事,让人变得像"下贱的禽兽"④。这话也仿佛是对我们今天而说的。

　　自改革开放以来,我们在物质生活方面有了很大的提高,但很多人在物

---

　　①　弗朗西斯·培根:《论无神论》,《培根人生随笔》,人民日报出版社1998年版,第65页。
　　②　康德:《实践理论批判》,人民文学出版社2000年版,第87—88页。
　　③　弗朗西斯·培根:《论无神论》,《培根人生随笔》,人民日报出版社1998年版,第64页。
　　④　亨利·莫尔:《伦理学纲要》,周辅成编《西方伦理学名著选辑》上册,商务印书馆1964年版,第686页。

欲的驱使下反而变得更缺乏同情心和敬畏感。今天社会中之所以出现那么多匪夷所思的恶行，说到底都是只紧盯住经济指标而放松对人的灵魂的塑造而导致的恶果。这是我们国家之羞、民族之痛！通过美育培育爱的情感和敬的情感，不失为对被物欲所扭曲的人性的一种疗救！

2011 年国庆期间
原载《文艺研究》2012 年第 3 期
收入本文集时有修改

认识文艺与政治关系首先须解决的两个问题

文艺与政治的关系是一个永远绕不开的话题。粉碎"四人帮"之初，学界出于对长期以来我国文学理论界对之作简单化、庸俗化的理解，特别是"四人帮"利用文艺进行篡党夺权，实行法西斯专政统治的反感，企图避开这个问题，借所谓"纯审美"、"纯艺术"之名，使文艺从中解放出来而获得独立，把文艺看作只不过是个人情绪的宣泄或形式实验的载体，以致使文艺丧失了它原本固有的人文情怀，对社会发展过程中所出现的许多重大的现实问题的应有的关注，而日益沦为一种娱乐消遣的工具；这使得当年那些"纯文艺"的倡导者们也对自己的观点产生了怀疑：反问"纯文学把它们（按：指社会人生问题）排除在视野之外，没有强有力的回响，没有表现出自己的抗议性和批判性，这到底有没有问题？"①这问题是值得我们深思的。但从这一认识的反复中，也反映了我国当今文艺理论研究中所较为普遍地存在的一个致命的弱点，即对于许多理论问题，都未作深入的研究和周密的论证，根据一时的需要来妄加褒贬，发表自己的见解，因而往往都经不起学理上的分析和时间的考验。所以要使文艺与政治关系问题得到正确的解决，有两个根本问题是首先需要我们作出科学的回答的。

一   从作家方面来看，关涉到个人与国家关系的问题

政治根本的是政权的问题，由于政权的归属不同，所以又派生出组织形式即国体和政体的差别。自古以来，它的基本形式主要有两种，即君主制和

---

① 李陀、李静：《漫说"纯文学"》，《上海文学》2011 年第 3 期。

共和制。君主立宪制不过是两者的一种折中的形态,是资本主义时期资产阶级和封建贵族妥协的产物。

　　君主制与共和制相对,是以君主为国家元首的政治形式。它盛行于奴隶社会和封建社会,它的思想基础是宗教或准宗教,即所谓"君权神授"。在古埃及文献中就记载有神对国王拉美西斯三世说:"我是你的父亲,我授予你神旨,要你统治世界。"《新约圣经·罗马书》也说"凡掌权的都是神所命的。所以抗拒掌权的,就是抗拒神的命,抗拒的必自取刑罚"。我国汉代的董仲舒亦从"天人相与"的思想出发,提出"王者承天意以从事","天以天下予尧舜,尧舜受命于天而王天下"①。所以君主又名之为"天子"。天意是不可逆的,既然君主是奉天之命来统治天下的,所以"君主所好,民必从之"。这是一种以君主为本位的政治制度,它推行的是一种专制政治,如同法王路易十四说的"朕即国家",在这种制度下,个人消融在国家(君主的意志)中而只不过是一种社会的角色,他只是承担着一定的社会义务和责任,而没有个人的权利,个人的自由意志和独立人格,一切都得由君主的意志而定。君主制的倡导和维护者也意识到君主专制很可能会导致暴政而给人民带来祸害,为了维护社会的稳定,他们力图把政治与伦理结合起来,把"仁政"作为政治理想来加以提倡,如孔子说的"政者正也"②、"为政以德"③。但是君主制的以君主为本位的性质决定了这种道德也只不过是君主之德,完全取决于君主个人的道德修养,而民众任何时候都只能处于从属的、附庸的、被统治的地位,他们只能是配享奴隶之德和顺民之德,在政治上是没有任何发言权的。所以在这种制度下,文艺是不可能有自身相对独立的地位的,文艺与政治的关系本质上只能是一种从属的、附庸的、强制的关系,作家在不同程度上都是被御用的,像英国曾盛行的桂冠诗人那样。我国古代的"应制诗"、法国的"宫廷诗"等都是这种制度下的典型的产物。

　　共和制源于古希腊的民主制(民主共和制)政治,它与君主制不同的是认为一切权力属于公民,国家权力机关和国家元首由公民选举产生;在近代资本主义社会一般以"社会契约"论为思想依据。这理论与霍布斯、洛克、卢

---

　　①　董仲舒:《春秋繁露·尧舜汤武》。
　　②　《论语·颜渊》。
　　③　《论语·为政》。

梭的伦理学与国家学说有着深刻的内在联系。因为在他们看来，"自爱"乃
是人的天性，这决定了人就其天性来说必然是利己的。这样在社会生活中
就难免会引起纷争。所以为了大家共同生活，就必须把"利己"与"利他"统
一起来，既要保障个人权利（生存权、自由权、财产权），又必须承担对社会的
责任和义务。这就需要以约法来保证，但对于约法的理解各家的观点又不
完全相同。主要分歧在于霍布斯认为当群众把权力交给主权者之后，主权
者就是非契约的一方，他有着无限的权力，群众必须完全听从他的意志；而
洛克与卢梭则认为君主的权力不是绝对的，他只不过是契约的一方，同样也
要受契约的约束。这样就可以通过社会契约，把"个人的利益"与"大众的意
志"和"国家的利益"统一起来以维护社会的公平与正义。这里，国家只不过
是人民委托给它的约法的执行者，而人民才是约法的主权者。如同洛克所
说"政治权力是每个人交给社会的他在自然状态中所有的权力，由社会交给
它设置在自身上面的统治者，附以明确的或默许的委托，即规定这种权力应
用来为他们谋福利和保护他们的财产"[①]。所以卢梭认为政治共同体就是
"由全体个人的结合所形成的公共人格"，是"公共的大我"，"以前称之为城
邦，现在则称之为共和国"[②]。又说"凡是实行法治的国家——无论它的行政
形式如何——我就称之为共和国；因为唯有这里才是公共利益在统治着，公
共事物才是作数的。一切合法的政府都是共和制的"[③]。尽管自古以来由于
公民权都受着出身、财产、信仰甚至种族、性别等条件的限制（如希腊民主顶
峰时期，在 12 万人口中公民却不到 3 万人）从未做到真正的民主，但比之于
君主制来，毕竟是一大进步，所以它曾得到恩格斯的肯定，说"共和制是无产
阶级将来统治的现成形式"[④]。这是一种以民众为本位的政治模式，民众是
由个人所组成的，但在这里，"个人"已非自然性的个人，而是以承认和遵守
约法为前提条件，由契约作为他们的共同意志而把他们统一起来的"社会的
个人"，即所谓"公民"。它在肯定个人权利的同时，还要求把"大众的意志"，
契约的思想融化在个人自觉的行为之中，把契约的思想化为个人自由自觉

---

① 洛克：《论政府》下篇，商务印书馆 1964 年版，第 108—109 页。
② 卢梭：《社会契约论》，商务印书馆 2003 年版，第 21 页。
③ 卢梭：《社会契约论》，商务印书馆 2003 年版，第 48 页。
④ 恩格斯：《致保·拉法格》，《马克思恩格斯选集》第 4 卷，人民出版社 1972 年版，第 508 页。

的行为,把维护国家、社会、大众的利益视为共和国公民必须承担的义务和责任,从而把政治的行为与公民必须恪守的道德准则融为一体。所以卢梭把自由分为"自然的自由"、"社会的自由"和"道德的自由"三级①,他提倡"道德的自由"的目的,就是为了把社会契约的思想伦理化和道德化,把维护大众的意志和国家的利益看作是公民必须自觉承担的义务和责任。认为"对于公民来说,公共事情应重于私人之事,只要有人谈到国家大事时说,这和我有什么相干,我们可以料定这国家就算完了"②。所以虽然共和制也力求把政治与道德联系在一起,但这与君主制所提倡的"政者正也"、"为政以德"的这种自上而下的君主之德不同,而是一种公民的道德,是公民意识的一种自觉表现。在这样一种个人与国家关系之下,文艺与政治的关系在本质上就不再是强制的而是自由的,把文艺创作与国家的命运、前途联系起来,来促进国家的发展和社会的进步,应属于作家作为一个共和国的公民所义不容辞的自觉的行为。它不是什么由外力所强制的,而是作家本人所自觉承担的义务和责任。

以前我们对文艺与政治关系的认识不够正常,有意无意地把它看作是一种强制的关系,否定文艺自身相对的独立性,往往违背文艺自身的规律,要求文艺必须为一些政治任务和政治中心服务,以致人们都畏避这个问题。之所以会出现这种情况,究其原因,我认为主观上是由于封建君主制的思想残余及其在文艺问题上的烙印太深,以致人们习惯于按御用文学的要求来要求文艺;在客观上就是由于作家尚缺乏一种自由自觉的公民意识,对于自己作为一个共和国的公民所应承担的义务和责任缺乏一种自觉的意识。自改革开放以来,我们在经济建设上虽然取得巨大的成就,但正如邓小平同志1993年9月与邓垦的谈话时所说的"现在看,发展起来以后的问题不比不发展时少"③,如分配不公、贫富不均、文化失范、道德滑坡、生态破坏、环境污染、人的"异化"和"物化"不断加剧、社会犯罪率居高不下等,这些直接关系到国家的命运和前途的问题,不就发生在我们的周围?与每个人的日常生活都发生这样那样、直接间接的关系?凡是有社会责任感和使命感的作家,

---

① 卢梭:《社会契约论》,商务印书馆2003年版,第26页。
② 卢梭:《社会契约论》,商务印书馆2003年版,第120页。
③ 《邓小平年谱》(1975—1997)下卷,中央文献出版社2004年版,第1364页。

他能对这些现象熟视无睹,不予关注和思考,不以自己的作品来促进现实的变革和社会的进步?面对这些直接关系到国家命运前途重大问题,如果一个作家不怀忧患意识去予以关注和反映,而却来提倡什么"纯艺术"、"私人化写作"、"欲望化写作"、"下半身写作"等,这不正是"公民意识"淡漠和缺失的一种表现?所以,我觉得就目前来看,要正确认识文艺与政治的关系的问题,唤起和强化作家的公民意识就显得十分重要。

二　就创作方面来看,关涉目的和手段关系的问题

这些年来,学界对于文艺与政治关系的问题之所以不感兴趣,另一个原因就是以为一提文艺与政治的关系,就意味着把文艺当作一种手段,视文艺为宣传、说教的工具,这样,就会重蹈"主题先行",违背艺术规律而造成公式化、概念化的作品的泛滥,文艺自身的审美价值也就无从谈起。

之所以会产生这样的顾虑,除了消极地接受历史的教训之外,还由于我们对于目的和手段的关系在理论上缺乏正确的认识有关。马克思说:"作家绝不把自己的作品看作手段,作品就是目的本身","诗一旦变成诗人的手段,诗人就不成其为诗人了。"[①]这是由于手段只不过是达到目的的途径和方式,它自身没有独立存在的价值,一旦达到了目的,它自身也就没有意义了。如以往借文艺来宣传、说教、现在借文艺来娱乐、牟利,尽管所要达到的目的不同,但都是把文艺当作一种手段,是对文艺自身价值的贬斥和否定。

目的则是由事物本身的性质和功能所决定的。那么文艺本身的目的是什么呢?我认为从根本上说就是通过审美感觉和体验来按照我们的理想和信念来塑造人的灵魂。因为根据自柏拉图以来为人们所普遍认同的人的心灵活动是由理智、意志、情感三部分所组成的学说,文艺通常被认为是属于人的情感活动的产物,它的作用主要是凭借美的享受而使人的情感获得陶冶和提升来培养人的自由意志和独立人格。但是我们以往在看待文艺的功

---

① 马克思:《第六届莱茵省议会的辩论》(第一篇论文),《马克思恩格斯全集》第1卷,人民出版社1956年版,第87页。

能时往往忽视了情感教育的意义而过多地着眼于它的认识的价值,把文艺视同为科学那样,只是给人以知识,以满足人的认识社会的需要,如我们常常引述恩格斯谈到巴尔扎克的小说时所说的"甚至在经济细节方面所学到的东西,也要比从当时所有职业的历史家、经济学家和统计学家那里学到的全部东西还要多"的话来作为依据,说明文艺作品的价值就在于它的认识作用。这理解恐怕未必全面而正确,而在我看来只能理解为恩格斯出于研究法国社会的需要所作的独特的发现,并非说明这就是巴尔扎克写作所要达到的目的,他的真正的用意显然是为了"描写这个在他看来是模范社会的最后残余怎样在庸俗的、满身铜臭的暴发户的逼攻之下逐渐灭亡,或者被这一暴发户所腐化"①,并通过对金钱关系的罪恶的揭示,表明资本主义社会人与人之间关系已经异化和物化到何种可悲的程度,激发人的情感上去憎恶它、摒弃它。而我们之所以强调文艺作品对于情感教育的重要,就在于情感的教育对于造就整全的人格方面有着自身为认识教育和意志教育所不可取代的特殊意义。因为认识是一种理性的强制活动,它所遵循的是必然律,如同1+1=2那样,只能是如此而别无其他选择,所以认识所得的东西不一定是属于他个人的,不一定就能转化为自己的行动;因此意志行为是不可能完全依凭认识所直接引发的,它还需要情感的激发和驱动。所以马克思把"激情、热情(都看作)是人强烈追求自己对象的本质力量"②。一切理性观念,唯有经过真切的体验,内化为自己的思想和意愿,才能变理性的强制为意志的自由,在自己的行动中得以贯彻和落实。这样,情感也就成了认识向行动过渡的不可缺少的中介力量,它使人的行动摆脱依靠外力的强制,建立在自己内心意愿的基础之上,而化他律为自律、强制为自由,从而凭借情感这一中介,把理智与意志统一起来。正是有了这样一种自由意志,才会有人的独立人格,才能成为一个自觉的国家公民。我们强调维护国家、社会、大众的利益应该是共和国公民自觉的义务和责任,是公民意识的集中的体现,就是建立在对公民的自由意志和独立人格的这一认识的基础上的。所以马克思、恩格斯都把"自由的人"视为随着社会的进步而实现的人的最高理想,认为

① 恩格斯:《致哈克奈斯》,《马克思恩格斯选集》第4卷,人民出版社1972年版,第463页。
② 马克思:《1844年经济学哲学手稿》,人民出版社1985年版,第126页。

在共产主义社会里"一切人的自由发展"是"每个人的自由发展"为条件的①。而所谓"自由的人"就在于他不仅是"社会的主人"、"自然的主人"而且也是"自己本身的主人"②,亦即具有自由意志和独立人格的人。

这就是我们对于文艺自身目的的认识和理解。按照这一认识,我认为我们主张文艺不可能脱离政治,并非要求只满足于对具体政治中心、政治任务作简单的配合;从根本意义上来说,就是按照我们的政治理想和政治信念去塑造为共和国所需要的合格的公民。因为具体的政治中心、政治任务都是随着时间而变化的,唯有政治理想、政治信念才是一个政治共同体所追求的终极的目标,它需要所有以这一政治理想和信念武装起来的人民大众的共同奋斗才能实现。而正是在这方面,文艺显示了为其他意识形态所无法取代的作用,因为它的根本属性是审美的,美作为人们理想所追逐的对象,它与真和善不仅在本质上是一致的,而且它借助于具体生动的艺术形象所显示的真与善的理想会使人们更乐于接受,而对于人的灵魂的影响也就更为深入、更加持久。就像雪莱所说"诗中人物都按着极乐世界的光辉,只要你曾一度欣赏过他们,他们便永远留在你心中,有着象征优美高贵的纪念碑,他的影响遍及于同时存在的一切思想行动中",成为读者终生效法的榜样③。所以作为一个具有公民意识的作家,他所承担的政治义务和责任,在我看来最根本的就是通过自己的作品,按照自己所属的政治共同体的政治信念和理想来塑自己心目中的理想人物,并通过他们,去鼓舞和激励千千万万群众为实现理想和信念去进行奋斗。从文学史上看,像鲁滨逊、保尔·柯察金等艺术形象就是他们的作者按照自己的所属的政治共同体的理想和信念所创造的典型人物。按这样的认识看,我们今天的文艺工作的最大的失误就是为追求经济效益而放松了对人的灵魂的塑造,而把它作为一种娱乐的工具、牟利的工具。

我这样说,也并非一概否定和排斥文艺对于达到暂时的、有限的目的配合作用。打一个不恰当的例子来说,比如花瓶,它虽然是用来摆设的,但是

---

① 马克思、恩格斯:《共产党宣言》,《马克思恩格斯选集》第 1 卷,人民出版社 1972 年版,第 273 页。

② 恩格斯:《社会主义从空想到科学的发展》,《马克思恩格斯选集》第 3 卷,人民出版社 1972 年版,第 443 页。

③ 雪莱:《为诗辩护》,《19 世纪英国诗人论诗》,人民文学出版社 1984 年版,第 129 页。

当我们受到暴徒的袭击时,我们拿起花瓶作为自卫的武器,恐怕谁都不会有什么异议的。同样,当我们受到敌人的侵犯,在国家和民族生死存亡的危急关头,如抗日战争时期,毛泽东提出把文艺作为"团结人民、教育人民、打击敌人、消灭敌人"的武器,同样不应该作轻蔑的指责和嘲讽的。只要是处在当时那个环境之下,我想每个人所希望听到的都会是《毕业歌》、《义勇军进行曲》、《黄河大合唱》而非《毛毛雨》、《桃花江》、《何日君再来》。而且这与文艺所承担的塑造人的灵魂和人格的作用也不是完全矛盾的,因为唤起群众民族意识,激励群众投入抗日救亡运动,在当时这本身就是对人民大众的灵魂的提升和人格的塑造。前一度时间在文艺界出现的那种不恰当地推崇沈从文、张爱玲而贬斥郭沫若、茅盾的思想潮流,无论如何是没有历史观点和大众立场的思想偏见! 这表明在文艺的目的和手段两者之间也不是绝对对立而无法达到统一的,这里关键问题就在于作家是否有高尚的政治情怀,所写的作品是否出于自己的真实的思想情感,能否真正地以高尚的思想和情感来激励群众和武装群众。

2011 年 10 月中旬
为在绍兴文理学院召开的"文学与政治:
二十世纪中国文学经验与理论"学术讨论会而作
原载《高校理论战线》2012 年第 7 期

文学研究的三种模式与理论的选择

——对于文学理论的性质和功能的思考

一

我国自古以来缺乏理论思维的传统,所以按照理论思维的规律来研究文学问题,还是"五四"前后在西方文学理论的影响下发展起来的。就西方的文学研究的历史来看,由于思维方式的不同,不仅形成了古今之别,而且在不同的民族和国家里,也有各自不同的特点。只要我们稍加留意,就可以发现自古希腊以来,在西方文学研究中至少有这样三种模式:规范型的、描述型的和反思型的。

"规范型"的研究模式源于古希腊。古希腊哲学主要是一种本体论哲学,带有浓厚的理性主义的色彩,它由苏格拉底和柏拉图所创立,他们针对当时流行的"智者派"(一译"诡辩派")把知识看作都是相对的:"对于我来说,事物就是向我所呈现的那个样子;对于你来说,事物就是向你呈现的那个样子"的观点①,认为虽然具体的事物是不断运动、变化着的,但由于"生成的事物是从某个本原生成的",而"本原的事物是不属于生成的",它是不生不灭,不增不减,永恒不变的。它不是能凭感觉而只能凭思维才能把握,"如果着眼于存在而不变动的东西,将此作为范型,那么由此创造出来的事物,必然是完美的;如果他仅观照变动不休的东西,并把它们作为被创造事物的

---

① 转引自柏拉图:《克拉底鲁篇》,《古希腊哲学》,中国人民大学出版社 1990 年版,第 185 页。

范型,那么由此创造出来的事物是不完美的"。所以在求知活动中我们就应该从一般出发去进行推理,"在推理中寻找存在物的真理"①。这思想后来也为亚里士多德所肯定,他把"归纳论证和普遍定义"看作是苏格拉底的两大贡献②,并经过他的发展成为古希腊哲学的一大特色,深刻地影响了自古希腊至 18 世纪欧洲文学研究的思维方式,亦即规范型研究模式的形成。所以要分析和评价规范型文学理论,就不能不关涉到希腊古典哲学。

"规范"是人的一切活动所不可缺少的,文学活动自然也不例外,如同康德所说"每一艺术是以诸法规为前提的","没有先行的法规,一个作品永远不能唤做艺术"③。就文学理论研究来说,如文学的本质、形式等,都可以看作是一种对文学活动的规范,它们作为作家长期创作实践经验的概括和提升的成果,不仅是每个作家创作所应该遵循的,而且读者也只有按照这些规范才能理解作品,甚至连以反传统著称的尼采也认为"每一种成熟的艺术都有许多惯例作为基础,因为它总是一种语言。惯例是伟大艺术的条件而不是它的障碍……"④所以豪泽尔认为在作家、艺术家中,即使是那些"反对习俗的'造反派',自己也是用祖辈的'习语'来表达自己的思想的,因为不这样做,人们就无法理解,他们自己也说不清楚"⑤。但另一方面,文学生产毕竟是一种创作而非制作。创作就需要有创造性,那种陈陈相因、机械重复的东西总是使人感到枯燥乏味而缺乏吸引力的。所以对于规范,我们也只能把它理解为一种原则,它需要我们根据具体情况加以灵活运用,而不应该把它当作是一种教条,要求文艺创作必须循规蹈矩地按此进行。而规范型的理论在后来的发展过程中却不幸地正陷入这一境地。

之所以会这样,首先是因为由苏格拉底和柏拉图奠基的希腊古典哲学在反对智者派以相对主义来否定知识的客观真理性的标准时,却从一个极端走向另一个极端,把本质与现象对立起来,以强调本质来否定现象;不认识本质是不能脱离现象而存在的,它总是与现象处在一定的关系和联系之

---

　① 柏拉图:《蒂迈欧篇》,《古希腊哲学》,中国人民大学出版社 1990 年版,第 374—375 页。
　② 亚里士多德:《诗学》,人民文学出版社 1962 年版,第 11 页。
　③ 康德:《判断力批判》上卷,商务印书馆 1964 年版,第 153 页。
　④ 尼采:《强力意志》,《悲剧的诞生》,生活·读书·新知三联书店 1986 年版,第 358 页。
　⑤ 豪泽尔:《艺术社会学》,学林出版社 1987 年版,第 16 页。

中,就像黑格尔所指出的"本质不在现象之后,或现象之外,而即由于本质是实际存在的东西,实际存在就是现象"①,它需要我们联系具体的现实关系才能对之作出正确的理解和把握。所以真理不是抽象的而是具体的,要是像柏拉图的"理念论"那样把本质看作是脱离现象而永恒不变的,那么就必然会背离丰富多彩的文学实际陷入思辨形而上学,而使之变为僵硬的教条。

其次,文学是以感性的形式反映现实人生的,对于文学来说,把丰富多彩的生活显现在人们面前,这本身就是一种价值。而在古希腊哲学的真理观看来"一切科学都以恒久存在的东西为对象,或者是经常存在的东西,这里绝不包括偶然性",认为"偶然性的存在是不具原因和本原的"②,所以在看待文学问题时,也都强调普遍性而轻视个别性,以致以"类"的样本来要求作品中的人物。这最先表现在贺拉斯以亚里士多德在《修辞学》中对于人的不同年龄阶段的性格特征的分析为依据,在《诗艺》中要求作家在塑造人物时也必须按年龄一般特征进行,而"不要把青年写成个老人的性格,也不要把儿童写成个成年人的性格",唯此才能获得"观众的赞赏"③。这思想后来又为布瓦洛的同名著作所继承和发展,而成为西方新古典主义文学理论所推崇的"类型说"。这种观点到了我国 20 世纪五六十年代,与被曲解了的马克思主义的阶级观点和阶级分析的方法结合在一起,衍化为典型性就是阶级性,完全以普遍性、一般性来否定和抹杀特殊性和个别性,以致庸俗社会学在理论界猖獗一时。

再次,由于对希腊古典哲学这种普遍主义的思想原则的崇拜,把"理智"看作"是万物原因和安排者",而视"本质是推理的出发点",于是只有凭借推理才能"找到存在物的真理"④的思维方式也被带到文学研究领域,很长一段时间在我国文学理论界被视为文学理论研究的一种基本路径,并按被歪曲了的辩证唯物主义理论和阶级分析的方法去为文学创作和批评制定法规。这突出地反映在对"真实性"和"典型性"这两个问题的理解上:认为真实性就是对生活本质规律的揭示,生活的本质是光明的,所以反映生活的阴暗的方面就是对生活的歪曲;典型就是个别与一般的统一,人的一般性就是社会

---

① 黑格尔:《小逻辑》,商务印书馆 1980 年版,第 152 页。
② 亚里士多德:《形而上学》,《古希腊哲学》,中国人民大学出版社 1990 年版,第 556 页。
③ 贺拉斯:《诗艺》,人民文学出版社 1960 年版,第 146 页。
④ 柏拉图:《斐多篇》,《古希腊哲学》,中国人民大学出版社 1990 年版,第 203、205 页。

性、阶级性,这样能否在人物身上完善和充分地体现他所属的阶级和阶层的社会特征,也就成了衡量某一人物是否典型的根本标志,以致在创作中脱离生活实际完全按抽象的阶级定义来如法炮制,在批评中,先从社会学的公式中找到某类人物阶段性的特点,以此来衡量典型人物,若是不能与之完全达成一致,就认为是不典型的。

这种思维方式曾突出地体现在周扬的某些评论中,对于《老工人郭福山》的评论可见一斑。小说描写郭福山的儿子,一个铁路工人的领袖、党支部书记郭占祥,由于过去特殊的经历所以听到美帝国主义的飞机就感到害怕;这使得他的非党员的父亲郭福山深感愤怒,要党支部开除他的党籍。后来在郭福山的影响下消除了郭占祥恐惧飞机的心理,父子都成了英雄。对此,周扬作了这样的批评,认为"作者不只歪曲地描写了一个模范的共产党员形象,而且完全抹杀了共产党员的教育和领导作用。似乎一个模范共产党员还不如一个普通的老工人;似乎在最紧要的关头,决定一个人的行动的,不是他政治觉悟的程度,而是由于某种原因所造成的生理上、心理的缺陷和变态……似乎使一个共产党员改正错误的,不是党的教育,而是父亲的教育"①。由于这样一种批评方式的垂范,结果导致文学评论似乎无须艺术修养和鉴赏能力,只需记住一些原则和教条,不必对人物、环境、事件以及由此所造成的种种复杂的关系作具体细致的分析,把一些观念和原理当作如同形式逻辑中的大前提那样,按照三段论法推断出的结论,就可对作品进行评论、作出判决。这岂不是要求把文学都当作公式、概念?生活的千差万别和丰富多样又从何说起?这种思维方式在后来在郭开批评杨沫的《青春之歌》,武养批评赵树理的《锻炼锻炼》中都得到延续的反映,以致人们误以为理论就是法规、条条、框框,就是"普洛克路斯忒斯的床",而使理论在我国变得声名狼藉,令人望而生畏、退避三舍。这种误解至今犹存。如上几年有学人把"理论工作的程序"看作是"先给某些概念规定某种定义",然后"再用这些概念来衡量具体的文学现象",就像"先掘了一个坑等待一棵合式的树"那样,其结果就必然会"滤掉那些没有本质意义的现象",去寻找"一种独立的、不受任何外来影响的文学语言结构"。从而提出只有文学理论的"终结"才会有"文学批评的

① 周扬:《坚决贯彻毛泽东文艺路线》,《周扬文集》第2卷,人民文学出版社1985年版,第57页。

开始"。这就是一种典型的基于误解基础上对于文学理论所生的新的误解！

二

到了近代，由于古希腊的以所谓"永恒真理"来设定世界的思维方式被看作是一种独断论而受到质疑和批判，文学研究的范式也开始发生变化，由原先"规范型"的而逐步向"描述型"和"反思型"转变。

"描述型"的研究是着眼于现存的事实，认为只要通过对事实的陈述就能推出得到实证的知识。它是在英国经验主义哲学的背景上发展起来的。经验主义内部有不同的派别，除了霍布斯、洛克等按科学的观点把经验看作只不过是外部的经验这一主流派之外，还有贝克莱、休谟等按人文的观点视经验为内部经验和主观体验的非主流派。通常人们所说经验主义一般侧重于前者，它深受当时正在兴起的自然科学的影响，竭力反对理性主义代表人物笛卡尔的"天赋观念"的学说，认为认识只能来源于感觉经验，"人们单凭运用他们的自然能力，不必借助于任何天赋的印象，就能获得他们所拥有的全部知识；他们不必有任何这样一种原始的概念或原则，就可以得到可靠的知识"①。所以在获取知识的方法上，他们通常看重于经验的归纳而反对逻辑的演绎；在知识的应用上，也只是以符合经验为准则，认为只有为经验所证明了的才是可靠的、有用的。这样，在经验主义的基础上又引发出了实证主义和实用主义。它们的共同特点都是反对先验设定，而以是否符合经验事实和直接付诸实用为衡量理论的最高的标准。所以理论也被看作只有实证意义、实用价值而无规范意义。这被罗素认为是盎格鲁—撒克逊民族传统的思维特点，它流行于英、美等国和英语文化区。但文学作品毕竟是人的心灵的产物，是作家情感和想象追逐的一个世界，所以对文学的理解就不可能像哲学那样容易直接接受自然科学的影响，因而直到十九世纪，英国文学理论批评史上一些有影响的理论家和批评家，如卡莱尔、阿诺德、罗斯金等，还多多少少怀着古希腊人文学的理想，并在德国古典哲学的影响下，从宗教

---

① 洛克：《人类理智论》，《西方哲学原著选读》上卷，商务印书馆1981年版，第447—448页。

的、道德的、历史的观点来研究和评论文学,在步调上与看重实证和实用的经验主义并非完全达成一致。所以,在文学研究中真正以描述的方式来进行研究的恐怕还是从二十世纪以来,在英国分析哲学思潮的影响下发展起来的。这当中,瑞恰兹是一个很关键的人物。他在《文学批评原理》中把以往理论批评中的那些先在设定的原理都视为"肌说"、"怪论"、"玄虚之谈"①,提出"批评理论所必须依据的两大支柱便是价值的描述和交流的描述"①,因而被学界认为是"英美批评界中的一本破天荒的书"②,认为它立足于客观事实、"富有科学精神"而"对由来已久的主观武断的批评传统形成了动摇其根基的挑战","使批评从纯粹主观主义走向科学态度"迈出重要的一步,瑞恰兹因此也就被视为在西方文艺批评中"开风气之先者"③。这部著作与他稍后出版的《实用批评》和《修辞哲学》一起,不仅启发了美国"新批评"的产生,使瑞恰兹被公认为美国"新批评"的鼻祖,就像蓝塞姆所说"新批评几乎就是从他开始的"。而且作为 20 世纪二三十年代我国清华大学的客座教授,他的讲学也对我国的批评理论产生过不少影响。只是在新中国成立之后,由于马克思主义思想在我国跃居为统治的地位,他的影响才开始淡出。改革开放以来,随着英、美文学理论的大量引入,以及一些英、美留学归国的学者的批评活动,才使得这种描述型的研究模式又流行开来,大有成为当今我国文艺理论研究的一统天下之势。

描述型研究的最大的优势就是讲求科学精神,强调从文学作品和文学现象的实际出发,重视从对"文本"的"细读",并力求在研究中还原事实。这决定了它主要是属于一种微观的、实证的研究,而对于宏观的、思辨研究是采取排斥态度的。所以它往往只限于作品论和批评论,而难以上升为本质论。它的局限性至少有这样三点:

首先,经验是局部的、有限的,是对事物的外部联系的一种认识,所以经验的描述往往只能停留于个别现象,难以深入到事物的内在联系,发现事物的本质规律,形成普遍有效的知识,而使之上升为理论。因为理论研究是思

---

① 瑞恰兹:《文学批评原理》,百花洲文艺出版社 1992 年版,第 19 页。
② 钱钟书:《美的生理学》,《钱钟书散文》,浙江文艺出版社 1997 年版,第 86—87 页。
③ 杨自伍:《〈文学批评原理〉译者前言》,《文学批评原理》,百花洲文艺出版社 1992 年版,第 1 页。

维的活动,"思维的本质就在于把意识的要素联合为一个统一体"①,唯此才能达到对事物本质规律的揭示,所以恩格斯说:"经验主义竭力要自己禁绝思维,正因为如此,它不仅错误地思维着,而且也不能忠实地跟着事实走或者只是忠实地叙述事实,结果变成和实际经验相反的东西。"②甚至连经验主义的鼻祖弗·培根(严格地说,他不能像以往人们那样把他完全归之于经验派)也认为:"感觉本身乃是一种不可靠和容易发生错误的东西","经验派哲学比诡辩派或理性派所产生的教条还要更加丑恶和怪诞。因为它并不是在共同概念的光辉照耀之下建立起来的(虽然这种光很暗淡和浮泛的,但总还是某种普遍的,涉及许多事物的东西),而是建立在少数狭隘和暧昧的实验上的。"③

其次,文学是作家所创造的一种审美意识的载体。美不是事实属性而是一种价值属性,它不可能仅凭感觉经验而还需要通过评价活动才能把握。而评价是一种主客体的双向运动,它既需要立足于价值客体,又需要以主体一定的价值观念为标准和依据。尽管审美判断常常是不经思索在刹那之间仅凭直觉而作出的,但实际上在意识深处已经过人们的趣味标准所衡量和裁决,这里就包含着一个主观预设在内。所以完全持价值中立的态度,像丹纳所说的如同植物学家那样,以纯客观的态度"用同样的兴趣时而研究桔树和桑树,时而研究松树和桦树","既不禁止什么,也不宽恕什么,它只是鉴定和说明"④的文学理论是没有的。甚至连以"客观性"为标榜的美国"新批评"派的代表人物韦勒克也认为"要想一种完全中立的、纯粹说明性的理论,在我看来只是幻想"⑤。这决定了文学理论就其性质来说不只是一种科学,而且还是一种学说,它不可能完全回避对人生意义和价值的思考和回答。而描述型的研究由于拘泥于既定事实而反对理论预设,这样就出现了像胡塞尔在批评实证主义时所指出的,由于"在原则上排斥了一个在我们不幸时代中,人面对命运攸关的根本变革所必须立即作出回答的问题:探寻整个人生

---

① 恩格斯:《反杜林论》,《马克思恩格斯选集》第3卷,人民出版社1972年版,第81页。
② 恩格斯:《自然辩证法》,《马克思恩格斯全集》第20卷,人民出版社1971年版,第454页。
③ 弗·培根:《新工具》,《西方哲学原著选读》上卷,商务印书馆1981年版,第352、355页。
④ 丹纳:《艺术哲学》,人民文学出版社1963年版,第11页。
⑤ 韦勒克:《现代文学批评史·第五卷和第六卷前言》,中国人民大学出版社1991年版,第XV页。

有无意义"，以致"在人生的根本问题上，实证主义对我们什么也没有说"①。这怎么能使我们的文学评论在复杂的文学现象面前保持自身的判断能力而不迷失方向呢？

再次，描述型的研究最能迷惑人的就是所谓"阐释的有效性"。认为理论的价值应该以对事实的阐释功效来衡量。这与我们常说的"实践是检验真理的标准"似乎颇为相似。但只要我们细加分析，就会发现两者之间原则的区别。因为从实践的观点看来，现实是一个发展的过程，它从过去走来而又走向未来，现实只不过是其中的一个环节、一个中途点。所以对于阐释的有效性，我们就不能仅仅以静止的观点、以是否符合当下事实来衡量，而只能理解为在实践过程中由实践来证明理论的客观真理性，就像霍克海默所说的，解释不只是一个"逻辑的过程"，同时也是一个"历史的过程"；"不只是对具体历史状况的表达，而且也是促进变革的力量"。只有这样，它的真实作用才能显现出来。而"描述是无目标的"，它把现实当作一种静止的存在，"把一切事物看作都是理所当然的"②，只是以能否说明和解释现状为标准。这就使得理论在发展变化着的现实面前，由于丧失了批判的能力而永远滞后于现状，理论与现实之间也就失去了一种必要的张力，也就很难起到推动现实发展的作用。

所以，如果说规范型的理论要求把个别纳入一般，以一般吞噬了个别；那么，描述型的理论则刚好相反，它以个别来否定了一般。因而往往由于驻足于个别而不能给人以举一反三，触类旁通的启示，理论的普遍有效性也就无从谈起。它实际上只不过是一种批评的理论。

三

"规范型"和"描述型"研究之间所存在的对立，以及各自的局限，在"反思型"的研究中得到有效的克服。

---

① 胡塞尔：《欧洲科学危机与先验现象学》，《二十世纪哲学经典文本》（欧洲大陆哲学卷），复旦大学出版社 1999 年版，第 181—182 页。
② 霍克海默：《批判理论》，重庆出版社 1989 年版，第 202、205—206 页。

　　"反思"按亚里士多德的说法是"对思想的思想"，它被看作是哲学所固有的本性。哲学所直接面对的不是经验事实，研究对具体事物的认识，而是反映在意识中的现实发展过程中所出现的问题。表明从事实到理论还必须经由"问题"这一中间环节。因而波普尔认为"科学只能从问题开始"，"是从问题到问题的不断进步——从问题到愈来愈深入的问题"，"正是问题激励我们去学习，去发展我们的知识，去实验，去观察"，"一种理论对于科学知识的增长所能做出的最持久的贡献，就是它所提出的新问题"①。问题是不会自发产生的，而只能从对事实与规律、实是与应是之间所存在的矛盾的思考中提出，其中总是包含着一个有待解决的矛盾在内，这个矛盾愈普遍、愈尖锐、愈带有解决的紧迫性，那么这个问题的意义也就愈重大。所以在人文科学中，它必然带有对在现实变革过程中所突显出来的当下人的生存状态的思考以及人生价值的追问的性质，就其性质来说，不只是一种认识，而更是一种评判，因而它被霍克海默看作是一种"批判的"理论。它与"传统的"、亦即实证的理论不同，就在于"传统理论可以把一切事物看作是理所当然的"，而这"在批判思想那里却引起了怀疑；批判理论追求的目标是社会的合理状态"，所以"在批判理论影响下出现的概念是对现在的批判"②，它必然是指向未来的，因此也就被视为推动现实发展的思想动力。马克思不赞同"哲学家们只是用不同的方式解释世界"，而提出"问题在于改变世界"，就表明马克思主张哲学的功能是批判的。这种反思型的理论的思维方式流行于德、法文化区，特别是德语国家。它为康德所开创，在德国古典哲学、马克思主义哲学、西方马克思主义中的法兰克福学派，还有新康德主义、哲学解释学等那里得到了继承和发展，形成了自19世纪以来对抗经验主义、实证主义和实用主义的一股强劲的势力。

　　但反思型的研究思维方式与规范型和描述型的思维方式也不是绝对对立的，在某种意义上说，它吸取了两者之所长而回避了两者之所短。它与规范型的研究模式之不同在于不认为理论是一种预定的法规，从抽象的普遍出发，凭借纯思辨的演绎的方法来建构思想体系，而强调必须立足于对经验

①　波普尔：《猜想与反驳》，中国美术学院出版社2003年版，第284—285页。
②　霍克海默：《批判理论》，重庆出版社1989年版，第206、208页。

现象研究的基础之上；但是又与囿于经验事实，与以说明和阐释经验事实为满足的描述型的研究不同，而认为仅凭经验事实的描述是不能成为真理的，要使经验事实上升为理论，还需要经过问题这一中间环节和以先天的知性概念为依据来进行解释，"因为经验本身是一种需要理智的知识，而理智的规则是必须假定为在对象向我们呈现以前就先天地在我心中的，它先天地表现在概念里，所以经验的一切对象都必须是依照概念的，必定与概念符合一致"①。这表明认识不仅是主观符合客观，而且还须客观符合主观，即经由一定思想观念、认知结构的整合和同化才能构成我们对事物的认识。所以"知性概念"亦即观念，在理论研究中逻辑上也就具有先在的地位，也就成了反思型研究所首先必须解决的一个理论前提。它被康德看作是一种"普遍的立法形式"，它不是"从属于现象"而"只能由理性来表象"，他的哲学就是研究这些独立于现象的普遍法则的②。在这一点上它又颇接近于规范型的研究，而且在实践上也确曾出现过像规范型的研究那样，以一种蜘蛛织网的方式，试图从一个知性的概念出发来推演出整个思想体系的那种脱离事实的纯思辨的倾向，就像恩格斯当年批评黑格尔所指出的，他把理论看作是"概念自己运动的翻版"，使得他"由于'体系'的需要，……常常不得不求救于强制的结构"③，以致他的论著中所阐述的"这些规律作为思维的规律强加于自然界和历史的，而不是从它们当中抽引出来的，从这里就产生出整个牵强的并且常常是可怕的虚构，世界，不管它愿意与否，必须符合于这一思想体系"④。如他的《美学》，就是从"美是理念的感性显现"这一基本规定出发，就内容与形式的不同侧重和统一状况把艺术发展的历史分为象征型、古典型和浪漫型三类，并断定人类精神的发展必将由哲学取代艺术等，显然都有些牵强附会、主观武断，是分解历史和逻辑而作出的。之所以出现这种倾向，我认为主要是实践的问题而非反思型研究所必然导致的结果。只要我们稍加分析，就可以发现它与规范型的理论有着根本上的区别。

---

① 康德：《〈纯粹理性批判〉第二版序》，《西方哲学原著选读》下卷，商务印书馆1981年版，第243页。
② 康德：《实践理性批判》，商务印书馆2000年版，第28—29页。
③ 恩格斯：《路德维希·费尔巴哈和德国古典哲学的终结》，《马克思恩格斯选集》第4卷，人民出版社1972年版，第239、215页。
④ 恩格斯：《自然辩证法》，《马克思恩格斯选集》第3卷，人民出版社1979年版，第484页。

　　首先,反思型研究认为认识必须以一定观念为依据才能作出,这表明反思必须要有一个思想预设和理论前提。但是与规范型的思维方式不同,这观念只不过是逻辑在先而非时间在先,它归根到底是从经验中概括、提升而来的。这思想在现代解释学的代表人物伽达默尔那里得到了进一步的发展,他一方面指出理解是不离"前见"的,一切理解都不能完全超出传统之外,因此理解不是消极的,而是积极的;而另一方面又认为这种"前见"是发展的,通过实践会使"人不断地形成一种新的前理解"。所以前见不是凝固不变的,它是"经验的不知疲倦的力量"的产物①。文学是诉诸人的审美感觉和审美体验的,所以在文学研究中,这种前见又不是以抽象的"普遍原则"而只有经由"趣味"才会对文学研究发生作用,它与僵硬的规则绝缘。因为"在趣味自身的概念里包含着不盲目顺从和简单模仿主导性标准及所选择样板的通值",这决定了它与经验有着不可分割的内在联系。所以趣味在伽达默尔看来虽然具有"先验的特征",但作为"判断力批判"的这种批判就旨在"探究在有关趣味事物中这样一种批判性行为的合理性",而非脱离趣味判断"把某事认作为某个规则的实例",它"在逻辑上是不可证明的"②。

　　其次,反思型的研究虽然立足于原理,但这原理不是认识论的而是实践论的,是作为我们研究和解决问题的思想原则而不是抽象的教条而存在的。因为实践是关于个别事物的,所以在实践中,包括我们在文学研究活动中,我们所要掌握的"不只是对于普遍的知识,而且还应该通晓个别事物"。这就需要我们根据实际情况对普遍的知识加以自由灵活的运用,这按亚里士多德说法是一种"明智",一种实践的智慧,而非"理智","这须通过经验才能熟习"③。因而舍勒认为这种作为反思的思想前提不是什么"'不变的'理性组织",而是"服从历史变化的","只有理性自身作为禀赋和能力,通过把这些本质观点变为功能,不断创造和塑造新的思维与观照形式,以及美与价值判断的形式"而把观念转化为能力才有意义④。"所以判断力一般来说是不能学到的",艺术感觉的迟钝不可能仅靠学习理论去补救,而"只能从具体事

　　① 伽达默尔:《解释学反思的范围和作用》,《哲学解释学》,上海译文出版社 1994 年版,第 39 页。
　　② 伽达默尔:《真理与方法》上卷,上海译文出版社 1999 年版,第 54、39 页。
　　③ 亚里士多德:《尼各马科伦理学》,中国社会科学出版社 1990 年版,第 123—124 页。
　　④ 舍勒:《人在宇宙中的位置》,《舍勒选集》下卷,上海三联书店 1999 年版,第 1341 页。

情上去训练,而且在这一点上,它更是类似一种感觉的能力。……因为没有一种概念的说明能指导规则的应用"①,而只有通过理解力与想象力的协同作用才能产生功效。

再次,综合以上两个方面可以看出,在思维方式上,与规范型和描述型研究的静态的思维方式不同,反思型研究的思维方式则是动态的,它主张在经验与观念的相互作用的辩证运动中来理解理论的性质和功能。表现为它不仅要求文学研究必须从文学实际和文学经验出发去发现问题,而且不像规范型研究和描述型研究那样,把经验看作只不过是外部经验,而同时被认为以艺术趣味、艺术修养等内化的成果而作为理论研究所必具的主观条件。这就使得文学观念不像借助思辨理性所形成的规范那样趋向封闭,而其自身所蕴含的丰富而具体的内容必然要求它不断向经验事实的开放,在与文学现象接触过程中不断吸取新的经验成果来充实和完善自身,以求观念随着文学的发展不断地有所更新。所以在新观念的指引下,回过头来又会对文学作出新的理解和解释,通过理论与现实的这种互动作用,使研究进入历史的视域,使理论在解决现实问题的过程中不断求得自身的发展。既不像规范型理论那样固守观念,也不像描述型研究那样停留于经验,而真正显示了理论研究自身的生机和活力。

四

通过以上分析,我们对文学理论研究的模式应作怎样的选择也就不言自明了。所以按文学理论研究的要求,我认为反思型的模式无疑应是它所达到的最成熟的形态;但这并没有否定和排斥当今流行的描述型研究模式存在的价值。因为任何知识都可以分为两个层面,即经验水平的知识和理论水平的知识。前者着眼于现象、个别性、事物的外部联系;后者着眼于事物的本质、普遍性和内部联系。所以作为研究文艺的学问,即通常所说的"文艺学",一般认为也是由文艺理论、文艺批评和文艺史三部分所组成。据

---

① 　伽达默尔:《真理与方法》上卷,上海译文出版社1999年版,第40页。

此,我觉得我们可以把描述型的研究归之于文艺批评,反思型的研究归之于文艺理论,而文艺史的方法则是描述型与反思两者的有机结合(因为它不仅需要评论作家作品,而且还需要总结经验、发现规律)。当然这种划分也是相对的,如同康德说的"概念无直观则空,直观无概念则盲"①那样,对于这三个部分我们也不能作机械地划分,而只不过认为各有侧重而已。也就是说,相对于理论性的研究来说,经验性的研究是本源性的,没有经验知识的积累,就不会有问题的出现和理论的发展;而相对于经验性的研究来说,理论的研究是规范性的,没有理论思想的指导,经验的知识就无法选择和把握,而更难以归纳和提升。人类认识的发展,就是这样由两个层面的相辅相成、辩证运动所促成的,文学研究自然也不例外。但由于理论的性质是反思的,而反思需要有一定的观念为思想前提,它不可避免地承担着对于文学性质、功能追问的任务,它要掌握的知识相对于经验现象的"多"来说,是属于"一"的东西,因而必然是概括的、形而上的、带有思辨的色彩,用意不在于说明现象而旨在为评判现状确立原则和标准,以求对现状有所超越,即引导现状向着应是的方向发展。因而往往被人视为"脱离实际的"、"大而空的"的东西。这显然是站在经验主义、实用主义的立场来看待理论所生的误解。它导致在我国当今出现了几乎完全以文学批评来取代文学理论这样一种不正常的局面。究其原因,我认为大致有这样三方面:

首先,受了我国传统的思维方式的影响。我国传统的思维方式是强调实用,强调"经世致用",特别是自南宋陈亮、叶适提出"事功之学"以来,经过顾炎武、黄宗羲、章学诚等人的提倡,到了明清,这种思维方式在思想界占据很大的优势。它标榜"实学",肯定事功的价值,对于纠正宋明理学的空疏之弊自然有积极的作用;但它不加分析地把理论思辨都斥之为"空论",却又使理论与经验合流而放弃了对事物本质作进一步的追问,在研究中只问其然而不问所以然。以致在学界出现了像王国维所说的"不通哲学而言教育,不通物理化学而言工学,不通生理学、解剖学而言医学"②这样的流弊,这就严重地影响了我国近代科学的发展和进步,所以李约瑟、杨振宁等都认为我国

---

① 转引自卡西尔:《人论》,上海译文出版社1985年版,第75页。
② 王国维:《哲学辨惑》,《王国维学术文化随笔》,中国青年出版社1996年版,第56页。

古代只有技术而没有科学，只有应用性的研究而没有科学性的探讨。因为"科学的目标是在于发现规律，使人们用以把各种事实联系起来，并且能预测这些事实"①，它作为一种理论水平的认识，虽然"可以用经验来检验，但并没有从经验建立理论的道路"②。所以对于科学研究来说，就不仅需要凭借归纳法，而且更需要演绎法，需要理论思维的能力。这同样是我国传统文论所缺失的。这使得我国传统的文学理论绝大多数都是感悟式和评点式的，所看重的只是欣赏经验而少有深入到对于文学性质等根本问题去作切实的思考，即使出现新的观念，如陆机的相对于传统的"诗言志"的观点而提出的"诗缘情而绮靡"之说，但由于缺乏理论的分析和论证，语焉不详，也就立即被传统的观念所同化，认为"诗以言志，故曰缘情"（李善），"情志一也"（孔颖达），这就大大地限制了对它的新的内涵做深入的开掘和发挥，因而也就难以对创作产生根本性的影响。大致都可以归之于描述型的研究范围，像叶燮的《原诗》这样重视理论探讨和建构的，可谓绝无仅有。

其次，是马克思主义在我国文学理论界的淡出和经验主义的盛行。由于我国传统的思维方式缺少思辨而偏重于实用，所以在我国，现代意义上的文学理论研究还是自"五四"以来由于西方哲学与文论，特别是 20 世纪 30 年代马克思主义文论的引进，才开始发展起来。然而它却走着一条十分曲折的路。这是由于在苏联学派的影响下，长期以来人们把马克思主义哲学视为一种认识论哲学，而不理解它的本质是实践的③。实践面对的是具体事物，需要我们从实际情况出发对理论加以创造性的灵活的运用；所以恩格斯说：我们的学说不是"教条"，而是"行动的指南"④。这表明理论不是纯思辨的，它有待于回归现实，以解决现实中所存在的问题为己任，并在接受现实检验的过程中而使自身不断地得到修正、发展和完善。这就需要有一种反思的精神，并突显了反思乃是理论实践性中的应有之义。这精神由于长期以来教条主义的流行而没有得到应有的发扬。近些年来，学界对马克思哲

① 爱因斯坦：《科学和宗教》，《爱因斯坦文集》第 3 卷，商务印书馆 1978 年版，第 185 页。
② 爱因斯坦：《自述》，《爱因斯坦文集》第 1 卷，商务印书馆 1976 年版，第 46 页。
③ 参阅拙文：《论马克思主义文艺学在当代的发展和意义》，《文艺研究》2008 年第 1 期，并收入《论美与人的生存》，浙江大学出版社 2010 年版。
④ 恩格斯：《致弗·阿·左尔格》，《马克思恩格斯选集》第 4 卷，人民出版社 1979 年版，第 456 页。

学理解的视界空前扩大，特别是从认识论视界中突破出来而进入实践论视界，使马克思主义哲学研究在我国有了许多新的进展；这本可以为我国文艺理论的推进创造一个新的契机，但遗憾的是这一切并没有为我国的文艺理论界所重视和吸取，加上由于西方文学理论著作的大量引入而导致马克思主义的日益淡出，使得英美文学理论所采用描述型的研究方法由于与我国传统的思维方式的契合而很容易为我们所接受。所以至今反思型的研究模式还少为我们所理解，更谈上不在我国生根，形成理论思维的传统。

再次，是后现代主义"反本质主义"所带来的思想混乱。后现代主义是针对现代主义的流弊而产生的，它在反对现代主义对于理性、技术的崇拜所造成的同质化、齐一化倾向而导致对于个性、差异性的扼杀是有积极意义的。但是它们对本质的理解还是以两千五百年前柏拉图的思想为依据，认为它追求普遍、永恒、二元分割，是一种"逻各斯中心主义"，不加分析地认为对于个性、差异性的排斥都是由于致力于对事物的本质的研究所造成的，从而把凡是对本质的研究都斥之为"本质主义"，即"唯本质论"来加以否定；看不到本质的理论本身就是在发展的，特别是到了黑格尔那里，已经完全扬弃了柏拉图的那种把事物本质看作是永恒不变的形而上的见解，而认为本质是不离关系的，它是运动的、流逝的，"在本质中一切都是相对的"，"它们只是在它们的相互关系中才有意义"①，并把对本质的认识看作是思维对客体的永无终止的接近的过程，它只是对事物的一种"贫乏的规定"，为人们认识事物提供一种思想依据，并非像柏拉图那样视之为一种凝固不变的理式，而以此直接规定具体事物。这足以说明所谓"反本质主义"完全是由于对本质理论发展的历史缺少研究而提出的轻率的、并不严肃而科学的观念，我们怎么能把它当作一种经典来供奉呢？

我这样说，并非要为我国当今文学理论研究的现状辩护。我认为我国当今的文学理论研究确实存在着严重脱离实际的倾向。只是与经验主义、实证主义、实用主义的观点不同，认为其原因除了教条主义和庸俗社会学的流毒，不重视研究者自身的艺术经验和艺术修养，视理论为某种教条而在具体事实上任意套用之外；更在于盲目的追求西方，以西方马首是瞻，而不能

---

① 转引自恩格斯：《自然辩证法》，《马克思恩格斯选集》第 3 卷，人民出版社 1979 年版，第 536 页。

从我国的实际和文艺实践的现状出发,提出我国当今文学发展中摆在我们面前而迫切需要解决的重大问题,以及通过对这些问题的科学回答来确立我们自己的文学观念,自己看待文学的原则和标准。所以要使我们当今的文学理论研究真正有所进步,我觉得还是要从建立既能反映我国当今时代要求,又能融合中外文学优秀传统的文学观念入手。这个问题我以往在多篇文章中都曾谈过①,这里就不再赘述了。

五

那么,怎么才能实现这一目标呢?这就得要我们首先认清什么是"观念"以及观念在理论中的地位。观念是看待和评价事物的基本依据,是理论的思想根基和核心。一部真正的、有创见的理论著作,在我看来就是按一定的思想观念,在解决具体问题过程中的逻辑的展开;所以如果没有这样的观念,即使引用的材料最丰富、所论的问题最齐全,也不过是一种杂凑。从文学理论的历史来看,就是由于基本观念的更新而导致理论视界的变化而发展的。

如果这认识能够成立的话,那么我觉得要形成既能反映我国当今时代要求,又能融合中外文学优秀传统的文学观念,首先就要求我们的理论立足于我国现实,从当今我国文学艺术发展过程中所提出的问题的答案中去提炼,而不能以引进西方文论来取代我们自己的创造。就目前的情况来看,一个有目共睹的事实摆在我们面前:自改革开放以来随着市场经济的发展,文艺从以往作为政治的工具和道德的工具的束缚中摆脱出来之后,又沦落为娱乐的工具和牟利的工具,同时也造成了文艺观念空前的混乱。文学是文艺的一种形态,自然也不能不受其影响。文学到底是什么?它到底应朝什么方向发展?这恐怕不仅是当今许多作家,也是许多批评家所没有解决甚至还没有意识到的问题。这就是尖锐地摆在我们面前需要我们认真思考和回答的一个重大问题。这个问题若不解决,我们的行动(创作和批评)也就

---

① 参阅拙文:《文艺理论建设刍议》,见《文艺理论与当今时代》,浙江大学出版社 2002 年版;《我看文艺理论的现状与未来》,见《审美超越与艺术精神》,浙江大学出版社 2006 年版;《文学理论:工具性的还是反思性的》,见《论美与人的生存》,浙江大学出版社 2010 年版。

没目标,没有方向。

但这个问题是很难孤立回答的。因为文学如同人们通常所说的是"人学",它的对象是人,目的也是为了人。所以我们也只有联系"人是什么"、"人应如何"以及当今社会人的生存状态才能作出正确的回答。而要正确回答这个问题,我觉得只有兼顾存在论的观点和目的论的观点,把存在论的回答和目的论的回答结合起来,才能找到正确的答案。因为观念如同康德所说的,总是"有关完善性的概念","人们虽然可以越来越接近它们,但却永远也不能完全达到它们"[①],唯此才能引导我们的认识与实践不断趋向完善,实际上对于人的问题许多哲人也自觉不自觉地沿着这一方向在思索,只不过出发点不尽相同。综观两千五百多年来各家的学说,概括起来大概是从两种视域出发,一是从普遍性出发,视人为理性的、社会的、道德的人,像柏拉图、亚里士多德、笛卡尔、康德以及我国的儒学思想家都是如此;一是从个别性出发,立足于人的自然本性、自然权利和个人存在的价值,如英国经验主义,法国启蒙运动思想家,直至意志哲学、生命哲学、生存哲学、精神分析哲学都是如此。而自 19 世纪以来,又以后者居优势、占上风。尽管双方思考的路径完全不同,但深入分析下去,就不难发现它们所要达到的目的却是基本一致的,即使近代西方的人学理论从总的倾向来看是转向自然人性和个人本位,但仍然没有从根本上否定人的理性、社会性和人的伦理德性。如经验主义和启蒙运动思想家,他们虽然认为人的自然本性是"利己"的,但又都认为个人的利益是需要别人来维护的,所以"利己"还必须"利他"。如霍尔巴赫说:"为了使自己幸福,就必须为自己的幸福所需要的别人的幸福工作。在所有的东西中间,人最高需要的东西乃是人。"[②]又如精神分析哲学,虽然以"欲望"来为"本我"定性,但认为人之所以是人,就在于"本我"需要经由"自我"而接受"超我"的约束,把"超我"看作是"自我典范",它以"良心的形式"控制命令着"本我",使"本我"经过升华以社会所能接受和赞许的形式得以表现[③]。在理论上所追求的都非纯粹的感性和自然性,而是感性与理性、自然性与社会性的统一。并非像我国一些学人所误解和曲解的是在宣扬利

---

①　康德:《实用人类学》,重庆出版社 1987 年版,第 88 页。

②　霍尔巴赫:《社会的体系》,《西方伦理学名著选集》,商务印书馆 1987 年版,第 89 页。

③　弗洛伊德:《自我与本我》,《弗洛伊德后期著作选》,上海译文出版社 2005 年版,第 86 页。

己主义和本能至上,而把所谓"本能追求"和"欲的炽烈"作为评价文学作品最高的标准①。所以后来哲学人类学的创始人舍勒吸取两者的合理因素,把人身上的感性与理性、"生命"与"精神",看作既是对立又是互补的二元结构,认为人之所以是人就在于他的生命冲动不是盲目的,而是以精神的力量在制约和引导的,所以他把人定义为"具有精神能力的生物"。但这种精神能力又与理性主义哲学家的理解不同,认为"他们设定了理性形式的历史恒定性,只了解历史成就、价值物、功业的积累,……不依赖于人的生物性和精神性的变化","没有注意到精神本身的历史地共同的真正发展,……即精神在思想、直观、价值和价值偏好等等形式中的发展"。他提出"生命的精神化"和"精神的生命化",就是为了把精神与生命冲动结合起来,而使之成为促使人类走向完善的一种内在的动力②。

　　这思想我认为是值得我们关注的。如果大家同意这一观点的话,那么,在人自身走向完善的过程中,文学应起到什么样的作用这个问题也就可以迎刃而解。我们通常把文学看作是人类的"精神家园",是人类一个精神上的栖居之所,精神生活的特就在于"超越性",它使人"超越了彼此孤立的个体生活而进入普遍","只要你与别人共享精神生活,你就不仅是个体一人;此时,普遍生活就会成为你自己的生活,成为你生命的动力"③。这就表明文学在给人以精神的抚慰的同时,又使人从中获得一种鼓舞和激励,促使人从"实是的人"向"应是的人"提升,而非仅仅满足于一种感官上的享受和满足,更非在这种享受和满足中把人引向沉沦。这个观念虽然不是我们今天才有,但在当今社会这一特定的语境中却不乏有其新的现实意义,至少是对于当今文学创作与批评日益放弃思想追求,而日趋低俗、庸俗、恶俗的倾向,在把人日益推向物化和异化的险境的过程中起到维护自身人格的独立和尊严的作用。这就是以往我们所未曾有过的对于文学意义和价值的一种新的理解。这种使人日趋物化和异化的走向在当今已引起了许多人文学者的深切的忧虑而纷纷撰文予以批判,而奇怪的是唯独在文学理论界却被有些论者当作是消费时代文学与现实关系变化的特征来加以肯定,把"公众不再需要

---

① 章培恒:《中国文学史·导论》,复旦大学出版社 1996 年版。
② 舍勒:《知识形式与教育》,《舍勒选集》下卷,上海三联书店 1999 年版,第 1376、1389、1383 页。
③ 奥伊肯:《新人生哲学要义》,中国城市出版社 2002 年版,第 163—164 页。

灵魂的震撼和'真理',他们自足于美的消费和放纵—这是一种挖平一切、深度消失的状态,一种无须反思、不再分裂、更无所崇高的状态",看作是"消费文化逻辑的真正胜利"来大肆颂扬。以致使理论一味地俯视现状,迎合现状,为现状辩护,而完全丧失了它固有的提问能力和反思精神。这我认为才是最大的脱离实际!

　　之所以产生这样的一种情况,直接的原因我觉得有两方面:一是理论研究者人文情怀的丧失。文学理论是一门人文科学,人文科学是以人和人的生存状态为研究对象的,它所探讨的就是人的生存的意义和价值的问题。因此,人文情怀乃是一个人文学者所首先必须具备的条件。所以历史上许多伟大、杰出的思想家和理论家,总是对人类和人类社会怀着一种崇高的信念来从事研究工作的,如同费希特所说的:"我绝不能设想人类的现状会永远一成不变,也绝不能设想这现状就是人类全部最终的目的。……只有我把这现状看作是达到更好的状态的手段,看作是向更高级、更完善的状态的过渡点,这现状对我才有价值。……我的心情不能安于现状,一刻也不能停留于现状;我的整个生命都不可阻挡的奔向那未来更美好的事物。"①这足以说明他们都无不是为自己的理想、信念而奋斗的战士!而这样的理论家在当今我国还有几人?二是思维能力的弱化。理论虽然立足于经验现象,但由于它的性质不在描述而在于反思,是以提出问题、分析问题、解决问题这样一种思想途径展开的,所以它不能只停留在"是什么",而还必须有"为什么"和"应如何"的追问。它的目的就是为了使实践增加自觉性而减少盲目性,推动实践朝着正确方向发展。这就决定了理论是不可能由经验事实直接提升而来的,提出问题并对问题作出切实有效的回答就需要借助思维的力量,而"要思维就必须要有逻辑范畴"②,就必须懂得思维科学,这是思维的工具和武器,它只有经过一定的思想训练才能获得,所以恩格斯认为"为了进行这种锻炼除了学习以往的哲学,直到现在没有别的手段。"③这是一个理论工作者所不可缺少的一种学养。但从我国目前文艺理论队伍来看,似乎较为普遍地存在着这种缺乏理论思维训练的情况,以致不少理论文章不是

　　①　费希特:《论学年者的使命》,商务印书馆1984年版,第165页。
　　②　恩格斯:《自然辩证法》,《马克思恩格斯选集》第3卷,人民出版社1979年版,第533页。
　　③　恩格斯:《自然辩证法》,《马克思恩格斯选集》第3卷,人民出版社1979年版,第465页。

仅凭自己有限的阅读经验发言，就是以转述和阐述西方学者一些思想观点为满足，一般都缺乏理论创造的能力，既没有思想又缺少学术，所谈的不是一些细细碎碎的技术性的问题就是西方学人的一些牙慧。

　　以上都是从直接的原因上来说的。至于间接的原因，我认为就在于对理论的性质和功能缺乏应有的、正确的认识，看重的只是描述性而无视它的反思性。这就关系到文学理论的命运前途以及文学理论朝什么方向发展的问题。所以，要改变我国当今文学理论研究这种落后的现状，使理论承担起马克思所说的不仅只是"说明世界"而是旨在"改变世界"的重任，首先还得要我们对文学理论的性质和功能有一个正确的认识。

2011 年 11 月 27 日写毕

2012 年元旦期间修改

原载《文学评论》2012 年第 3 期

发表时以副题取代正题；收入本文集时有修改、补充

理论的分歧到底应该如何解决

——就文艺学的若干根本问题答熊元义等同志

熊元义同志连同其他同志撰文在《文艺争鸣》、《云梦学刊》、《南方文坛》等刊物上以及他个人的论著《中国特色社会主义文艺理论研究》中,对我近些年在文艺理论方面的探索曾提出过多次批评。我对批评一向是持欢迎态度的:因为"我总感到个人思考问题难免有些局限,很希望能通过商讨来使自己的认识得到完善。所以别人向我提出意见,我都看作是对我的关心,对我研究成果的尊重,即使我不完全赞同,我也会考虑我为什么会使他产生这样的误解? 是不是与我把问题没有说的准确、透彻、周全有关? 这就是在帮助我继续思考、帮助我提高认识,我同样打心里感激他"①。所以觉得那种以牙还牙、你来我去的笔战,好像自己就真理在握,非辩得个我胜你负不可,实在是有失学者的风度;同时我也感到熊元义等同志的批评都不准确,是建立在对我的思想的误解和曲解的基础上的,我的思想在以往许多文章中都已表明,白纸黑字,读者自会有自己的判断,也无须我再作申辩,所以我一直没有正面予以答复。最近在人大复印报刊资料《文艺理论》分册第 10 期上又看到刊发于《河南大学学报》上的他与其他同志合写的《中国当代文艺理论的分歧及理论解决》一文,再次断言我的思想都是"背离了唯物史观而陷入唯心史观";并对于我"没有正面回应这些批评"感到颇为遗憾。这像是有点逼我回应的样子,所以我觉得再不回应似乎有些轻慢他了;同时也觉得本着对学术负责的态度,对于建立在对我的思想的误解和曲解的基础上的批评,也有做一些澄清的必要。因而在这里就把他们的批评归纳几个问题来作些具体说明,细节的方面就不一一纠缠了。请熊元义等同志看看,我这些思想

---

① 拙文:《〈论美与人的生存〉校后记》,《论美与人的生存》,浙江大学出版社 2010 年版,第 341 页。

是否都背离了马克思主义。

一　怎么理解马克思主义哲学和美学观

要说清这些问题,我觉得还得先从对马克思主义哲学性质的理解说起。

我认为以往我们对马克思主义哲学的理解深受苏联学派的影响,视马克思主义哲学为认识论哲学,并以唯物和唯心来划分马克思主义与非马克思主义的界线。曾经在我国盛行一时的那种直观的反映论文艺观,就是按这一理解来解释文艺的。它强调文艺是现实生活的反映,作家应该深入生活,表现人民大众的思想情感等方面都是值得肯定的;但现在看来似乎并不全面。从哲学基础来看,就是把马克思主义近代化了。因为自 19 世纪以来,西方哲学的一个重大的演变,就是从认识论向实践论转化,从理论思辨向现实生活回归。尽管各家的观点不同,但从总的方向来说,我觉得马克思主义哲学是与之同步发展的。它的基本精神反映在马克思在批评以往哲学时提出的"哲学家们只是用不同方式解释世界,而问题在于改变世界"①,以及与恩格斯合撰的《德意志意识形态》中说的"对实践的唯物主义者,即共产主义者说来,全部问题都在于使现存世界革命化,实际地反对和并改变事物的现状"②这两句话中。若是把马克思主义哲学理解为只是一种认识论哲学,那么它的这一精神也就丧失了,也就显示不出马克思对现当代哲学的伟大贡献。

当然,尽管都倾向于从实践的维度来理解哲学,马克思主义与其他学派又有着根本的区别。这是因为自古希腊以来,人们就是按柏拉图关于人的心灵的知、意、情三分的学说,把知与意、认识与实践分割开来,甚至对立起来,把实践归结为只是人的一种意志的活动,一种自内向外的对于目的世界追求的活动,如同黑格尔所说的"理智的工作仅在于认识这世界是如此,反

---

① 马克思:《关于费尔巴哈的提纲》,《马克思恩格斯选集》第 1 卷,人民出版社 1972 年版,第 19、16 页。
② 马克思、恩格斯:《德意志意识形态》,《马克思恩格斯选集》第 1 卷,人民出版社 1972 年版,第48 页。

之,意志的努力即在于使这世界成为应如此"①,并主要作为一个伦理学的问题来理解,如亚里士多德的《尼各马可伦理学》、康德的《实践理性批判》等都是这样。伦理学是研究个人的道德行为的,因此"实践理性"也被康德认为即是"自由意志"。受这一思想的影响,其后的一些实践论哲学的派别,如意志主义、存在主义等虽然与亚里士多德和康德分道扬镳,从理性主义转向非理性主义,但实践被看作只不过是个人的意志行为,一种从内向外的单向的运动,这一点却被继承下来,以致在不同程度上都否定实践的认识前提,对实践作了唯心的、主观主义的理解。

与之不同,马克思主义哲学在转向从实践的维度来理解哲学的性质时并没有否定认识论。因为在马克思主义看来,社会的历史不同于自然的历史,这是由于推动自然界的发展"全是不自觉的、盲目的动力,……没有任何事情是作为预期的自觉的目的发生的。反之,在社会历史领域内进行活动的,全是具有意识的、经过思虑或凭激情行动、追求某种目的的人;任何事情发生都不是没有自觉意图,没有预期的目的的"②。而目的不是主观自生的,它是在认识世界过程中经由主观评价和选择所形成的。因此要使人的行动获得自由,就不能"摆脱自然规律而独立",而首先"在于认识这些规律,从而能够有计划地使自然规律为一定目的服务"③,并认为"人离开狭义的动物愈远,就愈有意识地自己创造自己的历史,……历史的结果与预定的目的就愈加符合"④。这样,就等于把实践看作是一个以"目的"为中介的主体与客体,认识活动与意志活动的回环往复、辩证统一的过程,从而把认识论与实践论有机地统一起来,使得它从根本上杜绝对实践作主观、唯心的理解,与其他实践论哲学从根本上区别开来。所以,我在谈实践论的时候不仅没有否定认识论,而恰恰是以马克思主义的认识论,即能动的反映论为前提条件的,只不过认为仅仅按认识论的观点来理解马克思主义,把马克思主义理解为一种认识论哲学,不仅不能揭示马克思主义对以往哲学的发展,而且把马克

---

① 黑格尔:《小逻辑》,商务印书馆1982年版,第420页。

② 恩格斯:《路德维希·费尔巴哈和德国古典哲学的终结》,《马克思恩格斯选集》第4卷,人民出版社1972年版,第243页。

③ 恩格斯:《反杜林论》,《马克思恩格斯选集》第3卷,人民出版社1979年版,第153页。

④ 恩格斯:《自然辩证法》,《马克思恩格斯选集》第3卷,人民出版社1979年版,第457页。

思主义哲学的革命精神和与现实意义也完全给遮蔽了。

在对马克思主义的哲学的性质以及马克思主义实践观作上述理解的基础上，我们就进一步来看看，到底什么是历史唯物主义。

历史唯物主义我认为就是马克思主义的历史哲学。历史哲学在近代由维柯所开创，并经由孟德斯鸠、伏尔泰、卢梭、康德、赫尔德、黑格尔等人的发展而形成和确立的。但是他们不是把历史发展的原因归之于自然环境、种族和风俗，就是归之于超自然的天意、理性的意图和计划，因而都不能对之作出科学的解释；是马克思首先拨开笼罩在历史上的这些迷雾，从人类的实践活动，首先是物质生产以及生产力和生产关系的矛盾运动中找到了它的根本原因，并从物质生产出发来解释人类社会和精神生活的各种现象而使之建立在科学的基础之上。这是迄今为止无人所能超越的伟大贡献。所以在历史唯物主义中，生产劳动也就成了实践的最基本的形式，是作为自然向社会生成的中介来理解的。一方面，它认为人类所生存的世界并非与生俱来，而是人类世世代代活动的成果。所以只有当自然界在实践中与人发生了关系之后，才能成为人的对象，"在我们的视野范围之外，存在甚至完全是一个悬而未决的问题"①。而另一方面在实践的过程中，同时也发展了人类自身，发展了人的智慧和能力，使自然的人成为社会的、文化的人。正是基于这一认识，马克思、恩格斯认为："历史可以从两方面来考察，可以把它划分为自然史和人类史。但这两方面是密切相联的；只要有人存在，自然史和人类史就是彼此相互制约。"②所以在人的活动领域，纯粹的自然是不存在的。就人类的审美活动来说，也没有什么脱离人类而存在的与生俱来的美，这是按历史唯物主义的观点研究美学的新视界。因为以往人们往往站在感觉论和经验论的立场，按古希腊比达哥拉斯学派特别是亚里士多德以来把美看作是物的自然属性，从形状、色彩、形体结构（如比例、对称、均衡、变化统一）等方面来评判事物何以会是美的。在我国，蔡仪的"美是典型"的理论，基本上也属于这一传统。由于它坚持从物的客观属性出发来探究什么是美，与近代的主观论、表现论美学从审美主体方面去探究美的根源有着根

---

① 恩格斯：《反杜林论》，《马克思恩格斯选集》第 3 卷，人民出版社 1979 年版，第 83 页。

② 马克思、恩格斯：《德意志意识形态》，《马克思恩格斯选集》第 1 卷，人民出版社 1972 年版，第21 页（注）。

本的区别,所以以往学界往往按马克思主义哲学为认识论哲学,并以唯物还是唯心划界的思维惯性出发,把蔡仪的美学视为马克思主义美学来接受。这样就把美看作只不过是一种自然现象,而把人类的实践活动在审美关系的建立过程中的重要作用排除在外,以致许多问题都不好解释。如鲜花由它的形状的优美、色彩的艳丽在今天往往成为人们审美的首选对象,但是原始人却并不以花为美。如普列汉诺夫在《没有地址的信》中谈到,澳洲的土著布什门人生活在一年四季鲜花盛开的地方,而布什门妇女却从不以鲜花来装饰自己①。另外,对于自然山川的美的感知也是这样,伽达默尔在《美的现实性》中也曾提及:"在十八世纪的旅行报告中,阿尔卑斯山被描绘成一座可怕的山,它的丑陋、令人恐惧的荒蛮使人感到好像它是从美、仁爱、有限存在的奥秘中被驱除出来的一样。相反,在今天,全世界都相信,在我们的高山峻岭的层峦叠嶂中,不但体现出自然的崇高,也体现出它本身的美。"②原因就在于由于生产水平低下,使得他们还不能摆脱功利的目的以审美的眼光看待自然。这表明自然进入人类的审美的视域,从根本原因上来说,乃是由于生产力的发展而改变了人与自然的关系的结果。从历史唯物主义的观点看来,只有当人类与自然发生了这种宏观的审美关系之后,才有可能出现个人以具体的自然物为对象的微观的审美活动。所以我一方面坚持美的客观属性,而另一方面又与自然派不同,认为美并非完全由物的自然属性,而更是由物与人之间所形成的一种关系属性,亦即价值属性所决定的,它与整个人类历史一样,都是人类实践活动的产物。相对于在具体审美活动中形成的那种个人的、心理的关系来说,它是客观存在着的,是不以个人的存在和个人的意识为转移的,所以社会性实际上也是一种客观性,而反对把客观性完全还原为自然性③。而熊元义等同志认为我这里所说的都只是属于美感的问题,从而判定我"把美的存在和美感的产生混为一谈",背离了唯物论而陷入唯心论,在我看来显然是由于他们把美排除在人的活动历史之外而视之为一种物的自然属性,把审美关系仅仅理解为在具体审美活动中个人

---

① 普列汉诺夫:《没有地址的信》,人民文学出版社 1962 年版,第 36 页。

② 伽达默尔:《美的现实性》,生活·读书·新知三联书店 1991 年版,第 49 页。

③ 参阅拙文:《李泽厚美学的思想基础还是历史唯物主义吗?》,《文艺研究》2011 年第 5 期。《"后实践论美学"综论》,《学术月刊》2009 年第 9 期。

与对象所形成的一种个体的心理的关系,而无视这种微观的个人的关系总是建立在由社会、历史所形成的宏观的关系的基础之上,按直观的观点来理解社会历史现象包括人与现实的审美关系的缘故。

二　反映与创造、现实性与"超越性"是辩证统一的

熊元义等同志还从他们所持的直观的观点出发,批评我近些年关于"审美超越性"的论述是"把文艺世界与现实世界完全对立起来",是"主观唯心"背离历史唯物主义的。这我认为是他们的误解和曲解。因为我把"审美超越论"作为对"审美反映论"的理论推进,虽然是着眼于从作品的心理功能来探讨,但却是建立在对社会意识与社会存在的辩证关系认识的基础上和历史唯物主义的理论框架中的。这是由于马克思主义创始人把意识的东西看作"只不过是人类史的一个方面"[①]的时候,又把整个人类社会结构分为两个层面,即经济基础和社会上层建筑,把意识形态包括文学艺术视为一种观念上层建筑,而纳入到整个社会结构中来进行考察,认为它既受经济基础所制约而又积极地反作用于经济基础。人类社会,就是这样由经济基础和上层建筑的辩证运动推动下发展的。因此,对于文学艺术,我们也只有在这样一种宏观的背景上才能正确理解它的性质和功能。

这一观点充分显示了马克思主义恢宏的目光和深邃的思想以及对文学艺术在社会生活中的地位和作用的深刻理解。但在以往的文艺理论研究中,却被机械论和庸俗社会学歪曲得面目全非。把文学艺术看作单向地直接由经济基础所决定的,如20世纪二三十年代在苏联流行的以弗里契和彼列韦尔采夫的庸俗社会学的理论可谓典型。他们在反对唯心主义坚持从社会存在与社会意识的关系来解释文学艺术时,把文艺兴衰的原因直接归之于"经济组织",认为"艺术的繁荣与一个国家经济的繁荣是紧密地联系着的","艺术上的霸权永远属于经济上具有霸权地位的国家"[②],而完全无视两

---

① 马克思、恩格斯:《德意志意识形态》,《马克思恩格斯选集》第1卷,人民出版社1972年版,第21页。

② 弗里契:《艺术社会学》,作家书屋1947年版,第87—88、91页。

者之间所存在的复杂的中间的环节的作用。对此,恩格斯早就作过尖锐的批评,指出对于经济基础与上层建筑的理论,"如果有人在这里加以歪曲,说经济因素是唯一决定性的因素,那么,他就是把这个命题变成毫无内容的、抽象的、荒谬无稽的空话"①。稍后,拉布里奥拉和普列汉诺夫又对之作了进一步的详尽的阐析和发挥,并提出社会心理在两者之间的中介地位这一重要思想。如拉布里奥拉在谈到经济基础与上层建筑的关系时,就竭力反对庸俗的经济唯物主义那种"非常粗糙和直线式的表达和说法",强调"在力图从社会条件中引出作为它们思想表现的第二性成果(如艺术和宗教)之前,必须在研究某种为了一定变化的社会心理学方面具有丰富的经验和某种本领"②。普列汉诺夫对拉布里奥拉的这一学说给予很高的评价,并进一步强调:"要了解某一国家和科学思想史或艺术史,只有知道它的经济基础是不够的,必须知道如何从经济进而研究社会心理,对于社会心理若是没有精细的了解,思想体系的历史唯物主义解释根本就不可能。……因此社会心理异常重要,甚至在法律和政治制度的历史中都必须估计到它,而在文学、艺术、哲学等科学的历史中,如果没有它,就一步也动不得。"③而这当中,文学艺术与社会心理的联系又最为直接。因为文学艺术是通过作家的情感体验来反映生活的,是属于黑格尔所说的"感性意识"的领域。它虽然不是与理性意识相对立的,但是毕竟与以概念、判断、假设、推理的方式将生活作分解把握的理性意识不同,它不仅是以感觉、体验、想象、幻想的形式把现实世界中人的生活全貌具体地展示在人们面前,而且在情感机制的作用下,还会使作家整个内心世界都得到全面的激活,把一些虽然感觉到但却尚未为意识所把握的,以及潜伏在自己心底的潜意识心理都调动起来投入进去。这就有可能使作家在自己的作品中超出个人意识的限制,凭着自己的感觉和体验,把一些社会上所弥漫的思想情绪也反映到自己的作品中来,以致作家心胸如同高尔基所说的是一个"社会的共鸣器"。这使得文学艺术比之于其他意识形态与社会心理之间有着更为直接而紧密的联系,更能真切、生动地反

---

　　① 恩格斯:《致约·希洛赫》,《马克思恩格斯选集》第4卷,人民出版社1972年版,第477页。

　　② 拉布里奥拉:《关于历史唯物主义》,人民出版社1962年版,第125页。

　　③ 普列汉诺夫:《论唯物主义的历史观》,《普列汉诺夫哲学著作选集》第2卷,生活·读书·新知三联书店1961年版,第272—273页。

映一个社会的心理面貌①。所以丹纳说："如果一部作品内容丰富，并且人们知道如何去解释它，那么我们在这作品中所找到的，会是一种人的心理，时常也就是一个时代的心理，有时更是一个种族的心理。"②勃兰兑斯说："一个国家的文学，只要它是完整的，便可以表现一个国家的思想和情感的一般历史，……可以用来推断这国家在各个历史时期里是如何思想、感觉的"，因此"文学史，就其最深刻的意义来说，是一种心理学，研究人的灵魂，是灵魂的历史"③。这都足以说明文学对基础的反映是极其曲折的，是通过多重中介特别是社会心理来反映社会生活的。

　　社会心理的中介作用同样也体现在文学对社会现实和经济基础的反作用上。但是社会心理是一种群体的思想情绪，而文学阅读则离不开具体的读者个人。所以文学对于社会心理的影响，也只有通过对具体读者的思想情感的影响才能生效。而文学之所以有这样的效应，就在于它不仅是生活的反映，而且更是作家的一种创造。"创造"是人的一切反映活动中所固有的，如同列宁所说"人的意识不仅反映客观世界，并且创造客观世界"④。因为任何反映活动都不可能排除主体心理结构的过滤，与客体厘毫不差、完全符合的反映成果是没有的；更何况文学是通过作家的情感体验来反映生活的，情感对于反映的对象具有选择和调节的作用，它所反映的不仅只是契合主体所需要的那些方面，而且经过情感的调节，还使对象无不打上作家理想、愿望的烙印。所以它又与认识（科学）这种反映方式不同，所反映的不是事物本身的样子（"是什么"）而总是人们所愿望看到的样子（"应如此"）。这是文学之所以吸引人的原因所在，文学也因此才被人认为是美的⑤。如鲁迅的散文诗《雪》，它写的虽然是严冬的景象，但从雪野中盛开的血红的宝珠山茶、深黄的磬口腊梅花，在白雪掩盖下顽强生长的冷绿的杂草，以及作者记

---

①　参阅拙文：《反映论原理与文学本质问题》、《文学艺术与社会心理》等，见《审美反映与艺术创造》，杭州大学出版社 1992 年初版，1998 年再版。

②　丹纳：《〈英国文学史〉序言》，《西方文论选》下卷，上海译文出版社 1979 年版，第 241 页。

③　勃兰兑斯：《〈十九世纪文学主潮〉序》，人民文学出版社 1983 年版，第 15 页。

④　列宁：《哲学笔记》，人民出版社 1956 年版，第 199、280、223 页。

⑤　参阅拙文：《艺术的认识性与审美性》，见《审美反映与艺术创造》，杭州大学出版社 1992 年初版，1998 年再版；《关于艺术形而上学性的思考》、《我对"审美意识形态"的理解》等文，见《审美超越与艺术精神》，浙江大学出版社 2006 年版。

忆中仿佛还有许多蜜蜂忙碌着在花丛中采蜜的情景，无不向我们展现这严冬里"隐约着的青春的消息"，这不正是在这严寒的冬天里蛰伏于人们心底里的一个春天的梦?! 所以我认为文学作为作家所创造的审美价值的载体，它的美从根本上说是由人们的审美理想和审美评价所赋予的，这就是车尔尼雪夫斯基所说"美的画一副面孔和画一副美的面孔是根本不同的两回事"①的道理。因为即使是现实世界中一副美的"面孔"，如果画家的趣味不高，也可能被画成丑的；反之，哪怕是一副丑的"面孔"，在画家深邃的目光和高尚的趣味观照下，也完全可以被画成是美的。如罗丹在谈到委拉斯凯兹画菲力浦四世的侏儒赛巴斯提恩时说："他给他如此感人的眼光，使我们看了，立刻明白这个残废者内心的痛苦——为了自己的生存，不得不出卖一个人的尊严，而变成一个玩物，一个活动傀儡……这个畸形的人，内心的痛苦越是强烈，艺术家的作品越显得美。"②这就足以说明反映与创造在艺术作品中不是彼此分离而是互相渗透的。

这种反映与创造的二重性集中体现在作品所表达的审美理想中。审美理想作为作者心目中的美的观念，它自然是属于主观的、意识的、精神的东西，但它之所以能成为引导人们生活前进的一种普照光，激励着人们在现实世界中挣扎着生存下去，就是由于它不仅仅只是作家个人的一种主观愿望，从根本上说，都是以艺术的方式对于广大人民群众的意志和愿望的一种概括和提升，所以鲍桑葵在指出"'理想化'是艺术的特征"时，认为"这与其说是背离现实的想象的产物，不如说是其本身就是具有终极真实性的生活与神圣的启示"③。从这个意义上说，它不仅是对现实生活的反映，而且是更深刻、更真切的反映! 鲁迅的《雪》读来之所以如此感人，不就是由于它反映了当时北洋军阀统治下这个中国的"严冬"里蛰伏在人民群众心底的对于美好生活的渴望这一真实的内心世界? 文学就是凭借这种审美理想来显示自身的力量的。要是一个作品不能让人看到这种美的理想，那它必然是肤浅的、平庸的、自然主义的。而熊元义等同志认为我"强调了作家对美的创造，而忽视了作家在艺术世界里对客观存在的美的反映"，是一种唯心主义的文艺

---

① 车尔尼雪夫斯基：《生活与美学》，人民文学出版社 1957 年版，第 5 页。
② 葛赛尔：《罗丹艺术论》，人民美术出版社 1987 年版，第 22 页。
③ 转引自杜威：《艺术即经验》，商务印书馆 2005 年版，第 324 页。

观,显然是由于他们自己受直观反映论的思想影响太深,把反映与创造两者
对立起来,不理解列宁所说的反映同时也是创造之故。这使我想起恩格斯
针对施达克把费尔巴哈由于"相信人类进步而视为唯心主义者"所作的批
评:"如果一个人只是由于追求'理想的意图'并承认'理想的力量'对他的影
响,就成了唯心主义者,那么任何一个发育稍正常的人都是天生的唯心主义
者了,这样怎么还会有唯物主义呢?"[①]

　　正是从对于文学性质的这一认识出发,我认为文学的功能就不应像以
往认识论文艺观所理解的那样只是给人以认识,以求知为满足,它的作用主
要不在于"知"而在于"行",在于引导人们对社会的介入。否则,与科学就没
有什么不同了。鉴于自 20 世纪中 90 年代以来随着我国市场经济的推进,
人的异化和物化的不断加剧,我对文学问题的阐述也逐渐从审美反映的维
度转向人生实践的维度。但是文学作为一种精神产品,一种社会的意识形
态,它的社会功能毕竟不是属于马克思说的"武器的批判"而只能是"批判的
武器",只能是借助审美理想来陶冶人的情操,提升人的境界,为人生实践充
实心理能量和精神动力来最终实现改造人生、变革社会的目的。我就是在
这一思想背景下来谈论审美超越性的意义和作用的。"超越性"是人的精神
生活的特征,从空间来说,就是超出一己的利害关系而进入别人的生活空
间,在思想情感上把自己与别人融为一体;从时间来说就是超出现实的束缚
而指向未来,激励人为创造理想的生活去奋斗。它的意义就在于使我们在
个人与社会、现实与理想、有限与无限之间形成一种必要的张力。它原是在
18 世纪与 19 世纪之交出现的德国浪漫主义的理论遗产,由于它深受基督教
的影响,在当时欧洲处于工人运动蓬勃兴起的年代,使得这一理论带有消极
的逃避现实的倾向,因而遭到马克思等人的批判。但这不等于超越性的思
想唯有宗教所有,我们平时所说的理想、信念、信仰其实都是以承认人的精
神生活具有超越性为前提的。何况现在时代已完全不同了,这些年来,在商
业社会经济利益的驱使下,文艺的功能也在发生明显的变化,从以往的政治
工具、道德工具转化为娱乐的工具和挣钱的工具,以致低俗、庸俗、恶俗的东

---

　　① 恩格斯:《路德维希·费尔巴哈和德国古典哲学的终结》,《马克思恩格斯选集》第 4 卷,人民出版
社 1972 年版,第 228 页。

西四处泛滥,不仅完全无助于人的思想境界的提升,而且在人走向异化和物化过程中起着推波助澜的作用。在这种潮流推动下,有些从事理论工作的学人也出来助阵,说什么审美就是"消费和放纵","纯粹是快感的满足",强调"在那里人们不再反思自己,他沉浸其中并在其中取消","当代艺术家的工作只有当他在对世界的商品有所促进,即'叫卖'和'叫座'的时候,它才实现为艺术"①。正是出于对这种趋势的忧虑,我强调真正的文学艺术不应该在金钱势力的面前投降,而在道义上应该有所承担,凭借审美理想,它为人们在经验生活中创造一个经验生活之上的世界,让人们在实是的人生中看到一个应是人生的愿景,使得人们在艰难困苦的情况下对生活始终怀有一种美好的心愿,而促使自己奋发进取;在幸福安逸的生活中始终不忘人生的忧患,而不至于走向沉沦。从而通过对个人心理的影响达到对社会心理的改造,借以抵制当今奢靡、享乐的风气蔓延而起到建立与我国经济发展相适应的雄强的世风的作用②。这正是马克思主义关于意识形态能动性的思想在文艺功能中的具体体现。这怎能说"将文艺世界和现实世界完全对立起来"? 难道理论研究只有追随现状、认同现状才不算"对立"的吗? 所以在我看来尽管思想毕竟只是"批判的武器",而不是"武器的批判",但是要改变现实又总是要以思想为前导的,如同恩格斯所指出:"正像在十八世纪的法国一样,在十九世纪的德国,哲学革命也作了政治变革的前导。"③关键在于这些思想是否正确。熊元义等同志说我这些观点都是唯心的,是"不切实际的幻想",显然是没有认识到文学与现实、观念的上层建筑与经济基础之间的作用与反作用的特殊方式,即是通过个人心理和社会心理这一中介环节而达到的,把我谈文学的社会功能、谈意识形态能动性的问题当作直接变革社会现实的方案误解了。

---

① 曹顺庆、吴兴明:《正在消失的乌托邦》,《文学评论》2003 年第 3 期。

② 参阅拙文:《我的学术道路》、《关于艺术形而上学性的思考》,见《审美超越与艺术精神》,浙江大学出版社 2006 年版;《论人、文学、文学理论的内在张力》、《关于"审美超越性"的对话》等,见《论美与人的生存》,浙江大学出版社 2010 年版。

③ 恩格斯:《路德维希·费尔巴哈和德国古典哲学的终结》,《马克思恩格斯选集》第 4 卷,人民出版社 1972 年版,第 210 页。

三　文学本体论研究应把实在论
维度与目的论维度结合起来

　　熊元义等同志还批评我对文学本体论的探索"是以人性论和目的论为基础",似乎这又是背离历史唯物论的一大佐证。

　　"文学本体论"的问题确实难度很大,我对这方面的关注也不过只有十年的时间。我之所以研究这个问题,是因为我在从价值论、实践论角度研究文艺问题时发现,当今是一个价值多元的时代,我们凭什么来判断不同价值选择的是非和正误呢?所以,我认为这里只有找到一个科学的依据才能说服人,于是我就想到文学本体论的问题。"本体论"源于古希腊哲学,被看作是对世界本原和基质的追问,是认识世界的终极依据。那么这个终极依据在哪里?这是数千年来许多哲学家在苦苦思索而未能索解的问题,因而在近代也就索性被许多哲学家未做深入研究就予以抛弃。而康德却另有眼光,他不像传统本体论那样把本体当作一种实体性的存在,而当作一种反思性的原则接受下来,"把他自己的体系作为批判的形而上学而与独断的形而上学区别开来"①,为本体论在哲学中的存在找到一条新的出路,被马克思看作是本体论在德国古典哲学中"胜利的富有内容的复辟"②。他的贡献在我看来主要就在于继承和维护了古希腊本体论中的"目的论"的精髓。

　　这认识如果能够成立的话,那么我们就可以发现,以往我们在本体论研究中之所以陷入困境,其原因就在于只是从实在论和知识论的维度去理解,而没有看到它原本固有的目的论的内核。因为古希腊哲人在探索世界本体时,在很大程度上都受了神话创世说的影响,把自然和宇宙都看作是"神"的作品,是创造主以理念为范型而创造的,从中反映希腊人在本体世界的追问中,某种意义上都体现了对于合目的性的、至善世界的一种追求。这思想后来为基督教吸取,成了"上帝创世说"的思想来源之一,以致目的论长期以来

---

　　①　狄尔泰:《精神科学引论》,中国城市出版社 2002 年版,第 215 页。
　　②　马克思、恩格斯:《神圣家族》,《马克思恩格斯全集》第 2 卷,人民出版社 1957 年版,第 159 页。

被人们所曲解,就像恩格斯当年所批判的,"根据这种理论,猫被创造出来是为了吃老鼠,老鼠创造出来是为了给猫吃,而整个自然界被创造出来是为了证明造物主的智慧"①,它的荒谬性也就不言自明了。但我认为目的论在自然观上虽然是唯心的,但在历史观上却是唯物的。原因就在于前文曾引述的恩格斯所指出的"在社会历史领域内进行活动的,全是具有意识的、经过思虑或凭激情行动的追求某种目的的人;任何事情的发生都不是没有自觉的意图,没有预期的目的的"。正是这种有目的、有意识的活动,使得人摆脱自然决定论的支配,通过自己的活动而使世界按照人的目的和愿望得以发展,同时也在这一过程中使人自身不断地走向完善。

出于这一认识,我认为将"目的论"的思想作历史唯物主义的改造引入文学理论的研究,对于我们正确理解文学本体论有着十分重要的意义。所以对于文学本体论,我不仅不赞成从认识论、语言论的角度去研究,而且认为目前从人类学角度来研究文学本体论之所以未能尽如人意,就在于没有引入目的论的合理思想,而最终难以对人的问题作出满意的回答之故。人是从猿进化而来的,他不是预成的而是生成的。如同蓝德曼所说:"自然没有把人制造完整便把人放在世界上了……因为人必须自我完成,必须自我决定进入某种特殊的事物,必须凭借自身努力力图解决自身出现的问题。"②所以要正确地认识人,我认为就不能只问"人是什么",而还应该问"人应该是什么"。只有把"实在论"的回答和"目的论"的回答这两个方面结合起来,才能为人类本体找到具有历史眼光和前瞻意识的、真正深刻的终极解释。这样,也就把人性的完善和人类历史的发展统一起来,从历史发展的眼光来看待人类本体的问题。这既是对古希腊本体论特别是康德人学本体论精髓的继承,又克服了它的非历史的、形而上的思想局限,而为我们理解文学本体论找到了一条新的、也是迄今为止最为科学的思想路线。

那么,具备什么条件才能算是可以作为本体论来看的人呢?从中外哲学史来看,最初主要是通过人与动物的比较中来说明的,认为人与动物不同就在于他有意识、有思想、有理性。这一般又从两个方面来解释:一是从社

---

① 恩格斯:《自然辩证法》,《马克思恩格斯选集》第 3 卷,人民出版社 1979 年版,第 457、449 页。

② 蓝德曼:《哲学人类学》,工人出版社 1988 年,第 246 页。

会伦理的方面来看,认为由于人有意识,有思想,是"理性的动物"、"政治(社会)的动物",这使得人脱离了自然状态的集群生活而进入社会,生活在一定的人际关系中,由此又引申出人的伦理德性的问题,并把道德人格视为人所达到的最高的理想境界。如我国的儒家思想,西方的柏拉图、亚里士多德、康德的伦理学都是如此。二是从生产技能方面来看,认为由于人有思想意识,不像动物那样消极地依赖于自然,仅凭从自然界获得物质上的满足而得以生存,还能制造和利用工具来从事生产劳动。这在西方首先由亚里士多德所提出,他引用了阿那克萨哥拉的话"正是人类有手才使自己成为最有智慧的动物"之后,说道:"手是一种工具或器官,……最有智慧的动物是那些能更好地运用最多工具或器官的动物;手似乎不是一种工具,而是多种工具,是作为工具的工具。因此自然把这种用途最广泛的工具即手赋予那种最能获得最多技艺的动物即人。"这样,对人的界定也就在"理性的动物"、"政治的动物"之外又增加了"技艺的动物"①。这思想经托马斯·阿奎那等人的传承,到了富兰克林那里,就把"制作与使用工具"作为对于人的最根本的规定。在我国,墨子的思想也与其类似,他提出人不同于动物就在于"耕稼树艺"、"纺绩织纴","赖其力者生,不赖其力者不生"②。所着眼的也是人有生产技能。

到了近代,在西方思想界由于理性主义的不断遭受质疑和批判而经验主义与非理性主义思想的抬头,在对人的理解上也就从理性、社会性出发转向立足于感性、自然性和个人性,如法国启蒙运动思想家等认为人的自然本性是"利己"的;但又认为个人的利益是需要别人来维护的,所以"利己"还必须"利他",如霍尔巴赫说:"为了使自己幸福,就必须为自己的幸福所需要的别人的幸福工作。在所有的东西中间,人最高需要的东西乃是人。"③又如精神分析哲学的创始人弗洛伊德的学说,虽然以欲望来为"本我"定性,但又认为人之所以是人,就在于"本我"需要经由"自我"而接受"超我"的约束,他把"超我"看作是"自我典范",它以"良心的形式"控制命令着"本我",使"本我"

---

①　亚里士多德:《论动物部分》,《亚里士多德全集》第 5 卷,中国人民大学出版社 1997 年版,第 131 页。
②　《墨子·非乐上》。
③　霍尔巴赫:《社会的体系》,《西方伦理学名著选集》,商务印书馆 1987 年版,第 89 页。

经过升华以社会所能接受和赞许的形式得以表现①。所着眼的都非纯粹的感性和自然性,而是感性与理性,自然性、个人性与社会性的统一。并非像我国一些学人所误解和曲解的完全是在宣扬利己主义和本能至上,以所谓"本能追求"和"欲的炽烈"来作为评价文学作品最高的标准②。这都说明理性、社会性并没有被他们排斥在对人的本质定性之外。这种感性与理性、自然性与社会性统一的生存状态就是人们所说的"自由"。它是在中世纪后期,随着禁欲主义的松绑、个人意识的觉醒由但丁等人率先提出来的,后经卢梭等人的积极提倡,到了康德那里被作为"道德的人"的本质定性而肯定下来。因为真正的道德的行为总是自律的,所以只有当道德法则进入人的内心,不受强制成为人的"自由意志"和行为的内心动力的时候,他才有可能成为"道德的人"③。但是在 19 世纪之前,特别是康德对于自由的理解,显然都受了奥利金和奥古斯丁思想的影响,把它当作只是一个纯粹的意识领域内的问题,而使这一理论陷入唯心主义和唯意志主义。而在这个问题上,马克思的伟大贡献我认为就在于:他全面地继承了自古以来关于人的学说的合理成分,把社会伦理的维度的自由和生产技能的维度的自由结合起来理解人的本质,一方面在吸取亚里士多德当年提出人是"技艺的动物"时,又同时注意到他所说的如果人无德性,就会把自己所掌握的知识和技能"用于最坏的目的",而使人"淫凶纵肆,贪婪无度,下流而成为最肮脏、最残暴的野兽"④的思想,批判了近代社会随着自然科学的发展,由于生产技术在人类生活中的地位和作用日趋突出,而导致把技术的人、工具的人当作是人的目的来理解的误区,指出资本主义异化劳动所造成的人的异化不在于技能的退化,而是情感的荒漠化和欲望化以致变得和动物无异;另一方面,对于现代科学技术的进步和应用,又不像现代人本主义那样,站在道德主义和非历史主义的立场完全采取否定的态度。从而把意识层面的自由和实践(生产劳动)层面的自由、精神层面的自由与物质层面的自由统一起来,视实践领域

---

① 弗洛伊德:《弗洛伊德后期著作选》,上海译文出版社 2005 年版,第 86 页。

② 参阅拙文:《质疑文学评价中的"人性"标准》,见《审美超越与艺术精神》,浙江大学出版社 2006 年版。

③ 参阅康德:《实践理性批判》,商务印书馆 2000 年版,第 90—91 页。

④ 亚里士多德:《政治学》,商务印书馆 1965 年版,第 9 页。

的自由为实现意识领域内的自由的物质基础以及人的自由解放的物质前提,从而把人的自由解放放在他所首创的历史唯物主义的框架中,被视为人类社会历史发展所要达到的终极目的来理解,指出唯有到了共产主义社会,人才能真正"成为自己的社会结合的主人,从而也成为自然界的主人,成为自身的主人——自由的人"①。这就是我把目的论的思想作历史唯物主义改造后引入对人学本体论和文学本体论的理解,认为我们研究文学本体论,就是为了使文学对人从"实然的人"走向"应然的人"的过程中起到自己所应尽的使命和责任。这些思想我以前可能没有说得这样透彻、明白,在熊元义等同志批评的启示下,我作了以上这些补充说明,请熊元义等同志再看看,它到底错在哪里?

四　文风是思想作风的反映,唯有良好的文风才能求得真理

最后,根据熊元义等同志的批评文章,我还想就熊元义等同志的思维方式以及他们的文风谈一点我的看法。

马克思主义文艺理论研究在我国举步维艰。鲁迅在谈到中国人的"国民劣根性"时说"见胜兆纷纷聚集,见败兆纷纷逃退",多为随波逐流、缺乏操守而少有认准目标、矢志不移、坚持到底的。所以在当今我国文艺理论领域马克思主义备受冷落和讥笑的情况下,熊元义等同志始终坚守这块阵地,这是我所钦佩、也很值得我学习的。但现在看来,他们的努力似乎并没有达到预期的效果,而且在许多论述中反而使人对马克思主义文艺理论产生更大的误解。这里我认为有两点是应该向他们提出,值得他们反思的:

第一,在思想上,是否还存在着机械论和形而上学的倾向?我觉得在人文社会科学领域,马克思主义思想的特点,就是站在历史唯物主义的立场,按照唯物辩证的思维方式,吸取人类社会一切优秀的思想成果,来为建立自

---

① 恩格斯:《社会主义从空想到科学的发展》,《马克思恩格斯选集》第 3 卷,人民出版社 1972 年版,第 443 页。

己的思想服务。这决定了马克思主义始终是开放的,随着历史的发展而发展的,它从不简单地以什么"唯心"、"唯物"来作为划分真理和谬误的界线;相反地,对于那些直观的、机械的唯物论,一向是采取批判的态度的,如对于旧唯物主义就曾这样指出:它"对事物、现实、感性只是从客体或者直观的形式去理解,而不是把它们当作人的感性活动,当作实践去理解,不是从主观方面去理解"①,而这种能动性正是人的活动不同于动物的活动的最本质的特性,而这却被唯心主义所发现和揭示出来,这也就成了唯心主义高出于唯物主义的优势所在。所以对于一些唯心主义的理论,如黑格尔的哲学,马克思主义不仅没有予以否定,倒相反给予很高的评价。如恩格斯认为黑格尔的伦理学亦即"法哲学"虽然"形式是唯心的",而"内容是现实的";和"黑格尔比较起来",唯物主义哲学家"费尔巴哈的惊人贫乏又使我们诧异"②。又如针对第二国际流行的机械唯物论的思想,列宁明确地指出:"聪明的唯心主义比起愚蠢的唯物主义来更接近聪明的唯物主义。"③并认为黑格尔的《逻辑学》"这部最唯心的著作中,唯心主义最少,唯物主义最多"④。说他的"客观的(尤其是绝对的)唯心主义转弯抹角地(而且翻筋斗式的)紧密地接近了唯物主义,甚至部分地变成了唯物主义"⑤。马克思主义对传统唯物主义哲学的超越,就是吸取了这些"聪明的唯心主义"的思想成果而实现的,要是没有"聪明的唯心主义",也就没有唯物辩证法和能动反映论;要是没有黑格尔的历史哲学,也就没有马克思的历史唯物论。这是人尽皆知的道理。而熊元义等同志在看待文艺问题上,所缺少的正是这种具体的分析和辩证的理解,拘泥于以"唯物"、"唯心"划界,视"唯心主义"为一切谬误的根源,认为只要是唯物的就是正确的,似乎这里没有机械论的和辩证论的区分,这就使得他自己有意无意地陷入了机械论泥淖,而难以对他们所提出的马克思主义文艺理论研究中的分歧做出科学的解决,这是很令人惋惜的。

第二,在文风上,少有科学分析与周密论证和实事求是的态度,难以以

---

① 马克思:《关于费尔巴哈的提纲》,《马克思恩格斯选集》第1卷,人民出版社1972年版,第16页。
② 恩格斯:《路德维希·费尔巴哈和德国古典哲学的终结》,《马克思恩格斯选集》第4卷,人民出版社1972年版,第232页。
③ 列宁:《黑格尔〈哲学史讲演录〉一书摘要》,《哲学笔记》,人民出版社1956年版,第280页。
④ 列宁:《黑格尔〈逻辑学〉一书摘要》,《哲学笔记》,人民出版社1956年版,第223页。
⑤ 列宁:《黑格尔〈哲学史讲演录〉一书摘要》,《哲学笔记》,人民出版社1956年版,283页。

理服人。马克思一向反对理论批评中那种简单化的倾向，而强调理论只有以理服人才能掌握群众，这就要求把道理说得透彻，"所谓彻底，就是抓住事物的根本"①。所以，我们在开展批评的过程中，如果能准确地理解对方的思想，抓住彼此之间思想的根本分歧，在学理上作充分而周密的分析和论证，从根本上把正误、是非的道理分清说透，那么，无须给对方扣上多少帽子，对方的论点也会不攻自破。然而熊元义等同志的文章却很少在这方面着力，比如对于美学研究，我一直强调应把社会学的观点和伦理学的观点结合起来作辩证的理解。一方面指出"在一个尚存在贫穷、失业，还有许多人在为温饱发愁的社会里，审美在国民教育中的作用总会受到一定限制的。因此为了普及审美教育，我们还必须解决社会生活领域包括文化教育领域内的公平、正义的问题"；而另一方面又认为"这并不意味着我们只有等到社会问题解决了之后，才有条件来提倡审美。这里还需要我们从伦理学的角度来进行思考。因为……在社会学视野中，人总是被外部环境和条件所决定的。而伦理学所遵循的是自由律，它强调的是人格自律，强调人应该对自己的行为负责。……所以我们只有引入伦理学的观点，把社会学视角与伦理学视角结合起来，才会对社会人生以及美学上的问题作出全面而科学的解释"②。而熊元义等同志却认为我脱离"物质层面而单纯追求精神层面上的自由解放"，"将文艺世界与现实世界完全对立起来"，"不是将审美超越建立在现实超越的基础上"，这就显得不够实事求是而无的放矢了。又如，在论述中往往只有"判决"而无任何具体分析，使人感到有些强词夺理，简单粗暴，如在批评我认为"目的论在自然观上是唯心的，但在社会历史观上却是唯物的，因为历史就是追求目的的人的活动"，从而把目的论的思想引入到对人学本体论与文学本体论的解释中来的时候，未作任何具体分析和论证，就得出"这是根本站不住脚的！"而丝毫未谈出点何以站不住脚的理由来，这就叫人有点丈二和尚摸不着头脑了。这种简单粗暴的作风在以往教条主义、庸俗社会学盛行的时代是屡见不鲜的，以致"打棍子"、"扣帽子"成了文学批评的

---

① 马克思：《〈黑格尔法哲学批判〉导言》，《马克思恩格斯选集》第 1 卷，人民出版社 1972 年版，第 9 页。

② 参阅拙文：《美：使人快乐、幸福》、《审美：让人仰望星空》，《论美与人的生存》，浙江大学出版社 2010 年版。

同义语。这是今天应该彻底根除的不良的风气,但却被熊元义等同志全盘继承了下来。这也是我为熊元义等同志感到遗憾的。

尽管我对熊元义等同志的批评发表了这些异议,但是打心眼儿里说,我还是非常感谢他们的,因为它在促使我对自己的观点进行再反思的同时,也使我对自己的观点作了进一步的补充和完善,如有关文学本体论和人学本体论的某些看法,就是我以前未曾想到的。我的观点还有什么不当之处,请熊元义等同志再向我提出批评,并希望得到更多学界同仁的指正。

2011 年 12 月上旬

原载《学术研究》2012 年第 4 期

也谈文学理论的"接地性"

一

读了刊发在《文艺争鸣》今年第1期上的高建平先生的《理论的理论品格与接地性》一文，感到说得深中时弊，颇值得从事文学理论工作的同行关注和反思。

按我的理解，高先生谈论理论的"接地性"主要是针对当今我国文学理论界在追求理论创新过程中由于脱离我国现实而陷入误区而发的。"接地性"显然是相对于"空对空"而言，所以提出接地性，也就是要求我们的文学理论研究应该从实际出发，针对我国文学实践中所存在的问题发言，并在回答和解决现实所存在的问题的过程中求得理论自身的发展。因而理论的创新与解决实际问题应该是辩证统一的。但是从我国目前的情况来看，却存在着严重地把两者截然分割甚至对立起来的倾向，这样，理论的创新也就成了一种完全不解决实际问题的高谈阔论。高先生把这种倾向的表现归纳为两方面：

第一，脱离我国实际盲目追逐西方，以引进西方学人的理论来取代我们自己的创造。这自然不是否定有选择地引入一些西方理论的必要性。因为理论不可能完全凭空产生的，所以要建设和发展我们今天的理论，必然需要借鉴一些现成的理论资源，这里包括历史的和外国的在内。这种理论资源愈丰富，我们的理论所能达到的水平就愈高。但由于这些理论资源都是从它们当时、当地的实际情况出发来对于问题所作的思考和回答，也就必然会受它们各自所处的时代和地域的局限，是不可能完全回答我们今天实践中所遇到的问题,代替我们自己的研究和创造的。但这一简单不过的道理目前似乎很少为有些学人所认识,他们在研究和介绍西方文论时似乎很少关注我国的实际情况,而完全以西方马首是瞻,似乎西方的今天就是我们的明天,西方学者的观点就是我们当今文学发展的思想指南,而把当前流行的一些西方文论视为金科玉律,甚至连一些二、三流的著作也被当作经典来加以供奉,以致不少理论文章就像高先生所说的往往一知半解、生吞活剥地“用一些艰涩的语言捕捉他们还没有想清楚的思想”来敷衍成文,大多是“有知无识,没有形成话题”,让人感到不知所云。我们介绍西方文论“本来应该帮助我们解决问题,至少有益于我们明确问题,指明解决问题的方向,但所造成的结果却是使我们离开问题,逃避问题”,“使得一种走向原创的努力,却离开真正的原创越来越远”。

　　第二,把从实际出发理解为应时、趋时,而制造一些“时文”,即“应时之作”和“趋时之作”,以为这就是“理论联系实际”。这显然是一大误解。理论是由于实践的需要而产生的,理论对现实的介入原本就是理论的本性所在,但理论之所以是理论,它不是某种既定思想的简单的诠释,是通过学理上的周密分析和论证,以其自身的逻辑力量来说服人的。就像文学作品必须通过艺术形象的生动描绘来感染人那样。而“时文”之所以是“时文”,就在于放弃学理上的探讨而根据“风向”和“时潮”来进行写作。这在以往“政治挂帅”的年代里十分流行,如同高先生在谈到我国的某些文学和美学论著时所说的“对专业内容不屑一顾,对理论的承续性感到不耐烦,直接将文学和美学探讨转化为社会和政治评论,追求学术论理的政治隐喻性。这种做法容易赢得读者,获得关注,也容易在非专业界得到共鸣,甚至产生轰动效应,但与理论的建设无关”。其实这种追风赶潮的倾向在今天一点都没有削弱,只不过变赶政治的风头为赶学术风头而已。前一度时间所谓“反本质主义”和“日常生活审美化”等在理论界引起的热议,甚至把这些尚待历史检验的理论迫不及待地引入我国的“文学理论”教科书,而作为建构“文学理论”教科书的逻辑起点,似乎不承认这些理论就是思想保守、落后,不正是这种风头思想的集中的体现吗?

　　针对以上普遍存在于我国文学理论界的这样两种不良的倾向,高先生提出我们的理论“应该从问题出发”,唯有“激活旧话题,发展新话题,才是理论发展之路"。这意见我很赞同,这里高先生所说的"话题"以我的理解实际上是指"问题"而言,是问题的同义语。但是为了精密起见,我觉得还是有必要把两者作些区分。因为在我看来,所谓"话题"也就是人们谈论的一个主题或中心议题,它本身不一定就是问题;唯有话题中包含着一个有待于通过讨论求得解决的矛盾在内,形成理论自身发展过程中须待解决的一个症结,话题才能成为问题。这矛盾愈突出、愈尖锐、愈带有解决的紧迫性,那么这个问题的意义也就愈大。这样看来,这些年来我国文学理论界所热议的话题虽多,但大多只是在一些新思潮、新观念上做些表面文章,并没有真正触及我国实际,都只是一些圈子里的人的高谈阔论、一面之词,远未上升到问题的高度;因而也引不起多少人讨论的兴趣,在真正推动理论发展过程中起到多少作用,而反使人感到理论在解决现实问题方面很难有什么真正的作为。以致有人把这种情况嫁祸于理论本身,认为是"理论的危机"而提出"告别理论","以文学批评的形态来谋求新的存在",等等。没有看到这种"危机"其实都是由人们自身所造成而不能由理论本身来担罪的。当然,在这些口号背后也不排除对理论的一种误解,即站在经验主义、实用主义的立场,把文学理论看作是如同"写作教程"、"文章作法"等那样,以为学了理论之后不会写作的马上就会写作,写不好的马上就会写好,否则就是脱离实际;不理解文学理论就其性质来说乃是对于文学问题的一种哲学思考,要是不能上升到哲理的高度,缺少哲理的意蕴,而仅停留在经验现象的描述或现成思想的诠释上,不能给人以深刻的思想启悟,这理论必然是肤浅的。这就使得像对于文学是什么,它对人的生存有什么意义,为什么有些作品尽管轰动一时却稍纵即逝,而有些作品却能历久弥新等问题的追思,都是任何文学理论绕不开的基本问题。这些探讨似乎离实际很远,但它却为我们看待文学确立自己的一种观念,一种视界和眼光,使我们在变动不居的现实面前不至于无所适从,随波逐流,而始终有自己的坚守。所以历史上不仅伟大的批评家,甚至许多伟大的作家都是兼攻理论的,把理论探讨看作是一切从事文学实际工作的人的一种不可缺少的学养。相比之下,我国当今整个文学界对于理论的认识就显得过于浅薄了。

二

在作了上述的说明之后,现在就让我们回到"问题"本身来。我始终认为理论的职能不是为了描述事实,而是为了解决现实中所存在的问题,要使对经验事实的把握深入到理论层面的研究,只有在形成问题之后才有可能。所以"问题乃是理论的核心,我们研究理论所要走的道路无非就是发现问题、提出问题、分析问题和解决问题;其中发现问题又是全部理论的起点和关键。因此,对于一个研究者来说,首先必须要有问题意识",要认识"抓住一个重大的、有意义的问题,往往就是抓住一个新的理论'生长点',它不仅会引申出许多具体的问题,而且还有可能导致整个理论现状的变革","一部文学理论的历史,就是一个个问题的提出、解决,再提出、再解决的历史"①。所以波普尔把科学的进步看作就是"从问题到愈来愈深入的问题"的过程②。

问题是从现实中来的,现实是一个历史的过程,因而问题也会有新、旧之分,但这也不是绝对的。因为一个老的问题只要还没有解决,它就会遗存一下,作为一个历史的悬案托付给后人去继续思考,于是旧问题也就变为新问题。这样看来新旧也只是相对而言,而实际上这两者之间往往是互相渗透的。文学理论的研究对象是人的文学活动及其产品,而文学之所以是文学总是有它自己的特性,正如一切水都是 H_2O 一样,要是这一分子结构发生了变化,水也就不再是水了。那么文学的基本特性是什么呢?我认为它作为作家对于现实生活的审美反映的产物,目的就是为了给人营造一个精神的家园,使人在困境中有所抚慰,在沉沦中获得激励。尽管在不同的年代,由于现实环境的变化它的具体内容会有所不同,但这却是万变中的不变,在任何时代都是人自身生存的一种不可缺少的需求!除非人重新回归到动物,仅以吃喝玩乐为满足而不再有精神生活!所以断言"文学死了"实在是一种非常轻率的妄言!但由于文学问题与一切理论问题一样,人们对

---

① 拙文:《谈文学理论学科性质以及文学观念和方法的问题》,《浙江大学学报》2001 年第 4 期;又见《文学理论与当今时代》,浙江大学出版社 2002 年版,第 404、407 页。

② 波普尔:《猜想与反驳》,中国美术学院出版社 2003 年版,第 284 页。

它的认识都是相对的,是没有止境的。所以只要文学存在,许多文学上的问题就都会继承下来,随着人们生存境遇的变化而对之作出不同的理解和解释。怀特海在谈到西方哲学时认为"两千五百年的西方哲学不过是对柏拉图的一系列脚注"[①]。这意思以我的理解就是说在西方哲学史上的许多问题,其实在柏拉图那里都已经提出来了,后人只是从自己的生存环境出发,按照自己的方式对之作出不同的理解和回答而已。如我们今天常说的"公平"、"正义"的问题,不就是在他的《理想国》中就已经作了较为系统的论述,尽管后来亚里士多德、阿奎那,直到罗尔斯都就此谈了许多自己的新见解,但都只不过是按自己所处的时代的需要对之作出不同的理解和解释而已。这在文学理论上也是同样,也正是在《理想国》中,柏拉图较为系统地提出了"摹仿说",提出了文学创作中的主客体关系的问题,虽然他的学生亚里士多德与他不同,把创作的客体不是看作"理念"而是"自然",但是从主客体关系中开展论证这一思维方式却被继承下来。在近代文论中所出现的以浪漫主义为代表的"表现论"以及以现实主义代表的"再现论",就是在分别继承柏拉图和亚里士多德这两大传统的基础上发展起来的。那么以后出现的"存在论"文学观,认为文学是"存在的显现"有没有离开这一思维方式呢?以我之见,也未曾真正离开,只不过以一种否定的形式把对主客体关系的认识予以深化。这是由于"存在论"所说的"存在"即"此在在世"是不可能自发地显现为文学的,所以文学创作说到底还是离不开作家的认识活动和表现活动的。这样实际上就是以否定之否定的形式又重新向我们提出主客体关系的问题来。所以尽管两千五百年来文学观念发生了很大的变化,但始终没有完全脱离理论之间的承续的关系,在变化中保持不变的内容。这当中就有许多值得我们深入探讨和研究的问题。所以我认为像这些"历史上遗留下来的问题,我们今天有责任把它接受过来,作为历史与时代托付给我们的未竟的课题去继续完成它"。"我们通过对历史文献的梳理和研究,发现和提取长期以来文学理论中所存在的未能解决的难点、疑点、论争的焦点以及突破的关节点来对之开展研究,这同样也应该说是属于现实的课题,也同样应

---

① 转引自巴雷特:《非理性的人》,商务印书馆 1995 年版,第 79 页。

该引起我们足够的重视"①。

但是这种理论的内在的承续性在目前却很少为人们所认识,以致人们把那些历史的悬案都被当作是过时的话题抛在一旁,长期以来一直没有得到科学的解决。正如高先生所一针见血地指出的,由于缺少这种理论承续性的认识,人们往往"将复杂的学术探索简单化为'主义'间的站队",把新旧问题完全"以时间作为区分,认为'后现代主义'比'现代主义'新,'后后现代主义'比'后现代主义'新,新的就是好的,旧的就落后",以致造成以"谈论新话题为时髦,理论上的焦虑和对创新的渴望塑造成了一个一知半解的时代"。他把这种倾向恰当不过地命之为"流寇主义",它们不知道"学术需要积累","问题只要没有解决,话题只要还有生长空间,就不会过时",认为"让这些话题在新时代迎接当代社会的挑战,进入新角度,使旧话题适就新时代,讲出新意义,进入新境界"。这就是一条"学术创新之道",因而提出"面对形形色色的话题,需要有一种理论的坚持精神"。我觉得这些意见都深中时弊,是很值得我们深思的。

以上都是就"激活旧话题"来说的,而对于"发展新话题",高先生在文中只是提出而没有展开,我想在这里补充地说说。由于现实生活本身是发展的,所以作为反映现实生活的文学自然也是发展的,这就必然会出现以往所未曾有过的新情况,以往未曾提出过的新问题,而要求我们的理论对之作出回答。这不是靠引入西方文论凭西方学人的思考所能解决的。因为"理论在一个国家的实现程度,决定于理论满足这个国家需要的程度"②。所以真正有生命力的新理论只能是从当今我国文学的实际情况出发,从研究我国实际问题中而产生的。但是回顾这些年来我国流行的新潮文论,尽管新见迭出,令人目不暇接,但几乎都稍纵即逝。就在 20 世纪 90 年代,学界流传的还是"结构主义"文论,它们一反传统的再现论、表现论、存在论文学观,把文学视为一个封闭的语言系统,以谈论形式、修辞、叙事方式为时尚;而仅仅几年之隔,结构主义就被"解构主义"所取代,认为"文学死了",唯有消弭边

① 拙文:《谈文学理论学科性质以及文学观念和方法的问题》,《浙江大学学报》2001 年第 4 期;又见《文学理论与当今时代》,浙江大学出版社 2002 年版,第 404、407 页。
② 马克思:《〈黑格尔法哲学批判〉导言》,《马克思恩格斯选集》第 1 卷,人民出版社 1972 年版,第 10 页。

界,向文化开放才是文学出路。让那些追逐时尚为荣的学人为了跟风赶潮弄得苦不堪言。现在看来,"文化研究"似乎又成了强弩之末,在众多质疑声中变得有点奄奄一息了。而之所以这么快的被否定,被取代,不仅由于这些观念都只不过是一些主张,它的科学性和合理性从未得到过理论的充分证明,而更在于它们不是从我国实际出发,为解决我国文学实践中所存在的问题而提出来的,一般都只是照搬西方学者的话语,甚至连西方学者(霍尔)都向我们真诚地指出:"你们要研究自己的问题,从中国现实中提取问题,……重要的是你们自己的问题。对于理论,你要让它对你们发生作用"①。那么,真正的现实问题应该是什么呢? 在这方面我缺乏全面深入的研究,没有能力作出准确的回答,不过有一种有目共睹的事实是值得引起我们认真思考的:自 20 世纪 90 年代以来,随着市场经济的发展,在经济利益的驱使下,文艺(包括文学在内)也从以往政治和道德的工具而迅速转变为娱乐和牟利的工具。这到底是我国文艺发展的方向还是文艺的异化? 这就是尖锐地摆在我们面前亟待解决的一个问题。这个问题就涉及文学是什么以及它对于人的意义和价值的问题。对之前人已思考了两千多年,尽管他们的回答都这样那样带有历史和时代的局限,但我们有必要把这些思考延续下来,作为历史的遗产来为解决我们今天的问题提供参照,而这里就有许多合理的、给予我们启悟、值得我们继承的思想在内。如他们把文学看作是人的精神家园,使人因此而得以"诗意的栖居"的思想,联系今天日趋物化、异化的人的生存处境,不正是在告诉人们,物质的丰富和享受不是人生的最终目标,唯有灵魂有所安顿才使人获得快乐和幸福,而使人成为具有自由意志和独立人格的人吗? 表明文艺就其本性来说不仅仅给以娱乐,更非为了牟利,它是人类走向自我完善过程中为避免人格侏儒化所不可缺少的一种精神食粮! 我觉得这就可以通过我们的重新阐释,作为对于当今我国消费文化畸形发展而把人引向物化和异化险境的现实一个有力的回答,同时也表明新问题的解决与老问题的继承不是完全对立,而往往是不可分离的。这样,我们就可以把现实性、理论性和学术性三者有机地统一起来,使理论既有思想深度又有历史厚度,真正能达到王元化先生所倡导的"有思想的学术和有学术的思

---

① 转引自盛宁:《走出"文化研究"的困境》,《文艺研究》2011 年第 7 期。

想"相统一的境界。

三

鉴于问题在理论中的地位如此之重要，最后，我还想谈一谈如何正确地发现问题，防止以不是问题的问题来充当问题，无为地分散和消耗我们的精力。这里我觉得有三点是值得我们注意的。

首先，要重视学理上的探讨。从目前我国文学理论研究的状况来看，缺乏问题意识不等于没有"问题"，而是充斥了一些"伪问题"，亦即不是问题的问题或前人早已解决了的问题，并围绕这些"伪问题"来大书特书而消耗了许多精力。问题是在矛盾中产生的，这些矛盾可归纳为两方面：一是理论与现实之间的矛盾；二是各种观点之间的矛盾。与之相应，要发现真问题就得需要从这样两方面进行努力：一是研究现实，二是全面系统地占有文献资料。这都是十分细致扎实的工作，需要我们本着对学术的虔敬之心去从事。但不知从什么时候开始许多从事理论研究的学人只是注目于西方学人，以追逐西方学人的话语为时尚，既不关注现状，也不再做文献资料工作了，不仅对历史文献毫不了解（可能认为旧的已经过时），而且对于各种不同的观点也极少关注，只是根据某一西方学人，特别是"后现代主义"理论家的"一家之言"或个人的一点感想来大肆发挥，这样"伪问题"也就随之而来。如前一度在学界讨论得火热的"本质主义"和"关系主义"即是突出的一例。其实这个问题在黑格尔那里早已解决，他认为"每一概念都处在和其余一切概念的一定关系中，一定联系中"，"真理就是由现象、现实的一切方面的总和以及它们的（相互）关系构成的"，"真理只是在它们的总和中以及在它们的关系中才能实现"[①]。后来恩格斯把它概括为"本质中一切都是相对的"，"它们只是在它们的相互关系中才有意义"[②]。既然真理都是相对的，对于本质问题的探讨，人们当然也不会就此止步。但是要使对于这个问题的认识真正

---

① 列宁：《黑格尔〈逻辑学〉一书摘要》，《哲学笔记》，人民出版社 1956 年版，第 181—182 页。
② 恩格斯：《自然辩证法》，《马克思恩格斯选集》第 3 卷，人民出版社 1972 年版，第 536 页。

有所推进,是不可能绕过黑格尔这座高峰的。我们今天之所以会把黑格尔早已解决了的问题又再次作为"问题"提出,并把本质从关系中抽离出来,人为地制造所谓"本质主义"和"关系主义"的机械对立的概念,就足以表明争论双方都根本没有读过黑格尔,这样的争论不仅徒费精力,根本不可能把理论推向前进,而且只会制造思想混乱。这种情况在我国目前较为普遍,如前一段时间关于"审美意识形态"问题的论争,很大程度上就是由于没有全面占有资料而仅凭自己的片面了解所造成的。这难道不值得我们反思吗?

其次,要有起码的人文情怀。"文学是人学",它的对象是人,目的也是为了人,这决定了文学理论就其性质来说只能是属于人文科学的一个分支。人文科学是研究人的生存状态及其意义和价值的学科,目的是使人按照自身应该有的状态来进行生活。所以它不仅是一种知识系统,而且也是一种价值学说,其判断和结论无不反映研究者本人的立场、观点和价值取向,因而对于同一对象,从不同的立场、观点和价值取向出发往往就会有不同的甚至截然相反的判断。如对于当今我国流行的消费文化,有的人认为不仅不是问题,还认为它代表着文艺发展的历史方向;而有的人却认为是商业社会由于经济利益的驱使所导致的文艺的异化和物化。孰是孰非,这就是尖锐地摆在我们文学理论工作者面前的一个亟待解决的问题。但这个问题是很难孤立回答的,因为"文学"既然是"人学",所以要正确地回答这个问题我们就必须联系人的问题,即"人是什么","人应如何"来考虑。人是什么?回顾西方两千多年来诸多思想家的思考,几乎一致认为人不同于动物就在于有思想意识,这使得人不仅能"感觉到自身"而且能"思维到自身"①,思考他自己为什么活,怎样活才有意义。这就使得人在物质生活之外又有了一个精神生活的世界。文学(这自然是指作为文学理论研究的存在于人们头脑中的观念意义上的文学,而非具体的文学作品)也就是适应和满足人的精神生活的需要而被创造出来的,被人称之为一种"精神的家园"。它在给人以精神抚慰的同时又给人一种精神上的激励,促使人们为创造自己的应是人生,亦即应该有的生活去奋斗。它仿佛是人生的一种普照光,使人从愚昧、麻木、沉沦的状态中解救出来而获得诗意的栖居。如果我们同意这一观点的

———————

① 康德:《实用人类学》,重庆出版社 1987 年版,第 2 页。

话，那么我们就有理由认为当前流行的这种消费文化把给人以感觉的快适视为最高目的，而放弃精神上的追求以及对于人的思想上的提升的作用，虽然在当今社会产生和流行有其必然性和一定的群众基础，但很难说就代表当今文艺发展的方向。从当今社会由于人们对物质生活过度追逐所造成的欲望膨胀和精神空虚而带来的种种心理疾患如焦虑症、抑郁症、冷漠症以及社会风尚的败坏和堕落来看，恰恰说明了人们更需要精神上的滋养和疗救。这不是凭着消费文化所给人的一时的快乐和麻醉所能达到的，消费文化在当前我国文学理论界之所以受到那么多的学人的鼓励和支持，而反认为"文学死了"，在我看来正是反映了在文学理论中人文精神的丧失，以致把问题当作不是问题而把不是问题当作问题所造成的。因此在我看来所谓"文学死了"就是一个十足的伪问题。

再次，要有理论思维的基本训练。理论是一种在理性层面上对问题所作出的思考、分析和回答，所以要发现问题、提出问题、解决问题，首先就需要我们具有一定思维的能力。思维是有一定的规则和形式的，因而要有效地进行思维就必须懂得思维科学。而思维科学不是理论科学而属于实践科学，是引导人们按照正确的思维规律来掌握真理的科学，它只有在实际的具体应用过程中才能生效，是属于亚里士多德所说的"实践的智慧"，它不可能仅从书本中获得，而"须通过经验才能熟悉"①，它不只是一种"智力体操"，而更是一种获取真理的思想工具和武器。这里我想举马克思主义的思维科学唯物辩证法来作些具体的说明，它要求我们把事物当作一个有机的整体，从关系和联系以及发展变化中来看待，避免机械分割取其一端不及其余而使思考陷于困境。举一个简单的例子来说，如"上"、"下"这对概念，按系统的观点来看就不是固定不变而是相互转化的，比如我居七楼，相对于六楼来说我是"上"，而相对于八楼来说我又是"下"了。文学理论中的许多问题，如文学的"外部关系"与"内部关系"，文学的反映性与创造性，文学的意识形态性与审美性等也无不这样。我们说文学作为一种精神现象它不可能是主观自生的，说到底是现实生活的反映，我们不可能脱离它与外部世界的关系把它当作一个封闭的自足体来加以研究；但这反映不是机械的、直观的，因为这

---

① 亚里士多德：《尼各马科伦理学》，中国社会科学出版社 1999 年版，第 131 页。

反映的主体是人，人不同于机器，他是社会和文化的产物，在他的意识深处储存着一个由历史、文化所形成的心理结构。这就使得一切反映都是经由一定的心理中介，一定心理结构的整合和同化而作出的，所以人们看到什么，往往取决于他怎么去看。而且文学创作又不同于一般的认识活动，它是以作家的审美情感为心理中价与外部世界建立联系的，而情感有选择作用和调节作用，这就使得作家在反映外部世界的同时，不可避免地会把自己的意志和愿望渗透在内，从而使得再现也就成了表现，作家不在作品之外而就在作品之中。这样，外部世界与内部世界，反映性与创造性也就融为一体而很难彼此分离了[①]。但是长期以来，我们的文学理论总是按照二元对立、"非此即彼"的思维方式，把对立的双方加以绝对分割，以一方来否定另一方，或者无视双方建立联系的中介环节，把辩证统一视为机械相加，而人为地造成理解上的困境。如前一段时间有人批评"审美意识形态论"是"审美＋意识形态"，认为两者是完全没有兼容性的，就是由于忽视思想训练而导致的缺乏看待问题所应有的智慧而造成的伪问题。

所以要使理论的创新与解决实际问题统一起来，我觉得还需要联系以上三个方面从根源上来加以解决。

2012 年 3 月中旬
原载《文艺争鸣》2012 年第 5 期

[①] 参阅拙文《反映论原理与文学本质问题》，《文艺理论与批评》1988 年第 1 期；又见《审美反映与艺术创造》，杭州大学出版社 1992 年初版，1998 年再版。

文学理论的科学性与人文性

一

理论是人们在感性认识基础上,经由概念、判断、推理而达到的对事物内在联系把握的一种思想形式,它的目的就是帮助人们认识事物的本质和规律,使人在实践中增强自觉性减少盲目性。这是由古希腊哲人所创立的一种学问。因为在他们看来现象世界是变动不居,充满了偶然性,不具普遍意义而不能直接提供真理的,只有当我们认识了事物的本质和规律之后,才能获得真正的知识。这种思维方式后来在自然科学中得到普遍的应用和长足的发展,以致爱因斯坦认为"科学的目的就是在于发现规律,使各种事物联系在一起,并且能预测这些事实"[1],它虽然立足于感性经验,"可以用经验来检验,但并没有从经验建立理论的道路"[2],即由经验的归纳直接提升而来;这当中除了观察和实验之外,还需要凭借判断、推理、假设,才有可能通过已知来推测未知,深入到对事物本质规律的认识中。这样,探究事物本质规律的思维方式也就随着自然科学的发展而发展起来,以致人们往往把"科学性"视为只是自然科学的专利。它是否也适合研究人的活动及其产品以及探寻人的生存的意义和价值的人文科学,特别是研究文学艺术现象的文学理论,也就成了人们长期以来所争议的一个问题。

之所以会出现这样的争议,是因为文学是一种感性意识,它是通过作家

---

[1] 爱因斯坦:《科学和宗教》,《爱因斯坦文集》第 3 卷,商务印书馆 1978 年,第 185 页。
[2] 爱因斯坦:《自述》,《爱因斯坦文集》第 1 卷,商务印书馆 1976 年,第 46 页。

的审美感知和审美体验来反映现实生活的,它所反映的不仅是一个光怪陆离的感觉世界,而且带有以审美体验的形式所表达的作家对现实生活的独特的态度和倾向。所以尽管文学与自然科学一样,都是对现实世界的一种反映,从一般性的层面上说都是人的一种意识形式,但从特殊性、个别性的层面上说却又有着根本性的区别。因此,一般都把研究文学的学问即文学理论归之于是人文科学或社会科学。虽然人文科学与社会科学不同,前者主要是微观的,看重的是特殊性,而后者则是宏观的,看重的是普遍性,但都不同于以整个自然界为对象的自然科学,它们的对象都只限于现实世界中从事实际活动的人以及人的活动和产品的领域,所以又不可避免地带有某种主观性和个别性,这样,主观性和个别性也就成了人文科学和社会科学所摆脱不了的客观属性。因此正确看待文学理论的人文性和科学性的关系,也就成了我们正确回答上述争议的关键问题。而要正确地回答这一问题,我认为就应该从分析以下两大关系入手:

一是客观性与主观性的关系。自然科学的对象是整个自然界,是现实世界不以人的主观意志为转移的客观规律性,它要追问的是"是什么",所关注的只是真与假的问题,所以在自然科学研究中,任何主观态度和倾向都会直接影响到科学结论的客观性和正确性,这就需要科学家对客观对象持"价值中立"的态度,就像克罗齐所说:"动物学家和植物学家不承认有美或不美的动物和花卉。"[①]正是由于主观态度和倾向在科学研究中是被排斥的,所以科学认识活动不仅可以由机器如测量仪、计算器来代替和完成,而且它所得到的图像与数据比人体感官所得更为准确可靠。而文学艺术的对象是现实生活中的人,是人的生存状态和精神生活,它不仅关涉到真与假,而且更关涉到对善与恶、美与丑的评价。所以对之作家不可能不带有自己的主观态度和倾向,并在对之进行褒贬臧否中表达自己对人生的某种理想和追求,它向读者所展示的不只是"是什么"而更是"应如此"。"应如此"不是"事实意识"而是一种"价值意识",是以情感体验的形式所表达的对于社会人生的一种评价和选择,因而必然带有鲜明的主观倾向性,与以追求客观真实为最高旨归的科学有着根本性区别。那么,对于文学理论说,人文性与科学性之间

---

① 克罗齐:《美学原理》,作家出版社1958年版,第91页。

又有没有内在的联系呢？

　　二是普遍性与个别性的关系。既然科学研究的目标在于认识事物的本质和规律，客观规律是按事物内在因果关系自发地形成的本质的联系，只要具备一定的条件，这种合乎规律的现象就会不断重复出现，因此它必然具有普遍有效性。而文学理论所面对的文学现象则任何时候都是以个别形式而出现的，这不仅因为它的对象是丰富多彩的现实生活，而更是面对同一对象，不但不同的作家由于个性、志趣差别都会有自己独到的发现和领悟，即使同一作家，由于在不同的情境条件下所引发的情绪体验以及由此而生的想象、联想等心理状态的不同，也会对之做出别具一格的反映。这就使得一切优秀的文学作品都不仅是现实生活的反映而且也是作家创作个性和内心世界的一种表现，如同王国维在谈到作品的"境界"时所说："世无诗人，即无此境界。"因而独创性也就成了一个作家才能的最高标志和作品魅力之所在，是作家在艺术上追求自我超越的最高目标。所以许多作家在强调风格对创作的重要性时又竭力反对把自己的风格技巧固定下来，认为"风格技巧可以成为扼杀作家的枷锁，它把我们拖回原地而使得新作成为旧作"[①]。这与科学所追求的普遍有效原则显然是南辕北辙的。这又成了我们讨论文学理论的科学性与人文性关系所必须解决的一个难题。

　　既然文学理论研究中所遇到的这些难题是由于文学是人的精神（审美）活动的产品所造成的，所以要正确解决文学理论的科学性与人文性的关系，首先就需要我们把文学放到人的整个活动的系统中来对之作科学分析入手。下面我想就这两个问题来谈一点我的浅见。

二

　　先说客观性与主观性的关系。这关涉到对科学特别是对人文社会科学认识的问题。通常人们把科学理解为只限于自然科学，这是由于事物的客观规律性在自然现象中表现得最为鲜明；而社会不同于自然，"在自然界中

---

　　①　斯坦贝克：《书简六封》，《世界文学》1981年第2期，第20页。

（如我们把人对自然界的反作用撇开不谈）全是不自觉的、盲目的动力，这些动力彼此发生作用，而一般规律就表现在这些动力的相互作用中，没有任何事情是作为预期的自觉的目的发生的。反之，在社会历史领域内进行活动的，全是具有意识的、经过思虑或凭激情行动的、追求某种目的的人；任何事情发生都不是没有自觉的意图，没有预期目的的"①。所以马克思、恩格斯认为"历史只不过是追求自己目的的人的活动而已"②。但由于人的活动总是在特定的具体条件下进行并为这些具体的环境和条件所制约的，总不免带有很大的偶然性，所以针对霍尔巴赫按机械论的观点以强调必然性来否定偶然性的思想，恩格斯认为如果把"必然的东西说成是唯一在科学上值得注意的东西，而偶然的东西被说成是对科学无足轻重的东西。……这样一来，一切科学都完结了"。因为这样就不能"从神学的自然观中走出来"，就等于将必然性看作如同"奥古斯丁和加尔文一样把这叫做上帝的永恒的意旨，或者像土耳其人一样叫做天数"③。那么客观规律性就不成其为科学研究的对象了。尽管对人类社会现象远在公元以前人们就开始研究，并积累了丰富的思想资料，而对于规律性的问题长期以来却似乎并未引起人们的关注，直到18—19世纪之交才由法国哲学家孔德提出，因而他也就成了在社会领域自觉探寻客观规律性的开创者。但由于孔德致力于社会规律的研究时，人们对自然规律的研究已有两千多年的历史，形成了比较成熟的研究方法，以致孔德不加区别地把它直接套用到对社会现象的研究中，宣称他的"实证哲学的第一个特征在于它认为全部现象都服从不变的自然规律"，而把社会规律与自然规律加以混淆，认为社会领域与自然领域不同，只不过是除了有一种"并存的关系"之外还有一处"相继的关系"，还需要对它作历史比较的研究，从而在"社会静力学"之外又提出了"社会动力学"的问题④。这虽然是对社会历史研究的一种推进，但由于没抓住人的活动这一根本特点，也就未

---

① 恩格斯：《路德维希·费尔巴哈和德国古典哲学的终结》，《马克思恩格斯选集》第4卷，第243页。

② 马克思、恩格斯：《神圣家族》，《马克思恩格斯全集》第2卷，人民出版社1957年版，第118—119页。

③ 恩格斯：《自然辩证法》，《马克思恩格斯选集》第3卷，人民出版社1972年版，第541—542页。

④ 孔德：《实证哲学教程》，《二十世纪哲学经典文本》序卷，复旦大学出版社1999年版，第308、324—339页。

能真正找到人文社会科学与自然科学的根本区别；直到半个世纪以后，在马克思主义创始人那里，才从人类最基本的活动方式生产劳动出发，从生产力和生产关系以及社会存在与社会意识的辩证运动中找到了决定社会历史发展规律的根本原因。生产劳动是为了满足人的生存需要而进行的，而人的需要能否获得满足不是属于认识的问题而是评价的问题，这就使得在生产劳动过程中主客体之间在认识关系的基础上又形成了一种价值的关系，从而决定了社会科学在研究社会现象时必然会把它纳入价值评价的系统，并通过自身的研究为认识社会提供价值选择和价值定向的作用。这不仅决定了社会科学不同于自然科学是不可能持"价值中立"立场的，而同时也为人文学科走向科学提供了思想基础。

我们之所以把社会科学看作是人文科学的思想基础，这是由于尽管人文科学不同于社会科学，社会科学视野中的人是社会的、普遍的人，它研究的具体领域是人的活动的外部组织形式，它的价值是以社会的普遍性的尺度来衡量的；而人文学科视野中的则是个别的、具体的人，它研究的具体领域是现实的人的精神生活及其外显形态和产品，除文学理论之外，像哲学、语言学、伦理学、教育学也都不同程度地带有这样的特性。我们所说的文学理论的人文性，也正是就文学活动对于个人的生存的意义和价值而言。但是不论怎样，人毕竟是一种社会性的存在，因为人是从猿进化而来的，而人之所以不同于猿，就在于他是由社会、历史、文化所造就的，也就是说，只有当人进入社会，在人与人之间开展交往的社会生活中，经受了在人类长期社会实践过程中所积累下来的文化的熏陶，人才能成为人。这说明人就其本质来说，他不是生物性的存在而是社会性的存在。亚里士多德很早就指出人总是在一定社会中生活的，"如果有人不能过共同生活或者由于自足，而不需要成为城邦的部分，那么，他不是一只野兽，就是一尊神"①。这思想后来为卢梭和马克思所继承和发展而提出人是"社会关系的总和"。所以尽管许多动物也过着群居的生活，以致达尔文把动物的集群性也视为社会性，但是人的"社会性"毕竟不同于动物的"集群性"。因为集群性是自然形成的，而社会性则是人们交互作用的产物，它总是以人的意识和自我意识为前提

① 亚里士多德：《政治学》，《古希腊哲学》，中国人民大学出版社1990年版，第585—586页。

的。也就是说，只有在长期的社会活动过程中，当人们意识到自己与群体的关系，自己对群体的义务和责任之后，人才获得人所具有的特性，这就决定了在人类社会中，任何个人都是"社会性的个人"，是社会造成的"作为人的人"。按这样的观点来看，那么一切人的活动包括文学活动在内，"即使不采取共同的、同其他人一起完成的生命表现这种直接形式，也是社会生活的表现和确证"①，本质上也是一种社会性的活动。这就要求我们在看待人文现象包括文学现象时，必须把它放到一定的社会背景和社会关系中来进行考察：从认识论的观点来看，不论文学所表现的形式怎样独特，说到底都是社会存在反映的产物，所以我们只有联系社会、历史、文化背景才能对它作出科学分析和客观评价；从价值论的观点来看，尽管作品所表达的思想情感都是以作家个人感觉和体验的形式出现，实际上都是一定社会群体的心理状态的表现，所以一个有社会责任感的作家在自己的创作中总是力图把个人情感与广大人民群众的理想和愿望统一起来，而使自己的作品成为"时代的呼声"和"民众的喉舌"。这就是历史唯物主义向我们所昭示的真理。只是由于以往我们在根据这些思想原则在解释文学现象时，由于忽视了个人与社会的联系是经由多重中介所发生的，往往把社会学的公式直接套用到对文学现象的具体分析上来，以致庸俗社会学四处泛滥，而使社会学的研究未经辨析就遭到学界的否弃，转而为强调人文性而把主观与客观、个人与社会、内部关系和外部关系、自由与必然、情感与理智、非理性与理性对立起来，借所谓"人文性"来宣扬主观主义、相对主义和非理性主义。这就不是一种严肃的、科学的态度了。所以正确理解客观性与主观性的关系也就成了正确理解人文性与和科学性关系首先必须回答的一个问题。

三

再说普遍性与特殊性的关系。理论的目的既然是要达到对事物本质规律的把握，以认识事物的普遍性为己任，这就需要力求排除个别、感性现象

---

①　马克思：《1844 年经济学哲学手稿》，人民出版社 1985 年版，第 79 页。

的纷扰,否则就不能达到认识事物本质规律的目的,因此,相对于感性现象的"多"来说,它是属于"一"的东西。这样,它的内容也就不是一般日常语言所能表达,而只能借助于一定的术语、范畴,通过周密而严格的逻辑论证来加以陈述。所以对于理论来说,概念与范畴如同数学的发明,它使许多复杂的程序变得简单,从而既缩短了人们的思想途径,又深化人们对事物性质规律的认识。这种力求突破"多"的迷雾而达到对于"一"的把握,以及对于普遍性、逻辑性和精密性的追求,使得自古希腊以来许多西方哲学家和科学家都把数学的方法视为科学方法的典范和极致。

但是文学恰恰是以个别、感性的形式来反映生活的,把感性世界的那种多样性、丰富性、生动性如同耳闻目睹似的呈现在读者面前,乃是一个作家所不可缺少的禀赋,所以歌德认为文学艺术的"真正的生命就在于对个别特殊事物的掌握和描述"①,这是文学艺术特有的魅力之所在,自然也是文学理论所必须直接面对和作出解释的东西。这就不是概念与范畴、理性的分析和逻辑的推论所能达到和胜任的,就像鲁迅在谈到诗歌时所说的"诗歌不能凭仗了哲学和智力来认识,所以感情已冰结的思想家,对于诗人往往有谬谈的判断和隔膜的揶揄"②。因为一旦当现象的东西被归结为抽象的概念,它的魅力也就丧失殆尽。以致现在不少人都以现代西方人本主义所宣扬的唯有个体的、心理的、非理性的生命冲动才是人的生存的本真状态等思想为依据,把文学看作是一种"存在的显现",认为它是不可分析和定义的,认为"分析文学也就等于杀死文学",这又是以强调人文性来反对科学性甚至文学理论的一大理由。

怎么来看待这个问题? 以我之见,人们对世界的认识从感觉的层面进入到理性的层面,以理论的形式把人们对个别事物的认识提升到普遍的意义,并使这些知识按照事物的内在关系组织起来加以系统化而成为一个有机的整体,这无疑是人类认识历史上的一大飞跃。虽然人文科学特别是文学艺术理论由于它的对象是人的精神活动及其产品,总是带有鲜明的个别性和偶然性;但是作为一门理论科学,又只能是借助于一定的概念、范畴和

---

① 爱克曼:《歌德谈话录》,人民文学出版社 1978 年版,第 10 页。
② 鲁迅:《诗歌之敌》,《鲁迅全集》第 7 卷,人民文学出版社 1958 年版,第 324 页。

思想体系的形式才能予以表达,这又必然要求它具有规范性和普适性。就我国当今文学理论研究的现状来看,这工作显得尤其重要。因为在我看来,目前妨碍我们文学理论研究深入开展的原因之一,就在于我们对许多术语都未经科学规范、没有确切的定义,在许多论著中,都是按作者自己的理解作任意的解释没有形成共同语言,这样连彼此对话都难以开展,又怎么能通过讨论把问题引向深入? 如我们通常把文学的特性界定是"审美"的,然而何谓"审美",在理论界就言人人殊,以至许多问题争论了半天,人们还不知道症结之所在。

　　既然文学理论作为人文学科的一个分支,它与一切科学一样,都是以概念范畴的形式来把握现实的,而任何概念、范畴都是经过抽象的,虽然我们认为理论所应追求的不是"知性的抽象"而是"理性的具体",是在理性的层面上对事物所作的一种"整体把握",但由于理论科学的载体是概念和范畴,所以也确实不能要求文学理论借助几个概念和范畴就能把丰富复杂的文学现象一网打尽,像自然规律那样借助抽象的公式和定律就能把同类现象包蕴无遗。文德尔班曾经对于自然科学与人文科学作了这样的区别:认为自然科学旨在发现"规律",而人文科学目的在于建立"规范"。这原因就是前文所说的由于自然规律是自发的,只要具备一定的条件,它的内在的因果关系必然会重复出现,所以它是可以以定义来概括的;而人的活动则是受多方面的关系和联系所制约,充满了种种变数和偶然性,绝不会像自然规律那样以不变的形式重复出现,这就要求我们从偶然性与必然性的辩证关系中进行发现,而不能直接以规律来框定事实,只有把对规律的认识化为分析和判断现实的思想原则和方法,才能在实际运用中生效。这决定了在人文和社会科学中,观点和方法总是互相依存不可分割地联系在一起的,如同狄德罗在谈到《法国百科全书》时所说的"它的目的不仅是提供一定数量的知识,而且要改变一般的思维方式",这就要求我们把理性的概念不只看作是"存在的概念",而且应"描述为作用的概念",唯此"才能充分揭示它的意义"①。所以恩格斯在谈到马克思主义时特别强调"马克思主义的整个世界观不是教义而是方法。它提供的不是现成的教条,而是进一步研究的出发点和供这

---

　　① 转引自卡西尔:《启蒙哲学》,山东人民出版社 1988 年版,第 11—12 页。

种研究使用的方法"①。这是由于马克思主义在研究社会问题的时候都是按唯物辩证的方法来开展论证作出回答的,是唯物辩证法在分析、解决问题上的具体演示,它对问题的分析和回答本身就包含着对唯物辩证法的运用在内。不理解唯物辩证法也就不可能真正理解马克思主义,若是按机械论、形而上学的观点去理解,就必然会导致对马克思主义的严重歪曲。因而我们学习马克思主义时也就不能仅仅只看它的结论,同时也应该看这结论是怎么答出的,也就是说,同时也应该把它作为一种分析问题、解决问题的思想方法来学习。正是由于对人文社会科学来说,理论不是直接用来框定事实的法规,而只是一种看待问题的思想原则和方法,所以在为人文社会科学所揭示和把握的事物的本质中,"一切都是相对的","它们只有在它们的相互关系中才有意义"②,才能彰显它的客观真理性。这就是黑格尔所提出的"具体真理"的真义之所在。

正是由于在理论中,观点与方法是不可分割地联系在一起的,由于理论所研究的对象的不同,自然也需要有相应的方法与之配套。文学理论作为人文科学的一个分支,是以文学活动及其产品为对象的,它向我们所展示的是人的精神生活,是个人的活生生的内心世界,离开了个人的心理活动也就无所谓精神生活。这就决定了文学理论在方法上不仅不能套用自然科学的方法,而且也与社会科学不同,只能建立在对个别现象潜心体察的基础上,所以李凯尔特在方法上对人文科学与自然科学作了这样的区别,认为前者是采取"一般化"的思维方式,而后者只有借助"个别化"的思维方式来开展研究,继而狄尔泰又把心理学的方法引入人文领域的研究,把感觉和体验视为他所创立的"精神科学"的基础,并提出了"理解"和"解释",按海德格尔的说法即是一种"现象学描述的方法"③作为把握艺术客体所特有的方法,它有如我国传统文论所论的"神会"和"妙语"那样,与一般的智力活动不同,就在于都立足于个别感性对象并带有主体置入的特点,即通过自己的感觉体验,深入到对象之中,把对象看作是一种有生命的存在,在与对象开展情感交流和对话的过程中去领悟和发现它的内在意蕴。因此,在一个有鉴赏能力的

---

① 恩格斯:《致威纳尔·桑巴特》,《马克思恩格斯全集》第 39 卷,人民出版社 1975 年版,第 406 页。
② 恩格斯:《自然辩证法》,《马克思恩格斯选集》第 3 卷,人民出版社 1972 年版,第 536 页。
③ 海德格尔:《存在与时间》,生活·读书·新知三联书店 1987 年版,第 46—47 页。

读者来看,每一部作品的意义都是独特的,绝不是几个抽象的概念所能穷尽的。所以在文学研究过程中,理论所能起到的也不过只是一种定向和引导的作用,它为我们提供一种看待问题的立场、视界,而只有通过方法这一中介才能使一般的原则落实到对具体作品的分析和评价上,引导文学鉴赏和批评朝着它所指引的目标不断深入;否则我们把握到的只不过是一种感觉经验,而由于没有思想原则使评价流于肤浅。这样,方法也就成为对一般原则的一种具体应用,正是由于方法,才使得理论不仅在实际运用过程中彰显它的真理性,而且也只有在实际运用过程中才最终完成它的使命。这表明理论就其性质来说不仅是认识性的,而且也是实践性的,我们不能把它仅仅看作是一种"知识",而同时应该把它看作是指引我分析问题和解决问题的一种"智慧"。如果我们把观点与方法作统一的理解,那么,理论的普遍性与个别性的关系问题也就可以得到辩证的解决,文学理论的人文性与科学性的统一也就应该不存在什么疑问了。

2012 年 9 月下旬

原载《杭州师范大学学报》(社会科学版)2012 年第 6 期

评蔡元培"以美育代宗教说"

一

蔡元培不仅是我国民主主义革命的先驱人物之一，也是我国现代卓越的教育家。他为了维护人的整体存在和人的全面发展提倡审美教育和艺术教育而不遗余力，体现了一位杰出教育家的远见卓识。因为自清代末年以来，出于对清政府的腐败以及列强侵略所带来的灾难的深切感受，许多爱国志士都认为中国之所以沦落到这个地步，根本原因就在于缺乏民主和科学，因而都希望通过引进西方的科学技术来求得国家的复兴，都带有鲜明的"科学救国主义"的倾向，如严复认为"中国之智慧用于虚，西洋之文明用于实"，西方之所以船坚炮利，国富民强，就在于科学的发展，所以他提出"富强之基，本诸格致，不本格致，将无所往而不荒虚"①。这思想对"五四"运动产生深刻的影响。这在当时无疑是一种进步社会思潮，蔡元培的教育思想与这一时代潮流在大方向上是一致的，但显然又高出这一思潮，表现为他并没有为反对封建迷信的思想启蒙的需要而完全陷入科学主义与科学救国论。他意识到科学只不过是一种工具，它是需要由人来掌握和运用的；所以到了不同的人那里，就可能会产生完全不同的社会效应，它既可以为人类造福，也可能为社会带来灾难。尽管提倡科学是一个时代的要求，但若是仅仅着眼于此，就教育方面来看，就必然会导致唯智主义而放弃对于整全人格的培养，甚至有可能导致物欲主义的泛滥而腐蚀社会和人心。所以在谈到教育

---

① 严复：《救亡决论》，天津《直报》1895 年 4 月 17 日。

的时候,蔡元培与王国维和梁启超一样,都认为作为整全的人应该是知、意、情全面发展的人。因此若要强国,首先就要新民,就要改造国民性,而要造就新的国民,除了知识教育、道德教育之外,情感教育更是不可缺少的一个组成部分。他在 1935 年《与时代画报记者谈话》中说道:"我以为现在的世界,一天天往科学路上跑,盲目地崇尚物质,似乎人活在世上的意义只是为了吃面包。以致增进了贪欲的劣性,从竞争而变成大抢夺,我们竟可以说大战的酿成,完全是物质的罪恶。"为了避免由此造成的社会流弊,他特别强调情感教育在整个教育中的地位和作用的重要,这应该说是很有见地的。问题在于他把情感看作只为宗教专有,认为"科学崇尚的是物质,宗教注重的是情感。科学愈昌明,宗教愈没落,物质愈发达,情感愈衰颓",而宗教之所以能传播情感,在他看来主要是凭借艺术,以致艺术自古以来就依附于宗教而存在的。所以他认为我们提倡美育,便是为了使艺术从宗教的支配下解放出来,恢复它的纯粹的审美本性,"使人能在音乐、雕刻、图画、文学里又找见到他们遗失了的(审美的)情感"[1]。这思想突出地体现他在 1917 年所提出的"以美育代宗教"这一口号上。

这口号在当时产生了极大的影响,但也不能否认在学理上尚存在着某些局限和值得商讨的地方。所以要对之作出正确的评价,我认为首先就需要我们在思想上明确这样两个问题:第一,什么是宗教,它的本质是什么?第二,美、艺术何以能起到宗教那样的作用,并能取而代之? 现在我们先从第一问题说起。

一般认为,宗教起源于人类早期对超自然力的信仰和崇拜,它试图通过祝祷的仪式来达到控制自然、消灾祈福的目的。所以恩格斯认"一切宗教都不过是支配着人们日常生活的外部力量在人们头脑中的幻想反映,在这种反映中人间的力量采取了超人间力量的形式"[2]。只是后来被统治阶级所利用,成为用来维护其统治地位的合法性和奴役人民大众的工具而走向"政教合一",使宗教组织同时也成为政治组织。这突出表现在世界三大宗教中影响最大的基督教中,在整个中世纪,它就起着这样的作用。但在另一方面我

---

① 蔡元培:《与时代画报记者谈话》,《蔡元培美学文选》,北京大学出版社 1983 年版,第 214—215 页。

② 恩格斯:《反杜林论》,《马克思恩格斯选集》第 3 卷,人民出版社 1972 年版,第 354 页。

们也应看到:在其发展的过程中它的性质也在不断地发生变化,自16世纪路德和加尔文发动宗教改革以来,基督教就开始逐渐淡化戒律和仪式以突出信仰对人的意义;在西方近代文化如哲学、伦理学的影响下,就宗教信仰本身来说,也经由自然神论、泛神论、内在神论等越来越从对超自然力量的崇拜以及对于神、神迹、天堂、地狱的迷信,转向试图通过自身的仁慈、守贞、献身等道德行为来求得对自身灵魂的拯救,而使天启宗教、教会宗教演化为一种道德宗教和人生宗教,如同汤因比所说的作为"一种人生的态度,一种鼓舞人在战胜人生道路上的各种艰难的信念"①而保存下来。正是立足于宗教在近代社会的这一变化的认识,黑格尔认为:"宗教的园地是内心生活"②,它的本质是信仰,"真正的宗教,精神的宗教,必须具有一种信仰"③,从而使得它的精神被许多哲学家、伦理学家、美学家、艺术家引入到自身研究和创作的领域,被看作是使人在现实生活中,由于有了自己的信仰而摆脱物欲的支配,在经验与超验、有限与无限之间形成的一种必要的张力而赋予人的一种超越的品格,而使之成为对资本主义社会唯功利主义的一剂强有力的解毒剂。许多伟大的哲学家、科学家、艺术家都是从这个意义上认为自己是宗教的信徒,如雨果、列夫·托尔斯泰、爱因斯坦,等等。

正是由于宗教的意义在现代社会有了这样大的转变,它承担着抵制人的物化、拯救人的灵魂的作用,所以在"五四"时期,即使当年提倡科学救国,竭力反对宗教的人士,不久也转变态度而对它的意义有了新的认识。如陈独秀于1920年发表的《基督教与中国人》中认为:"中国社会麻木不仁,文化源泉里缺少情感至少是一个重大的原因。现在要补救这个缺点,似乎应该拿美和宗教来引导我们的情感",让"美与宗教的情感,纯洁而深入我们生命的源泉的里面。我们主张把耶稣崇高的、伟大的人格和热烈、深厚的情感,培养在我们的血里,就是因为这个理由"④,他提出以"美和宗教来引导情感",以我之见也就在于看中美和宗教的信仰本质。

信仰是价值论的核心问题,与之不同,蔡元培则是从知识论、认识论的

---

① 汤因比:《展望二十一世纪》,国际文化出版公司1985年版,第383页。
② 黑格尔:《法哲学原理》,商务印书馆1961年版,第282页。
③ 黑格尔:《小逻辑》,商务印书馆1982年版,第13页。
④ 陈独秀:《基督教与中国人》,《独秀文存》,安徽人民出版社1987年版,第282页。

观点来理解宗教的。他也不是完全没有看到宗教与信仰的关系,但不认为真正的信仰乃是一种发自内心的信服和仰慕,如同叔本华所说的"信仰如同爱慕,它不可能被强制。任何强制的爱,都必会变成恨,因而,那种强制信仰的企图,其结果首先是真正的不信仰"①。正是由于信仰如同爱慕那样具有强烈的情感色彩,这才会驱使人们为自己的信仰去赴汤蹈火。而蔡元培则认为信仰是不自由的,"一提起信仰,美育就有限制"②,这就使得他把信仰与情感分离当作一种外部的强制来予以排斥,按知识论的观点视宗教的本质为教育,认为"宗教本旧时代的教育,各种民族,都有一个时代,完全把教育委于宗教家"③,虽然最早之宗教都是知识、意志、情感的附丽,"常兼此三作用有之"④,但随着科学和社会的发展,宗教中所包含的认识的因素和道德的因素都已失去了它教育的意义,唯有审美(情感)的因素尚存,因而完全可以为艺术所取而代之。表明他完全无视美的形上的、超验的性质而按感觉论、经验论的观点来理解美的价值的,这就是他所倡导的"以美育代宗教"说的理论依据。现在就让我们来看看这观点在理论上能否成立。

二

宗教的本质是否像蔡元培所说的只是"教育",随着科学和社会的发展,宗教中所包含的认识因素和道德因素已经失去了它的意义呢?

先从"知"亦即"认识"的方面来看。蔡元培认为:"盖吾人当未开化时代,脑力简单,视吾人一身与世界万物,均为一种不可思议之事。生自何来?死将何往?创造者何人?管理之者何求?凡此种种,皆当时人所提出之问题,以求解答者也。于是有宗教家勉强解答之。如基督教推本于上帝,印度旧教则归之于梵天,我国神话则归之于盘古。其他各种现象亦皆以神道为

---

① 叔本华:《论宗教》,《意欲与人生之间的痛苦——叔本华随笔和箴言集》,上海三联书店1988年版,第182页。
② 蔡元培:《以美育代宗教》,《蔡元培美学文选》,北京大学出版社1983年版,第162页。
③ 蔡元培:《以美育代宗教》,《蔡元培美学文选》,北京大学出版社1983年版,第179页。
④ 蔡元培:《以美育代宗教说》,《蔡元培美学文选》,北京大学出版社1983年版,第68—69页。

唯一理由。此知识作用之附丽于宗教者也。""迨后社会文化,日渐进步,科学发达,学者遂举古人所谓不可思议者,皆一一解释之以科学。日星之现象,地球之缘起,动植物之分布,人种之差别,皆得以理化博物人种古物诸科学证明之,而宗教家所谓吾人之为上帝所创造者,从生物进化论观之,吾人最初之始祖,实为一种极小之动物,后始日渐进化为人耳。此知识作用离宗教而独立之证也。"①这分析是有待研究的。

这显然是由于蔡元培把"知"完全等同于知识,即通常所说的科学知识所得出的结论。其实在古希腊,作为整全人格的构成部分的"知"不仅是指"知识",更是指"智慧"。所以哲学家被认为是"最有智慧的人"。"智慧"与"知识"是既有联系又有区别的概念,它不仅是指具有知识,而且还包括对知识的实际掌握和具体应用,亦即康德所说的"在实践中合规律而完美的理性运用"②的能力。所以亚里士多德把"智慧"看作是一种"德性"③,亦即人的一种品性,它不是外在于人而是内在于人的。按照我们前面所说的宗教的根本性质是信仰的观点来看,虽然科学的发展消除了人类对自然现象认识上的许多困惑,把上帝的观念从知识领域清除出去,否定了宗教的解释;但它的以信念为本、对宇宙怀有坚定宗教情感的思维方式却为许多科学家所接受和采纳。他们都认为世界并非以我们所观察到的领域为限,而坚信还有一个超越感觉经验的、远未被认识所穷尽的"未知世界"的存在,它就像亚里士多德所说的作为世界"第一动因"的"神"那样在发生作用。如弗·培根认为"只是从表面上看去,这自然界中的万物才是偶然的和互不相关的,可是只要深入观察思考,就会发现万物之间的错综复杂的因果联系,最终只能导向一个总的宇宙原因",这"总的宇宙原因"即亚里士多德所说的"神"。所以他认为"一知半解的思考把人导向无神论,但是对宇宙与哲学的深刻思考,都必然使人皈依于上帝"④。许多科学家就是怀着这种对于"宇宙理性"和"宇宙秩序"的信念和坚定无比敬畏的心情去从事科学研究而获得科学发现的。如牛顿,就是亚里士多德和弗·培根这一思想的忠实信徒,他就是在坚

① 蔡元培:《以美育代宗教说》,《蔡元培美学文选》,北京大学出版社 1983 年版,第 68—69 页。
② 康德:《实用人类学》,重庆出版社 1987 年版,第 89 页。
③ 亚里士多德:《优苔谟伦理学》,《古希腊哲学》,中国人民大学出版社 1990 年版,第 223 页。
④ 弗·培根:《论无神论》,《培根人生随笔》,人民时报出版社 1998 年版,第 62 页。

信"上帝"是"根据不变的自然规律来运转世界的设计师"的思想指导下发现了运动三大定律。所以爱因斯坦认为"宇宙宗教感情是科学研究的最强有力的最高尚的动机"①，"我们认识到有某种为我们所不能洞察的东西的存在，感觉到那种只有能以其最原始的形式为我们感受到的最深奥的理性和最灿烂的美——正是这种认识和这种情感构成了真正的宗教情感，在这个意义上，而且只有在这个意义上，我才是一个具有深挚宗教情感的人"②，"在我们这个唯物主义的时代，只有严肃的科学家才是深信宗教的人"③。正是由于许多科学家都是在这种信念和情感支配来从事科学研究，才使得在知识领域除了实证科学和应用科学之外还有理论科学在推动着它们的发展和进步。何况，对于"知"，不论在古希腊还是我国古代哲学中，一开始就不只是指对于客观世界的认识即"知识理性"，还包括对道德价值和行为的认知，即"道德理性"，如苏格拉底所说的"德性之知"在内。所以维柯认为在古希腊，"知"是由两部分内容组成的：即"用真理来完善心灵，用德性来完善精神"，因而"'智者'指的既是那些倾力浸淫于崇高事物思考的人，也是指那些以德性和正义为根基，按法律来正确创建国家，通过明哲来管理国家的人"④。而在宗教的典籍中，如《圣经》中的"箴言"、"传道书"、"伯约纪"等，就有许多关乎人生智慧方面的论述是足以给我们以认识的启示的，难怪路德认为"《圣经》是使现世的愚人变得聪明的书"。这都是从"知"的方面来说。

　　再从"意"的方面，从人的意志活动，亦即通常人们所指的道德行为方面来看。蔡元培认为"吾人生而有生存之欲望，由此欲望而发生一种利己之心。其初以为非损人不能利己，故恃强凌弱，掠夺攫取之事，所在多有。其后经验稍多，知利人之不可少，于是有宗教家提倡利他主义。此意志作用于附丽于宗教者也"。"宗教家对于人群之规则，以为神之所定，可以永久不变。然希腊诡辩家，因巡游各地之故，知各民族之所道德，往往互相抵触，已怀疑于一成不变之原则。近世学者据生理学、心理学、社会学之公例以应用

<hr>

① 爱因斯坦：《宗教和科学》，《爱因斯坦文集》第3卷，商务印书馆1978年版，第181页。
② 爱因斯坦：《我的信仰》，《爱因斯坦文集》第3卷，商务印书馆1978年版，第45页。
③ 爱因斯坦：《宗教和科学》，《爱因斯坦文集》第3卷，商务印书馆1978年版，第181页。
④ 维柯：《论一切知识的原则和目的》，《维柯论人文教育》，广西师范大学出版社2005年版，第220—221页。

于伦理,则知具体之道德不能不随时随地而变迁,而道德之原理,则可由种种不同之具体者而归纳以得之;而宗教家之演绎法,全不适用。此意志作用离宗教而独立之证也"①。这论述也是可以研究的。

　　道德是人类社会产生之后为了调节人际关系,促进社会和谐所确立的人的行为的准则。但是人的行为是受一定意识和目的所支配的,所以真正的道德行为不能只是看作一种外在的价值,而同时也应该理解为人的一种内在价值的体现,它不是强制的,而是自愿的。这表明在真正有道德的人身上,德行与德性总是统一的。从伦理学史来看,当初也是为了完善人性的需要而提出道德问题的。如孔子就是从对人的社会本性不同于鸟兽,是"群"的认识出发,提出了"仁"与"礼"的问题②;柏拉图也是以人的灵魂由知、意、情三方面组成的思想为依据,提出与知、意、情相对应的"智慧"、"勇敢"、"节制",以及三者的统一"正义"的行为标准③,从而把德行与德性、道德行为与道德修养统一起来以求人格的完善。所以虽然从社会学的观点来看,道德确实如同蔡元培所说总是"随时随地而变迁"的,在阶级社会里,还必然有不同阶级之间道德标准的对立;但是从人格论的观点来看,道德人格的形成就不像亚里士多德和休谟那样理解为是由个人"习惯"所养成,而更应该看作是人类文明在个人身上的积淀和凝聚,是人的自我意识和社会意识高度发展的产物。所以康德在他的伦理思想中把"义务"和"责任"看作是一种"先天律令",是人的自由意志的集中体现。而在人身上,这种社会意识的淡化甚至丧失是从私有制社会特别是资本主义社会出现之后开始的,因为正是资本主义的生产关系"把一切封建的、宗法的和田园诗般的关系都破坏了","它使人和人之间除了赤裸裸的利害关系,除了冷酷无情的'现金交易',就再也没有任何别的联系了。它把宗教的虔诚、骑士的热忱、小市民的伤感这些情感的神圣激发,都淹没在利己主义打算的冰水中"④。在这种境况下,由宗教所造就的人的敬畏的心理和虔诚的态度,至少在一定意义上可以使人在种种利害关系的诱惑的面前有所约束,而不至于恣意放纵、唯利是从,而

----

　　①　蔡元培:《以美育代宗教说》,《蔡元培美学文选》,北京大学出版社 1983 年版,第 69 页。
　　②　《论语·微子》。
　　③　柏拉图:《理想国》,商务印书馆 1986 年版,第 168—173 页。
　　④　马克思、恩格斯:《共产党宣言》,《马克思恩格斯选集》第 1 卷,人民出版社 1972 年版,第 223 页。

起着维护人自身的人格的独立和尊严的作用。这就使得宗教感（虔敬感）与道德感趋于一致。正是由于批判地吸取了基督教思想精神的这种积极的因素，才使得康德的伦理学成为对西方伦理学的一大推进，而把传统伦理学所侧重研究的世俗伦理上升为美德伦理和信念伦理。尽管信念伦理自叔本华之后就不断遭到人们的批判和质疑，但从当今西方社会所热衷的慈善事业和志愿活动的情况来看，无疑都是直接、间接地受了这种宗教性道德的影响。这说明世俗伦理和宗教伦理并不存在绝对对立和不可调和的矛盾，道德的相对性和绝对性之间是完全可以统一，而实际上也是统一的。

以上事实都说明科学和道德的发展并没有完全否定宗教的精神。

三

再从艺术何以能起到宗教那样的作用并能取代宗教来看。蔡元培认为随着社会和科学的发展，宗教的"知识意志两作用，既皆脱离宗教以外，于是宗教所最有密切关系者，惟有情感作用，即所谓美感。凡宗教之建筑，多择山水最胜之处，吾国人所谓天下名山僧占多，即其例也。其间恒有古木名花，传播于诗人之笔，是皆利用自然之美以感人者。其建筑也，恒有峻秀之塔，崇宏幽邃之殿堂，饰以精致之造像，瑰丽之壁画，构成暗浅之光线，佐以微妙之音乐。赞美者必有著名之歌词，演说者必有雄辩之素养，凡此种种，皆为美术作用，故能引人入胜"①。由此他得出的结论是"宗教上不朽的一点止有美"。但认为美对于情感的作用又与宗教不同，"美育是自由的，而宗教是强制的；美育是进步的，而宗教是保守的；美育是普及的，而宗教是有界的"②，具体地说，"无论何等宗教，无不有扩张己教攻击异教之条件。回教之穆罕默德，左手持可兰经而右手持剑，不从其教者杀之。基督教与回教冲突，而有十字军之战，几及百年。基督教中又有新旧教之战，亦亘数十年之久。至佛教之圆通，非他教所能及。而学佛者苟有拘牢教义之成见，则崇拜

———————

① 蔡元培：《以美育代宗教说》，《蔡元培美学文选》，北京大学出版社1983年版，第69—70页。
② 蔡元培：《以美育代宗教》，《蔡元培美学文选》，北京大学出版社1983年版，第180页。

舍利受持经忏之陋习，虽通人亦肯为之。甚至为护法起见，不惜于共和时代，附和专制"。所以如果"美育附丽于宗教者，常受宗教之累，失其陶养之作用；而转以刺激感情"。因而要实现陶冶情感的目的，就要使艺术从附丽于宗教中独立出来，"舍宗教而易以纯粹之美育"①。这就是他正面提出"以美育代宗教"的理由。

但这里似乎也存在着两个值得进一步讨论的问题：第一，其实，不仅在我国，艺术与宗教的关系本来就比较疏远；即就西方而论，就像蔡元培自己所说的"及文艺复兴以后，各种美术，渐离宗教而尚人文。至于今日，宏丽之建筑，多为学校、剧院、博物馆。而新设之教堂，有美学上价值者，几无可指数。其他美术，亦多取资自然现象及社会状态"②。既然今天艺术已离宗教而独立，那么，为什么还要再回过头来把艺术与宗教扯在一起而提"以美育代宗教"呢？第二，从怎样的意义上来理解美育对宗教的取代关系？要正确说明这个问题，我觉得就应该从分析和把握两者之间的"同质性"入手。关于宗教的性质我在前文已经说明，那么"美"又是什么呢？从西方美学思想史来看，对于这个问题向来没有统一的理解，而一直存在着两大系统即希腊传统和希伯来传统的分歧和对立：希腊传统（古希腊哲学的集大成者是亚里士多德，所以我认为他的美学思想应是"希腊传统"的代表）是以感觉论、经验论的观点来看待美，着眼于美的外观和形式，看重的是一种"可见的美"，它的基本形态是"优美"；而希伯来传统是从体验论、超验论的观点来看待美的，认为"美在上帝"，上帝是没有肉身而不现身于世间的，人们只能是在祝祷中由内心体验与之交往，所以美也被认为是"不可见的"，它的基本形态是"崇高"。蔡元培认为宗教的知识、道德作用消失之后，美的作用主要在于愉悦身心，陶养情感，因为"人之所以有感情，而非都有伟大而高尚的行为，这是由于感情推动力的薄弱。要转弱而为强，转薄而为厚，有待于陶养。陶养的工具，为美的对象；陶养的作用，叫做美育"③。但怎样才能"转弱而为强，转薄而为厚"，蔡元培并未作具体深入的说明；而在我看来只有突破感觉论、经验论的观点，弘扬美的超越性和形上性的精神才能达到这一目的，这就涉

---

① 蔡元培：《以美育代宗教说》，《蔡元培美学文选》，北京大学出版社1983年版，第70页。
② 蔡元培：《以美育代宗教说》，《蔡元培美学文选》，北京大学出版社1983年版，第70页。
③ 蔡元培：《美育与人生》，《蔡元培美学文选》，北京大学出版社1983年版，第220页。

及美与宗教的同质性,以及美育何以能取代宗教的问题。而要准确揭示美、艺术与宗教同质性,我认为也只有从信仰论的观点来看。这就说明艺术作为审美客体之所以能取代宗教,从根本上说不是它的感性外观,而恰恰在于它的内在精神,在于它的超验性和形上性。这正是信仰的一大特征,因为信仰作为人们对于自己所追求的人生理想的一种确信,它的意义就在于使人从当下的境遇中摆脱出来,由于精神上有所皈依而使灵魂得以安顿,从而使人的生存有了自己的根基和目标,而不至于成为无家可归的精神漂泊者。唯其如此,艺术才既具有宗教精神而又能超越宗教的局限,才能凭借艺术进行审美教育来取代宗教的作用。这具体的我觉得可以从三方面来说。

首先,从美与艺术的性质来看。美与艺术尽管都是以感性的形式出现,但它的作用并不止于给人以感官的愉悦,而更在于激发人的情感和想象,带人到一个自己所追逐的理想的世界之中,这个理想世界作为一种人类的永恒的期盼,它的性质是超验的、形上的。这在远古的神话和传说中就已萌生,高尔基认为"按天性来说,人都是艺术家",他"总希望把美带到生活中去"凭借想象在自己的作品中获得自己愿望的满足①,因而神话和传说也就成了艺术和宗教的共同的根源。只是由于艺术与宗教不同,它不是从彼岸世界来找到慰藉,而把终极的关怀落实到对现实人生的描绘中。因为人总是生活在希望之中的,要是没有一个希望在向他招手,他的生活也就失去了内在的动力而显得暗淡无光,这种希望往往在人身处逆境和苦难中显得更为活跃而强烈。如同卢梭说的"我的幻想只是在我的境遇最不顺利的时候才最惬意地出现在我的脑际,……我必须在冬天才能描写春天,必须蛰居在自己的半室中才能描写美丽的风景。我曾说过多次,如果我被监禁在巴士底监狱,我一定会绘出一幅自由之图"②。所以艺术被雪莱称之为"世间的上帝"③,是人的生存的一种精神支柱和力量,它如同人在苦难中所祈求的上帝一样对人具有解救的作用。

其次,从美与艺术的创造来看。正是由于美是一种人类永恒的期盼,所

① 高尔基:《论"渺小的人"及其伟大的工作》,《高尔基文学论文选》,人民文学出版社 1958 年版,第71 页。

② 卢梭:《忏悔录》第 1 部,商务印书馆 1986 年版,第 211 页。

③ 雪莱:《为诗辩护》,《19 世纪英国诗人论诗》,人民文学出版社 1984 年版,第 152 页。

以真正的艺术创作需要人们排除一切功利的诱惑，心无旁骛地投入并为之付出全部的精力，唯有对美有坚定信念、热烈追求和无比痴迷神往，"敬它如敬神"①的人才会从事艺术事业。所以柏拉图把美与"爱"联系起来，认为"一切诗人之所以成其为诗人，都是由于受到爱神的启发。一个人不管对诗多么外行，只要被爱神掌握住了，他就马上成为诗人"。爱是无私的、付出的，"只有相爱的人们才肯为对方牺牲自己的生命"②。就这决定了在真正的艺术家那里，艺术总被看作是一种"神圣的事业"③，它就像威廉·詹姆士谈到宗教时所说的"无论它有何种更特别的意义，总是指一种严肃的心态"而反对"轻浮的玩世态度"④，像虔诚的宗教徒那样本着一种献身的精神去从事创作，不论在怎么艰苦和困难的条件下都不放弃对艺术刻苦的追求。所以许多艺术家都是在其极困顿的生活中而创造艺术的辉煌的。贝多芬就是一个典型的例子。他孤独、贫病交困，特别是日益加重的耳聋，对于作为一个音乐家的他来说，无疑是一个最沉重的打击！他曾经想到自杀，但之所以打消了这一念头，用他自己的话来说"就只是艺术留住了我。在我尚未把我感到的使命全部完成之前，我觉得不能离开这个世界"⑤。此外，从曹雪芹、吴敬梓、米开朗琪罗、米勒、罗丹、莫扎特、舒伯特等人的艺术活动中，我们也多少可以看到与贝多芬相似的对于艺术近乎宗教徒那样的献身精神。这就是罗丹说的"真正的艺术家，是人类之中最信仰宗教的"⑥。

再次，从美与艺术的功能来看。正是由于美与艺术像宗教那样，都载负着人类的理想和希望，所以它不仅可以抚慰人的心灵，使人在苦难中看到光明而给人以生存下去的信心和勇气，成为人们战胜一切苦难和诱惑的精神动力，就像恩格斯在谈到民间故事时说民间故事使一个劳累的农民"忘却了自己的劳累，把他的硗瘠的田地变成馥郁的花园"；使一个疲乏不堪的手工业学徒感到自己的"寒碜的楼顶小屋变成一个诗的世界和黄金的宫殿"；民间故事书"还像圣经一样培养他们的道德感，使他们认清自己的力量、自己

---

①　柏拉图：《斐德若篇》，《柏拉图文艺对话集》，人民文学出版社 1980 年版，第 127 页。

②　柏拉图：《会饮篇》，《柏拉图文艺对话集》，人民文学出版社 1980 年版，第 249、222 页。

③　雪莱：《为诗辩护》，《19 世纪英国诗人论诗》，人民文学出版社 1984 年版，第 153 页。

④　詹姆士：《宗教经验种种》，商务印书馆 2002 年版，第 35 页。

⑤　贝多芬：《遗嘱》，《贝多芬传》，人民音乐出版社 1978 年版，第 50—51 页。

⑥　葛赛尔：《罗丹艺术论》，人民美术出版社 1987 年版，第 96 页。

的权利、自己的自由、激起他的勇气,唤起他对祖国的爱"①。这实际上也就提升了人的道德人格和思想境界,所以安瑟尔谟在谈到宗教对他的意义时认为正是由于信仰上帝,爱上帝,才使"已经被恶习所毁损和消灭,被罪恶的烟雾所蒙蔽"的自我,由于"上帝的榜样"的存在得以新生,而在自己的身上"创造出上帝的形象"来②。表明美和艺术与宗教一样,对人生都具有立法的功能,如同雪莱所说"诗拯救了降临于人间的神圣,以免它腐朽"③。要是人们心目中没有一个"上帝",那么岂不会同陀思妥耶夫斯基所说的,他什么事都干得出来了。

　　如果我们这样来理解艺术与宗教的同质性,那么,蔡元培的"以美育代宗教"口号的提出至今虽然已有近百年的历史,我认为它的意义不仅没有消失,而且在今天反显得更为突出。从艺术的功能来看,随着市场经济在我国的发展而导致人的思想的物质化、功利化和神圣感的丧失,以致金钱成了人们心目中万能的上帝,什么都可以以金钱来交换获取的今天,美作为"世间的上帝",它在一定意义上可以唤醒人的良知,而起到维护人格独立和尊严的作用。从艺术本身来看,当它日益为商业所利用趋向娱乐化、消费化,沦为有钱人的玩物的时候,正确阐明艺术和宗教的同质性,可以唤起艺术家对自己的责任意识和对自己神圣使命的坚守,意识到凡是真正的艺术,能够反映时代精神、推动社会进步而经由时间的检验为历史所肯定的艺术,总是美的艺术,也是自己最值得追求并为之付出的艺术。这我认为才是今天我们从"以美育代宗教"这一口号中所获得的应有的启示。

　　　　　　　　2012 年 11 月上旬为在浙江理工大学召开的
　　　　　　"蔡元培美育思想与当代文化建设"学术研讨会而作
　　　　　　　　　　原载《社会科学战线》2013 年第 7 期

---

　　①　恩格斯:《德国民间故事书》,《马克思恩格斯论艺术》第 4 卷,人民文学出版社 1966 年版,第401 页。

　　②　安瑟尔谟:《宣讲》,《西方哲学原著选读》上卷,商务印书馆 1981 年版,第 240 页。

　　③　雪莱:《为诗辩护》,《19 世纪英国诗人论诗》,人民文学出版社 1984 年版,第 155 页。

《文学原理》第三次修订版校后记

　　这是我对本书作第三次修订了。我之所以不厌其烦地对本书一次次加以修订，一是因为觉得我国的文学理论若要有所发展，亟须加强基础理论的研究，所以就想对本书在原有教材的基础上，加以发展和深化，使之成为兼具教材和论著性质的基础知识读物；二是因为自本书出版以来，在读者中反应尚好，有些素昧平生的学者自发写书评予以推荐，有些读者在网上发表评论说让他"看得非常激动"，这让我深感欣慰的同时，又觉得只有把本书改得更加完美一些才能对得起读者。于是就促使我对本书去作第三次修订。

　　那么，这样一次次的修订到底在哪些方面予以完善呢？我在网上看到读者也有这个疑问，所以我觉得有必要在这里简单地说明一下：

　　本书初版始作于 1985 年秋，定稿于 1987 年夏。写作的动机是感到当时流传的新编和修订再版的文学理论教材基本上没有摆脱自 20 世纪 50 年代以来文艺理论界所流传的机械论和教条主义的影响，如只讲客观不讲主观、只讲再现不讲表现、只讲反映不讲创造、只讲文学作为一种社会意识形态的普遍性、不讲它作为"审美的"意识形态的特殊性。而按我的理解，文学作为一种审美的意识形态，是以作家的审美情感为中介来反映生活的，它所反映的一切无不打上作家对于社会人生的理解、评价和理想、愿望的印记，作家不在作品之外而就在作品之中。因此，在作品中客观与主观、再现与表现、反映与创造、意识形态的本性与审美的特性应该是对立统一的。所以尽管受了当时流行的教材的影响，本书对于文学的性质的阐述还是从普遍性、从意识形态性出发，但如何把普遍性落实到特殊性亦即文学的审美特性之中，把文学的外部关系与内部关系有机地统一起来，却成了我写作本书初版所追求的主要目的，我不仅把这意图贯彻在全书，而且还特辟了"艺术想象"和"创作个性"等专章、专节，来对艺术创作的特殊规律来作比较充分、深入的阐述。这恐怕迄今为止还是同类著作所没有的,是本书初版最有特色的那些部分。

　　本书初版虽然获得了当时的国家教委亦即现在的教育部颁发的"国家级优秀教材"一等奖,但不久自己就感到有些落后于形势了。因为自 20 世纪 80 年代中期以来,在改革开放思想的推动下,大量的西方的学术论著,包括美学和文艺理论的著作通过翻译被介绍到我国,使我们眼界为之大开。这些译作虽然鱼龙混杂,但确实也有许多是足以启迪我们的心智、拓展我们的思路、提升我们视域、推进我国文艺理论发展和创新的经典和名著。它们给予我的学术思想最大的启示就是使我看待文学问题从认识论的视界、从静态的思维方式推进到实践论的视界和动态的思维方式。比如对文学的性质,我在初版中虽然提到文学与科学尽管都是生活的反映,但文学不同于科学,它反映的不是"是什么",而是"应如此",并指出"应如此"不是事实意识而属于价值意识,这些论述比之于以往把文学与科学的不同看作仅仅是形式上的差别,即前者以形象、后者以概念来反映生活的流行的观念推进了一大步;但总的来说还只是停留在认识论的维度,还只是着眼于文学作品本身,所以在思维方式上基本上是静态的。而从实践的观点来看就不同了,既然"应如此"是一种价值意识,价值意识是一个理想的尺度,所以它不可能仅从认识中求得满足,而是指引人通过自己的活动去争取和创造的。因此作家创作的目的就不是以作品的完成为终止,它只有通过读者的阅读,把作家的思想情感转化为读者的思想情感、读者的意志愿望、读者活动的心理能量和精神动力才能最终得以实现。这样就把创作与阅读沟通起来,认为对于文学的性质我们不能只是从"实体"即作品本身,而且还应从"功能"的方面,亦即以"体用统一"的观点才能作出准确而全面的理解。于是在修订中就把对文学性质的理解延伸到"文字的社会功能"一章,以求首尾呼应,说明文学的功能就根本上说是由其性质所决定的,并非人们所任意强加;而反过来也表明文学的性质只有在其功能中才能获得充分的体现。这样就改变了静态的思维方式,把文学理论研究的对象界定为一定历史条件下的人的文学活动。这是第一次修订版对本书内容所做的结构性的重大调整,也是它与初版最大的区别。

　　但第一次修订的工作进行得相当急促,待出版后不久我就发现,尽管全书结构上作了调整,但它的基本思想在有些具体章节中并没有完全得以贯彻。如关于"艺术想象",基本上还是按认识论的观点把它看作是一种"形象的思维"活动,一种认识活动的特殊形式,这样全书的思路就显得不够贯通。所以我在第二次修订中就着重想在疏通全书的思想脉络上来下功夫,如对于艺术想象的内容,就作了这样的重要补充:在说明想象不只是艺术家的专利,在科学研究中也同样需要有丰富的想象之后,特别强调这两者之间的性质上的差别,强调艺术想象不同于科学想象在于它不只是一种认识和推测的活动,而且还是作家思想、情感、理想、愿望的一种表达方式。包尔生谈到哲学时认为"哲学与时代的关系不在于表现这时代所拥有的东西,而宁可说是表现了这时代所缺少的东西,它展现了生活在这个时代里那些最敏感、最深思的人的欲望和追求,他们的理想往往以否定的方面表现出这一特征",这理解我觉得更适合于文学艺术。大量的事实表明,作家创作动机的发生在很大程度上就是源于他的愿望在实际生活中不能满足,以求在创作中凭借想象把自己未遂的理想愿望寄植于他所创造的审美意象之中,而使生活中所匮乏的在幻想中得到补偿。这些补充论述虽然字数不多,但却为本书在结构的严密性和思想的连贯性上增添了浓重的一笔,使得全书的内容以艺术想象为纽带得以首尾贯通而连结成为一个有机的整体:它向我们表明首章所说的"审美反映"无非就是对作家在审美情感支配和激发下的艺术想象活动的一种理论概括;而正是由于艺术想象具有再现和表现的双重性质,才使得接着在第四章"文学的方法与流派"中所介绍的侧重于客观真实再现的现实主义与侧重于主观情感表现的浪漫主义,第七章"文学体裁的类型"中按"三分法"来把文学体裁划分为叙事类和抒情类以及由两者的综合而形成的戏剧类等后续部分有了理论上的依据,并使末章"文学的社会功能"中所谈的文学的作用在于帮助人们确立对人生美好的信念以充实人的实践的心理能量和精神动力与开篇所谈的文学是一种审美的意识形态的性质接上了头。因为信念与一般的价值意识不同,它作为自己所坚信和确信的人生理想,是未经认识所验证而只能是建立在自己人生体验基础上的一种道义上的选择和追求,因而必然带有强烈的主观情感的色彩。正是这种情感的因素,才使得它对于人的行动不仅具有定向的作用而且还具有激励的作用,使得文学就其根本性质来说不仅是认识性的而且是实践性的,它不仅服务于人的"知"而且还作用于人的"行"。我当初写作时只是想把各个章节所谈的问题说明白,对于这些逻辑上的内在联系还没有这样明确的认识,还是在这次修订时把全书再看一遍后才看出个头绪来。我之所以在这里作些说明,相信它对于读者掌握本书的思想脉络是会有帮助的。

　　这两次修订除了对本书的整体结构所作的调整和完善工作之外,也对我从现代美学和文论所获得的一些有益的启示在解释一些具体问题上作一些尝试,力求把以往认为文学理论中一些疑难的问题说得周全、圆满一些。如文学语言,这向来就是文学理论研究中的一个难题,症结在于:语言是一种思想的符号,而文学所创造的却是鲜活的艺术形象。这两者之间的矛盾按传统语言观是很难获得圆满解决的,正是现代语言学的"言语"与"语境"的理论,使我们解决这个问题有了生机。但这是一项艰难的选择工作,因为现代西方语言学也如同西方哲学、美学和文论那样流派纷呈,所以要真正做到取其精华为我所用,还需要我们放出自己的眼光来加以取舍。因此,尽管索绪尔和洪堡特都被学界奉为现代语言学的鼻祖,而索绪尔在对美学与文论的影响方面又远大于洪堡特,但是我在书中所吸取的主要是洪堡特的思想精髓,他不是把语言看作一种"实体",而是一种"行为",认为"语言的真正定义只能是发生学的定义",所以只有当它进入人与人之间的交往活动,它的意义才能得以显示并为我们所理解。这显然比索绪尔以及在他的理论影响下发展起来的形式主义和结构主义诗学完全排除外部关系把文学当作一个自足的、全封闭的语言结构,仅仅从修辞学的角度来理解文学语言要合理得多。虽然形式主义和结构主义文论也有其可取之处,但总的来说未免过于片面,而且与本书所持的文学是一种审美的意识形态,是作家以审美情感为中介反映生活的产物的基本思想是相抵触的,我们自然不能无选择地作客观的介绍,否则我们的理论岂不是成了一份大杂烩!但既然这些理论已在我国广为流行,我们自然也不能对它们漠然置之,所以在本书有关部分,如谈到"内容与形式"的关系时,也都按照我自己的观点对它们作出批判性的回应。认为按"内容与形式"来分析文学作品并非像"形式主义"所曲解的把文学作品分为"审美成分"与"非审美成分",是"内容加形式";而在真正的艺术作品中,这两者总是互相依存、互相渗透、不可分离的,内容只存在于它自身特定的形式之中,而形式也只能是特定内容的具体的存在方式,如同杜威在《艺术即经验》中谈到"质料(按:实指内容)与形式"时所说的:"在艺术作品中,它们并不作为两个互相分离的东西出现",只是我们在进入作品分析时,"它们才被合理地分开"。所以对于像形式主义这些"新锐"的观点,我们没有必要盲目地跟从,而应该有自己的理论坚守,唯此,我们才能把现代文论的一些新的理论成果与我们自己的思想观点融为一体而不至于成为杂凑。而这种杂凑的现象我认为是目前不少新编教材所存在的通病,是特别需要我们予以避免的。我的这些见解是否正确,请读者予以批评。

以上,都是我在本书第一、第二次修订版中所做的一些努力。但第二次修订工作也嫌时间急促,有些局部内容的组织和具体问题的论述一时很难考虑周全、臻于完善,所以存在的问题出书后陆陆续续还时有发现:如在第一章和第六章都谈到文学语言,但角度和分工却不够明确,内容也有些交叉;又如第四章在谈文学方法和流派时,对欧洲18、19世纪的浪漫主义和批判现实主义潮流所做的介绍,重点似乎已偏离了"论"而倾向于"史",与全书体例显得不够协调;再如第九章关于文学作为审美意识形态的特有功能的论述,也感到有些浮泛,理论上显得比较薄弱,所以趁着此次再版的机会,我又对之作了一次修订,务求使全书结构更为严密,分工更为合理,思路更加顺畅,论述更加透辟,表达更加准确,同时也订正了一些文字上的错误。但完美是没有止境的,这也只是与第二版比较而言。

本书初版是在讲稿的基础整理成书的,比较贴近本科生的接受水平,文字也比较简洁、明快,不少同志读后都认为是最适合做教材的。从1988年开始,我就没有给本科生上课了,本科生的印象早已在我观念中淡出,每次修订,所考虑的只是如何把道理说得充分、透彻而有说服力,很少再顾及本科生的实际水平和接受能力。以致现在看来,这本书就成了既不完全像是教材,又不像是专著而有些不伦不类的东西。说它不像专著,因为我在潜意识中还把它当作一部教材,认为教材不能完全以时代的潮流和个人的眼光来对知识加以取舍和评述,而应力求全面、兼容、客观、科学、视野开阔,并有我们自己的思想特色,符合培养我国社会主义文化建设人才的现实需求。所以凡是在历史上有过重大影响的,即使已不为潮流所推崇甚至冷落的理论和观点,也应给予一定的地位而予以客观的介绍和评述。因为历史证明一时被冷落的东西不见得就已经完全丧失了它的价值,在一定的条件下,它还会重放光辉。因此,我们应该让学生有所了解,让他们自己在实践中去进行辨别,唯此才能培养他们独立的反思精神和批判能力,而不至于成为随波逐流的盲信者。说它不像是教材,就是容量过大,内容较深,不仅按目前本科生的水平,就是硕士生的水平,恐怕也难以完全接受和消化。所以我建议目前以此书为教材的老师,在对本科生进行教学时不妨从第三章讲起,接下去再讲第六章和第八章,然后再回过头来讲第一章。对于目前一般的本科生来说,能讲透这四章,能对学生阅读、欣赏、正确理解和评论文学作品有所帮助,我认为已经算是基本达到教学目的了。至于部分对这门课特别有兴趣的同学,不妨将此书作为知识读物,指导他们去自学。好在本书文字还比较通俗,例证也比较丰富,即使一些"枯燥的"道理,据读者的反应读来也还是富有兴味的。

这次修订总体上虽然改动不大,但在局部方面倒是花了不少脑筋的,时间上也超过了以前两次,有些改动的章节由于文字的补充或挪动,在书稿上被改得糊涂到连我自己也往往理不出头绪来。责任编辑陈玲女士和责任技编伍智辉先生以极大的耐心——予以更改和订正,其敬业精神使我深为感动。在此谨向他们表示我衷心的感谢!

2012 年 12 月 29 日

原载《文学原理》第三次修订版

广西师范大学 2013 年 7 月

收入本文集时有修改

再评"实践存在论美学"

一

我一直以为在学术探讨上个人的认识难免会有局限,很需要通过同志式的商讨来使自己的认识得以提高和完善;并认为缺少学术争鸣是我国当前学术研究表面上虽然繁荣,而却难以深入开展、有所建树的主要原因之一,美学研究同样如此。我就是在这一思想指导下撰写《"后实践论美学"综论》(刊于《学术月刊》2011年第7期)一文的。我对于自己的观点也并非有绝对的把握,一直期待对方的回应来促使我进行再思考。所以,当有同志告诉我已从《辽宁大学学报》哲学社会科学版今年第3期上看到朱立元先生的回应文章《"实践存在论美学"不是"后实践论美学"》,我就很高兴地去图书馆粗粗地拜读了一遍。但由于所得的印象是在这篇文章中朱立元先生主要是为自己的观点辩护,并根据自己的推想假设一些问题,如认为我把"实践"仅仅理解为"物质生产劳动","存在论"只是海德格尔的"专利",以及我对海德格尔的"畏"、"烦"、"沉沦"等术语"可能"会有的理解,来对我进行批评,没有完全抓住彼此认识分歧的实质性的问题来作进一步的分析和论证。尽管《辽宁大学学报》在发表朱立元先生文章时文前加了一个极具倾向的"编者按",但我相信对这个问题真正有兴趣的读者定会对照我的文章作出自己的判断的,所以一直没有想作回应的打算。直到最近从中国人民大学报刊复印资料《美学》第9期把这篇争鸣文章连同辽大学报的"编者按"以显赫的头条位置予以转载,像是对双方意见的是非问题作出了裁决的样子,这才让我觉得再不对自己的意见作进一步的申述是达不到我所期望的开展学术争鸣的目的了,所以很有必要把自己的观点再具体展开一下,以期大家能真正针对我的实际思想来开展批评。

朱立元先生在反批评文章中最关键的部分是援引了我以下一段对"实践存在论美学"的评论而发的:

> ……把它(按:指实践)与"存在论哲学"中的"存在"概念混淆在一起,认为"在马克思的学说中,实践概念与存在概念一种本体论上的共属性和同一性,两者揭示和陈述着同一本体领域",它们的"根本取向","都是走向现实的人生和实际生活","马克思的历史唯物主义,或者说实践的唯物主义,就是以存在论意义上的社会存在为基础的"。从而试图把马克思的"实践论"与海德格尔的"存在论"融合在一起。这恐怕只能是朵不结果的花。

其实这段引文并不完整,文前还有一段作为这一结论的理论依据的重要的分析被拆开了,现补充如下:

> "实践"这一概念在我看来,从最宽泛的意义上说就是指与"知"(认识)相对的"行",它的含义十分丰富,有的从伦理学的观点,有的从认识论的观点,也有的从存在论的观点对之作过种种不同的解释。与这些解释不同,马克思则是从历史唯物主义的观点,把实践理解为感性物质活动首先是生产劳动,认为这是人类社会得以存在和发展的现实基础,并强调必须"从物质实践出发来解释观念的东西"。"实践论美学"就是按照这一思想原则来研究美学的。但"实践存在论美学"似乎并没有理解从历史唯物主义视角理解实践对于建立马克思主义美学思想体系的特殊意义,认为这等于"把人的其他各种活动完全排除于外",是"对马克思关于实践的看法的严重误解",从而以亚里士多德的伦理学和康德哲学思想为例,来证明"从西方的思想背景来看,实践从来就不是单纯指物质生产劳动,而且主要不是指生产劳动"。这就抽去了物质生产活动在马克思的"社会存在"学说中的基础地位。

紧接其后,才是朱立元先生所援引的作为对我反批评的根据的那段文字。在摘引了那段文字之后,朱先生写道:

> 不难看出,这段话的因果关系也是完全站不住的。从元骧先生所引笔者关于马克思的实践观与其存在论的一致关系的论述中,怎么能

又一次跳跃式地推出笔者"试图把马克思的'实践论'与海德格尔的'存在论'融合在一起"的结论呢？这里的问题,一是错误地把存在论看成海德格尔的专利,好像除了海德格尔以外,他以前就没有存在论了,这是根本不符合西方哲学史的实际的;二是完全无视甚至抹杀客观存在着的、马克思与实践观紧密结合的存在论思想,这个思想在《巴黎手稿》中有直接的表述,而且贯穿于马克思后期的主要著作(包括《资本论》)。……很清楚,马克思的"存在论"思想一开始就与其"实践观"紧紧地结合在一起。

这样理解我的批评是有些情绪化,而不够客观冷静、实事求是的。我自问我的治学态度还算是严谨的,绝不会断章取义去编织对方所没有的思想来开展批评,更不会凭着自己的主观臆测把别人所没有的东西强加在他们头上来贬损对方,因为这不仅是一个治学态度的问题,而且还关系到个人的学术品德的问题。所以为了明确问题的实质,我想把我在阅读"'实践存在论美学丛书'的担纲著作"朱立元先生的《走向"实践存在论美学"》过程中,为何会形成这样的论断的认识过程具体地说一说。

朱先生对"实践存在论美学"的理论阐述主要集中在该书的第五章,其中谈到在马克思的学说中,"实践"概念与"存在"概念具有本体论的共属性和同一性时认为"实践是人存在的基本方式……所谓人的存在,就是海德格尔的'此在之世',也就是'人生在世'","人生在世的基本方式就是实践","海德格尔把人和世界看成是一体的,……而不像认识论思维方式那样看成主客二分的,认为世界外在于人",并表明他论证"实践"与"存在"这两个概念"本体论的共属性和同一性",就是为了"突破主客二元对立的认识论而转移到存在论的新根基之上"①,所以在我看来这"新哲学的根基"只能是海德格尔的"存在论"。这在逻辑上似乎并没有什么不能成立之处,我认为正是这种理论上的混淆,才导致在一系列具体论述中与"实践论美学"的精神分道扬镳,而与"后实践论美学"趋向一致。

我认为"实践论美学"的最主要的贡献就在于把历史唯物主义的实践观引入美学研究,改变了传统美学研究的思维方式:既不完全以物的自然属

_____

① 朱立元:《走向"实践存在论美学"》,苏州大学出版社 2008 年版,第 279—280 页。

性,也不是仅从人的主观情感方面来寻找美的根源,而是从社会历史的角度来说明美就其本质来说乃是在人类实践活动中,首先是物质生产劳动过程中所形成的物与人之间的一种关系属性。基于这一认识,我在原则上同意朱立元先生的"审美生成论"的同时,又感到他没有分清社会的、历史的"生成"和个人的、心理的"生成"之间的区别,而往往把两者混淆,以个人的、心理的关系来排除社会的、历史的关系。如他认为:

> ……关于审美现象的生成性的理解。实践美学主张美与美感是在人类漫长的实践中生成出来的,人类实践发生之前,没有美与美感的存在。这一点我们完全赞同。但是,实践美学所说的生成仅限指人类总体的历史生成。如果只承认这种生成,便有可能给现成论留下地盘。实践存在论美学则不同。它所理解的审美现象的生成,除了人类总体的历史的维度,还有感性个体的当下维度。这也就是说,在实践存在论美学看来,美与美感不仅是在人类总体的实践中历史地生成出来的,而且是在感性个体生存实践中当下生成的。对于人类总体来说,离开历史实践就不会有美与美感的发生;对于感性个体来说,离开他的生存实践就不会有审美现象的出现。美与美感的终极处没有任何现成性可言……①

我认为这分析不是周密的,它不仅没有说清两者的关系,并认为承认"人类总体生成""便有可能给现成论留下地盘",这岂不是有意无意地把"生成"看作只是"在感性个体生存实践中当下生成"而把"人类总体实践"过程中所形成的审美关系排除在外? 这显然是由于朱先生没有看到在马克思主义哲学中,认识与实践的相互作用、互为前提的关系,以反对主客二分为理由,把两者对立起来所得出的结论。而以我之见,在这两种生成之间,人类总体的实践对于审美关系的形成,相对于个人审美活动中所发生的主客体之间的审美关系而言,不论从历史的还是逻辑的来看都是先在的。虽然对于审美关系的这种社会历史的研究不可能直接解释具体的审美现象,但却是使美学研究走上科学的道路所不可缺少的理论前提。它向我们表明,正如只有具有审美感官的人才能成为审美主体那样,也只有在人类总体实践

---

① 朱立元:《走向"实践存在论美学"》,苏州大学出版社 2008 年版,第 324—325 页。

中被"人化"的自然才有可能成为审美对象，它对于个人的审美活动来说总是客观地存在着的。唯有客观世界中存在着由于自然被"人化"所形成的美的对象，才会有个人的审美感知和审美体验的发生。这就决定了我们考察个体的审美活动的时候不可能完全否定和排斥认识的成分，否则，就等于否定了美的客观性和社会性，审美判断也就没有客观标准和普遍有效性可言了。

当然，审美不同于认识，它是一种情感活动。情感是客观事物能否满足人的主观需要所生的态度和体验，它不属于事实意识而是一种价值意识，所以它不仅受着主体兴趣、爱好、文化教养等稳定因素所支配，而且还往往受心境、情绪、联想等偶然的、不稳定的因素的调节。因此在具体审美活动中，呈现在人们意识中的并不都是客观事物的物象，而往往是它在人们心目中所生的主观意象。这就使得审美客体在人们的意识中会出现种种的变异，不仅同一审美对象在不同审美主体那里会有不同的态度和评判，即使是同一审美主体在不同的条件和环境中，所生的感受和体验也往往并不完全相同，它不像认识的成果那样可以彼此互证。所以，不充分揭示审美作为情感活动的这一特征，对于具体的审美现象就无法作出有说服力的解释。但如果把这些现象无限夸大，认为要是承认美是在人类总体实践中历史生成的，就"有可能给现成论留下地盘"，而把审美客体看作都是在个人审美过程中当下、即时生成的，甚至认为没有欣赏也就没有美的存在，这岂不把美看作纯粹是个体审美经验的产物，而完全否定了审美对象的客观社会性和相对独立性？所以我认为若要真正认识"实践论美学"对于美学研究的历史功绩并在此基础上加以发展，就不能仅仅在原则上承认"美与美感是在人类漫长的实践中生成出来的，人类实践发生之前，没有美与美感的存在"，而更要把这一认识落实到"感性个体当下的维度"中，把历史地形成的宏观的、社会的审美关系，与个人具体审美活动中所形成的微观的、心理的审美关系这两者有机地统一起来。

但这不仅被朱立元先生不应有地忽视了，而且在分析具体审美活动时，往往自觉不自觉地把两者分割开来，甚至对立起来，以超越主客二分的认识论的美学观为理由，强调审美判断的个体的、心理的特征来否定美的客观社会性和相对独立性。并试图从海德格尔那里去寻到自己理论的支点，认为

"他的开端即是结果的思路,为我们指出了一个思想的新境界和存在的本然状态——'在之中'一切都是活泼泼的,万物浑然一体、相辅相成,总是处在一种生机勃勃的涌动之中;没有僵化的体系,也没有现成化的方法,万事万物总处在一种缘发状态和当下生成之中,处在永不停息的运动之中"①。如果按这一思想来解释个体的审美活动,那就必然会导致以审美经验论、审美心理学来否定审美的哲学和美的本体论,也就等于说审美完全是在个体的意识活动中生成的,审美活动是不需要有任何前提条件的,这不就等于完全中断了使两者达成统一的通路,把美看作只不过是审美判断的派生物? 这正是"后实践论美学"理论的基本特征。虽然两者的思想出发点不同,就"实践存在论美学"的主观意图来说,还是想在马克思主义的实践论的基础上把美学推向前进的,但由于把实践与认识、社会历史的观点与个体心理的观点分割开来,其结果也就走上了殊途同归的道路。因此我把"后实践论美学"加以扩容,把"实践存在论关系"也包括在内。这一归纳使朱立元先生深感委屈、难以接受,我完全可以放弃,因为我觉得我们看待问题主要应该着眼于实质而不必过多地周旋于冠名。

以上我所谈的只是在审美判断这一具体问题上我与朱立元先生认识上的一些差别;如果从深层次原因来看,更涉及"物质生产劳动"是否是马克思主义哲学中"实践"的基本内涵以及海德格尔的"此在"是否是"社会的人"的不同理解。亦即前文所引朱立元先生认为我的两大"错误"。为了使讨论深入开展,我觉得就有必要进一步地来谈谈我对这两个问题的认识。

二

先从在马克思主义哲学中,"实践"能否解释为"此在之世"以及"物质生产劳动"是否是历史唯物主义中"实践"的基本内涵说起。

我在《"后实践论美学"综论》中曾明确地谈到"实践"这一概念的内容非常丰富,从最根本、"最宽泛的意义上来说就是指与'知'(认识)相对的

---

① 朱立元:《走向"实践存在论美学"》,苏州大学出版社 2008 年版,第 299 页。

'行'"。所以我认为朱立元先生在文中引用毛泽东《实践论》中关于"实践"的论述:"人的社会实践,不限于生产活动一种形式,还有多种其他形式,阶级斗争、政治斗争,科学和艺术的活动,总之社会实际生活的一切领域都是社会的人参加的",而表明"实践是大于物质生产劳动的",这与我的理解并没有什么矛盾;我更没有说过朱立元先生认为"实践的概念大于生产劳动的概念"是"对马克思关于实践的看法的严重误解"。这话是朱立元先生自己针对李泽厚把实践理解为物质生产劳动而认为"把人的其他各种活动完全排除在外"时所说的。从他反批评的文章的意思来看,实际上是借之来批评我"同李泽厚一样把物质生产劳动作为实践的唯一含义"的;而现在反过来竟把它转嫁到我头上,变为我批评他的话,这是不是显得太随意了? 那么,我们到底应该怎样理解历史唯物主义哲学中"实践"观的特定内涵? 这里不妨从"实践"这一概念在西方哲学史上的历史演变说起。

在西方哲学史上,"实践"这一概念最早出现在亚里士多德的著作中,他按人的心理结构是由理智、意志、情感构成的观念,把实践理解为意志的活动。意志是确立目的,凭借一定手段来改造对象,在对象世界中实现目的的活动。所以它与认识相对,如果说,认识把人与世界二分,使人从原本与自然浑然一体的状态中解放出来,把自然界作为人的意识和意志的对象,而使客观对象转化为人的主观意识;那么实践则把人们在认识过程中通过评判、选择所确立的目的,化为自己活动的动机,以求通过自己的活动使目的在对象世界得以实现,使主观意识与客观对象重归统一。所以我认为它与认识不是完全对立,而是互相转化、互为前提的,它既是认识活动的基础,又以认识过程中所形成的目的为指引。所以马克思在谈到建筑师的活动不同于蜜蜂时说"他不仅使自然物发生形式变化,同时他还在自然物中实践自己的目的,这个目的是他所知道的,是作为规律决定着他活动的方式和方法的,他必须使他的意志服从这个目的"①。这决定了实践活动总是包含着内部和外部两个环节,凡是不以认识为前提的无目的、非理性的盲目的冲动,或不求通过改造对象,在对象世界实现自己目的的纯意识的活动,都不能算作真正意义上的实践活动。有些哲学家不承认实践是一种感性物质活动,如王阳

① 马克思:《资本论》,《马克思恩格斯全集》第 23 卷,人民出版社 1972 年版,第 202 页。

明认为"一念发动处便是行",黑格尔认为理念的自我运动即创造世界,以及卢卡奇早年所认为的"正确的意识就意味着对它自己对象的改变"等,都只能说是一种唯心主义的实践观,而非对"实践"的完整而准确的理解。"实践存在论美学"在"实践的概念大于生产劳动的概念"的名下,把审美这种"观照"活动也直接看作是一种"实践",甚至是"一种基本的人生实践"①,我觉得似乎与这些观点有些相似。

由于实践的内容非常广泛,它涉及本体论、认识论、价值论、伦理学、人学,甚至是工艺学等诸多领域,像亚里士多德、康德、黑格尔、费尔巴哈、卢卡奇等在他们的哲学著作中都讨论过"实践"的问题。但是在传统的西方哲学中,主要似乎从个人的道德行为方面来理解,如亚里士多德的《尼各马可伦理学》、康德的《实践理性批判》等都是这样。而马克思主义哲学中的"实践"的内涵则与上述的理解不同,在我看来主要是指人类的总体实践且特别是指物质生产劳动而言。这是由于历史唯物主义是探究人类社会发展客观规律的学问,它从对人类社会结构的深入分析中发现,人们"为了生活,首先就需要衣、食、住以及其他东西。因此第一个历史活动就是生产满足这些需要的资料,即生产物质生活本身"②,这是"不以一切社会形式为转移的人类生存的条件"③,也是人类社会发展和变革的最根本的动因,是世界从自然向社会生成的中介,并在这一基础上来理解和解释人类精神和文化活动的种种现象。所以,卢卡奇认为"在作为社会的价值范畴中立刻展示出社会存在的根本基础,即劳动"④,朱立元先生认为"实践论美学","强调实践是物质生产劳动"的基础地位是"对马克思关于实践看法的严重误解";认为"从西方的思想背景业看,实践从来就不是单纯指物质生产劳动,而且主要不是指物质生产劳动";并认为"马克思对于实践概念的理解来自西方传统思想理论,特别是继承、改造了康德以降的德国古典哲学的实践观"而来的⑤。这虽然都是事实,但他却不应有地忽视了在德国古典哲学中,尽管康德、黑格尔、费尔

---

① 朱立元:《走向"实践存在论美学"》,苏州大学出版社 2008 年版,第 280—281 页。

② 马克思、恩格斯:《德意志意识形态》,《马克思恩格斯选集》第 1 卷,人民出版社 1972 年版,第 32 页。

③ 马克思:《资本论》,《马克思恩格斯全集》第 23 卷,人民出版社 1972 年版,第 56 页。

④ 卢卡奇:《关于社会存在本体论》上卷,重庆出版社 1993 年版,第 671 页。

⑤ 朱立元:《走向"实践存在论美学"》,苏州大学出版社 2008 年版,第 281—282 页。

巴哈等都谈论"实践",但它们的具体含义却完全不同——康德指的是人的指令性的道德行为,黑格尔指的是理念的自我创造运动,而费尔巴哈所指的则是应对日常事务的操作性的行为,被马克思称之为"卑污的犹太人活动的表现形式",而且在具体分析中只谈到亚里士多德和康德,而只字不提黑格尔,给人的印象"实践"的内涵似乎只是伦理学的,只限于个人的道德行为,马克思的实践观似乎主要是从亚里士多德和康德那里继承而来的。这我认为与事实是大有出入的。而实际上在我看来,马克思的"实践"的思想渊源主要是来自黑格尔。黑格尔认为世界是由理念的自我运动产生的,黑格尔的"理念"实际上人的意识的外化,所以如果把它颠倒过来,也就是说世界是由人的活动所创造的。所以马克思在谈到黑格尔的"意识"和"自我意识"时认为,它"作为推动原则和创造原则的否定辩证法的伟大之处首先在于,黑格尔把人的自我产生看作一个过程,把对象化看作非对象化,看作外化和这种外化的扬弃;因而他抓住了劳动的本质,把对象性的人、现实的因而是真正的人理解为他自己劳动的结果"。"劳动是人在外化范围内或者作为外化的人的自为的生成"。但是由于"黑格尔唯一知道并承认的劳动是抽象的精神劳动",所以他把以往"其他哲学家做过的事情——把自然界和人类生活的各个环节看作自我意识的以至抽象的自我意识的环节"[1],这样就使得他的哲学走向唯心主义。因而马克思在吸取黑格尔的"劳动"学说的精华时,又把它重新颠倒过来,变"抽象的精神劳动"为"物质生产劳动",为他所创造的历史唯物主义提供科学的理论基础,赋予"实践"这个概念在历史唯物主义视域中所特有的内涵,并以此作为解释人类社会、历史、文化现象的最终根源。正是出于"在马克思那里,劳动到处都处于中心范畴,在劳动中所有其他规定都已经概括地表现出来"的这一认识,卢卡奇认为"人的存在的生产和再生产相对于其他功能的优先地位也是本体论上的"[2],是人类社会得以存在和发展的基础,所以他把马克思的存在论称之为"社会存在本体论"。这我认为就是"实践论美学"把"实践"理解为主要是"物质生产劳动"的理论依据,否定了这一点,"实践论美学"的基础也就完全塌陷了。

---

① 马克思:《1844年经济学哲学手稿》,人民出版社1985年版,第120—121页。
② 卢卡奇:《关于社会存在本体论》上卷,重庆出版社1993年版,第642、665页。

　　在美学上,我之所以一直坚持"实践论美学"的立场,是由于它解决了曾经在我头脑中存在的这样一个困惑:从审美文化史上来看,为什么我们今天许多为之倾倒的被视为美的事物,如山水花鸟等,在上古人甚至中古人那里都并不以为是美的?反映在绘画史上,在我国隋代以前,还未曾出现过以山水花鸟为题材的绘画,像在顾恺之的《洛神赋图》、南朝砖画《七贤荣启期》中,山水林木还只是作为人物的背景和陪衬出现,直到隋代画家展子虔的《游春图》中,山水才独立地成为绘画的题材,在它之后,山水画才广泛流行起来。而花鸟画的流行则更迟,还要到五代以后。至于在欧洲绘画史上,风景作为题材一般还认为是从 17 世纪荷兰风景画派开始。这说明在此之前山水风景还没有独立地成为人们的审美对象。为什么出现这种情况?原因可能比较复杂(如在欧洲,自然长期以来被神秘的宗教观念所笼罩,让人感到神秘而恐惧),但我认为从根本上可以按"实践论美学"的观点找到有效的回答:正是由于物质生产劳动改变了人与自然的关系:从客观对象方面来看,使自然得以"人化",与人的关系从"自在的"变为"为我的",对立的变为和谐的,疏远的变为亲密的;从主观条件方面来看,使人的感官从"自然的感官"变为"人化的感官",亦即文化的、具有审美能力的感官,使得人们看待自然从原来单纯地实用的、功利的态度而变为超功利的、观赏的态度。这样,才会有审美关系的发生。这就改变了以往美学研究中较为流行的两种观念和方法:或是把美看作纯粹是一种自然属性,像自古希腊直到近代的许多美学著作那样,仅就比例、对称、均衡、变化统一等物理事实方面来进行考察;或是认为美是由人的主观情感所赋予的,像现代不少美学著作那样,从移情、距离、表现等个人心理活动方面来寻找答案所造成的解释上的种种困难,把美看作是人类社会实践特别是生产劳动过程中所形成的一种文化现象,一种事物对于人的价值属性;同时也表明这种价值是一种客观的、社会的价值,而非只是主观的、个人的价值。所以对于"审美关系",我认为首先应该是指客观的、社会的关系,而非主观的、心理关系,首先应该从美的哲学、美的本体论意义上去理解,而非从审美经验论、审美现象学、审美心理学的意义上去理解。尽管在平时的审美活动中,我们与对象之间所直接发生和建立的都只能是个体的、心理的关系,但是应该看到在个人的审美意识深处,无不潜伏和折射着深刻的历史文化的内涵,也就是说,唯有人类在长期社会实践中与对象之间建立了一种历史的文化的审美关系,才可能会有个体心理的意义上的审美关系的发生。唯此,我们在研究审美活动时才能确保审美判断的客观社会性和普遍有效性,而避免迷失于个人感觉,走向主观主义和相对主义,我们对美学问题的阐释才会有历史的深度和理论的深度。

但是这一点似乎并没有在"实践存在论美学"中得到体现,它不仅以"有可能给现成论留下地盘"为理由,对个人审美活动之外历史地形成的相对独立的审美客体的存在作抽象的肯定而具体的否定,否定审美关系作为一种主客体的关系所包含的固有的认识的成分,把情感判断与认识判断对立起来,以前者来否定后者;认为否则就是"先在地把'美'设定为一个客观的实体"等于回到"传统主客二分的认识论美学的……怪圈之中"①,而按海德格尔的"存在"的理论来加以解释,认为"海德格尔把人和世界看成是一体的,不像认识论思维方式那样把人和世界看成是主客二分,认为世界外在于人","这样,我们虽然仍然以实践作为美学研究的核心范畴,却已突破主客二分对立的认识论,转移到了存在论的新哲学根基上了"②。与上文联系起来,这里所谈的"新哲学根基"的"存在论",以我的理解只能是指海德格尔的"存在论"。我认为作为海德格尔的"存在"即"此在在世",是个人的生存活动,他所说的"此在"主要是个体的、心理的人;这不仅与马克思的参与物质生产劳动的人类总体的"人"完全不同,而且与他所说的处于实际生存活动中的由社会造成的"社会性的个人"也不完全相同。所以要把它与马克思的以人类总体实践为内容的"实践论"以及在此基础上所建立的"社会存在"的理论加以融合,是很难有什么结果的。

三

这就关涉到我们所要探讨的第二个问题,即"此在"是否是个体、心理的人,"与人共在"能否理解为人的社会性?

---

① 朱立元:《走向"实践存在论美学"》,苏州大学出版社 2008 年版,第 303 页。
② 朱立元:《走向"实践存在论美学"》,苏州大学出版社 2008 年版,第 280 页。

　　"存在论"这概念由古希腊埃利亚学派哲学家克塞诺芬尼和巴门尼德所首创,并为后世许多哲学家所继承。这里"存在"按一般的理解就是指与"无"相对的"有",即实际存在着的东西,包括物质的和精神的两方面。但在19世纪以前,一般是按静态的观点把它理解为一种"实体";而到了19世纪中叶,在现代物理学和生物进化论等思想的影响和启示下,对于"存在"理解的思维方式也从静态的转向动态的,把"存在"看作是一个生成的过程。我在《"后实践论美学"综论》第一节里就对此作过具体的论述。在这一点上,我与朱立元先生的认识是没有什么分歧的,也完全赞同他说的"存在论不是海德格尔的专利","马克思的'存在论'思想一开始就与其'实践观'紧紧地结合地在一起的"观点。但我认为马克思所说的"存在",是建立在以物质生产劳动为核心内容的"实践"的基础上,亦即卢卡奇所说的是"社会存在",是人类总体实践的产物;它本质上不同于海德格尔所指的个人存在,即"此在在世",这种"存在论"实际上是一种个人的生存论,从某种意义上说,这也是"存在主义"哲学共同的思想特征。所以我认为海德格尔的"此在"是个体的、心理的人,是与社会处于对立地位的。朱立元先生认为我这理解是"武断"的,是由于我对海德格尔的"误读"所致;他认为"海德格尔的'此在'不仅是个体的人,同时也与他人共同存在即'共在',也即我们所说的社会性的存在"。"海德格尔是将'共存'即社会性作为个体'此在'的本质规定,作为他'此在在世'的存在论核心命题中不可缺少的一个环节",以此来说明"此在"乃是社会性的个人。我觉得这理解是需要进一步研究的。

　　其实,认为海德格尔的"此在"是个体的人的观点早已普遍存在,而非我的发现。如巴雷特谈到,在西方"对海德格尔式的人最常见的批评是,这个人是孤独的不是集体的人,他的真实存在是在他认同自己而不是同他人的关系上确定的。提出批评的有雅斯贝尔斯、布伯、别尔加也夫、马萨尔一类的存在主义者,萨特也以略为不同的形式提出过[1]。在国内,多数学者也认为"海德格尔否定人的社会性,认为社会关系使人丧失个性"[2]。但我之所以认为海德格尔的"此在"是个体的心理的人,也并不是盲目听从、人云亦云;

----

① 巴雷特:《非理性的人》,商务印书馆1995年版,第232页。
② 袁贵仁主编:《对人的哲学理解》,河南人民出版社1994年版,第346页。

而只是认为要真正把"社会性"视作对人的本质规定，仅仅从外部关系、从"在世界中存在"、"与他人共在"等来表述是不足以说明的，还应该从外部关系对于人的内在本质所起的作用和影响，即"社会本身生产作为人的人"①方面去理解。因为我认为我们通常所说的"社会性"不仅不同于"自然性"，而且也不同于"集群性"，它是在人进入社会以后，有了社会意识与自我意识，即意识到了个人与社会的关系之后才获得的一种本质属性。它不是先天具有而是在社会生活中生成的，因为社会"是人们交互活动的产物"②，正是在人们交往活动的过程中，使得历史积淀而来的文化有可能转移到个人的身上，而使人超越自然个体得以社会化而赋予人以社会的属性。我觉得这理解与海德格尔仅仅从外部着眼的"共同此在"是完全不同的。

　　海德格尔的著作晦涩难解，我对海德格尔更没有作过专门研究，对他的思想不敢说就有了准确而透彻的了解；但既然涉及了这个问题，也不妨顺便谈谈我的一点肤浅的认识。海德格尔深受胡塞尔的现象学哲学的影响，他反对从观念出发，而认为应该从"此在在世"，亦即人的生存状态出发来研究人：认为人的生存境遇是不确定的，没有预先规定而一切都有可能，它需要人们自己去选择和筹划。而现在"上帝死了"，人的存在已失去了精神上的支撑和依靠，这样就把人带到茫然失所、惶惑不安的生存的境遇和危机之中。这种情绪状态就是他所说的"畏"，所以他说"畏所为而畏的东西把自身暴露为畏对之生畏的东西：在世"，展开了我们茫然失所的实情。它使人为了逃避痛苦从大多数人的反应中寻求归宿。他把这种状态称之为"跌落"，认为"跌落"这种运动不断把"此在"从本真性拽开，"跌落到非本真地存在于常人之中的无根基状态中去"，"这样的不断从本真性拽开而总是假充本真性，与拽入常人的境界合在一起"，从而以欺骗的方式满足于虚假的存在而走向"沉沦"，而"沉沦于'世界'就意指混迹在这种杂然共在之中"，沉沦于"常人"就是在它本身面前逃避，所以他把"诱惑、苟安、异化、自拘（拘执）"都视作为沉沦特有的存在方式，是"此在"的本真性的丧失。这就是他对人的"现身状态"的一种理解。这表明他的"与人共在"不仅与马克思所说的处在

---

①　马克思：《1844 年经济学哲学手稿》，人民出版社 1985 年版，第 120—121、78 页。

②　马克思：《致巴·瓦·安年柯夫》，《马克思恩格斯选集》第 4 卷，人民出版社 1972 年版，第 320 页。

一定历史条件和社会关系中的作为"社会关系的总和"的人不同,而且认为这种"与人共在"的方式使人"从本真性拽开","这种在其日常存在方式(即'共同此在')中的存在机制其本身就是那个在最初错失自身和遮蔽自身的东西"①。这里不仅丝毫看不出他以"社会性作为个体'此在'的本质规定"的意思。出于这一认识,我认为海德格尔的"此在"是个体的,是与他人处于对立状态的人,是与我们通常所理解的社会性的人是没有共同之点的。所以对于朱立元先生以"沉沦说到底是此在在世、在社会中与他人'共在'的存在方式"为理由来说明海德格尔的"与人共在"即社会性,按我目前的认识水平来说是难以认同的。

那么,海德格尔的人是否是心理的人?心理是心理学研究的对象,心理学有不同的派别,除了实验心理学、经验心理学之外,至少还有哲学心理学。像以维戈茨基、鲁宾斯坦、列昂节夫为代表的苏联心理学研究中的"文化历史学派"在我看来就是一种哲学心理学。它与实验心理学和经验心理学的不同,就在于不是把人看作原子式的个人,对人的心理现象和心理活动仅作孤立的经验的分析和实证的描述,而是把它当作一种社会文化现象提到哲学高度来进行研究。海德格尔虽然从人的现身的情绪状态出发来研究人,但他认为以往的心理学由于其实证的倾向"都不曾为我们自己所是的这种存在者的存在方式问题提供出意义明确的、在存在论上加以充分论证的答案"②。这说明他所着眼的人的心理现象的研究也不是经验的而是哲学的。尽管他与苏联文化历史学派在思想观念和思维方式上完全不同,后者是以"活动"为依据来解释人的心理现象,而他则是从心理现象出发来研究人的生存状态,但至少也可以说是一条值得试探的研究人的道路。问题在于他从对"此在的现身情态""畏"的分析入手进入到对人的生存问题的哲学思考时,就像克尔凯郭尔按照基督教的"原罪"说来解释那样,把"畏"的心理发生的根源完全看作是先天的。他把"此在"看作是女神"烦"(德文 Sorge,一译"操心")的作品,是女神"烦"用胶泥所造,"'烦'最先造出了这个玩意儿,那么,只要他活着,'烦'就可以占有他"。所以"烦"不仅成了"一种生存论的基

---

① 海德格尔:《存在与时间》,生活・读书・新知三联书店 1987 年版,第 213、218、223—230、381、160 页。

② 海德格尔:《存在与时间》,生活・读书・新知三联书店 1987 年版,第 62 页。

本现象"而且也是"畏"的根源，"只要这一存在者'在世'，它就离不开这一源头，而是由这一源头保持、确定和始终统治着的"。这决定了"烦作为源始的结构整体性在生存论上先天地处于此在的任何实际'行为'与'状况''之前'，也就是说，总已经处于其中了。因此这一现象绝非表达'实践'行为先于理论行为的优先地位。"①尽管海德格尔对于人的现身情态的分析也确实反映了当今资本主义社会人的一种现实的处境，但是他割断了人的心理与现实的联系，不是从现实社会中去寻找原因，而认为是人与生俱来、先天具有的。这就是我认为他的"人"不仅是个体的，而且是心理的而绝非社会的人的理由。由于我的《"后实践论美学"综论》一文涉及四家的观点，限于篇幅，对于这个问题的论述未曾展开，也未曾提到"畏"、"沉沦"、"烦"（亦即"操心"）等问题。朱立元先生在文中说"导致元骧先生把海德格尔存在论思想中的'人'等同于不但'个体的'而且'心理的'人"，"可能由于元骧先生对海德格尔存在论思想的一些关键述语，如'沉沦'、'操心'、'畏'、'烦'等术语理解偏差"，而把根据他的主观揣测所作的阐释当作是我的理解来进行批评。由于他的这些猜想并非我的实际思想，我就在此予以谢绝而不敢据为己有了。我不敢说我这里对这些术语的理解都准确无误，但对于朱立元先生以"海德格尔是将'共在'即将社会性作为'此在'的本质规定"，而认为海德格尔的"此在"是社会性的人为理由来批评我把"此在"视为心理的人，这理论前提是否能够成立，我觉得还是可以讨论的。

　　按我的认识，在对于人、对于"人的生存活动"的理解上，不论从思想观念还是思维方式来说，海德格尔与马克思都是不同的。要想把这两种完全不同甚至对立的"存在"理论直接加以融合几乎是不大可能的。若是再将马克思的建立在人类总体实践基础上的"社会存在本体论""转移到了（海德格尔的）存在论的新哲学的根基上去"，那么，其结果必然会抛弃历史唯物主义的实践观在美学研究中的指导地位，而对于审美关系的理解就必然会导致以个体的、心理的关系来否定社会的、历史的关系，以美的主观价值来否定客观价值，以审美心理学来否定美的哲学，以美感论来否定美的本质论，这就有意无意地与"后实践论美学"走到一起了。

---

① 　海德格尔：《存在与时间》，生活·读书·新知三联书店1987年版，第231—242页。

　　我深感学术研究工作的艰难,在个人思考的过程中难免会出现种种偏差和失误,很需要学界同仁本着务实求真的精神来共同探讨,把我国的学术研究包括美学研究推向前进。从中西学术思想史来看,凡是学术上大发展、大繁荣的时代,都是百花齐放、百家争鸣,思想空前活跃的时代。我们今天要发展我国的社会主义学术和文化,同样也需有这种学术争鸣的风气,这就需要每个有社会责任心和使命感的学者的共同努力,这也是我们所应该怀有的对学术的虔敬之心的表现。所以我认为真正的学术商讨就应该排除一切私心杂念,本着对学术尊重和负责的态度进行。我之所以花时间去认真阅读对方的著作,并提出我的意见来进行商讨,这本身就表明我对这些学术成果的尊重;要是我感到完全没有价值,就不会在这上头花费力气了。看了朱立元先生的反批评之后,我也对自己的文章的观点和批评的方式作了反思,但迄今还是感到都是对对方观点所作的具体分析和纯属学理的研讨,也没有给对方下过什么武断的结论,所感遗憾的只是个别用语上还尚欠斟酌。但是由于我对有些问题的论述未能充分展开,导致朱立元先生产生种种误解和曲解,所以本着对学术负责的态度,再撰文把问题说得透彻一些。我并不认为自己真理在握,很愿意能继续得到大家的批评、指正,只是希望在批评时尽量做到实事求是,针对我的实际思想发言。

2012 年 11 月中旬初稿

2013 年 1 月上旬修改

原载《中山大学学报》2013 年第 3 期

审美教育与人格塑造

一

教育是培养人的工作,它包括家庭教育、学校教育、社会教育三个方面。自人类进入社会以后,为了造就适应社会需要的人,就开始有了教育,它的内容可以分为"心育"和"体育"两个部分。这两者也不是截然分割的,因为事实如同洛克在《教育漫话》中所说的,"健康的精神只能是寓于健全的身体",要是一个人孱弱多病,一般说来他的精神也不可能是健康的。

但不论怎样,这两者毕竟有所侧重。如果说体育是为了增强体魄,那么心育则是为了塑造人格。而人的心理结构是由知(理智)、意(意志)、情(情感)三个部分组成的,所以就"心育"而言,也应该涵盖知育、德育、美育,即知识教育、道德教育和情感教育三个方面,唯此才能使人的心灵得到全面而协调的发展,使人能为"整全的人"。

美育的重要性就在于它是情感的教育。情感原是人最本能的心理现象,因为人活着总是有所追求的,所以亚里士多德在《论灵魂》中又称之为情欲,认为情欲必有所追求和回避,"心灵不能在无情欲的情境下产生活动,它是人的活动的最深刻的内在动力"①。但由于它最初源于个人的"肉体感受性",必然带有某种自私性和粗野性,这样在情欲中就分不清人与动物的区别了。而人之所以不同于动物就在于他有意识和自我意识,意识到自己是作为一个社会的人而存在的,这就要求把本能性的情欲纳入到理性的规范

---

① 亚里士多德:《论灵魂》,《亚里士多德全集》第 3 卷,中国人民大学出版社 1992 年版,第 87 页。

之下,而使之上升为社会性的情感。人的社会化从某种意义上说最根本的也就是情感的社会化。这样情感的高尚与卑下也就成了衡量一个人的人格高低的最根本的标志,从一个人平时所表现出来的生活情趣、兴趣爱好中,往往最能真实反映他的思想和人格。对于一个人来说,只有美好的情感才会使他的心理健全、人格高尚;人格的畸形归根到底就在于情感的扭曲。所以自古以来,许多思想家都非常重视情感的教育,提出要"以礼节情"、"以理导情",即以理智和礼仪来控制情感、规范情感。但由于情感原是一种本能的心理现象,光靠理性的控制恐怕未必生效,而最有效的途径还是应该通过陶冶,即以情感来调节和疏导情感,以美好的社会性的情感来抵消自私、粗野、本能性的情感。这样就提出了审美教育的问题。由于艺术是艺术家按美的理想所创造的一个世界,所以它又是最有助于达到陶冶和提升情感而达到塑造健全和高尚的人格的目的,这决定了艺术教育在审美教育中所具有的特殊重要的地位和作用。但从我国目前教育现状来看,由于对情感教育的意义缺乏认识,因而较普遍地存在着重知育而轻德育特别是美育的倾向,这显然与我们教育的目标,即培养社会主义的"四有新人"是背道而驰的。

　　我这样说并不等于否定知识教育的重要。因为理性作为人们在感性认识的基础上所形成的对于事物所具有的正确的判断、推理的本领,以及按对事物的正确认识来处理问题的能力,它只有在一定知识的基础上才会形成,一个盲目无知的人,他的思想和行为是不可能具有理性的。

　　但是知识有两大类,即我国北宋哲学家张载说的"闻见之知"和"德性之知"。前者所承载的是人们对现实世界实际情况的认识,是通过观察实验以及别人经验的传授的渠道就能获取的,即通常我们所说的"科学理性";后者则是指做人、处世、行事的准则,是在实际生活过程中,经由个人主体的体验和领悟而确立的,即我们通常所说的"道德理性"。由于道德理性是为了指导人的道德行为的,所以康德又把它称之为"实践理性"。但是在当今我国,不仅在一般人中,甚至包括教育界,往往把"知"直接等同于"闻见之知",即科学知识,而不认识它还应包括"德性之知",即做人、处世、行事的道理。以致学校教育几乎完全沦为应试教育和职业教育,目的只是为了升学、就业,而几乎忘记了它的修身、成己,教人如何做人的目的。这样,所培养的学生就不再是具有独立人格和自由意志的整全的人了。

为什么这样说呢?

因为科学知识只不过是一种工具,只是被利用来达到一定外部目的的手段,不仅通过知识传授的途径就能掌握,而且只要是被正确地理解和掌握了的,就不会因人而异,如 $1+2=3,3\times3=9$,只要你不算错,人人所得到的答案都是一致的。这表明科学知识是外在于人的,与一个人自身的内在品性是没有直接联系的,它的目的只是为了教人学会做事。而"德性之知"就不同了,尽管人类进入文明社会,为了人与人之间相处的和谐融洽,就逐渐形成和确立了需要为全社会共同遵守的做人、处世、行事的道德标准,这些社会准则对于个人来说,虽然也是外在于他的,但却不像科学知识那样仅仅通过知识传授的途径,凭着理性说服就能让人懂得并转化为自己的实际行动。所以在做人、处世、行事方面,言行不一的现象就非常常见。这表明要掌握德性之知就离不开个人的修养功夫,只有当它经过自己的切身体验,内化为自己有血有肉的思想,与自己的灵魂融为一体,才能真正为自己所掌握,使自己真正懂得应该怎样做而不应该怎样做,并在自己的行动中得以落实。因此歌德认为"人只有在他感到欢喜和痛苦的时候,才能认识到自己;人也只有通过欢喜和苦痛,才能懂得什么应追求,什么应避免"①。这决定了真正的德性之知总是内在于人的,是经由人的切身体验获得的,是与个人的思想修养和情感生活长在一起的,它的目的是教人如何做人。

但是做事和做人这两者是不可分割的,因为事是由人来做的,所以为了做好事,首先就得先学会应该怎样做人,具体地说,首先要有正确的方向和目标,不但要道理上懂得,还要真切的领悟所做的工作的意义和价值;否则,掌握的知识虽多,不仅未必有益于社会和人类,甚至反而有可能给社会与人类造成灾害。早在两千多年前,亚里士多德就意识到这个问题,提出知识只有"以善德加以运用,意趣善良才会有所成就",如果人无德性,就会"把知识用于最坏的目的",而使人"淫凶纵肆、贪婪无度、下流而成为最肮脏、最残暴的动物"②。现在社会上所频发的高智商的犯罪就足以说明。其次,还要有敬业的精神,有兢兢业业、专心致志、坚忍不拔、锲而不舍地把工作进行到底

---

①　爱克曼:《歌德谈话录》,人民文学出版社 1978 年版,第 193 页。

②　亚里士多德:《政治学》,商务印书馆 1963 年版,第 9 页。

的决心,这就要有坚定的意志和顽强的毅力。而意志和毅力是需要情感去激发和推动的,所以马克思认为"激情、热情是人的强烈追求自己对象的本质力量"①。这表明做事不仅仅是一个实际操作的问题,一个知识应用的问题,它还关涉到一个人的意志和情感,一个人的人格践形的问题。这就是我们说的做人与做事是统一的道理。

二

　　而在教人如何做人的方面,审美教育就起着知识教育和意志教育所起不到的作用。要说明这个问题,还得需要我们从什么是"美"与"审美"说起。

　　"美"通常被人认为是赏心悦目的对象,这样,审美所要达到的目的也被看作只是为了愉悦身心。这理解虽然并非完全不对,却并不完整。因为这就分不清"审美愉悦"和"感觉快适"的区别了,以致人们往往把美误以为仅供娱乐、消遣的,甚至认为是一种让人玩物丧志、无为地消耗时间和精力的玩意儿。不认识同样是愉悦身心,审美愉悦与感觉快适是不同的。它们的区别至少有这样三个方面:

　　第一,感觉快适是建立在"肉体感受性"的基础上,是与人的自然感官直接联系生效的,一种"使主体停留在原状态的情感",凡是能满足自然感官的需要的,都会让人感到愉快,它不限于视、听两区,而且包括触、味、嗅的领域,这才不仅有"美声"、"美色",而且还有所谓"美食"、"美味"之称。由于这种情感使主体只停留在原来的状态,所以康德认为它"只是属于单纯的享乐"而"没有教养的作用"②;雅斯贝尔斯也认为它虽然使人"从强制的工作生活中解脱,但并不能推动个体的发展"③,而审美愉悦只能是由人的文化感官所生,它所带给人的如同斯多亚学派所说的是一种"理性的兴奋",它的产生虽然有一定生理的基础和生理的条件,但从根本上说是由于启迪心智、陶冶情操、开拓情怀而使人获得精神上的满足所引发的,它不仅可以悦耳、悦目,

---

　　① 马克思:《1844年哲学经济学手稿》,人民出版社1985年版,第126页。

　　② 康德:《判断力批判》上卷,商务印书馆1964年版,第107页。

　　③ 雅斯贝尔斯:《精神衰落与发展前景》,《存在与超越》,上海三联书店1988年版,第191页。

而且还能悦神、悦志。所以许多美学家都认为它只能产生于视、听两区。

第二，感觉快适是纯粹的快乐，不夹带任何让人痛苦的成分，否则就会减弱快乐的分量。如一首乐曲中夹杂着不协和的声音就会影响听觉的快适。这种由绝对和谐所生的美，从美学观点来看只是美的一种形态，即"优美"，一种狭义的美，也即是鲍桑葵所说的"差不多使人人都能感到愉快的""浅易的美"；而完整意义上的美至少还应该包括"崇高"、"滑稽"、"怪诞"，特别是"崇高"。这是一种不纯粹的美，亦即鲍桑葵所说的"艰奥的美"，它不像优美那样直接给人以和谐的、身心协调的感觉；而往往由于夹杂着错杂的、不协和的成分，会造成人们在接受过程中感觉上的困难和紧张，只有当人们对美的习俗的观念解体之后才能欣赏①。就音乐来说，如贝多芬、瓦格纳、柴可夫斯基的那些最雄壮、最激动人心的乐曲，都是由于不协和的音运用而增强其表现力的。所以它给人的审美愉悦也往往是由紧张的感觉和痛苦的体验中转化而来，这突出表现在我们欣赏悲剧的心理过程中，尽管它使人感到紧张、痛惜甚至恐惧，但在悲剧主人公的牺牲和献身精神中又使人感受到正义力量的不可战胜和体验到顽强奋斗的巨大喜悦，给予人在逆境中奋起抗争的深刻启示。所以席勒认为从悲剧人物的壮烈牺牲中可以使人"体验到道德法则的威力大获胜利，这种体验极其崇高，它带给人的是一种精神的大喜悦"②。由于这种愉快所产生的心灵振荡往往比纯粹的美感更为强烈，所以许多美学家都认为崇高感高于优美感，它更能净化和提升人的情感。

第三，感觉的快适往往是"实践"的，需要与对象直接接触甚至在实际占有中才能获得满足，如香甜的水果、馥郁的花香，都只能亲口去尝、直接去闻才能领受，因此很容易使人产生独占的欲望；而审美的愉悦则是"静观"的，只是由于事物的外观的美才引起人们的喜悦，而并不引发人实际占有的冲动。所以一幅画着水果、鲜花的绘画虽不能让人产生味觉和嗅觉的快适，而却能给人的视觉以极大的满足。这种满足不仅不像对于物质对象那样带有独占的性质，而使大家都能共享，而且这种共享不仅丝毫不会影响个人的享受，还会在共享的过程中把大家的情感联合起来而引导到同一的方向。这

---

①　参看鲍桑葵：《美学三讲》，人民文学出版社上海分社 1965 年版，第 44—49 页。

②　席勒：《论悲剧题材产生快感的原因》，《古典文艺理论译丛》，人民文学出版社 1963 年版，第 79 页。

在音乐会中表现得最为明显：尽管各人原先都怀着自己的心情和思绪步入音乐厅，但是只要听到贝多芬的《命运交响乐》、冼星海的《黄河大合唱》，就都会立即情绪振奋，听到维瓦尔弟的《四季》、刘天华的《良宵》，心情又恢复到宁静如水。这就使得审美如同康德、席勒所说的具有一种"社会交往的功能"①，通过审美能把大家的情感融为一体，使个人的情感变为大家共同的情感，大家的情感变为个人的情感。

正是由于审美愉悦不同于感觉快适的上述特征，这就使得审美愉悦既建立在个人感觉享受的基础上，又具有超越个人享受局限而使情感得以净化、理性化、社会化，而达到拓展人的情怀、提升人格的作用。因为人作为"有生命的个人存在"总是有所需求的，否则他就无法生存下去。所以需求也就成了人的活动的最内在的驱动力，不论是认识活动还是意志活动，都是由于一定的需求而产生的。而在人的诸多的需求中，最基本的又是物质的需求。物质的东西是带有两面性的，它既是一个人生存的不可缺少的条件，又因为它带有纯粹独享的性质，而引发个人的私欲，若不予以控制，还会导致私欲的无限膨胀而遮蔽人的"良知"，使人为求私欲的满足而什么损人利己、伤天害理的事都做得出来。这不仅是个人人格的堕落，也是资本主义社会以来随着私欲的无限膨胀所造成的社会道德沦丧的根源之所在。康德把审美愉悦从质的规定性上界定为"无利害关系的自由愉快"，而强调它虽然没有概念性的内容而又如同概念一样，对于每个人来说都是"普遍有效"的，其目的就是为了试图借助审美来净化和提升人的情感，以免为私欲所奴役，以维护人的人格的独立和尊严。

我们就是在对"审美愉悦"不同于"感觉快适"的上述特征的认识的基础上，来探讨审美教育对于人格塑造的意义的。接下来，我们就着重来谈谈这个问题。

三

"人格"这一概念目前似乎还没有一致的理解，通常在心理学上理解为

---

① 康德：《判断力批判》上卷，商务印书馆 1964 年版，第 107、141 页。

一个人的"个性",而在伦理学上理解为一个人的"品德";但两者也不是完全没有共同之点,因为它们都涉及一个人的思想、行为的总体特征,是与一个人长在一起的、属于这个人所特有的内在品性。这样,我们就把心理学解释和伦理学的解释有机地统一起来。所以,如果我们不是把做人看作是一个"技术性"(如同处世哲学、职场规则那样)的而是"品质性"的问题,那么,也就应该从一个人的内在品性,亦即人格的方面着眼。人格是由知、情、意三方面相互作用、相互渗透所构成的,而在这三者之中,情感的教育却有着自身为知识教育和道德教育所不能起的特殊的意义和作用。这就得要从情感在人格结构中的地位和作用说起。

情感作为客体能否满足主体的需要而生的态度和体验,它性质上是属于价值的意识,价值意识是一种实践意识,所以它不仅成了从知过渡到意、认识过渡到行动所不可缺少的中介环节,而且因主体需要的等级的不同,情感还可以分为情欲和情操,以及能否从对象中获得满足而生的不同体验而分为积极的和消极的,前者如快慰、兴奋,后者如痛苦、沮丧。这些情感体验不是完全分割而往往是互相渗透、交融在一起的,这就需要我们对之进行调整和疏导,而审美,不但是按照美的理想来调整和疏导人的情感,使情感本身得以提升和净化的最有效方式,同时还能开启心智,激活意志,使人的全人格都得到全面的滋养。这可以分别从美育与知育和德育两方面的关系来看。

知育是知识的教育,其目的就是为了帮助人们认识世界和改造世界,因此在知育中,科学知识往往占有极大的比重。认识世界的客观规律虽然主要是通过观察、实验,以及在此基础上提出的假设和推理等理性思维活动,但是也不能完全排除直觉和想象的作用。这样就使得认识与审美之间形成了一种深刻的内在联系。古希腊哲人最早就是从"数"和"比例"的观念出发来看待世界,从数与比例的秩序与和谐中发现了真与美的关系,把真与美看作是同构的。如亚里士多德在《论天》中把星辰看作是一种"天体音乐",认为这是"我们所听不到的歌唱着的天体的和谐"[①]。这种美与真的统一的思想曾为不少事例所证明,如狄德罗在《画论》中谈到米开朗琪罗为圣彼得大

---

①　亚里士多德:《论天》,《亚里士多德全集》第 2 卷,中国人民大学出版社 1991 年版,第 332 页。

教堂所设计的穹顶的弧线无疑是最美的,但后来被几何学家德·拉伊尔所证明又是最有支承力的弧线,"是谁启发米开朗基罗从无数曲线里选择了这一曲线呢?"狄德罗认为只能归因于从生活经验中得到的审美直觉①。正是由于美与真之间有着这样一种近乎神秘的内在联系,这就使得美往往不自觉地承担着真的信使的使命,以致直到人类认识自然界的仪器空前发达精密的今天,许多科学家还十分强调直觉和想象在认识世界中的意义和作用,如爱因斯坦认为对于科学发现来说"真正可贵的因素是直觉",又说"在科学研究中想象力比知识更重要,因为知识是有限的,而想象力概括着世界的一切,推动着进步,并且是知识进化的源泉。严格地说,想象力是科学研究中的实在因素"②。

　　何况,知识不只是限于科学知识,还包括道德意识。道德意识不同于科学知识,它不是为了达到外在目的的工具和手段,而是人的行为的内在准则和动力。也就是说,凡是真正的道德行为都非出于外部强制而是在内心要求的驱使下发生的。所以亚里士多德认为自愿是"德性所固有的最大的特点","它比行为更能判断一个人的品格"③,康德也把"意志自律"看作是一个人的德性的根本规定,这都说明道德意识是不可能仅仅依靠间接的知识传授而更需要经由自己直接的、切身的体验,把外在的化为内在的才能确立。而审美是离不开"移情"活动的,比如当一个人在阅读文学作品时被作品中的人物命运和遭遇所感动了,他就会超越自己境况而置身于人物的立场,与他们共享喜悦、分担忧愁,这就等于把别人的经历转化为自己的经历,从原本间接的体验中来获得自己直接体验的功效,这也就成了对自己心灵的一种拓展。所以雪莱认为"要做一个至善的人,必须有深刻而周密的想象力,他必须投身于旁人和众人的立场上,必须把同胞的苦乐当作自己的苦乐"④,没有这样一种直接的体验,就不会养成将心比心,设身处地为别人着想的道德意识。因为一个情感淡漠的人是不会同情和理解别人,为别人作出牺牲和奉献而成为一个有道德的人的。这就使审美的体验和想象不但能启发人

---

①　狄德罗:《画论》,《狄德罗美学文选》,人民文学出版社 1984 年版,第 431 页。
②　爱因斯坦:《论教育》,《爱因斯坦文集》第 1 卷,商务印书馆 1976 年版,第 284 页。
③　亚里士多德:《尼各马科伦理学》,中国社会科学出版社 1990 年版,第 45 页。
④　雪莱:《为诗辩护》,《19 世纪英国诗人论诗》,人民文学出版社 1984 年版,第 129 页。

的心智,同时还有助于道德情感的培养。

　　这里就涉及美育与德育的关系,德育是从人的心理结构的意志部分引申出来的。黑格尔认为"理智的工作仅在于认识这世界是如此,意志的努力在于使世界成为应如此"①。表明意志就是在对象世界实现目的的活动。因此所谓"德育"也就可以被理解为按社会意志所追求的目的来塑造人的德性的教育。对于德性,虽然在中西伦理学史上各家研究的具体内容不甚相同,但当初都是从对人的本性的认识出发,为完善人自身的人格的需要来进行研究的。如在我国,孟子就是从性善论出发,按人本然具有"恻隐之心"、"羞恶之心"、"辞让之心"和"是非之心"而提出"仁"、"义"、"礼"、"智"这四种德性;在古希腊,柏拉图则根据人的心理结构是由知、意、情三者构成而提出"智慧"、"勇敢"、"节制"以及由这三者各居其位、和谐统一所生的"公正"(正义)这四种品德。它们作为道德的标准,目的都是为了教人应该如何做人、处世、行事,为了在实际生活中去进行实践、得以贯彻。它具体地体现在"对待人"和"对待事"两方面,前者属于"伦理德性",后者则属于"职业德性"。而这两者又不是彼此分离而是相互统一的,因为世界上没有与人互不相关的事,如"造假牟利"是属于做事的问题,而"损人利己"则成了做人的问题。甚至在对待自然的问题上,也无不直接间接地与人发生关系,唯此自 20 世纪 70 年代以来,才会有"生态伦理学"的兴起。这就是在中西伦理学史上,特别是我国传统的道德观所着眼的主要是伦理德性的原因。由于德性都是建立在人格的基础上的,所以真正的德行总是出于人的自由意志的、自觉的行为。而要做到这一点,就既不可能仅凭抽象说教和行为规范去引导,也不可能像亚里士多德和休谟说的完全依赖于习惯去培养,而只有通过自己切身的体验,把对于道德原则的理性的认识,内化为自己的意愿,变社会要求我这样做为自己情愿、乐意这样做的时候,才会转化为自己的行动并能长久地坚持下去。这就需要道德情感的驱策和推动。唯此才能使德行与德性得到真正的统一。

　　我们说道德原则作为一种"实践的理性"总是要在对象世界中实现自己的目的的。但待人与做事,"伦理德性"与"职业德性"又是不同的,前者以别

---

　　①　黑格尔:《小逻辑》,商务印书馆 1982 年版,第 420 页。

人为目的,这就要求排除个人自身利害得失的计较,把别人当作另一个自己,为别人而奉献、牺牲,唯此才会显出道德的高尚,要是把别人当作只是达到自己目的的手段,情义也就降到了冰点而成为赤裸裸的利用关系,德性就无从谈起;而做事就是要在对象世界中实现自己的目的,它总是有一定外部现实性的要求,这就不可能没有一定利害得失的计较。但如果一个人在行事中仅仅被结果所吸引,那又必然会被物所奴役,对活动本身失去兴趣,而沦为功利主义,就像马克思在谈到"异化劳动"时所说的,使劳动仅仅成为劳动者为获取报酬所采取的手段,而不再当作"体力和智力的游戏来享受"①,劳动也就成了在外在目的强制下所进行的苦役,就不可能本着敬业的精神去从事。而情感则使人把劳动不再仅仅作为手段,而同时也是目的本身,使劳动同时也成为对劳动者本身智慧和技能的一种确证,而从劳动中找到了自身存在的价值。这样,人们就会从活动本身领略到它的意义和乐趣,就会感到自得其乐,乐在其中,乐此不疲,在"乐业"中实现了"敬业"的目的,他在工作中也必然是兢兢业业、精益求精的,绝不会产生像那些"打工者"的厌倦的心理。这就是职业道德的一种表现。

正是由于人们在知识的掌握和道德的行为中都不是仅凭理性驱使而是在情感的推动下进行的,所以狄德罗认为"只有情感,而且只有强大的情感才能使灵魂达到伟大的成就","情感淡泊使人平庸","情感衰退使杰出的人物失色"②。因此通过审美所培育的美好的情感,对于知育和德育,直至健全人格的养成,无疑会是一种有力的促进。

如果大家都能认识到这些道理,那么,就不会把审美教育看作是可有可无、甚至是多余的,而都会赞同这是造就健全人格所不可缺少的人生的必修课!

2013 年春节期间

原载《美育学刊》2013 年第 4 期

---

① 马克思:《资本论》,《马克思恩格斯论艺术》一,人民出版社 1960 年版,第 369 页。
② 狄德罗:《哲学思想录》,《狄德罗哲学选集》,商务印书馆 1983 年版,第 1—2 页。

对我国马克思主义文艺理论研究的哲学反思

一

文艺理论总是以一定的哲学为基础的,马克思主义文艺理论也不例外。以往我国的马克思主义哲学按恩格斯的"全部哲学,特别是近代哲学的重大的基础问题,是思维和存在的关系问题"①这一原则来探讨哲学问题时,一般都把"思维与存在的关系"亦即"意识与存在的关系"等同于"精神与物质的关系",按物质第一性、精神第二性的观点,引申出文艺是社会生活的反映并据此来说明文艺理论中的一系列问题。这对于引导作家深入生活,从现实生活中提取创作题材来进行创作虽然有一定的意义,但从理论上说是不够准确而全面的,从而导致我国马克思主义文艺理论研究中长期存在的直观论的倾向、纯认识论的倾向以及教条主义化的倾向。

要从根本上改变情况,我觉得首先需要对"精神与物质的关系"和"思维与存在的关系"有一个正确的认识。这两者之间的关系虽然十分密切,但却不能彼此混淆、互相等同和取代的。因为物质与精神的关系是一个"本体论"的问题,物质第一性、精神第二性这两者的关系是不容颠倒的,否则就分不清唯物主义与唯心主义的区别。而思维与存在的关系则是一个"认识论"的命题,就"存在"来说,它作为思维的对象是指世界上一切客观存在着的东西,不仅是指物质的东西,而且也包括精神的东西;不仅是指社会的精神现

---

① 恩格斯:《路德维希·费尔巴哈和德国古典哲学的终结》,《马克思恩格斯选集》第 4 卷,人民出版社 1972 年版,第 219、228 页。

象,而且也包括认识主体自身的精神活动在内。因为当主体的内心活动作为思维的对象的时候,它就意味着被"二重化"了,就像黑格尔所说的"心灵就在它的主位变成自己的对象"①,它与物质的、外界存在的东西一样都成了客观存在着的。就"意识"来说,它作为现实世界在人类头脑中反映的产物,总是在主客体之间的交互作用中产生的。因为人的头脑不像亚里士多德所比喻的是"蜡块"或洛克所说的"白板",它储存着由以往人类大量经验积累所形成的认知结构和思维定势在内,这决定了人们对客观事物的反映总是受着这些认识结构和思维定势的选择和建构。从知识论的观点来看,它必然受着实践发展所达到的认识水平的制约,如同恩格斯所说,在人的思维活动中,"世界体系的每一个思想映象,总是在客观上被历史状况所限制,在主观上被得出该思想映象的人的肉体状况和精神状况所限制"②。这就使得一切真理都是相对的、有条件的,它只能在一定的条件下才成为真理。从价值论的观点来看,人的一切意识活动总是在一定的需要的驱使下进行的。由于需要的不同,所获得意识也有两种形式,即"事实意识"和"价值意识",前者是出于认识世界的需要,按存在本身的样子来反映存在,所要揭示的是"是什么",使人的活动符合客观规律性;后者是出于变革现实的需要,这决定了它总是按照人的意志和愿望的要求来反映存在,是经由主观愿望的评价和选择而作出的,目的是为了向人指明"应如此",使人的活动具有主观的目的性。正是由于目的的驱使,这才使得人的活动与动物的活动从根本上区别开来,使世界朝着人类所追求的目的得以发展。而这种目的性以前往往被直观的、机械的反映论排斥在认识的活动之外,错误地视之为是一种反科学社会学的唯心主义的意识观,这就等于把人的活动的主观能动性彻底否定了,就像恩格斯当年在批判施达克"把对理想和目的的追求也叫做唯心主义"时所指出的:"如果一个人只是由于追求'理想的意图'并承认'理想的力量'对他的影响,就成了唯心主义者,那么任何一个发育得稍稍正常的人都成了唯心主义者了,这样怎么还有唯物主义者呢?"③

----

① 黑格尔:《美学》第 3 卷(下),商务印书馆 1981 年版,第 10 页。
② 恩格斯:《反杜林论》,《马克思恩格斯选集》第 3 卷,人民出版社 1972 年版,第 76 页。
③ 恩格斯:《路德维希·费尔巴哈和德国古典哲学的终结》,《马克思恩格斯选集》第 4 卷,人民出版社 1972 年版,第 219、228 页。

　　文学艺术是以作家的审美情感为心理中介对于现实人生所作的评价性反映的产物，它的对象是人，目的也是为了人。它把作家的主观意图体现在对自己笔下所描写的现实人生的抑扬和褒贬之中，通过艺术形象的塑造，让读者意识到什么是应该追求的，而什么是应该鄙弃的。所以在上述两种意识形式中，它的性质无疑是属于价值意识的范围。它的目的不只是为了让人们看到现实人生是怎样的，而更在于通过对应是人生的愿景的描写来凝聚和团结社会集团的成员的力量，为着这一共同的理想去进行奋斗，就像马克思在谈到哲学的功能时所说的"不在于用不同的方式解释世界，而问题在于改变世界"①。否定了文艺作品审美属性的这种价值内涵，把它仅仅视为一种知识的形式，也就等于在文艺领域中放弃了马克思主义思想的指导地位。

　　如果以上的分析是符合马克思主义的基本精神的话，那么我认为文艺在马克思主义视野中就不能仅仅看作是一种认识现实的形式，而应该视为一种变革现实的力量，它的性质不是属于"知"而是属于"行"，它的目的就是为了人，就是通过促进个人的全面发展和人类的自由解放来推动社会的进步。

二

　　但是对于文艺的性质在我国以往的马克思主义文艺理论研究中，一般都只是按知识论的观点，把文艺看作是一种知识的形式，认为它的目的只是为了让人认识社会，并往往引用马克思在谈到 19 世纪中叶英国现实主义小说家时说的"他们以那明白晓畅和令人感动的描写，向世界揭示了政治的和社会的真理，比起政治家，政论家和道德家合起来所作的还多"②，以及恩格斯谈到巴尔扎克的小说时所说的"他的作品汇集了法国社会的全部历史，我从这里，甚至在经济细节方面（如革命以后动产和不动产的重新分配）所学到的东西，也要比从当时所有职业的历史学家、经济学家和统计学家那里学

---

　　①　马克思：《关于费尔巴哈的提纲》，《马克思恩格斯选集》第 1 卷，人民出版社 1972 年版，第 18 页。
　　②　马克思：《1854 年 8 月 1 日〈纽约论坛〉上的论文》，《马克思恩格斯论艺术》二，人民文学出版社 1963 年版，第 402 页。

到的全部东西还要多"①等论述,视真实性、典型性等为马克思主义文艺学的基本命题。这虽然都是马克思、恩格斯所关注的文艺问题,但如果脱离了他们谈话的具体语境作孤立的理解并将之无限放大,视马克思主义的文艺观为仅仅是在总结现实主义文学经验基础上所形成的"认识论的文艺观",那就必然背离马克思主义哲学的基本精神而使认识陷于片面。

那么,马克思是怎样从人的自由解放和社会的发展和进步这一目的出发,来理解文艺的性质和阐述文艺的价值的呢?联系马克思所处的历史年代的人的生活境况,我认为马克思所论述的重点,正是通过对文艺审美价值的揭示,通过审美对于促进人性的"复归"的作用分析来阐明它对于实现这一人类美好的理想的意义和作用的。因为人类史不同于自然史,它是"我们自己创造的"②,所以历史就是"追求一定目的的人的活动"③。要是离开了人和人的活动,也就无所谓社会和历史。这样,就把人的问题与社会的问题统一起来,把社会的问题当作一个人的问题,从人的问题切入来加以研究,同时也决定了马克思在从事理论活动一开始就对人的问题给予极大的关注。早在《1844年经济学手稿》中,就通过人的活动与动物活动的比较分析中提出:"人类的特性恰恰是自由的有意识的活动",这使得人的产品不是像"动物的产品那样直接同它的肉体相联系",以"占有"的方式满足于"直接的片面的享受";而认为真正的人的活动应该是摆脱了物欲的强制,以"一种全面的方式,也就是说,作为一个完整的人,占有自己的全面的本质"。所以"社会人的感觉不同于非社会人的感觉",就在于他的"需要和享受失去了自己的利己主义性质,而使自然界失去了纯粹的有用性",超越功利目的的限制,本着一种自由的态度对待自己的产品,而使效用成了一种"人的效用",这种"自由的态度"也就是"审美的态度",从而表明"按照美的规律"来从事生产活动,乃是人的本质特性之所在④。而人的活动的这一特性在马克思看来在中世纪的手工业者那里还是存在的。因为那时劳动者之间还没有什么分

---

①　恩格斯:《致玛·哈克奈斯》,《马克思恩格斯选集》第4卷,人民出版社1972年版,第463页。

②　马克思:《资本论》第1卷,《马克思恩格斯全集》第23卷,人民出版社1972年版,第409—410页。

③　马克思、恩格斯:《神圣家族》,《马克思恩格斯全集》第2卷,人民出版社1957年版,第150页。

④　马克思:《1844年经济学哲学手稿》,人民出版社1985年版,第53—54页。

工,"每一个劳动者都必须熟悉全部工序,凡是他的工具能够做的一切他都应当会做",这使得"中世纪的手工业者对于本行专业和熟练技巧还有一定的兴趣",因而不仅"对自己的工作都是兢兢业业、奴隶般的忠心耿耿","对工作的屈从程度远远超过对本身工作漠不关心的现代工人",而且"这种兴趣还能使他们在工作中产生有限的艺术感"①。只是到了资本主义社会,"异化劳动把这种关系颠倒过来"而使劳动"变成仅仅维持自己生存的手段",以致"动物的东西成为人的东西,而人的东西成为动物的东西"②,从而使得工人的活动与审美分离,失去了自主和自由而成为苦役,不能再从中得到劳动本身所固有的享受和乐趣了。

马克思的这一思想明显地可以看出是受了席勒的影响。席勒在《美育书简》中把"现代人"与"希腊人"加以比较,认为在古希腊,人是作为一个整体而存在的,而现代社会的生活方式把人"束缚在整体中一个孤零零的断片上,人也就把自己变成一个断片了"③,这实际上就提出了人的"异化"的问题。但另一方面我们又应该看到,由于席勒对人的理解是抽象的,他把人的异化看作纯粹是一个心理的问题,所以试图以康德的美学思想为指导,求助于通过审美来使人获得自由和解放,这样就陷入了"审美救世主义"。与席勒等人不同,马克思不是把人的"异化"仅仅当作个抽象的人性问题,而认为根本上是一个社会的问题,从而把它与资本主义"异化劳动"联系起来,作为批判资本主义"异化劳动"的现实依据来进行论述。他之所以强调人是"按照美的规律"来从事生产活动的,就是因为在他看来对于一个真正的人来说,他的劳动应该是自由的,应该同时被当作是一种"体力和智力的游戏来享受"④的,这是作为一个完整的人实现全面地占有自己本质的根本标志。他提出这个问题的目的就是为了借批判"异化劳动"来否定资本主义私有制的合理性,说明唯有"私有财产的扬弃",才能使"人的一切感觉和特性彻底解放",把"以往发展的全部财富"还给了人,而实现"对人的本质的真正占

---

① 马克思、恩格斯:《德意志意识形态》,《马克思恩格斯选集》第1卷,人民出版社1972年版,第58—59页。
② 马克思:《1844年经济学哲学手稿》,人民出版社1985年版,第53、51页。
③ 席勒:《美育书简》,中国文联出版公司1984年版,第51页。
④ 马克思:《资本论》,《马克思恩格斯论艺术》一,人民出版社1960年版,第369页。

有"，"它是人向自身、向社会的(即人的)人的复归"①。这样就从根本上克服了席勒美学所带有的"审美救世主义"倾向。所以尽管《手稿》作为马克思的早期著作，还带有某种人本主义的印记，但就其精神而言，它与成熟时期的著作如《资本论》中的思想是完全一致的。

正是从人是"按照美的规律"来从事生产活动的，从人应该把劳动"作为体力和智力的游戏来享受"这一认识出发，马克思认为人的"异化"根本上是情感的欲望化，它使得人在活动中所本应具有的精神享受都为"占有"的欲望所剥夺。因此在马克思看来，要实现人性的"复归"，也就是使人的情感从欲望的统治下解放出来，把被"异化劳动"所剥夺了的人在活动中所应有的美的享受还给人，使人在审美享受中达到心灵的自由和解放。我觉得马克思就是以抵制人的异化，实现人的自由解放这一大目标为指导思想来理解文艺的性质的，他强调"作家绝不把自己的作品看作手段，作品就是目的本身"，"诗一旦变成诗人的手段，诗人也就不成其为诗人了"②，这"目的"我认为也就是为了人，为了最终实现人性的"复归"。这思想既是对康德、席勒美学思想的继承，又为后来的法兰克福学派理论家如阿多尔诺和马尔库塞等人所发展。但是与康德、席勒以及阿多尔诺、马尔库塞等人不同的是，马克思不是脱离社会现实抽象地谈论这个问题，而是始终把人的解放与社会的变革、与私有制的扬弃结合在一起来进行分析。这里就涉及对于"人的复归"的理解的问题。这个作为"复归"的目标的理想人显然没有先例，只是存在于马克思头脑之中的，因而也被有些学人视为是一种乌托邦。这理解我认为需要作进一步的分析。因为自近代以来，西方哲学研究中就有这样一个传统，即为了阐述自己的学说首先设置一个思想前提，就像卡西尔在谈到卢梭"自然人"时所说的："卢梭试图把伽利略在研究自然现象中所采取的假设法引入到道德科学的领域中来"，认为"只有靠这种'假设的和有条件的推理方法'，我们才能达到对人本性的真正理解"③。这种研究方法也不可避免地会对马克思产生一定的影响；但是与卢梭的"现在已不复存在、过去也许

---

① 马克思：《1844 年经济学哲学手稿》，人民出版社 1985 年版，第 77—81 页。

② 马克思：《第六届莱茵省议会的辩论》(第一篇论文)，《马克思恩格斯全集》第 1 卷，人民出版社 1956 年版，第 87 页。

③ 卡西尔：《人论》，上海译文出版社 1985 年版，第 78 页。

从来没有存在过、将来也许永远不会存在的一种状态"的这样一种"纯粹的假设"①不同,在马克思那里,它作为通过对社会发展规律分析而提出的历史追求的目的,是放到与对私有制的扬弃这一现实变革前提上来说的,它不只是一种思想批判,同时也是现实变革的理论。所以尽管他后期转向从物质领域、从生产力和生产关系的角度来研究社会的变革和历史的发展,但是总的目标无不都汇归到人那里,把人的自由解放看作是历史发展的最终目的,认为"共产主义是私有财产即人的自我异化的积极的扬弃,因而是通过人并且为了人而对人的本质的真正占有,因此,它是人向自身、向社会的(即人的)人的复归"②。这表明他都是把"人的复归"与"私有制的扬弃"作统一的理解的。这不仅是对康德与席勒的超越,也是法兰克福学派所不能望其项背的。因为法兰克福学派在论述文艺的解放功能方面虽然有不少创造性的发挥,但是他们不仅把精神的解放与物质的解放分离开来甚至对立起来,而且对解放的论述也仅仅局限于感性层面而无视理性层面,这样也就背离了马克思主义和现实主义而重新回到了浪漫主义的梦想之中,这才真正是"审美的乌托邦"。

三

由于以往我们在马克思主义研究中把"思维与存在的关系"混同于"精神与物质的关系",并以直观的思维方式来看待思维与存在关系的问题,不理解它们是在实践的基础上历史地形成的一种动态的对立统一的结构,因而也不理解任何理论的真理性都是相对的,它只是我们看待问题的一种思想原则和思想方法;而往往把马克思的理论加以绝对化,看作是脱离具体环境而抽象存在的万古不变的教条,不作具体分析就拿到丰富多彩的文学现象上来加以简单套用,以致教条主义和庸俗社会学的批评在我国猖獗一时。这种情况现在虽然并不存在,但借口现实条件的发展变化来否定马克思主义的基本原则,认为当今文艺的发展趋向消费化的现状已使马克思的理论

① 卢梭:《论人类不平等的起源和基础》,商务印书馆 1962 年版,第 63—64 页。
② 马克思:《1844 年经济学哲学手稿》,人民出版社 1985 年版,第 77 页。

丧失了"阐释的有效性",又成了当今文艺理论界看待马克思主义的流行的观点。这我认为同样是一种以教条主义的观点来看待真理,而不理解理论的反思批判功能所造成的误判。

怎么来看待这个问题?在我看来这与其说是马克思主义文艺理论对当今的文艺现状丧失了阐释的能力,不如说是在为当今的文艺已没有能力来承担马克思提出的在促进人的自由解放、实现"人性复归"这一历史重任作辩解。所以需要我们放弃的不是马克思主义,而是要坚守在马克思主义指导下对现状的反思和批判的精神。这涉及我们对理论包括马克思主义文艺理论的意义和作用的理解的问题。卡西尔在对欧洲18世纪哲学与17世纪哲学作比较研究中提出:在17世纪"理性是'永恒真理'的王国",是"通往超感觉的绝对世界的大门"。与之不同,到了18世纪,它就不再被看作只是一座"储存真理的宝库","而是引导我们去发现真理、建立真理和确定真理的独创性的理智力量",即"把它视为一种能力,一种力量,这种能力和力量只有通过它的作用和效力才能充分理解"①。表明理论作为以原则的形式所承载的真理,它的内涵需要联系具体的客观实际并借助一定的方法在实际运用中才能得到激活,因为一切原则的东西总是绝对性与相对性的统一,它只有在一定条件下,在实际运用过程中才能使普遍的原则转化为具体的真理。这就需要借助一定的方法。所以在马克思主义哲学包括文艺理论中,观点与方法总是统一的。

正是基于这样的认识,恩格斯在谈到马克思主义时特别强调"马克思的整个世界观不是教义而是方法",它提供的"不是现成的教条,而是进一步研究的出发点和供这种研究使用的方法"②。并对"官方的黑格尔学派"视"黑格尔的全部遗产不过是可以用来套在任何论题上的刻板的公式,不过是可以用来在缺乏思想和实证知识时搪塞一下的词汇语录"③的见解作了尖锐的批判。全部马克思主义著作,就是在历史唯物主义的观点指导下,按照唯物辩证的思维方法在分析、解决问题上的具体演示,所以不懂得唯物辩证法也就不可能真正理解马克思主义。"辩证法的基本原理是:没有抽象的真理,

---

① 卡西尔:《启蒙哲学》,山东人民出版社1996年版,第11页。
② 恩格斯:《致威纳尔·桑巴特》,《马克思恩格斯全集》第39卷,人民出版社1975年版,第406页。
③ 恩格斯:《卡尔·马克思〈政治经济学批判〉》,《马克思恩格斯选集》第2卷,人民出版社1972年版,第119页。

真理总是具体的"①。因而我们在学习马克思主义时，就不能仅仅只看它的结论，还应该关注这结论是怎样答出的，还应该同时把它当作是一种认识问题、分析问题和解决问题的方法来进行学习。这样我们对于问题的理解才能避免抽象而会有具体的领会。唯此，马克思主义在我们意识中才是鲜活的，它是在具体的解决实际问题的过程不断丰富而发展的。所以，只要当时马克思所面临的现实问题在今天仍然存在，马克思主义就不会过时。这同样也应该是我们研究马克思主义美学和文艺理论所必须贯彻的思想原则。

比如对于"人的复归"这个命题，虽然马克思当初是针对人在活动中由于受物欲所驱使而丧失了"作为一个完整的人，占有自己的全面的本质"而提出的，但并不表明这种情况现在已不存在，只是造成这种情况的原因已与当年不完全相同。如果说，在马克思写作《手稿》当年，它主要是由外部原因，是由于资本主义异化劳动使得人把自己的劳动"变成仅仅维持自己生存的手段"所造成的，所以马克思构想了一个"作为人的人"主要是用来作为批判资本主义"异化劳动"的假设；那么，在经历了 170 年历史的今天，虽然"异化劳动"的现象在社会上并没有完全消失，但是由于人的内部原因所造成的人的"异化"现象，即随着物质产品的不断丰富而带来人的物欲的不断膨胀，使人沉溺于一种"片面的享受"，而导致的"人自身的丧失"，正在成为当今社会所出现的一种主导的"异化"倾向。但由于这种"异化"是由人的内部原因即欲望的膨胀所造成的，所以审美作为一种"无利害关系的自由愉快"在抵制欲对人的统治，实现向作为"人的复归"的目标来说，就显得更有意义。它在肯定人的自由解放是一个现实的问题，从根本上是需要通过社会的变革和发展生产来实现的前提下，更凸显了文学艺术在引导着人走向回归自身之路过程中所应有的精神承担。

为在上海交通大学召开的"中英马克思主义美学双边论坛"而作

2013 年 3 月下旬

2013 年 6 月下旬修改

原载《马克思主义美学研究》第 16 卷第 1 期

---

① 列宁：《进一步，退两步》，《列宁选集》第 1 卷，人民出版社 1960 年版，第 507 页。

"育人"何以不能没有"审美"

一

我们以往的教育观念深受唯智主义的影响,在培育人才方面往往偏重于知识教育而忽视审美教育,结果所造就的只是一种没有自由意志和独立人格的工具而不是整全的人。这就充分说明审美在培育整全人格上的地位和作用。而审美在育人方面之所以具有如此重要的意义,就在于它是一种情感教育。

情感是主体对于能否满足自身需要的客体所生的一种态度的体验,它以感觉为基础但又不同于一般的感觉。因为感觉所得的只不过是一种来自外部世界的表象和映象,这种表象和映象虽然也多少经过主体意识的选择和加工,不可能只是对外界事物的一种消极的、毫厘不爽的反映,但毕竟只是感官对来自外部事物感知的产物,它的内容主要是客观的;而态度的体验则不同,它是以爱憎、喜悲等心理形式所表露出来的主体对事物的一种评价,它不仅与个人的生存状态,而且与人的价值观念乃至整个心灵活动有着内在深刻的联系,所以与表象、映象这种"外部感觉"的产物相对,狄尔泰称之为人的一种"内部感觉"。它一般具有这样三个特点:首先独特性,由于在情感活动中,人的生存状态和思想人格是以态度、体验等心理的形式反映在活动过程中的,所以总带有鲜明的个人特征,不像知觉表象和印象那样可以彼此互证,并通过传授的方式得以传播。其次是内在性,这是由于态度本质上是人们对事物的一种评价,它的意识运动的方式不是从外向内,而是从内向外,所以与主体自身所固有的价值观念和价值取向紧密相连,这决定了某一事物能否引起人的情感和产生什么样的情感,绝非只是取决于外界事物的性质,而更取决主体自身的思想、情感和需要,它在某种意义上可以说一个人的人格的显露,因而最能从中判断他是一个什么样的人。再次是深刻性,正是由于情感体验这种评价的方式与人所固有的价值观念和价值取向紧密相连,这决定了它不同于一般的情绪活动,只停留于反应的浅表层面,所以它作为人的心灵活动的心理形式又不同于一般的感觉形式,由于理性因素的渗透而总是具有鲜明的社会和文化的内容。

正是由于上述的特点,使得情感体验不仅是人的全心灵的活动,同时也是人的活动从认识过渡到行为的不可缺少的中介环节。这是由于态度和体验作为以心理的形式所表达的主体对于客观事物的一种评价,它不仅带有认知和选择双重成分,具有行动的内隐倾向,而且还会在人的机体的生理组织和生理机能中引起强烈的反应。亚里士多德早就指出这两者之间的内在联系,认为"心灵与身体是分离的"而"感觉则不能离开身体"。所以当基于感觉基础上的"愤怒、温和、恐惧、怜悯、勇敢、喜悦,还有友爱和憎恨这些情感出现时,躯体也同时承受某种作用"[1]。现代心理学的研究表明:当情感在人的大脑皮层的某个区域产生之后,就会沿着大脑皮层扩散开来,支配着大脑皮下的神经中枢,如呼吸中枢、内分泌中枢、心血管中枢、消化中枢的活动,改变着机体的呼吸、内分泌、血液循环和外部腺体系统的运行,这些生理上的变化往往会直接影响人的行动,对人的行为起着调控的作用,或激励或抑制人的行动的发生[2]。所以,休谟认为"理性是没有主动力的,它不能阻止和导致人的行动的发生","理性作用在于发现真理,只有情感才会产生和制止人的行为"[3];冯特也认为,对于人来说,"如果没有情感提供兴奋,我们就不会有意于任何东西,就不可能唤起意志和行动"[4]。而且情感对于人的行为的这种调控作用不只是时效性的,它还会在人的意识层面积淀下来,在人的意识活动中形成一种动力定型,内化为一种人的人格结构,一种人的不为

---

① 亚里士多德:《论灵魂》,《古希腊哲学》,中国人民大学出版社 1990 年版,第 492、479 页。

② 参看斯托曼:《情绪心理学》,辽宁人民出版社 1986 年版,第 99—129 页;彼得罗夫斯基主编:《普通心理学》,人民教育出版社 1981 年版,第 400—404 页;曹日昌主编:《普通心理学》下册,人民教育出版社 1980 年版,第 47—62 页。

③ 休谟:《人性论》下册,商务印书馆 1980 年版,第 497—498 页。

④ 冯特:《人类与动物心理学论稿》,浙江教育出版社 1997 年版,第 237 页。

偶然因素所支配和影响的相对稳定而持久的对待事物的反应方式、行为方式甚至是思维方式,影响和支配着他整个的人生态度。

所以,历史上许多哲人和思想家都十分重视情感体验对于人的人格、思想和行为的影响和作用,卢梭认为"要使人幸福,必须让他体验到什么是幸福,唯此他才会产生对幸福的向往和追求"①。歌德也认为"只有在他感到欢喜和痛苦的时候,人才认识自己;人也只有通过欢喜和苦痛,才懂得什么应该追求,什么应该避免"②。我们还可以从卢梭的著作和回忆文章中读到,情感体验对他自己的思想人格的形成曾产生过多么巨大的影响,如他年轻时在他的雇主朋达尔小姐家里偷了一条丝带,被发现后嫁祸于女厨玛丽蓉,以至玛丽蓉枉遭主人的解雇。这事使得他深感羞愧,终生痛受良心的谴责。他不仅在《忏悔录》中对之表达过自己深情的忏悔,甚至在离此事五十年后所写《漫步遐想录》中,还多次谈到"每当想到此事就使我深感不安,一直到我晚年,它还在以各种各样的方式折磨我已经受伤害的心",并认为正是由于对这种体验的深刻记忆,使得他产生了对于谎言的极度痛恨和厌恶的心理,"从而保证了我今生今世再也不做此罪恶的事",确立了"我把奉献给真理"作为自己一生的座右铭,感到自己仿佛就是"为实践这座右铭而生"为奉献真理而死的③。这都足以说明在一个人的成长过程中情感体验的重要。

我们指出以往教育所存在的唯智主义的倾向,强调在一个人的成长过程中情感教育的作用,这里丝毫没有存在贬低知识教育的重要性的意思。因为丰富的情感和开阔的情怀总是以广阔的知识视野为基础和保障的,如同冯友兰所说"一个人所能享受的世界底大小,以其所能感觉所能认识的范围的大小为限"④,一个知识贫乏的人他的思想境界也总是会受到一定限制;而只不过说,对于一个人的人格的成长来说,只有经过自己切身的感受和体验所得的东西,才是真正属于他自己的东西,才会在他的意识中真正生下根来。所以康德认为"感受性乃是真正生活之源",相比之下"知性的那些抽象概念常常只是些贫乏无力的东西","因为没有感性,就会没有立法知性能够

---

①　卢梭:《论文》,《卢梭散文选》,百花文艺出版社 2005 年版,第 171 页。

②　爱克曼:《歌德谈话录》,人民文学出版社 1978 年版,第 193 页。

③　卢梭:《漫步遐想录》,《卢梭散文选》,百花文艺出版社 2005 年版,第 94、82、98 页。

④　冯友兰:《人生的意义及人生中的境界(甲)》,《哲学人生》,江苏文艺出版社 2010 年版,第 143 页。

用来加工的材料了"①。所以那些仅仅是通过知识传授的途径所懂得的道理,对于人来说往往是虚的、是外在于他的,如同别林斯基在谈到理论时所说"理论对于不明生活奥秘的人是僵尸的"②。大量事实向我们表明:在个人的人格成长的过程中,人们对于许多人生的道理的认识以及人生态度的形成,最初都是从自身的直接经验中,包括在童年时期聆听大人讲述的一些民间故事和童话,吟唱的一些民谣和童谣中懂得的,这种方式不是说教,而是感觉和体验。所以对于一个人来说,从不懂得某种情感到懂得某种情感(如对于父母的唠叨,从当初感到"烦"到后来知道是"爱"),这本身就意味着他的人格的成长。

二

在说明了情感教育对于一个的人格成长的重要意义之后,为了有效地实施情感教育,就需要我们进一步来对情感的特性有一个深入的认识。情感与一般的认识不同,最根本的就在认识是由外物刺激感官所生,而情感则由主体的内部需要能否获得满足而引发的,如粗茶淡饭,对于一个饥饿到极点的人来说也是美食,而山珍海味,却引不起一个饱食终日的人的食欲。这种截然相反的情绪反应,就不是完全取决于客观事物的性质,而是由于各人的需要不同所产生的不同的态度和体验。所以对于情感,是不能离开主观需要仅仅从客观事物中寻找它的根源的。而需要是一个层级的系统,它从低向高可以分为生理需要、心理需要和精神需要等三个层次,这些需要往往是互相渗透,综合地参与人们对周围事物的感知和体验。这就使情感反应的内容在一个人身上往往是多重的甚至是矛盾因素的综合体,其复杂的程度远远超过冯特的"二重性"的理论,我们很难放弃综合把握,简单地从某一方面来对它做出评判。对此,我们可以从这样三个层次来作一些初步的分析:

---

① 康德:《实用人类学》,重庆出版社1987年版,第22—23页。
② 别林斯基:《俄国文学史浅论》,《古典文艺理论译丛》第11册,人民文学出版社1966年版,第73页。

首先,从生理层面上,从情感所产生的生理能量上,可以分为增力性和减力性的,或亢奋性和衰退性的。前者激发人的活动的兴趣、活力,增强活动的成效,后者则使人的意志弱化,阻碍着人的行为发生。但由于人的活动总是受一定的动机所驱使的,所以对于人的活动,我们很难仅仅就其自身的生理能量,而只有联系其动机所指引的目的,才能对它作出正确的评价。比如激情,如同柏拉图所说"如果加以适当的训练就可能成为勇敢,如果搞过了头,又会变成严酷、粗暴"①。所以康德认为"激情是使心灵失去自制的那种感觉的突袭,它是冲动的","激情就其本身而言任何时候都是不聪明的,它使自己没有能力去追求自己的目的",因而他又把它看作是一种"病态的偶发现象",它会"在刹那之间造成对自由和自我控制的破坏",而认为只有"在理性的约束下才能产生出一种向善的热忱"②。像尼采那样,依生理学的观点把原始的生命力视为创作的动力,说什么"艺术家倘若有些作为,都一定禀性强健(肉体上如此),精力过剩,像野兽一样,充满情欲。假如没有某种过于炽烈的性欲,就无法设想会有拉斐尔……艺术家的创作力总是随着生殖力的终止而终止的"③,这无论如何都是一种非常偏激和极端的理论,是经不起科学分析的。所以罗素说虽然它在"有文学和艺术修养的人们中间起了很大的影响",却从"没有在专门的哲学家中间"引起重视④,原因就在于它缺乏科学性。

其次,从心理的层面上,以客体对于主体需要能否满足以及满足程度来看,可以分为满足的情感和不满足的情感。前者如欢乐、欣慰、满意,后者如痛苦、悲伤、失望。由于人的需要除了物质的、生理的之外,还有精神的、文化的,所以这种反应较之生理层面上的反应就有了较多的理性内容。但由于这种体验还是停留在个体、心理的水平上,它的社会内容往往是模糊而不确定的,还难以按照社会的标准对它作出确定的评判。如"欢乐",阿德勒按亚里士多德的"至福不会独享"的思想,认为这是一种"缩短人与人之间距离

---

① 柏拉图:《理想国》,商务印书馆1986年版,第121页。
② 康德:《实用人类学》,重庆出版社1987年版,第152—154、156、170页。
③ 尼采:《作为艺术的强烈意志》,《悲剧的诞生》,生活·读书·新知三联书店1986年版,第350页。
④ 罗素:《西方哲学史》下册,商务印书馆1976年版,第319页。

的桥梁":"欢乐的表现反应在要寻找一个同伴,拥抱他,亲吻他,与他一起玩耍,并肩同行,一起分享欢乐。欢乐是一种连接性的态度,就好比向同伴伸出一只手,好比从一个人身上发向另一个人的温暖……它超越了个体人格的疆域并满载着对他人的同情。"①但这只不过是经验的描述,由于对它的必然性尚缺乏逻辑上的分析和论证,还不能完全推及一般;因为在更多的情况下,我们还可以发现由于欢乐的产生往往是直接基于感觉的快适,也可能成为康德所说的一种"使人停留在原状态的情感"②,它不仅使人满足于现状而不思进取,而且还由于它直接维系着主体的感官,而导致使人沉迷于个人的独享而与别人在情感上趋向分离,出现像亚里士多德从另一个角度所批判的:"对于享至福得自足的人来说,朋友并不是必需的,因为在他们那里已经万事俱备了,自足就是一种一无所欲的存在。至于朋友,作为另一个自我,只是补充一个人所不能的东西。"③正是基于这一认识,弗洛伊德认为"一个幸福的人是不会幻想的"④,因为幻想总是带有某种理想、愿望、期盼的因素,只有当人的理想和愿望在现实生活中不能获得满足的时候,幻想的翅膀才会飞展。从这个意义上来看,倒是痛苦的情感会使人从自己的经验中加深对别人处境的理解,反更能把自己与别人的情感联合起来。以致康德认为"痛苦是活力的刺激物,在其中我们第一次感到自己的生命"⑤。它可以把人们凝聚在一起,为改变现状而共同奋斗。

再次,从伦理层面上,可以分为融合性的情感和离散性的、亦即排他性的情感。前者主要是"爱",以及由此派出的与之相关的同情、怜悯、尊重、亲善等等;后者主要是"恨",以及由此引发的嫉忌、厌恶、轻蔑、鄙视等等,它只能导致人与人之间的分离和对立,一切人际之间的争斗即由此而生。而爱之所以是融合性的情感,就在于黑格尔所说的爱就是"知道自己是同别一个人以及别一个人同自己之间的统一"⑥,即把别人看作是与自己是一体的,把别人当作另一个自己,像对待自己那样去对待别人,甘愿为别人奉献,为别

---

①　阿德勒:《理解人性》,贵州人民出版社 1991 年版,第 202 页。
②　康德:《实用人类学》,重庆出版社 1987 年版,第 155 页。
③　亚里士多德:《尼各马可伦理学》,中国社会科学出版社 1990 年版,第 204 页。
④　弗洛伊德:《作家与白日梦》,《弗洛伊德论美文选》,知识出版社 1987 年版,第 32 页。
⑤　康德:《实用人类学》,重庆出版社 1987 年版,第 127 页。
⑥　黑格尔:《法哲学原理》,商务印书馆 1961 年版,第 175 页。

人牺牲。这是道德感的一大特征,所以雪莱认为"道德的最大秘密是爱","要做一个至善的人,必须有深刻周密的想象力,必须投身于旁人和众人的地位上,必须把同胞的苦乐当作自己的苦乐"①。因此自古以来,许多思想家、伦理学家、政治学家都十分看重爱的社会作用,孔子提出"仁者爱人";《圣经》把"要尽心、尽性、尽意爱你的神"和"爱人为己"这两条诫命看作"是律法和先知一切道理的总纲"②都足以说明。到了近代,在人道主义思想的指引下,爱在伦理学中的地位又有了进一步的提升,并扩大到从社会学和人学的领域,把爱看作是一个精神健全的人所不可缺少的一种品性,如弗洛姆认为,对于一个精神不健全的人来说,"即使所有生理需要都已得到满足,他也会觉得自己被关在孤独与自我的监狱中,他必须冲出这个监狱才能保持理智的健全……与他人结合,与他们产生联系,是实现人的精神健全所依赖的最迫切的需要。这种需要使人们产生了各种亲密的关系和情感,在最广泛的意义上,我们称之为爱",它"包含着一种人生的态度,即关心、责任、尊重和理解"。它与"自恋"不同,就在于"超越了作为个体生命的自身,摆脱了生存的被动与偶然性,进入了有目的的、自由的王国",而"使人获得整体性和个人性的统一"③。我们把爱看作是道德情感的核心和根源,并不等于对恨的一概否定,因为这两者是相辅相成、互为因果的,只有爱之深才会有恨之切。如果一个人对于该恨的事物不能产生恨的感情,正如对该爱的事物不能产生爱的情感那样,都是情感冷漠、思想麻木的一种表现。

三

　　以上所说的情感的三个层级,从某种意义上说正是人从"自然的人"向"社会的人"提升在情感领域反应的路径和表征。但这只是从逻辑上来看,并不等于这过程就是后者对前者的排斥和取代。因为人毕竟如同马克思、恩格斯说的是一种"有生命的个人存在",所以,即使在伦理层面上的情感获

---

① 雪莱:《为诗辩护》,《19世纪英国诗人论诗》,人民文学出版社1984年版,第129页。
② 《圣经·马太福音》第22章第34节。
③ 弗洛姆:《健全的社会》,国际文化出版公司2003年版,第25、27、31页。

得高度发展的文明人,在行动中也不可能完全排除生理和心理层面上的情感的影响和作用。这就使得人的情感活动总是要比理智的认识复杂得多。因此,多重性和矛盾性也往往就成了情感的一种本性,是情感所永远难以排除的特质。我们所说的人的社会化,从情感领域来说,也只不过是要求情感内部的各种矛盾的构成因素,按理性的、伦理的情感的要求得以合理的调整而达到优化的组合,使那些生理和心理层面的情感在伦理层面的情感的支配和调节下,调动其积极的成分而排除消极的成分,而成为一个文明人所应有的一种持久而稳定的对待生活的态度和行为的方式。而这当中,审美就有着其他任何教育方式都不可能具有的独特的功效。

理由何在？要说明这个问题,我觉得还得要从康德的关于审美判断的质、量、关系、情状这四个“契机”说起。这四个契机是一个整体,但其中最核心的我认为是第三契机,即“无目的的合目的性”,其他三个契机其实都是环绕着这一契机而展开的。李泽厚把它看作是“美的分析的中心项”①,我认为是很有见地的。“目的”作为人们活动所追求的对象,是需要经过意志努力来实现的,意志是一种外部现实性的要求,这决定了“一切被视作愉快的根据的目的,总是在本身带着一种利害感,作为判断快乐对象的规定根据”。所以康德认为“目的是一个概念的对象,一个概念的因果性就它的对象来看就是合目的性。所以当不单是一个对象的认识,而是这对象本身(它的形式或存在)只有作为效果,即通过对它的概念才有可能想象时,这时人们自己便在思维着一个目的”②。与之不同,这里所说的“无目的”则是指没有可以为概念所表征的外在、实用、功利的目的。这说明,人们对于美的向往一般都不像功利目的那样作刻意的追求,而完全是出于自己的兴趣爱好而自发产生的。这是审美不同于人类其他一切活动的最为鲜明的特点,是唯有人“作为一个人的人”才会有的一种精神生活的特征。人们正是凭着这样的一种自由兴趣和爱好,克服了对周围世界反应的麻木和情感的疏远,使感觉变得细致敏锐、新鲜活泼,这就开拓了人与周围世界的关系和联系,而使人的生活显得丰富多彩、意趣盎然。一个感觉迟钝、麻木的人必然是缺少生活情

① 李泽厚:《批判哲学的批判》,《李泽厚哲学文集》上篇,安徽文艺出版社 1999 年版,第 399 页。
② 康德:《判断力批判》上卷,商务印书馆 1964 年版,第 57—58 页。

趣、情感淡漠、枯燥平庸、生活天地狭小而又缺乏生机活力的人。因为没有美好的情感的激发就不会有有益于社会和人类的实际行动,即使勉强而为也难以坚持到底,只有在强烈的兴趣和爱好的驱使下,人的行动才会持久,个人的潜在的能力才会得到充分的发挥。这样的人愈多,社会发展的水平也就愈高。马克思、恩格斯强调人是"社会性的个人",决非像以往人们所误解的以社会性来限制和吞没个人性,把个人性消融在社会性之中;而恰恰是认为既然人生活在社会之中,是由社会所造就的,作为一个理想的社会,就应该创造条件而使得个人的才智和能力按照社会的需要得到最充分的发展。所以他们把共产主义社会看作是以"每个人的自由发展"为前提的"一个联合体","在那里,每个人的自由发展是一切人的自由发展的条件"①。而唯智主义的教育思想之所以应该反对,就在于它按科学理性的思想观念,将人的一切个性特征和个人特长都予以扼杀,而把人仅仅造就为一种工具,一种机器的零件。这样,审美也就成为对唯智教育的一种解毒剂。因为"美"如同伽达默尔所说的并非是普遍规律的感性形式,"一次令人着迷的落日,并不是许多落日的一例",它之所以能"突然把我们紧紧拽住",就在于"迫使我们在个别地显现出来的东西面前流连忘返"。这正是为了养护人的感觉世界和丰富人的心灵生活的需要②,所以奥伊肯在谈到艺术时认为"它以多样化的表达方式丰富了我们",从而"抵制那种压抑我们以至使我们沦为不具备人性的机械配件",通过"加强个性特性以抵制大多文化中齐一化的倾向"③。这样,对于人的培养来说,"无目的性"也就转化为"合目的性"了。

现在我们再来看"合目的性"的问题,目的作为意志的对象通常总是会有某种实际意义的。如建屋是为了居住,造船是为了运输等。这样,屋与船自身就不再是目的本身而转化为一种为其他目的服务的工具了。而美和艺术并没有这样实际的目的,要是将美和艺术用来教训、娱乐或牟利,那么就如同黑格尔说的"艺术的实体唯一的目的就不在它自身而在另一件事物上面","这样一来,艺术作品的意义就仅在于它是一个有用的工具,在实现艺术领域以外的一个自有独立意义的目的服务",艺术自身也不再是目的而只

---

①　马克思、恩格斯:《共产党宣言》,《马克思恩格斯选集》第 1 卷,人民出版社 1972 年版,第 273 页。

②　伽达默尔:《美的现实性》,生活・读书・新知三联书店 1991 年版,第 24—25 页。

③　奥伊肯:《新人生哲学要义》,中国城市出版社 2002 年版,第 378—379 页。

不过是一种手段了①。在谈到文艺与道德的关系时,歌德也认为"一种好的文艺作品固然会有道德上的效果,但要求作家抱着道德上的目的来创作,那就等于把它的事业破坏了"②。马克思也指出作家不应该把自己的作品当作手段,"作品就是目的自身","诗一旦变成诗人的手段,诗人也就不成其为诗人了"③。但这里所说的都只不过反对把艺术用来为某种"外在目的"(即"有用性")服务,并不等于说审美就没有目的。那么这目的是什么呢?我认为就是康德所说的"人为目的"。因为正是由于审美所带给人的愉快是一种"纯粹的欣赏判断",是不夹杂任何利害关系的,所以它就可以消除由于利害冲突所造成的人与人之间的隔阂甚至对立,使得审美既"直接保持在我的快感或不快感上而不通过概念"又可以"把他对客体的愉快推断于每个人",使人人得以共享,而使得审美判断"就好像一般认识判定一个对象时具有普遍的法则一样,个人的愉快对于其他各个人也能宣称为法则"④。这就可以通过审美把人与人之间情感沟通起来而形成一种"共同感",从而不但在感性层面上实现理性所要达到的目的,同时也使得理性的目的经由体验内化为自己的情感,使情感的各个层级按理性的要求得以调整而达到最优化的组合,这种"共同感"也正是道德情感的根本特征,因为唯有当人感到别人与自己是同一的,把别人看作仿佛是另一个自己,他才有可能为别人作出奉献、作出牺牲,才有可能成为一个有道德的人。尽管审美感与道德感不同,它是"静观"的,只是以其表象使人发生兴趣、感到愉快,不像道德情感那样指望直接在人的行动中得到落实。但却能使人的情感体验"从官能的享受向道德情绪过渡"⑤。因此,审美也就成了在培育人的道德情感上为任何理性说服都无法企及的最有效的方式。这就是它所要达到的"内在目的"也即"人为目的"。所以美的道德功能我认为不能狭隘地理解为借助审美来进行道德说教,像伏尔泰在谈到悲剧时所说的那样,"悲剧是一所道德学校,纯戏剧与道德课本的唯一的区别,即在于悲剧的教训完全化作了情节"而借情节来

---

① 黑格尔:《美学》第 1 卷,商务印书馆 1979 年版,第 68 页。
② 歌德:《歌德自传——诗与真》,人民文学出版社 1983 年版,第 569 页。
③ 马克思:《第一次莱茵省议会的辩论》(第一篇论文),《马克思恩格斯全集》第 1 卷,人民出版社 1956 年版,第 87 页。
④ 康德:《判断力批判》上卷,商务印书馆 1964 年版,第 52、137、123—124 页。
⑤ 康德:《判断力批判》上卷,商务印书馆 1964 年版,第 60、142 页。

教训人①,因为这就无异于把艺术当作只不过是一种手段,仅仅是为道德的目的服务,它自身就没有相对独立的价值了。而正确的理解应该是它旨在培育人的审美情感,借助审美体验,在感情上把人与人之间联合起来,使自己的体验能够成为别人的体验,别人的体验成为自己的体验,来培育人与人之间的"共同感",凭着审美情感与道德情感的这种"同质性",而完成在没有道德目的的情况下实现道德所要达到的培育人的道德情操,完善人的人格建构的目的。这就是"无目的的合目的性"。所以要培育一个健全和完善的人的人格,是不可能没有审美教育的。

2014 年 3 月下旬草拟,7 月中旬写成

原载《南国学术》(澳门)2015 年第 1 期

---

① 伏尔泰:《论悲剧》,《伏尔泰论文艺》,人民文学出版社 1993 年版,第 395 页。

"需要"和"欲望"：正确理解"审美无利害性"必须分清的两个概念

一

"无利害关系的自由愉快"被康德视为"审美判断"的第一契机，他把"美"与"快适"和"善"加以比较，认为"在这三种愉快里，只有对于美的愉快是唯一无利害关系的自由愉快，因为它既没有感官方面的利害感，也没有理性方面的利害感来强迫我们去赞许"。他把这种观赏方式称之为"静观"，"它对一对象的存在是淡漠的"，而不会引发人们占有的冲动①，因此它既不属于理智，也不属于意志，而只能是属于情感的领域。

"静观"这概念源于古希腊哲学。古希腊哲人认为人生追求的"最高的善"就是"幸福"的生活，"幸福应伴随快乐"；而在各种快乐中，最大的快乐也就是合乎智慧的活动，"因为它是思辨活动，它在自身之外别无目的追求，它有着本身固有的快乐，有着人所可能有的自足、闲暇、孜孜不倦。……如若一个人终生都这样生活，这就是人所能得到的完美幸福"②。所以到了斯多亚主义那里，就把与"自足"相对的、追求外在目的意志活动，以及作为意志的内驱力的"欲望"分离开来，而对欲望采取完全否定的态度，认为自然的东西都是容易获得的，无须刻意追求。它把因欲求而生的内心冲动称之为"激情"，认为"激情是由错觉而生，是灵魂中的不合理的，不自然的运动"，"它在

---

①　康德：《判断力批判》上卷，商务印书馆 1964 年版，第 46 页。
②　亚里士多德：《尼各马可伦理学》，中国社会科学出版社 1980 年版，第 225—226 页。

'钱是好东西'的信念下贪图钱财、酗酒、挥霍无度而使人内心不得安宁"。所以"有智慧的人是没有激情的"，"良好的情感就是愉悦、谨慎和希望"。"愉悦"与"快乐"相对，是"理性的兴奋"；"谨慎"与"恐惧"相对，是"理性的避免"；"希望"与"欲求"相对，是"理性的追求"。从而表明幸福的生活就是一种不受欲望所困，远离激情冲动的一种淡泊、宁静的生活，亦即是以"静观"的态度去对待的生活，它带有强烈地否定意志的倾向①，以致到奥古斯丁那里进一步根据《旧约》圣经中的"原罪"说而视"意志是罪恶的根源"②。埃里根纳就是按这一思想来解释审美的特性的，认为"智者在心中估量一个器皿的外观时，只是简单地把它的自然的美归于上帝，他不为诱惑所动，没有任何贪婪的毒害能够浸染其纯洁的心，没有任何欲念能玷污他"。他反对仅仅以感官的愉悦性来判断美与不美，批评"视觉被以欲求的心理看待可见形态美的人们滥用了。因为上帝在《福音书》中说：'谁以贪婪的目光注视一个女子，谁已在心里犯了通奸罪'"③。到了近代，鉴于资本主义发展所导致的社会风气的败坏，又被英国经验主义哲学家夏夫兹博里和哈奇森引入到对美的解释中，如哈奇森认为，美所给予人的快乐"不同于基于对利益的预期而源于自爱的那种喜悦"，它使人"除了获得令人愉快的美的观念外，在美的形式上毫无对利益的任何其他预期"，"我们源于对象的美的感官把对象构造得有益于我们，完全不同于对象被如此构造时我们对于它的欲望"④。经过这一思想演变，到了康德那里就被概括为"无利害关系的自由愉快"而作为"审美判断力"的"质"的契机而明确提出。

　　"审美判断力批判"是康德《判断力批判》的基础部分。他的《判断力批判》正如他自己所说是为了沟通"现象世界"与"本体世界"、"理论理性"与"实践理性"亦即道德理性而作的，他把"无利害关系的自由愉快"作为"审美判断力"的"质"的契机，和与之并存的"量"、"关系"、"情状"这三个契机联系起来作为一个整体来看，其目的就是为了使"实践理性"排除内部和外部的强制而使人的道德行为进入自由的境界。所以与斯多亚主义不同，这里并

---

① 第欧根尼·拉尔修：《名哲言行录》，《古希腊哲学》，中国人民大学出版社 1990 年版，第 618 页。

② 奥古斯丁：《论自由意志》，《恩典与自由》，江西人民出版社 2008 年版，第 128 页。

③ 转引自塔塔科维洛：《中世纪美学》，中国社会科学出版社 1991 年版，第 126 页。

④ 哈奇森：《论美与德性观念的根源》，浙江大学出版社 2009 年版，第 10—11 页。

没有否定意志的意思。因为意志作为人的追求一定目的的活动,它的合理与否不在于意志本身,而在于它所要达到的目的。而这一点却被叔本华忽视了,这使得他不仅完全倒退至斯多亚主义,而且还按古印度的吠檀多派哲学和佛教的思想,不加分析地把意志看作是造成人生痛苦的最终根源。叔本华美学思想的出发点也是把审美看作是一种静观(直观)的活动,认为它使人不再与自己的利害关系联系起来而使人在观察事物时"不再是'何处'、'何时'、'何以'、'何用',而仅仅只是'什么'……代替这一切的却是把人的全副精神能力献给直观,沉浸于直观,并使全部意识为宁静地观审恰在眼前的自然对象所充满"。他把人生的本质视作为"无",而在平时生活中"我们之所以这样痛恶这个无,这无非……我们是这么贪生,表现着我们这贪生的意志而不是别的,只认识这意志而不认识别的"。所以一旦随着"意志的放弃,则所有那些现象,在客体性一切级别上无目标无休止的,这世界由之而存在并存在于其中的那种不停的熙熙攘攘和蝇营狗苟都取消了,一级又一级的形式多样性都取消了,随意志的取消,意志的整个现象也取消了",这时,人们也就"自失于对象之中",也就"忘记了它的个体,忘记了它的意志",作为无私无欲的"纯粹的认识主体"而存在,从而使自己与对象的关系成为是"纯粹的观审,是直观中的沉浸,是在客体中的自失,是一切个体性的忘怀,是遵循根据律的和只把握关系的那种认识方式的取消"。"我们所看到的就不是无休止的冲动和营求,不是不断地从愿望过渡到恐惧,从欢愉过渡到痛苦,不是永未满足永不死心的希望,那构成贪得无厌的人生平大梦的希望;而是那高于一切理性的心境和平,那古井无波的情绪,而是那深深的宁静,不可动摇的自得和愉悦"[①]。这就是人生的解脱,就是一种静观的审美境界。

在我国近代美学史上,把西方美学引入我国的第一人王国维就是按叔本华的这一思想来理解康德的审美是"无利害关系的自由愉快"的,他认为生活的本质"'欲'而已矣,欲之为性无厌,而其原生于不足。不足之状态痛苦是也"。"故欲与生活与痛苦,三者一而已矣"[②],"人之所以朝夕营营者,安归乎?归于一己之利害也。人之生矣则不能无欲,有欲则不能无求,有求则

①　叔本华:《作为意志和表象的世界》,商务印书馆 1982 年版,第 249—250、562、250、562—563 页。
②　王国维:《红楼梦评论》,《中国近代文论选》下,人民文学出版社 1959 年版,第 744 页。

不能无得失，……于是由之发生于心者则为痛苦，见之于外者则为罪恶"①，而"美之为物，使人忘一己利害而入高尚纯洁之域，此最纯粹之快乐也"②。这样，他就把审美境界视作为一种"无希望、恐惧、内外斗争、无人我之分"的"生的意志"灭绝的状态③。这解释似乎为我国现代审美理论定下了基调，以致其后将近半个世纪之中，我国的美学界大多是按这一观点来解释审美，而把对审美的理解引入误区。

之所以会作出这样的解释，在我看来，就在于王国维对"欲望"与"需要"这两个概念未作区分而加以混淆，把"需要"都当作"欲望"来加以否定而陷入悲观主义和虚无主义之故。"需要"是人为了求得自身生存和发展所必然会有的对于外部世界的各种需求的总称，它包括物质需要和精神需要，人作为血肉之躯，作为马克思、恩格斯所说的"有生命的个人存在"总需依赖于一定的物质资料才能生存下去，所以物质的需要乃是人类生存的第一需要。如果按王国维的理解，把人的一切需要甚至"生的意志"都混同于欲望予以否定，那么人活在世上本身岂不就是一种罪过？后来，朱光潜在阐述他们提倡的"人生艺术化"时，又对这一思想作了进一步的发展，认为："中国社会闹得如此之糟，不完全是制度问题，大半由于人心太坏"，"人心之坏，是由于'未能免俗'"，"现世只是一个密密无缝的利害网，一般人都不能逃脱这一圈套，所以转来转去，仍然被利害两个大字系住"，不能超脱，都在"像蛆钻粪似的求温饱"，"这种人愈多，社会愈趋腐蚀"。这就不加分析地把人生的基本"需要"也当作"欲望"来予以否定。联系当时中国正处于内忧外患、人民大众在水深火热中挣扎度日的现实社会，这种回避现实、掩盖矛盾的论断就不仅是一个思想认识的问题，而视为政治立场的问题也不以为过。所以在基于这一认识基础上他所提出的"美感世界纯粹是意象的世界，超乎利害关系而独立，在创造或欣赏艺术时，人们都从有利害关系的实用世界搬到无利害关系的理想世界里去"，因而可以达到"怡情养性"、"净化人心"的作用的思想④，就像当年黑格尔批评伊壁鸠鲁学派时所说的，充其量只不过是一种"圆

①　王国维：《孔子之美育主义》，《王国维艺术文化随笔》，中国青年出版社 1996 年版，第 150 页。

②　王国维：《论教育之宗旨》，《王国维艺术文化随笔》，中国青年出版社 1996 年版，第 147 页。

③　王国维：《孔子之美育主义》，《王国维艺术文化随笔》，中国青年出版社 1996 年版，第 153 页。

④　朱光潜：《谈美·开场话》，《朱光潜美学文集》第 1 卷，上海文艺出版社 1982 年版，第 446 页。

满无亏、纯粹自我享受"的"养心术"①,所以他提出要改造社会先得要求人心净化,而"要求人心净化,先要求人生美化"②的主张,所反映的实在是当时那些既不甘同流合污,又远离人民大众、惧怕现实斗争的士大夫阶级的消极避世的心理。这不仅与改造社会无补,而且在一定程度上也使美学在我国成了一种脱离社会现实的高蹈的理论。这就是从 20 世纪初以来虽然对于审美教育在我国有不少人提倡而实际上却没有产生多大社会影响和社会作用,如同当年蔡元培所感叹的"我以前曾经很费了些心血去写文章,提倡人们对于美育的注意。当时很有许多人加入讨论,结果无非纸上空谈"③,而鲜有功效的一个重要原因。

二

所以,我觉得要正确理解审美是"无利害关系的自由愉快"这一思想,首先就应该分清"欲望"和"需要"这两个概念。

"欲望"在古希腊哲学中各家的认识并不一致,在柏拉图那里一般是因其自然性与非理性的倾向对之采取批判否定的态度,而在亚里士多德那里,则作一个中性的概念来使用,并不含有褒贬的倾向。如他认为人的灵魂有三个方面:感觉、理智、欲望,"感觉"是受制于对象的,它是个别的;"理智"存在于灵魂自身,它是普遍的,它是"灵魂中用来思索和判断的部分";而"欲望中有所追求和躲避",它是指向一定目的的,"如果没有任何欲望,我们绝不可能看到心灵会产生运动"④,所以他把欲望归属于意志的活动,只不过认为欲望应该受理性的制约而取其中道、有所节制,而反对由于欲望的无限膨胀而造成的贪心和纵欲去追求一种"兽性的快乐",使人"离开了德性",成为"最肮脏、最残暴的最坏的纵欲者和贪婪者"。⑤ 因此在中世纪,尽管受禁欲

---

① 黑格尔:《哲学史讲演录》第 3 卷,商务印书馆 1959 年版,第 13 页。
② 朱光潜:《谈美·开场话》,《朱光潜美学文集》第 1 卷,上海文艺出版社 1982 年版,第 446 页。
③ 蔡元培:《与时代画报记者谈话》,《蔡元培美学文选》,北京大学出版社 1983 年版,第 214 页。
④ 亚里士多德:《论灵魂》,《亚里士多德全集》第 3 卷,中国人民大学出版社 1992 年版,第 87 页。
⑤ 亚里士多德:《政治学》,《古希腊哲学》,中国人民大学出版社 1990 年版,第 586 页。

主义的影响,对欲望一般都取排斥的态度,但即使在经院哲学家托马斯·阿奎那那里,还是沿袭亚里士多德的理解而视为人的固有本性的一部分并未与贪欲直接等同,而完全予以否定;只是到了文艺复兴时期,由于一些人文学者如彼得克拉、爱拉斯谟、薄伽丘等人对于人的感性需要和现世享乐的片面宣扬而导致人的欲望日趋膨胀,以致霍布斯才从"性恶论"出发,视欲望为一切罪恶的总根源。他认为人性本恶,它使得人天生就有强烈的权势欲、财富欲、知识欲和名誉欲。而"这几种欲可以总括为一种欲望,也就是权势欲:因为财富、知识和荣誉不过是几种不同的权势而已"。这种权势欲造成了"作为人类共有的普遍倾向",就是"得其一而思其二、死而后已、永无休止的"争夺,从而"使人倾向于争斗、敌对和战争",处于"互相为战的战争状态"①。这样,也就把欲望与恶、贪婪、野心、争斗联系在一起,使"欲望"这一原本是中性的词演变成一个贬义的词。这才引起了学界的强烈反对,而认为它与审美是完全对立的。首先在英国本土,它就招来了剑桥柏拉图主义和夏夫兹博里、哈奇森等人的批判;其后在法国又受到卢梭的严厉斥责。但在对"欲望"的理解上,卢梭与夏夫兹博里等人又不完全相同,他所沿承的是亚里士多德的理解,就像当年伊壁鸠鲁那样,他把欲望分为"必要的"和"不必要的",认为"自然的又必要的欲望可以解除痛苦,例如渴的时候想喝水;自然而非必要的欲望则是指仅能使快乐多样化而不能消除痛苦,例如奢侈的食品",认为"所有尚未满足却不会产生痛苦的欲望都是不必要的"②。并指出人出于生存的目的,他必须爱自己,所以不可能没有欲求,但应该区分"是为了维护我们生命所必须的物质需要"和"为了我们生活的舒适、快乐和豪华排场的需要"③这样两种不同的需要,他把前者称之为"真正的需要"而后者为"虚假的需要",亦即欲望④。认为与文明人相比,"野蛮人由于缺乏各种智慧只能具有因自然冲动而产生的情感,他的欲求决不会超出生理上的需要",而且"这种需要也很有限";只是到了文明社会,"每个人都开始注意别人,也愿意别人注意自己。于是公众的重视具有了一种价值",从而使得

①　霍布斯:《利维坦》,商务印书馆1985年版,第54、72—73、96页。
②　卢梭:《论人类不平等的起源和基础》,商务印书馆1962年版,第85页。
③　卢梭:《论公众的幸福》,《卢梭散文选》,百花文艺出版社2005年版,第240页。
④　卢梭:《奢侈商业和工艺》,《卢梭散文选》,百花文艺出版社2005年版,第246页。

人"一方面产生了虚荣和轻蔑,另一方面产生了羞惭和羡慕",人人都想超过别人而争当第一,这样才导致理性代替了本能,智巧代替了良知,自然的需要也就开始演变的欲望,从而使"虚荣和享乐之心、邪恶和萎靡不振之风弥漫","一方面是竞争和倾轧,另一方面是利害冲突,人人都时时隐藏着损人利己之心,这一切灾祸,都是私有财产第一的结果"①。

经历了这样一番思想演变之后,人们对于这两个概念开始有了比较客观而辩证的认识和鉴别,并使卢梭的观点逐渐为人们所认同和接受。在考察人的意志活动的时候,就逐渐把"欲望"从"需要"中分离开来。如霍尔巴赫在谈到人与动物的区别时认为:动物的活动只是"满足于本能",它的需要是"有限的",它"既然没有人的那些需要,又没有人的那些欲望";而对于人的活动来说,由于他的"想象、偏见和脑力活动"的作用和推动会使得需要无限增长而成为欲望,这样,"随着这些需要的增长,人的痛苦随之也加深了"②。这一区分也为当今不少西方学者所认同,如弗洛姆认为"只有依据于认识到真正人的需要是植根于人的本性的,才能区分真正的需要和虚伪的需要。……社会的分析学家的任务正是要唤醒人们认识什么是梦幻的虚伪的需要。马克思认为,社会主义的重要目的就是实现人的真正的需要,而只有当生产为人服务,资本家不再创造和利用人的虚伪的需要时,才能达到这一目的"③。而丹尼尔·贝尔则对两者作了更明确的区分,认为"需要是所有人作为同一'物种'成员所应有的东西","欲望则表现不同个人因其趣味和癖性所生的多种喜好"。他引用凯恩斯的话说明它不是一种必需的而意在表明自己的地位的优越,"满足人的优越感",以使自己"超过他人感到优越自尊的永无止境的那一类的需求",它会"驱使人追求满足时可以达到凶猛的程度,足以使人丧失理智而走向犯罪",他认为"资产阶级社会与众不同的特点就在它所要满足的不是需要而是欲望"④。

这种情况并非完全没有引起当时的一些哲学家和思想家的关注,并考虑如何予以改变;但他们大多是在讨论什么是"幸福"的问题时,从"感觉论"

---

① 卢梭:《论人类不平等的起源和基础》,商务印书馆 1962 年版,第 118、125 页。
② 霍尔巴赫:《健全的思想》,商务印书馆 1966 年版,第 84 页。
③ 弗洛姆:《精神分析的危机》,国际文化出版公司 1988 年版,第 73 页。
④ 丹尼尔·贝尔:《资本主义文化矛盾》,生活·读书·新知三联书店 1989 年版,第 22、68 页。

和"自爱论"的观点出发来加以分析和评判,像18世纪法国启蒙主义和英国功利主义哲学家,尽管都不赞同霍布斯的人与人之间是豺狼之说,认为人与社会是不可分离的,"美德只能理解为追求共同幸福的欲望;因此,公益乃是美德的目的,美德所支持的行为,乃是它用来达到这个目的的手段";但由于它的出发点是感觉论,是人的"肉体感受性",认为"人是能感觉肉体的快乐和痛苦的,因此他逃避前者,追求后者",所以"我们对自己的爱,乃是我们身上感觉能力必然的结果",这就必然导致"个人利益是人们行为价值的唯一而且普遍的鉴定者"的结论。只是由于在社会中任何个人的幸福都是需要别人的幸福来保障,这才要求在自爱的同时还必须顾及别人的利益,所以"爱邻人在每个人身上只不过是爱自己的结果"[①],这就是他们所宣扬的"合理的利己主义"的理论依据。从这一思想基础出发,他们在解决社会现实问题上似乎都沿袭亚里士多德的"中道"的思想,试图通过制定人的行为规范从外部来控制人的欲望,而视道德的人为按照社会制定的规范准则行事的人。这样"德行"就不是源于"德性",而只不过是在外部规范强制下的一种行动。

这些理论使康德颇为不屑,他转向从人的"德性",从人的内部原因去寻找当时社会道德沦丧的根源以及人生"幸福"的道路,认为那种从经验的"现实性的快乐"出发的"从属自爱或个人幸福的普遍原则"是不能成为道德原则而给人以真正的快乐和幸福的。他从基督教的"原罪"说中所引申出来的把有罪的体验看作是道德的基础中得到启示,因为《圣经·约翰一书》里说:"我们若说自己没有犯过罪,便是以神为说谎的,他的道也不在我们心里了。"所以凡是虔诚的基督徒都认为自己是有罪的人。这"罪"在康德看来就是源于"欲望";但他又不同于禁欲主义者,他承认人的感性需要存在的合法性,并不认为"幸福原则"和"德性原则"是完全对立的,如他在他的伦理学代表作《实践理性批判》中表明"纯粹实践理性并不希望人们应当放弃对于幸福的要求而只是希望一旦谈到职责人们应当完全不瞻顾幸福"。因为感性毕竟只是个体的、生理的、经验的,如果以个人幸福为目的,不可避免地就必然会导致欲望的无限膨胀,所以若是"以个人的幸福原则成为意志决定的根

[①]　爱尔维修:《论人的理智能力与教育》,《西方伦理学名著选辑》下卷,商务印书馆1987年版,第63、64页。

据,那么这正是德性原则的对立面"①。如何在满足人的感性需求的同时又使人在生活中避免完全受感性的支配,而不使自己成为欲望的奴隶?这在康德看来也就成了人在走向自我完善使自己成为一个道德的人过程中所必须解决的一个问题。他把"欲望"看作是培养个人德性的最大的障碍,强调德性必须建立在职责的基础上,只有当人们摆脱一切利己主义,出于对道德法则的膺服而生的自由意志驱使下,才会有真正的道德行为的发生。那么如何使"德性原则"和"幸福原则"两者不再相互对立而有机地统一起来呢?他发现审美正好可以完成他所希望的沟通两者的目的,因为审美判断作为一种"无利害关系的自由愉快",虽然是在感性的层面上发生的,但它不同于"感觉快适"那样只是一种"促使主体停留在原状态的情感"②,只属于"是单纯的享乐"而"没有教养作用"③;它作为一种"理性的兴奋",在满足人的感官享受,使人从对象中得到愉快的同时,不仅不为占有欲所支配,使人始终保持一种平和、宁静的心态,而且通过情感的交流还能使人与人之间形成一种"共同感",这种共同感正是道德感的一大特性。所以他认为借助审美可以实现"从官能享受到道德情绪的过渡"④,表明只有当人排除利害关系"不顾到享受而行动着,⋯⋯这才赋予他作为一个人格的生存以一绝对的价值"⑤而成为一个有道德的人。这就是康德把审美看作是"无利害关系的自由愉快"的真意所在。他试图借审美来抵销的自资本主义社会以来所无限膨胀的"欲望",其目的恰恰是为了维护和完善人自身人格的"需要"。

三

但是在我国美学界,在阐述和理解审美是"无利害关系的自由愉快"这一命题时,由于自王国维以来一直没有分清"需要"和"欲望"这两者的区别,

① 康德:《实践理性批判》,商务印书馆 2000 年版,第 19、101、37 页。
② 康德:《实用人类学》,重庆出版社 1984 年版,第 155 页。
③ 康德:《判断力批判》上卷,商务印书馆 1964 年版,第 107 页。
④ 康德:《判断力批判》上卷,商务印书馆 1964 年版,第 142 页。
⑤ 康德:《判断力批判》上卷,商务印书馆 1964 年版,第 45 页。

以致为了抵制"欲望"而把"需要"也一起予以否定，不是把审美放在人的需要系统中来进行考察；这样，有意无意地把美看作似乎像戈蒂叶所说的是一种奢侈品，似乎它只是有钱人的专利。所以直到今天，当我们在谈论普及审美教育时，还常常会听到这样一种质疑：当广大劳苦大众还为衣食奔波时，我们来提倡审美，乃是一路高蹈的、不切实际的理论。为了澄清这一认识上的混乱，我觉得在说明了审美对于完善人的人格的重大意义这一基本道理的基础上，还有必要再针对这一具体观点作进一步深入的研究。这就得从人的需要系统以及不同需要层次的内在关系和联系的分析入手。

　　需要是人的活动的内在动机，是人的活动的积极性的源泉，要是没有一定需要的驱使，人的活动就不可能产生。而需要是一个层级的系统，一般可以分为物质需要和精神需要两个层次。这是由于人作为"有生命的个人存在"，它的生命包括肉体生命和精神生命两个方面。肉体生命是依靠物质生活资料来维持的，相对于精神需要来说，物质的需要是第一性的，要是连基本的物质需要都不能得到满足，人也就难以存活。所以，从社会学的观点来看，在一个尚存在着贫穷、失业，许多人还忙于为温饱的生活奔波的社会里，审美在国民教育中地位和作用总要受到一定的限制。因此为了提倡和普及审美教育，首先应该解决的就是经济生活和文化教育领域中的公平正义问题；但若是仅仅从物质层面上来考虑问题，不仅很难从根本上划清需要与欲望的关系，而且还很容易把需要引向欲望。所以还需要我们从人学和伦理学的观点来进行思考。因为社会学是一门实证的科学，它看重的是必然律，是外部因果性，所以在社会学的视野中，人总是被外部的环境和条件所决定的；而人学、伦理学所强调的则是自由律，认为人不同于动物，他不是消极地听命于外部关系的支配，受外部条件的决定，他有自己的志趣和意向，自己的主观能动性。这就决定了在同样的客观条件下，每个人在行动上还有自己不同选择的自由。正如从当今不断揭发出来的许多高官的贪污、受贿的事实所表明的物质生活条件的优裕不能保证人就不犯罪那样；反之，物质生活贫穷也不一定就会使人们放弃自己的志趣、爱好、独立人格和精神上的追求。这里就突显了精神生活在人的生存活动中的重要地位。要说明这个问题，还得需要我们从什么是精神生活说起。

　　精神相对于物质而言，指的是人的心灵和意识的活动，这是人类进入社会以来不断社会化的积极成果,是人不同于动物的根本特征,它体现在人的认识活动、意志活动和情感活动之中。精神生活的特点就在于奥伊肯所说的"超越性"[①]:认识是为求理性对感性的超越,它使人的意识进入普遍的领域而不再直接受个别的、感觉经验的限制,唯此人的认识才能由此及彼、由表及里;意志是为求理想对现实的超越,因为意志是人追求一定目的的活动,它不同于认识在于通过自己的活动使对象世界按自己的目的加以改造而实现自己的理想。如果说,认识与意志都是人的后天智能发展的成果,它们旨在求得对外部世界的超越;那么,情感则源于人先天的自然欲求,源于人的内部世界,而使人的活动超越一己之利害关系,获得普遍的社会意义。这正是马克思认为的是"人的活动"的基本特征,是马克思主义人学理论所着重阐述的问题。尽管自人类进入资本主义社会以来,由于私有制和社会分工,使人的活动日益向着与之相反的方向发展,丧失了它原本所固有的特性,而成为仅仅是个人谋生的手段,使劳动人民的劳动成为"外在的"、"不属于他本质的东西",不再是从中感到愉快的,获得精神上的享受,以致"他在劳动中不是肯定自己,而是否定自己,不是感到幸福,而是感到不幸,不是自由地发挥自己的体力和智力,而是使自己的肉体受折磨,精神受摧残",成为"一种自我牺牲、自我折磨的劳动"[②],这在马克思看来不应是我们所认同的,而恰恰是需要予以改变的现实。理论的作用正是为了给我们变革现状指明方向,探寻道路。所以为了消除资本主义异化劳动所造成的人的异化,实现人的自由解放,马克思在从物质层面上提出消灭私有制和社会分工所造成的对人的强制和奴役的同时,还着重研究了如何使人由于异化劳动所导致的"人的机能"变为"动物的机能"的状态下解放出来,而"把劳动作为体力和智力的游戏来享受"[③]。这里的"游戏"一词显然是借用了康德和席勒的用语。康德把人的活动分为"自由活动"和"雇佣活动"两类,认为后者"只是由于它的结果(例如工资)吸引着",它对工作本身并不感兴趣,所以是"被迫的","痛苦而不愉快的"[④],而前者则仅仅是为工作自身所吸引,它对工作本

①　奥伊肯:《新人生哲学要义》,中国城市出版社 2002 年版,第 173 页。
②　马克思:《1844 年经济学哲学手稿》,人民出版社 1985 年版,第 50—51 页。
③　马克思:《资本论》,《马克思恩格斯论艺术》一,人民文学出版社 1960 年版,第 368—369 页。
④　康德:《判断力批判》上卷,商务印书馆 1964 年版,第 149 页。

身就感到愉快的。马克思提出"把劳动作为体力和智力的游戏来享受"的用意也就是表明发展生产"决不是摒弃享乐"，而认为在发展力量，发展生产能力同时也必须顾及"发展享乐的能力和手段"①。这就充分说明了"享受"与"人的劳动"的不可分离性，唯有劳动者把乐业的精神与敬业的精神统一起来，把工作同时看作是一种享受，他才会全心致志地投入其中，使自己的聪明才智和创造才能得到最大限度的发挥。这种超越利害关系的精神享受，就是一种审美享受。

正是因为如此，我认为审美作为一种确保人格独立和人格完善的精神享受对于每个人的生存来说，都是不可缺少的，它是人的一种"精神食粮"，就像梁启超所说的它并非什么"奢侈品"，而是像"布帛菽粟一样"是人所不可缺少的"生活必需品之一"②。所以那种认为当劳苦大众尚在为温饱奔波的时候，来提倡审美是一种脱离现实的高蹈的理论之说，只能说是一种导致人们否定精神生活在人的生存活动中的重要地位、放弃人们对于精神生活的追求，而去认同那些屈从于现状的奴隶哲学。虽然我们这里所立足的都是一些理论上的探讨，但事实上在现实生活中，即使在广大劳苦大众所从事的艰苦劳动的生产中，也不是就与审美绝缘的。这种审美的因素使得劳动对他们来说不只是一种谋生的手段，同时也从中获得一种精神享受的方式，就像高尔斯华绥在他的小说《品质》中所描写的那位老皮靴匠格斯拉那样，尽管他非常穷困，但从不把制作皮靴仅仅当作谋生的手段，一旦投入制靴工作，他就感到是一种享受，总是自得其乐、乐在其中，从不草率从事、粗制滥造。从而使得他的工作不仅成了展示他的技艺、实现他自身价值的一种生活方式，而且也使得他在精力上的付出能从工作所得到的愉快中获得补偿，并始终对工作怀有一种虔敬之心，从不因穷困而丧失自己的人格；所以他制作的靴子总是最精美、最耐穿的。他对工作在精神上是那样的投入，让人感到"进了他的店铺那心情仿佛进了教堂"！罗丹更是把对工作的忠心耿耿，这样精益求精以工作为乐的工人称之为"艺术家"③，也正是表明只有进入审美的状态，人生才会美好。所以从历史上来看，尽管广大劳苦大众挣扎于温

---

①　马克思的未刊手稿，《马克思恩格斯论艺术》一，人民文学出版社 1960 年版，第 371 页。

②　梁启超：《美术与生活》，《饮冰室合集》第 5 册，商务印书馆 1989 年版，第 21—25 页。

③　葛塞尔：《罗丹艺术论》，人民美术出版社 1978 年版，第 118 页。

饱线之下,进入不了艺术的殿堂,与一切高雅的艺术无缘,但以各种形式流传于民间的艺术在他们的生活中却从未消失,这不仅使得他们在自娱自乐中获得精神的抚慰和激励,缓解生存的压力,而且还从中获得思想品德的提升,如同恩格斯在谈到民间故事时说的,民间故事使一个劳累的农民"忘却了自己的劳累,把他的硗瘠的田地变成馥郁的花园";使一个疲乏不堪的手工业学徒感到自己的"寒碜的楼顶小屋变成一个诗的世界和黄金的宫殿";民间故事书"还像圣经一样培养他的道德感,使他们认清自己的力量、自己的权利、自己的自由、激起他的勇气,唤起他对祖国的爱"①。这都说明审美作为人的一种精神慰藉和补偿,它如同物质生活条件一样都是人的生存的需求,是任何人的生活和工作所必需的。尽管实际上离这样理想的境界还有很大的距离,但是理论从来不只是说明现状而是为了改变现状的,所以在现实的发展过程中就特别需要理论来给予正确的引导。

2014 年 6 月下旬三改

原载《杭州师范大学学报》(社会科学版)2014 年第 6 期

---

① 恩格斯:《德国民间故事书》,《马克思恩格斯论艺术》四,人民文学出版社 1962 年版,第 401 页。

关于美学文艺学中"实践"的概念

一

　　这些年来,学界有一种思想认为:自 19 世纪中叶开始,西方哲学研究的视角就逐步从认识论转向实践论,这种转向也反映在美学与文艺学研究之中,这应该说是哲学、美学、文艺学研究上的一大推进;但由于"实践"这一概念在西方哲学中有多重的含义,以及人们对之理解的不同,也导致在我国美学、文艺学研究中产生了不少认识上的混乱,所以很需要我们对这一概念作一番细致的清理和深入的辨析。

　　在哲学史上,"实践"一般是与"认识"相对而言,是相对于"知"来说的"行",这表明实践理论的提出是以对人在世界中的地位和作用、人的主体性和能动性的自觉认识为前提的。就像伽达默尔所说"实践意味着全部实际的事物,以及一切人类的行为和人在世界中的自我设定","实践固有的基础构成了人在世界上的中心地位和本质的优先地位"①。但它的具体内容又非常丰富,至少可以从本体论、认识论、伦理学、创制学等角度对之作不同的理解。

　　"本体论"是古希腊哲学研究中的核心问题,因为古希腊哲学是一种知识论哲学,认为知识虽然不同于经验,它属于思辨科学,所探究的不是个别的现象而是普遍的真理,但又有不同的级别,所以亚里士多德认为"思辨科学有三种,物理学、数学和神学",而在这三者中,"神学"又是最高尚的,因为

---

　　① 伽达默尔:《论实践哲学的理想》,《赞美理论》,上海三联书店 1988 年版,第 69—70 页。

"神是赋有生命的,生命就是思想的现实活动,他就是现实性,是就其自身的现实性,它的生命是至善和永恒"①。但这里所说的"神"与古希腊神话中的诸神以及后来基督教中的"上帝"不同,它不是一种人格神,而是指一种"宇宙理性"和"宇宙精神","是宇宙万物各种原因的始点"②,亦即亚里士多德"四因说"中的"动力因"和"目的因",因而也就被看作是世界的本原和始基,这就是古希腊哲学所致力于探讨的"本体论"。像阿那克萨戈拉的"nous"、柏拉图的"理念"、亚里士多德的"神"都是属于本体论所研究的对象。

这种与"目的论"相应的本体论在古希腊哲学中是由苏格拉底开创的,这是由于古希腊早期哲学都属于"自然哲学",不论是在米利都学派还是埃利亚学派中,"本体"都被看作是一种独立于人而存在的自然实体,或是"水",或是"气",或是"火",等等。人在它们的眼中是没有地位的,所以都不能联系人的活动来理解世界的本原。直到阿那克萨戈拉把"nous"(一般意译为"心灵"或"理智",而音译为"努斯")引入哲学,认为"nous 是万物的原因和安排者","其他东西都分有每一事物的一部分,只有 nous 是无限的、自主的",是"一切运动的本原"③,才使哲学的对象从自然开始转向人事。因为这思想给苏格拉底以极大的启示,他后来自己在回忆中说"我听到有人从阿那克萨戈拉的一本书中读到,nous 是万物的原因和安排者。我对这个原因学说十分赞赏"④。虽然阿那克萨戈拉的 nous 还没有摆脱自然哲学的色彩,但是他对自主性、能动性的揭示对于苏格拉底哲学的"人学转向"起着很大的催发和推动的作用,以致卡西尔认为苏格拉底"所知道以及他全部探究所指的唯一世界,就是人的世界",他的"唯一的问题只是:人是什么? 他的哲学是严格的人类哲学"⑤。但是可能是由于受了早期希腊自然哲学的影响,使得"nous"的精神在柏拉图以及亚里士多德所创立的自己的本体论,即"理念论"和"神学"中并没有得到充分的继承和发展,仍然像埃利亚学派的巴门尼德那样,按实体性的思维方式,把本体看作是静止的,是"不生不灭"、"无始

① 亚里士多德:《形而上学》,《古希腊哲学》,中国人民大学出版社 1990 年版,第 555、561 页。
② 亚里士多德:《形而上学》,《古希腊哲学》,中国人民大学出版社 1990 年版,第 498 页。
③ 阿那克萨戈拉:《著作残篇》,《古希腊哲学》,中国人民大学出版社 1990 年版,第 146、148 页。
④ 柏拉图:《斐多篇》,《古希腊哲学》,中国人民大学出版社 1990 年版,第 203 页。
⑤ 卡西尔:《人论》,上海译文出版社 1985 年版,第 7 页。

无终"、"永恒不变"①的,因为在他们看来"倘若没有某种永恒独立存在的东西,怎么会有秩序呢?"②而只是在行为科学、在伦理学、创制学中,实践才获得自己的地位。

所以把"实践"的思想引入本体论研究还是到了19世纪中叶才出现的一种思想动向。实践哲学"把行动看成是最高的善,认为幸福是效果而知识仅仅是完成有效活动的手段"③,所以有的意见认为它起始于叔本华的"意志哲学",因为他把意志看作是世界的本源,认为世界的一切现象,都是意志的表象,意志是人生痛苦的根源,人的活动的目的就是为求意志的自我解脱。继之,像尼采、狄尔泰、柏格森的"生命哲学",克尔凯郭尔、海德格尔、萨特的"生存哲学"等,即所谓"现代西方人本主义哲学",甚至詹姆斯、杜威的"实用主义哲学"等,都被人们认为是现代哲学中的"实践论转向"的代表。这说法我认为还值得讨论,因为它没有分清"实践"和"活动"这两个概念的区别。而从严格的意义来看,实践固然是一种人的活动,但人的活动未必都能视之为实践。因为凡是被称之为"实践"的活动,它首先必须具有这样两个条件:第一,目的性,是人类通过改造客观世界来满足自身需要的有目的、有意识的活动。而目的不是主观自生的,凡是通过实践所能达到的目的,总是建立在对客观规律的正确认识的基础上的,所以不仅那些盲目的、非理性的冲动不能算作为实践,而且那些否定认识在确立目的过程中的作用,把知识看作只不过是一种手段,像实用主义那样,也只能属于马克思所批评的是一种"卑污的犹太人的活动",与真正的实践观是有距离的。第二,对象性,是一种旨在对象世界实现自己目的的感性物质活动,那些抽象的、思辨的、心理的、精神的活动,像王阳明所说的"一念发动处便是行",也不能算作是实践。所以从严格的意义上来看,西方现代人本主义哲学的本体观只能说是活动论而不能说是严格意义上的实践论,否则,就分不清唯物的和唯心的实践观的差别了。退一步说,即使从宽泛的意义上把"活动"也视作为实践,但马克思主义的实践观与现代人本主义也有着根本的区别:从活动的主体来看,虽然现代西方人本主义哲学自叔本华、尼采之后对于意志、生命就从形而上的

---

①　巴门尼德:《著作残篇》,《古希腊哲学》,中国人民大学出版社1990年版,第93页。

②　亚里士多德:《形而上学》,《古希腊哲学》,中国人民大学出版社1990年版,第546页。

③　罗素:《西方哲学史》下卷,商务印书馆1976年版,第347页。

逐步转向形而下的,转向从现实的、"在世的"人的生存活动去进行研究,但由于它们对于意志、生命一般是按生物本能的观点来看的,故在它们视野中的人只能是抽象的、与社会分离的人。而马克思主义看重的则是处在一定社会关系中的,由社会所造成的"社会性的个人",所以对于活动的内容,也与西方现代人本主义所说的个体的生命活动和生存活动不同,而主要是指人类总体的实践,首先是物质生产劳动,并把它看作不仅是个人生存,而且也是社会得以存在以及社会发展和历史进步的基础,认为人类社会的一切现象,只有放到这一基础上,才能最终获得科学的解释。所以卢卡奇把它看作是马克思主义哲学的本体论即"社会存在本体论"的核心内容①,这就是马克思所创立的"实践唯物主义"亦即"历史唯物主义"的实践观。自 20 世纪五六十年代以来在我国兴起的"实践论美学",就是建立在这一理论基础上的。

所以我认为从本体论意义上所理解的"实践",主要应该是指物质生产劳动。"实践论美学"的基本精神就是认为正是由于劳动,改变了人与自然的关系,从客观方面,使世界、自然从"自在"的变为"为我"的,从原本与人疏离和对立的变为密切的和亲和的;从主观方面,使人的感官从自然的感官,由于经由历史和文化的改造而变为文化的感官,这才有可能使得人与世界的关系从原初仅仅是利用与征服的关系的基础上又形成了一种超越功利的、观赏的关系;从而表明美并非自然的、完全脱离人的活动而存在的,它本质上是一种历史的成果,是人类生产劳动的产物。因而正如生产劳动是马克思所创立的社会历史本体论的核心概念那样,实践论美学在美学研究中也只不过是一种本体论,或本质论、本原论的美学,它不是像有些人所误解的,以为美就是生产劳动的直接产物;只是表明我们今天许多被称为美的事物,如山水花鸟、草木虫鱼,而在原始人那里却并不以为是美,都只有放到生产劳动这一人类实践活动的基础上才能找到科学的解释。所以我认为实践论美学所阐明的这种美的本体论、本原论和本质论,虽然不能直接用来说明复杂的审美现象,却是维护美学自身的社会性、科学性和使之具有思想深度而避免走向相对主义、心理主义、主观唯心主义的不可缺少的理论保障。有

---

① 详见卢卡奇:《关于社会存在的本体论》上卷,第 4 章,重庆出版社 1993 年版。

些学者认为"从西方思想背景来看,实践从来不是单纯指物质生产劳动,而且主要不是指物质生产劳动"并认为"马克思主义对于实践概念的理解主要来自西方传统思想理论,特别是继承和改造了康德以降的德国古典哲学的实践观而来的",显然是由于没有看到实践这一概念的多义性,以及马克思对之所作的创造性的理解和运用,而把本体论意义上的实践与伦理学意义上的实践混淆了。

二

　　虽然"实践"的概念在亚里士多德哲学中就已出现,但是在他的"本体论"亦即在理论科学、思辨科学中是没有地位的,它只是被限制在行为科学,亦即伦理学和创制学之中,这种行为科学被他称之为"实践科学"。但这也不是说它与本体论完全没有关系,因为在古希腊哲学中,本体论不仅是一个"实在论"概念,同时也是一个"目的论"的概念,认为"宇宙万物都是向善的"①,而"善"作为人所追求的一种目的是通过人的活动而达到的,这样,哲学的目光也就从形而上的转向形而下的,从理论科学转向实践科学。这种以"善"为目的的人的活动就被亚里士多德称之为"实践",如他在谈到伦理学的时候,认为"这门科学的目的不是知识而是实践","不是理论而是行动"②。同时认为在实践科学中,运动的本原不是在对象中,而是在"实践者本人之中"③,这又从人的实际活动中突出了个人主体的本质优先地位,个人的主体性和能动性的作用。但伦理活动和创制活动又各有自己的目的,伦理学追求的是"内部的善",而"创制学"追求的是"外部的善";达到内部的善要凭"德性",而达到"外部的善"要凭"技术"。

　　那么,什么是"内部的善"和"外部的善"呢? 先说"内部的善"。亚里士多德认为伦理学所说的"最高的善"就是幸福的生活。由于"幸福是灵魂的一种合乎德性的现实活动",所以幸福本身并不是可称赞的,真正可称赞的

---

①　亚里士多德:《尼各马可伦理学》,中国社会科学出版社1990年版,第1页。
②　亚里士多德:《尼各马可伦理学》,中国社会科学出版社1990年版,第3、27页。
③　亚里士多德:《形而上学》,《古希腊哲学》,中国人民大学出版社1990年版,第554页。

是"灵魂的德性"①。而德性与技术不同,"人工制作的东西有它们自身的优点,因此,只要它们生成得有某种它们自身的性质,也就可以了。但合乎德性的行为,本身具有某种品质还不行,只有当行为者在行动时也处于某种心灵状态,才能说它们是公正的或节制的"②,这种心灵状态是理性而不是情感,因为情感在他看来只不过是一种人的自然欲求,本身并没有高尚和卑下之别,唯有与理性相符合,德性才是一种品质,"是一种使人成为善良、并使其出色运用其功能的品质"③。而它之所以被称为品质,就在于它的行为总是出于人所自愿,由于"自愿的行为始点在于有认识的人的自身之中",所以"它比行为更能判断一个人的品格"④。表明在亚里士多德的伦理学中所说的理性,它作为一种"实践的理性",不同纯粹的亦即"知识的理性",又是与情感紧密相联的,因为一切理性的东西,唯有经过自己切身的体验内化为情感才能转化为人的"自由意志"和自觉行为,在人的行动中得到真正的落实。这表明真正的道德的行为之所以高尚,就在于它不是出于外在的行为规范要求我这样做,而是我自己立意要求我这样做。为了明确地区分实践理性和知识理性的差别,后来休谟又特别强调情感在伦理行为中的作用,他不赞同"德性只是对理性的符合",认为"理性只是发现真伪,而不能直接导致行动",所以"认识德是一回事,使意志符合于德又是一回事"。"只有当道德准则刺激情感,才会产生或制止行为"⑤。这应该说是对亚里士多德伦理学的一大修正、补充和发展,也是继亚里士多德之后对于伦理学研究的又一重大贡献。那么,这种自由意志是怎么形成的呢?这里就有经验的观点和理性的观点两种学说的分歧。一般说,休谟所代表的是前一种观点,认为德性是由"习惯"养成的,他按亚里士多德的"德性有两类:一类是理智的,一类是伦理的,理智德性多数是由教导而生产、培养起来的,所以需要经验和时间。伦理德性则是由风俗习惯熏陶出来的,因此把'习惯'(ethos)一词的拼写方法略加改变,就形成了'伦理的'(ethike)这个名称。由此可见,我们的伦理

---

① 亚里士多德:《尼各马可伦理学》,中国社会科学出版社 1990 年版,第 4、16、20 页。
② 亚里士多德:《尼各马可伦理学》,中国社会科学出版社 1990 年版,第 30 页。
③ 亚里士多德:《尼各马可伦理学》,中国社会科学出版社 1990 年版,第 32 页。
④ 亚里士多德:《尼各马可伦理学》,中国社会科学出版社 1990 年版,第 44—45 页。
⑤ 休谟:《人性论》下册,商务印书馆 1980 年版,第 498、505、497 页。

德性没有一种是自然生成的"①的观点来理解德性。但这些探讨如同黑格尔
说的都只限于"经验范围之内","就思辨方面而言,毫无深刻的见识"②,也就
是说,是没有本体论方面的依据的,所以康德认为它表明的只是一种"主观
的必然性",而非"客观的必然性",它不能作为道德行为原因来理解,并批评
由于"休谟用习惯代替原因概念的客观必然性",以致他的伦理学"最终在原
理方面败于经验主义手里"。他继承古希腊理性主义的传统并进一步加以
发展,强调在伦理学上关于善恶的判断"除了感觉之外,还需要理性",人的
德性之所以被称赞,并非出于习惯,而是对道德法则的敬重,这种敬重就是
道德情感。③ 这样,他就为人的道德行为重建一个本体论的依托,强调凡是
人的道德行为都是"他根据其发出道德律令的理性的吩咐要做的,就是他应
当做的"④。

　　尽管休谟与康德对德性的理解有很大的差别,前者偏重于经验,后者强
调的是超验;前者认为道德情感主要源于"习惯",后者认为是出于对道德法
则,对责任、义务的敬重,但是他们有两点却是共同的:第一,认为道德行为
都是不受强制而发自人的内心的自觉自愿的行为;第二,道德情感不是利己
的,不是基于个人的苦乐,而是把个人与社会视为一体的"共同感"。这里我
们就找到了德与美、道德情感与审美情感的共同的特点。因为事实如同雪
莱所说"道德中最大的秘密是爱","要做一个至善的人。必须有深刻周密的
想象力,他必须投身于旁人和众人的地位上,把同胞的苦乐当作自己的苦
乐"⑤。而美的艺术之所以会有道德功能,就在于"艺术的感动人心的力量也
正是在于这样把个人从离群和孤单的境地中解放出来,在于这样使个人和
其他人融为一体"⑥,从而使人的道德行为有了自己内在的基础,表明文艺的
道德功能不像我国传统儒家文论以及西方启蒙主义思想家如伏尔泰等人所
认为的在于通过作品进行说教,最根本的就在借助审美情感把人与人之间

---

① 亚里士多德:《尼各马可伦理学》,中国社会科学出版社1990年版,第29页。
② 黑格尔:《哲学史讲演录》第2卷,商务印书馆1960年版,第362页。
③ 康德:《实践理性批判》,商务印书馆1999年版,第54—56、65、87页。
④ 康德:《实用人类学》,重庆出版社1987年版,第27页。
⑤ 雪莱:《为诗辩护》,《19世纪英国诗人论诗》,人民文学出版社1984年版,第129页。
⑥ 列夫·托尔斯泰:《什么是艺术?》,《列夫·托尔斯泰文集》第14卷,人民文学出版社1992年版,
第273页。

的情感沟通起来使之融为一体,这才有可能对别人有所奉献、作出牺牲。由于情感是人的活动的心理能量和精神动力,这就使得审美不仅是"静观"的,同时也是"实践"的。萨特的"实践文学"的主张所沿承的也可以归属于这一思想传统。虽然他不像传统的伦理学那样着眼于从个人与社会的关系来理解人的伦理行为,而是从他的存在主义哲学的立场、从人的本质就在于追求自由的观点出发,认为作家是为自由而写作的,"文学的本质确实是自由发现了自身并且愿意自己完全变成对其他人的自由发出的召唤","道德性不是说教,文学仅须指出人也是价值,人对自己提出的问题总是有道德价值的",它可以唤起人们为争取自由去进行奋斗,所以文学"不是让人'观看'世界,而是去改变它"①,所以他认为文学的本性是实践的。

　　与伦理学的追求"内部的善"不同,创制学所追求的则是"外部的善"。这样,"技巧"也就成了达到外部的善的一种必不可少的手段。所以在古代,"艺术"与"技艺"是同一个词。柏拉图虽然认为艺术创作主要不是凭"技巧"而是靠"灵感",但也承认"无论什么东西从无到有中间所经过的手续都是创作,所以一切技艺创造都是创作,一切手艺人都是创作家"②。到了亚里士多德那里,就在广义的、与理论科学相对的实践科学中,又把创制科学与伦理科学并列而提出,认为"在创制科学中,运动的本原在创制者中,而不在被创制的事物中。这种本原或者是某种技术,或者是其他潜能"③。沿着这一思路,在古罗马时期以后,不少理论家都着眼于从作为艺术传达的媒介和技巧,如语言、修辞方面来研究文学,把作家称为"修辞学家",把诗歌看作是修辞学的附属物,称之为"第二流的修辞学"④,都被纳入到创制科学来进行研究。在我国美学和文艺理论界,朱光潜所理解的"实践"我认为就是沿袭了创制学这一传统。这显然与他的学术思想的背景有关。因为他早年信奉克罗齐的"表现论美学",克罗齐认为艺术是"直觉的表现",它全属"心灵活动",它"有别于物质的、实践的、道德的、概念的活动","艺术作为直觉的概念并不能使思维物质和延伸于空间的物质并列成为什么,也没有必要去促

---

①　萨特:《什么是文学?》,《萨特文论选》,人民文学出版社 1991 年版,第 197、294、256 页。
②　柏拉图:《会饮篇》,《文艺对话集》,人民文学出版社 1963 年版,第 263 页。
③　亚里士多德:《形而上学》,《古希腊哲学》,中国人民大学出版社 1990 年版,第 554 页。
④　吉尔伯特·库恩:《美学史》,上海译文出版社 1989 年版,第 206 页。

成这种毫无可能的结合，因为艺术的思维物质——或者说艺术的直觉活动——本身是完善的"①。这样，就把艺术的传达、制作活动以及各种艺术的外部存在形态和表现方式都予以否定，以至认为艺术分类是不可能的，讨论各种艺术的表现方式是没有意义的。这显然是片面的。新中国成立以后，朱光潜在学习马克思主义、批判主观唯心主义美学观、清算自己以往的美学思想过程中，一直把克罗齐的美学思想作为反思的对象，但由于缺乏唯物辩证的观点，而把认识活动与表现活动、心灵活动与传达活动分割开来对立起来，又导致他的认识从一个片面走向另一个片面，在提出艺术"重点在实践"的时候，把认识论说成是"唯心主义美学所遗留下来的一个须经过重新审定的概念"，因而也就排除了"实践"概念原本所有的意志的自由活动这一伦理的内容以及在认识活动之间的内在联系，而将之缩小为只不过是"一种生产"、一种制作活动，视艺术为只是一种"劳动创造的产品"②，这样对艺术的实践性的研究也排除了它的内在环节而成为只不过"艺术劳动创造过程的研究"，从而导致否认艺术创作是一种思想活动、心灵活动等精神性的内容，像本雅明那样把它降低为纯技术的、工艺学的水平。

三

最后，要谈的是认识论中的实践。

由于古希腊哲学是一种本体论哲学，它致力于探究"世界是什么"，是世界的"本原"和"始基"，所以当时就被怀疑学派称之为"独断论"——一种将理性绝对化的、凝固、僵化而无法为认识所验证的主观武断的理论来予以否定。到了近代，更是受到笛卡尔等人严厉的批评，这就推动哲学研究的重心从"世界是什么"向"我怎么认识世界"，亦即向认识论转移。

这当然不是说古希腊哲学中就完全没有与认识相关方面的研究。古希腊哲人认为感觉到的只是个别的，它只不过是一种"意见"；唯有普遍的东西

---

① 克罗齐:《美学原理　美学纲要》，人民文学出版社 1983 年版，第 207、195 页。

② 朱光潜:《论美是客观与主观的统一》，《朱光潜美学文集》第 3 卷，上海文艺出版社 1983 年版，第 62—63 页。

才是"真理"。而普遍的东西只能"存在于人的灵魂自身之中",只能是人的心灵活动的产物①。这就反映了本体论所包含的对于认识问题的诉求。问题在于,由于古希腊哲学中的所谓"本体"都是思辨的、形而上的,因而也不可能找到认识的切实有效的途径,就"理念论"来说,由于认为"理念"是存在于"上界"的,只能是通过曾在上界见到过理念的灵魂在"迷狂"状态中的"回忆"才能观照到,这样就把认识活动引入神秘主义,而成了中世纪神秘神学的先声;而"神论"由于受了早期自然哲学的影响,把"神"看作是一种宇宙理性和宇宙精神,是宇宙运动的"第一动因",同样是无法为认识所能把握和证实的,这就使得他们的本体论都与认识论没有达到真正的结合。尽管亚里士多德所撰写的《工具论》中的诸篇都关涉认识的问题,它的用意如同黑格尔所说也只是为了"指导人们正确地去思维",它"把这种思维的运动看作好像是一种独立的东西,与被思维的对象无关",所以"要是按照这个观点:思维是独立的,那么它本身就不能是认识或本身没有任何自在自为的内容;——它只是一种形式的活动……在这个意义上,它会成为一种主观的东西,这些推论本身绝对是正确的,但因为它们缺乏内容,这些判断和推论就不足以得到真理的认识"②,它至多是一种认识的工具,一种形式逻辑,而本身并不是认识论。

所以,成熟形态的认识论还是从 16、17 世纪以来,在近代英、法哲学中产生的,它深受近代自然科学的影响。因为近代自然科学不仅肯定了在中世纪被基督教神学所否定了的自然界的存在,为认识问题确立了自己的客观对象,而且把按数学的观点和方法来探索自然规律视为科学的根本任务。这样就开创了"主客二分"的思维方式,这才有真正意义上的认识论哲学的产生。但近代认识论哲学在提出主客二分时,都把主(subject)、客(object)双方看作是两个互不相关、互相独立的预设的实体,不认识它们都是建立在实践的基础上,正是由于实践,才使得原本浑然一体的自然界,分化为主体和客体;也正是通过实践,又使得被认识活动所分离了的主体和客体回归统一(这思想以下详述)。这就使"主客二分"在它们那里成了"二元对立",使

---

① 亚里士多德:《论灵魂》,《古希腊哲学》,中国人民大学出版社 1990 年版,第 490 页。
② 黑格尔:《哲学史讲演录》第 2 卷,商务印书馆 1960 年版,第 376 页。

哲学从古代本体论这种"客观形而上学"转化为"主观形而上学"。所以尽管近代认识论哲学又分为经验主义和理性主义两大派系,前者认为知识来自感觉经验,是由人的感觉经验总结提升而来,所看重的是归纳法;后者认为知识出自"天赋观念",是先天理性对于感性材料加工的成果,所看重的是演绎法,但共同之点都带有明显的唯智主义、唯科学主义的倾向,具体表现为:

第一,对于对象的理解上,将普遍性与个别性分离。近代认识论哲学按古希腊哲学的理性精神,以认识普遍的东西作为哲学研究所追求的目的,视数学的方法为认识法则的典范,这样就使主观的形而上学必然带有纯思辨的、唯智主义的倾向。这种"理性的思想、逻辑和形而上学的思想所能把握的仅仅是那些摆脱了矛盾的对象,只能是那些始终如一的本性和真理性的对象"。所以,它只能限于自然现象而很难遍及人文领域。因为自然现象是事物内在的固有关系的一种显现,只要具备同样的条件,它就会继续发生;与之不同,人与人的活动则是受着多方面的条件所制约的,因而充满着个别性、偶然性和不确定性,所以卡西尔认为"任何所谓人的定义,当它们不是依据我们关于人的经验并被这些经验所确证时,都不过是空洞的思辨而已。要认识人,除了去了解人的生活和行为以外,就没有什么其他途径了"①。经验主义与理性主义虽有所不同,它把经验事实视作认识的起点,但对于人的认识由于按心理学的方法,当作原子式的个人来加以分解,不是作为一个有机整体来看待,结果如同狄尔泰所指出的"经验主义和思辨性思想一样,都完全是抽象的,各种富有影响的经验主义学派都从那些感觉和表象出发来构想人,就像从各种原子出发来构想人一样"②,而认为"只有通过存在于整体和它的各部分之间的特殊关系,人们才能发现生命"③。

第二,对于知识的理解上,将事实意识与价值意识分离。由于近代认识论哲学是建立在自然科学的基础上,它所研究的只是知识而无视价值,所以罗素认为"它在道德上是中立的,它保证人类能做出奇迹,但并不告诉人该做什么奇迹",这样,"目的就不再讲究,只崇尚方法的巧妙",以致"在科学技术激发下所生的各种哲学,向来是权能的哲学,往往把人类以外的一切事物

---

① 卡尔西:《人论》,上海译文出版社 1985 年版,第 16 页。
② 狄尔泰:《精神科学引论》,中国城市出版社 2002 年版,第 202 页。
③ 狄尔泰:《历史中的意义》,中国城市出版社 2002 年版,第 56 页。

看成仅仅是有待加工的原料"①,把传统的"理性"概念中所包含的伦理的、道德的成分排除在外,使理智直接与"工具"等同。弗·培根说的"赤手做工,不能产生多大效果;理解力如听其自理,也是一样。事功是要靠工具和助力做出的,这对于理解力和对于手是同样的需要"②。因而认为人类掌握知识也无非为了使自己更好地成为理智的工具,唯此才能"把一个人提高到差不多与天使相等的地位"③。这种唯智主义的观点无疑如同黑格尔所批判的不是把理智看作是"有限之物"而提高为"至极之物",没有看到理智如果离开了人的目的而发挥到顶点"必定转化到它的反面"④。从这个意义上来说,19世纪中叶以来现代人本主义哲学的产生是必然的,是由近代认识论哲学自身所存在的局限所催生的。

　　"人本主义"是一种意在重新回归本体论研究的哲学,但它与古希腊本体论哲学不同就在于从以"物"为本转向了以"人"为本。人是"有生命的个人存在",而生命就在于活动,它不可能像物那样被当作一个静止的客体仅凭科学理性所能认识,所以现代人本主义都以批判主客二分为自己的理论开路,认为这就等于"把有生命的东西当作无生命的东西来处理",它不仅"不能把握生命"⑤,而且是"摧残生命的危险力量"⑥,转而纷纷把目光转向人自身,转向人的意志活动、生命活动和生存活动,视之为人的本真的生存状态的最真切的显现。这种活生生的人的活动是不可能按理性、逻辑的观点,只能是通过直觉、体验为人所领悟,这就导致它们对认识论都采取否定和排斥的态度。所以按认识的观点来看,如果说古希腊本体论哲学由于没有认识论而走向神秘主义,那么,现代人本主义哲学则由于排斥认识论而走向非理性主义。

　　因此把实践的观点引入认识论,对近代认识论哲学的成果按实践的观点来加以改造,把认识与实践有机地结合起来,乃是马克思主义在人类哲学发展中所作出的伟大贡献。它与近代认识论哲学的不同至少有:

---

① 罗素:《西方哲学史》下册,商务印书馆1976年版,第6—7页。
② 弗·培根:《新工具》,商务印书馆1984年版,第8页。
③ 洛克:《论政府》上篇,商务印书馆1982年版,第48页。
④ 黑格尔:《小逻辑》,商务印书馆1982年版,第174—175页。
⑤ 柏格森:《创造进化论》,商务印书馆2004年版,第165页。
⑥ 尼采:《悲剧的诞生》,生活·读书·新知三联书店1986年版,第344页。

首先，马克思主义反对把"主客二分"理解为"二元对立"，认为它们都是建立在人的实践活动的基础之上，是在实践活动过程中分离出来的。认为"人的思维的最本质和最切近的基础，正是人所引起的自然界的变化，而不单独是自然界本身；人的努力是按照人如何改变自然而发展的"①。就客体来说，它不是原本的自然界，而是"人类世世代代活动的结果"，也就是说，只有当"自在"的自然通过人的活动与人发生了某种关系而成为"为我"的自然之物，它才有可能进入人的认识领域而成为人们认识的对象，即所谓客体，所以客体中有主体的因素；而就主体来说，只有当人在活动中所积累起来的经验内化为自身的认知结构，使感官这一思维对外的门户从自然的感官得以"人化"，而成为文化的感官之后，人才会具有认识的能力，而使人成为认识主体。因而主体中也有客体的因素。而且这两者又是互相影响、互为前提的，一方面，认识以实践为基础；而另一方面，认识又为实践确立目的，使实践增强自觉性减少盲目性。这表明主客体既是二分的，又是互渗的，这就超越了"二元对立"而达到"辩证统一"。

其次，反对对认识论作唯智主义、唯科学主义的理解。认识固然以求知为目的，但现实中的人是作为一个知、情、意统一的整体参与认识活动的，这就使得知识不只限于纯粹是"真"的问题，它还应该包括对"善"与"美"的追问亦即价值评判的问题。但近代认识论哲学由于受到自然科学的影响，把认识的目的仅仅理解为求"真"，从而使认识从人的整个意识活动中，从与意志、情感联系中分离出来，而使认识论陷入唯智主义和唯科学主义。弗·培根对之很早就有所发现并予以批判，说"人类理解力不是干燥的光，而是受到意志和各种情绪的灌浸的"，"情绪是有着无数的而且有时觉察不到的途径来沾染理解力的"。② 马克思对这一观点十分欣赏，说"唯物主义在它的第一个创始人培根那里，还在朴素形式下包含着全面发展的萌芽。物质带着诗意的感性光辉对人的全身心发出微笑"；但"在以后的发展中变得片面了，……感性失去了它鲜明的色彩而变成了几何学家的抽象感性，……为了在自己的领域内克服敌视人的、毫无血肉的精神，唯物主义只好抑制自己的情

---

① 恩格斯：《自然辩证法》，《马克思恩格斯选集》第 3 卷，人民出版社 1972 年版，第 551 页。

② 弗·培根：《新工具》，商务印书馆 1984 年版，第 26—27 页。

欲，当一个禁欲主义者，它变成了理智的东西，同时以无情的彻底性来发展理智的一切结论"①。这表明与近代认识论哲学的那种唯智主义、唯科学主义的倾向不同，在马克思看来，人不是作为一个像笛卡尔所说的"全部本质或本性只是思想"，是作为"一个在思想的东西"②在参与认识活动的；他在认识世界的过程中还必然会有所评价和选择，还必然会有情感和意志活动的渗透和介入，这就使得认识的成果不只限于"是什么"，亦即"真"的问题，还必然包含"应如此"，亦即"善"与"美"的问题。而"应如此"是以思维的形式对现状所作的一种评判和选择，它是一个理想的尺度，需要通过人的行动才能实现，所以它不仅在实践的基础上产生，而且还必然会推动着认识回归实践。

我觉得这些理论上的推进对于当今我国美学、文艺学的建设有十分重大的意义，在美学方面，我在《李泽厚美学的思想基础还是历史唯物主义吗？》以及《"后实践论美学"综论》中都已谈及，此处不再赘述；下面我只是想就文学理论研究方面来谈点我的看法。

四

自"五四"前后西方文学理论进入我国以来，参照西方近代认识论的思维方式，通过对我国传统文论予以改造而发展起来的我国现代文学的主流理论——现实主义文论，可称得上是我国文学理论的一次真正的转型，这突出地表现在对于文学的性质的理解上从传统的伦理学的视界向近代的认识论的视界，从强调"经夫妇、成孝敬、厚人伦、美教化、移风俗"的作用向从意识与存在的关系、从社会的意识形态这一思想观念转变，从而为解释文学问题找到了客观的、科学的终极依据，这意义是不可低估的。问题在于对认识论的理解上，一直深受直观反映论思想的影响，把 subject 与 object 这两个概念按近代认识论哲学的思维方式理解为"主观"与"客观"，撇开与认识主

① 马克思、恩格斯：《神圣家族》，《马克思恩格斯全集》第 2 卷，人民出版社 1957 年版，第 163—164 页。

② 笛卡尔：《形而上学的沉思》，《西方哲学原著选读》上卷，商务印书馆 1981 年版，第 369 页。

体的关系把客观事物当作是脱离于人而独立存在的东西,不仅以直观的观点来对之进行分析和研究,而且把人看作只是"一个在思维的东西",把反映活动等同于认识活动,按唯智主义的观点去加以理解;与之不同,"主体"与"客体"则是按实践的观点,认为它们不是两个预设的实体,而是在人的实践活动中分离出来的,并互相依存、互相转化、互为前提的,这正是马克思主义认识论的精神之所在。但由于以往我们分不清这两种理解之间的区别,一般都将之译为"主观"和"客观",这就影响到我们对马克思主义认识论的真义的把握,以致我们对认识活动的理解仍然停留在近代认识论哲学的水平,它对美学、文艺学的影响至今尚存。比如最近在某刊物上看到一个"文学与生活"的专栏,就文学与生活的关系角度来对当今我国文学创作的现状开展讨论,这应该说是很有现实意义的。但在分析这些年来为什么我国文学少有深入反映现实的优秀之作时,有的论者主要似乎还只是从客观的方面、从对生活的理解方面着眼,而很少联系作家这一创作主体来进行反思,认为我国当代文学之所以缺少深入反映现实的优秀之作,是由于我们以往所强调的是反映"生活的本质",而忽视"生活本来面目",从而提出要使我国的文学得以发展,就应该从"反映生活本质"向"表现生活本来面目"转变。这判断我觉得并不准确。如果我们不再拘泥于以往那种教条主义和庸俗社会学的理解和抽象的哲学界定;从文艺学的观点来看,我们通常所说的"生活的本质",无非是指现实生活中那些与社会变革和现实发展的趋向,在今天来说,也就是与改革开放的大潮有着深刻内在联系的普遍引人关注的东西,它本身就是丰富多彩、与"生活本来的面目"绝非完全分离的,就像黑格尔所说的,"本质不在现象之后,或现象之外,而即由于本质是实际存在的东西,实际存在就是现象",因此在创作和理论中,我们对本质也不能当作"抽象的普遍性,而(只能)是具体的普遍性"来理解①,就我国当今社会的现状来看,自改革开放以来,我们在经济建设中一方面取得了重大的成就,但另一方面正如邓小平同志 1993 年 9 月与邓垦的谈话中所指出的"现在看来,发展起来以后的问题不比不发展时少"②,如分配不公、贫富不均、文化失范、道德滑

---

①　黑格尔:《小逻辑》,商务印书馆 1980 年版,第 275、152 页。

②　《邓小平年谱》(1975—1997)下卷,中央文献出版社 2004 年版,第 1364 页。

坡、生态破坏、环境污染、人的"异化"和"物化"不断加剧，社会犯罪率居高不下等为广大人民群众所关注和热议的现象，这些与国家的命运和前途息息相关的问题，不就是发生在我们生活的周围，也不就既是"生活的本质"又是"生活本来的面目"吗？所以我认为这种把"生活的本质"与"生活本来的面目"对立起来，以强调"生活本来的面目"的真实再现而无视作家创作对于"生活的本质"的思考和把握的观点，只会引导我们当今的创作进一步走向浅俗化与个人化，就像当今充斥电视屏幕连篇累牍、接二连三播出的那些电视剧所给人的印象那样，似乎我们今天唯一值得让人关注的生活内容不是结婚就是离婚！这正是一种阻碍我们文艺随着社会生活同步发展的思想羁绊。正如另外有些论者所指出的，我们当今的文学之所以不能与时代相匹配，就在于不少作家只是立足于个人经验、局限于个人视角，丧失了对现实的整体把握的能力，这才是今天需要理论与批评所予以关注和解决的问题，而这按照直观认识论的思维方式是不可能找到问题的症结的。

　　所以对于这个问题，我觉得只能联系作家的生活实践和自身条件，把文学与生活关系的问题纳入到主体与客体关系的理论框架中来进行研究，才有望获得科学的解决。因为文学是一种意识形态，在创作中，现实生活只有以作家的审美情感为心理中介，与作家之间形成一种主客体的关系，才能进入他的心灵世界而成为他创作的对象，这表明作家与对象之间所开展的实在是一场情感的对话，"情感只能向情感说话，情感只能为情感所了解"①。而这种以审美情感为中介所建立的主客体的关系不同于一般认识的关系，因为在一般的认识活动中，人是以社会主体的身份与对象建立联系的，它所追求是一种普遍的真理，所以相比于情感关系，认识关系中的客体往往只是为作家理性所认识到的东西，它对于作家个人来说还是外在于他的；只有在情感体验中那些为作家所深切感动了的东西，才能进入他的内心，引起他的关注和思考，为他所掌握和占有，在他的作品中得到真切生动的表现，所以列夫·托尔斯泰在谈到屠格涅夫的作品时所说"他讲的最好的是他感觉到的东西"②，这表明凡是反映在文学作品中的，都不可能完全是"生活本来的

① 费尔巴哈：《基督教的本质》，《西方哲学原著选读》下卷，商务印书馆1982年版，第472页。
② 列夫·托尔斯泰：《致亚·尼·贝宾》，《文艺理论译丛》1957年第1期，人民文学出版社1957年版。

面目",而只能是作家自己的心灵中的一个世界,作家不在他的对象之外而就在对象之中。它体现着作家对社会人生的理解、态度、理想、愿望和作家的思想人格。歌德说"在艺术与诗里,人格确实就是一切",所以他认为文艺作品"弊病的根源"就在于作家"人格上的欠缺"[①]。这对于我们分析、评价今天的文字创作很有启示意义。因为在今天,"创作自由"早已不是当年作家心目中的梦想,还有谁以各种条条框框甚至什么"以阶级斗争为纲"等观念从外部来强制和要求作家?但为什么还少有与我们时代相匹配的力作呢?其原因我认为只能从作家自身、包括作家的生活实践和思想人格方面去寻找,因为这些年来名利的诱惑力对于许多人,包括许多作家来说实在是太大了,再加在理论上受"个人化写作"、"私人化写作"等观点的误导,使得许多作家愈来愈游离社会变革的历史潮流而倾心于个人生活,丧失了感受时代脉搏、倾听群众呼声和对现实作整体把握的能力,这怎么有可能与我们的伟大时代形成对象性的关系呢?因为"一个人所能享受世界底大小,以其所能感觉、所能认识的范围为限"[②],唯有高尚的人格和境界,才会胸怀天下,才会有如椽之笔!

　　所以,以实践的观点来理解主体与客体,将"认识主体"与"实践主体"统一起来,也就为我们全面理解文学的性质提供一个科学的哲学视界,虽然文学作为一种意识现象,说到底都是现实生活的反映,但是实践主体不同于认识主体,他不只是"一个在思维的东西"。因为在实践中,人总是以知、意、情统一的整体的人投入活动的,不像认识活动那样只是为了求知,还必然有评价、选择等环节和情感、意志、意向的介入。所以在实践的理论背景上来理解文学的性质,也就表明它对于人的影响必然是全身心的。但由于受近代认识论哲学论哲学的影响,我们以往对文学性质的认识往往偏重于"知"、偏重于认识的价值,针对这种倾向,我们发掘它的"行"的精神,就在于突出审美情感的价值判断的性质以及它对于人的行为的定向作用和激励作用,这就使得价值论、伦理学视角的研究在文学理论中重新得到回归。但由于伦理学从亚里士多德以来特别是康德以后着重强调的是行为自觉、自愿,意志

---

① 爱克曼:《歌德谈话录》,人民文学出版社 1978 年版,第 229、90 页。
② 冯友兰:《人生的意义及人生中的境界(甲)》,《哲学人生》,江苏文艺出版社 2010 年版,第 143 页。

自律,致力于解决实践主体的"内部的善"的问题,这也容易使价值论视角的研究走向主观主义和唯心主义,以致以往我们深受苏联哲学的影响,不作具体分析把价值论都当作"是现代唯心主义哲学的主要部门之一"①来加以排斥;所以,以实践论的认识观来研究文学,就可以把价值论与认识论,把意志的自由与认识的必然,把价值标准和真理标准统一起来,而使我们的理论更趋完善。

2014 年 7 月

原载《文学评论》2015 年第 2 期

---

① 康斯坦丁诺夫主编:《苏联哲学百科全书》第 1 卷,上海译文出版社 1984 年版,第 193 页。

审美反映与艺术形式

一

　　我们把文学艺术的性质界定为审美的意识形态,就在于它是审美反映的物化形式,表明它只有凭借一定的艺术形式才能得以存在。但是由于以往我们在论述审美反映时,主要是针对我国理论界把反映等同于一般的认识活动,认为艺术与科学就其性质来说是完全一致的,只是彼此的表现形式不同,以致教条主义和庸俗社会学在文艺理论领域大肆泛滥的倾向来谈的,因而着重于从反映的特殊性层面,从情感的反映方式与认识的反映方式、审美反映与科学反映性质的区别方面来说明,对于审美反映与艺术形式和艺术传达之间的关系与联系,只是分散在有些论文中提到一些,没有做过集中的、专题的论述,所以给人的印象似乎审美反映论不足以涵盖艺术形式和传达的问题,在理论上显得不够周全和完善。这自然值得我们反思的。但这里是否也反映了质疑者自身所存在的一个认识上的问题,即无视任何文学理论都有它的基本观念和基本立场,都只能从它所持的基本观念出发来思考问题;既然我们所建构的是审美反映论,自然也只能以意识与存在的关系作为它的理论基础,而不可能像形式主义、结构主义那样从语言、形式和表达出发,把语言和形式作为"文学本体论"问题来开展研究,否则,就很难达到理论自身的内在统一性。所以在我看来要正确地判断艺术形式和传达在审美反映论中的理论地位,只能是以能否把它们纳入到"审美反映"这一理论框架,成为这一理论构成的有机的组成部分着眼。下面,我想首先着重来谈谈这个问题。

前面说过,我们把文学艺术看作是一种审美的意识形态,主要是从认识论的角度,从审美反映不同于一般的认识活动来说的。因为认识是人们在感觉、知觉、表象的基础上,经由概念、判断、推理所达到的对事物性质的一种把握,它致力于通过逻辑思维从感性现实中提炼和抽象出事物的本质、规律来,所追求的是一般的、普遍的东西;与之不同,审美则是以人们的审美情感为心理中介来反映现实的,情感不同于认识,它是客体能否满足主体的某种需要而生的态度和体验,它虽然建立在感觉经验的基础上,但却不是直接由感觉经验引发,而只有经过主体的评价才产生的。所以在这当中,不仅它的对象是以处在特定关系和联系中的未经知性分解的整体而存在,而作家也不像在认识活动中那样只是以"一个在思维的东西",他的"全部本质或本性只是思想"①,而是作为一个知、意、情未经分解的整体的个人,把自己的感觉、知觉、记忆、想象和联想都全面地调动起来、投入进去,才会有自己真切的感受和体验。这就使得反映在作家意识中的不仅不像认识活动的成果那样,是事物的一种抽象的普遍属性,而总是带有在特定情境条件下作家情感活动的独特的印记,它不是一般的物理映像而只能是经过作家思想、情感所重构的审美意象。因而面对同一对象,不但不同的作家都会有自己独特的感知和发现;就是同一作家,在不同的情境和心情的条件下所产生的感觉、想象和联想,也不可能是完全相同的,这就使得凡是审美意象都不是生活的机械的反映,同时也是作家自己的一种创造,就像列夫·托尔斯泰所说"在艺术作品中,无论他如何努力做到客观,我们看到的只能是作家的智慧、性格"②,所以王国维说,"世无诗人,即无此境界"。它不但是感性与理性的统一,同时也是客观与主观的统一,它不像认识的成果那样以抽象的概念,而只有以其独特的感性形式才能得以存在和表现。这就决定了作家的构思活动不像一般的认识活动那样,按照逻辑思维的规律来进行运作,而总是伴随着一定的形式而开展的,在审美意象的孕育和形成的过程中,也就同时在寻求与之相应的表现形式,亦即苏轼说的"随物赋形"的过程,表明真正的艺术创作并不像以往人们所误解的是先有了内容,然后再去寻求一定的表现形

① 笛卡尔:《谈方法》,《西方哲学原著选读》上卷,商务印书馆 1981 年版,第 369 页。
② 列夫·托尔斯泰:《致尼·斯特拉霍夫》,《文艺理论译丛》1957 年第 1 期,人民文学出版社 1957 年版。

式,就像布拉德雷在谈到写诗时所说的"写诗并不是为一个完全成形的灵魂寻觅一个躯体",这两者总是同时进行的,"只有当一首诗完成,才能确切显出它所要表现的东西"①。

　　但是在作家对现实生活的把握过程中的内容与形式的这种内在联系长期以来却并不为人们所理解,有意无意地总是把两者分割开来甚至对立起来,这认识在17世纪兴起的以布瓦洛的《诗艺》为代表的新古典主义文论那里,可谓发展到了顶峰,它们一方面完全脱离形式来谈论作品的内容,另一方面在艺术形式上,又把古希腊和罗马的作品奉为典范,把形式完全凝固化、公式化、格式化,如要求文体典雅、风格雄壮,对于悲剧来说,还必须严格遵守"三一律"等。总之,在当时人们的意识中,作品的内容与形式的关系只不过是一种简单的、机械的相加,就像18世纪法国诗人谢尼耶在《发明》一诗中提出的"旧瓶装新酒"的口号所表明的:文艺作品的内容与形式并无什么必然联系的,对于作家、艺术家来说,内容固然需要发现创造,而形式却必须严格师法古人②。所以当18、19世纪之交浪漫主义兴起,就都以对这种凝固、守旧的文艺观的批判为自己的理论开路。如耶那浪漫主义诗论家奥·斯雷格尔就把这种与内容游离的凝固、僵化的形式称之为"机械形式",而提出了与之相反的"有机形式"的概念,认为在真正的艺术作品中,"形式是生来的,它由内向外展开","它是事物活灵活现的面貌","在事物萌芽完全发展的同时,它也获得自身的规定性","内容怎么样,形式也怎么样"③。所以在创作中,如同鲍桑葵所言,对于作家、艺术家来说,"他的受魅惑的想象就生活在他的媒介的能力里;他靠媒介来思索,来感受;媒介是他的审美想象的特殊身体,而他的审美想象则是媒介的唯一特殊灵魂"④。正是出于对内容与形式内在关系的这一深切的理解,所以黑格尔认为:"艺术家之所以抓住这个形式,既不是由于他碰巧在那里,也不是由于除它以外,就没有别的形式可用,而是由于具体的内容本身就包含有外在的、实在的也就是感

---

① 布拉德雷:《为诗而诗》,《西方文论选》下卷,上海译文出版社1979年版,第116页。
② 参看韦勒克:《近代文学批评史》第1卷,上海译文出版社1987年版,第103页。
③ 转引自韦勒克:《近代文学批评史》第2卷,上海译文出版社1989年版,第60页。
④ 鲍桑葵:《美学三讲》,人民文学出版社上海分社1965年版,第31页。

性的表现形式作为它的一个因素。"①因此，对于艺术来说，审美情感也就成了构成它与其他意识形态区别的最根本的要素，艺术的其他一切特点，包括形象这种特殊的反映形式，归根到底都是直接或间接地由这一基本特点所派生出来的，相对于审美情感来说都是从属的因素。要是认为艺术与其他意识形态如哲学、科学等在内容上并没有什么根本差别，其不同只在于处理内容时所采取的形式；那就等于完全否定了艺术作品内容与形式之间的这种天然而有机的内在联系，就会出现在创作中把那些"内容根本不适合于形象化和外在表现，却偏要勉强纳入这种形式"的状况，而结果"我们就会只得到一个很坏的拼凑"②。在过去很长一段时间内所广为流传的那种图解政治概念和政策条文的艺术赝品，就是这样以拼凑的方式炮制出来的。这就从反面说明审美反映与艺术形式是天然统一的。

二

当然，问题也不像上述那样简单。因为在文学艺术作品中，形式作为特定内容的感性形态是由它的媒介、组织方式（结构、体裁）和传达方式（手法、技巧）所构成的，而这些形式的因素固然与它所表现的内容有着先天的内在联系，但又并非就是这些感性材料的原有的自然形态的直接显示，而是作家、艺术家在对自己所表现的对象深入领悟的基础上，根据他所掌握的艺术门类的特点并借鉴前人的经验对之进行艺术加工中所赋予的，比如诗歌的各种格律，抒情诗在结构上所惯常采用的反复、回荡的形式等，虽然都可以从它所表达的内容中找到它的依据和根源，但是它作为一种相对独立而存在的艺术表现形式，却是作家在长期创作实践所积累起来的艺术经验概括的成果，因而不仅有自身相对的独立性，而且反过来又会成为一种"预成的"形式规范，参与作家对生活的感知、题材的提炼和内容的组织和加工，从而使原本以自然形态而存在的物理映像（生活素材）转化为以艺术形态而存在

①　黑格尔：《美学》第 1 卷，商务印书馆 1979 年版，第 89 页。
②　黑格尔：《美学》第 1 卷，商务印书馆 1979 年版，第 87 页。

的审美意象。所以要是没有这种预成的形式、规范的参与和介入,他对现实的感知就只能永远停留在自然主义的水平而进入不了艺术的境界。冈布里奇通过对大量绘画作品的分析、研究得出的结论是:"摹仿是通过预成图式和修正的节律进行的",正如任何反映活动都是从主体自己的认知结构出发,把外界的信息纳入到这种认知结构所做出的那样,在审美反映的过程中,"画家也只是被那些能用他的语言表现的母题所吸引。当他扫视风景时,那些能够成功地和他所学会运用的预成图式相匹配的景象会跳入他的注意中心,样式像媒介一样,创造一种心理定向——它使艺术家去寻找周围风景中那些他所能表现的方面。画画是一种主动的活动,因此艺术家倾向于看他所画的东西而不是画他所看见的东西"。所以他把这种"预成图式"看作是艺术反映的起点,认为在审美反映的过程中,要是"没有一些起点,没有一些初始的预成图式,我们就永不能把握不断变动的经验,没有范型便不能整理我们的印象"①。这对画家来说是如此,对其他艺术家也不例外。否则不仅会将使他们捕捉、整理、组织感性印象变得极其困难,而且,在某种意义上也会影响到读者、观众和听众对他们作品的接受和理解。因为艺术接受就其性质来说是一种交往活动,就像黑格尔所说的,是作家、艺术家通过作品与读者、观众和听众"所进行的对话"②。如同在社会交往中人们之间的一切交流活动必须以相同的感觉、语言和习惯为先决条件那样,在艺术的交往中,人们对作品的感受和理解,也总是以彼此之间所存在的某种共同的艺术语言和艺术模式为依据的。这种艺术语言和艺术模式既是人们在欣赏艺术作品过程中逐步形成的,而反过来又支配着人们欣赏中的心理取向和期待视界,使读者、观众和听众又通过自己的审美标准和艺术趣味,制约着作家、艺术家的审美反映,促使他必须按照一定时代、民族和他所属的社会集团的广大成员所习惯的、所乐于接受的艺术语言和艺术形式,去对感性材料进行艺术提炼和艺术加工,以满足读者、观众、听众的审美需要。所以,豪泽尔认为:"艺术家必须掌握一种形式语言,这种语言必须是相对稳定的,这样其他人才可以理解他……"在作家、艺术家中,即使是"反对习俗的'造反

---

① 冈布里奇:《艺术与幻觉》,湖南人民出版社 1987 年版,第 80、82—83 页。
② 黑格尔:《美学》第 1 卷,商务印书馆 1979 年版,第 335 页。

派',自己也是用祖辈的习语来表达自己的思想的,因为不这样做,人们就无法理解"。我们不仅在观赏京剧、芭蕾舞时会遇到这种情况,甚至欣赏文学作品时也会同样发生。如在 20 世纪五六十年代,中学语文教育界就曾对乐府诗《陌上桑》中的罗敷女到底是农家妇女还是贵族妇女开展过热烈的讨论,而认为是贵族妇女的一方就是以她的服饰的描写"头上倭堕髻,耳中明月珠,缃绮为下裙,紫绮为上襦"为依据来说明农家妇女是不可能有这样华丽的服饰的,这在我看来就是由于不理解诗歌所惯用的夸张、铺叙的手法,把艺术完全等同于生活所造成的误解。

我们指出艺术形式对作家、艺术家来说是预成的,当然不能理解为在创作中必须循规蹈矩、恪守僵化的模式,如果这样,也就等于承认"机械形式"的合法存在了,因为既然艺术语言、形式从根本上说都是作家、艺术家为真切、生动地传达他从现实生活中所获取的审美意象所找到的,而社会生活是不断发展变化着的,这就要求作家、艺术家必须根据所反映的具体对象的特点而不断地进行探索和创造,唯此才能与生活保持同步发展的态势。艺术史上大量事实告诉我们:许多作家艺术家都是在"滥用成法、技巧高于一切的情况下","忘了正确的模仿,抛弃活的模型而走向衰落的",甚至像米开朗琪罗这样的大师都难以幸免①。这就要求我们把具体作品的形式看作既是"预成的"又是"生成的",即从他所把握的对象中提炼出来的;能否实现两者之间的互相转化,使预成的和生成的达到有机统一,往往就成了作品在艺术上能否获得成功的关键问题。所以康德一方面认为"每一艺术是以诸法规为前提","没有先行的法规,一个作品永远不能唤作艺术",又认为对美的艺术来说,不可能"是从任何法规引申出来的"②,而只能是对法规的一种创造性的运用,这就需要作家有高超的艺术技巧,"有道无艺,则物虽形于心,不能形于手"③。但由于这种技巧不同于一般的工艺和技术,它不能只是机械的重复,而只有根据对象实际,对于预成形式加以创造性的具体灵活运用的智慧和能力的作家,才能做到"得心应手",因而他被康德称之为"天才",否则就难以圆满地完成创作的目的。所以黑格尔认为"艺术家的这种构造形

---

①　丹纳:《艺术哲学》,人民文学出版社 1963 年版,第 14 页。
②　康德:《判断力批判》上卷,商务印书馆 1964 年版,第 153 页。
③　苏轼:《书李伯时〈山庄图〉后》。

象的能力不仅是一种认识性的想象力、幻想力和感觉力,而且是一种实践性的感觉力,即实际完成作品能力"①。这就要看他能否使预成的形式与具体审美意象的存在形态达到有机的结合而使预成形式又成为自然生成的。如传统中国水墨画中的"皴法",当它作为一种预成形式运用于它所表现的对象之前,只不过是一种抽象的笔墨技巧,只有当这种笔墨技巧在描形绘状时予以具体的运用,表现为具体的山体、岩石、树木的枝干,与对象完全融为一体,才能说得上真正为画家所掌握,使预成的形式转化为生成的形式。

　　这道理同样适合于文学创作。比如语言,它作为文学作品的媒介,算得上是文学形式的最基本的要素了,从语言本身来看,它是由语音、语义和语法三方面构成的,其中语义又是最为核心的成分。但是在实际的创作活动中,作家并非完全按照语言所固定的意义(词义)来进行表达,而总是按照在特定情境中自己的感受和体验来对之进行创造性地运用的,所以洪堡说"语言绝不是产品,而是一种创造活动"②,正是由于这样,列昂捷夫认为,在平时的交往活动中,人们对语言的理解"不是由意义产生,而是由生活所产生的"③。因此我们在阅读文学作品时,如同叶圣陶所说,"要了解一个字,一个词在作品中的意义和情味,单靠查字典是不够的,必须在日常生活中随时留意,得到真实的经验,对语言文字才会有正确丰富的了解"④。这决定了在创作过程中,能否找到为与所要表达的审美意象相契合的艺术语言和艺术形式,对于作家、艺术家能否出色地达到自己的创作目的有着举足轻重的意义。以致豪泽尔认为:"艺术家更关心的不是情感,而是情感的表达。"⑤卡西尔也认为:"艺术家不仅必须感受事物的'内在的意义'和它们的道德生命,他还必须给他的情感以外形。艺术想象的最高最独特的力量表现在这后一种活动中。外形化意味着不只体现在看得见或摸得着的某种特殊的物质媒介上……而是体现在激发美感的形式中:韵律、色调、线条和布局以及立体感的造型。"⑥这样,在语词的选择和运用上,也就成了作家处心积虑,惨淡经

---

　　①　黑格尔:《美学》第1卷,商务印书馆1979年版,第363页。
　　②　洪堡:《论人类语言结构的差异及其对人类精神发展的影响》,商务印书馆1999年版,第54页。
　　③　列昂捷夫:《活动　意识　个性》,上海译文出版社1983年版,第213页。
　　④　叶圣陶:《文学作品的鉴赏》,《叶圣陶论创作》,上海文艺出版社1982年版,第136页。
　　⑤　豪泽尔:《艺术社会学》,学林出版社1987年版,第14页。
　　⑥　卡西尔:《人论》,上海译文出版社1985年版,第196页。

营的一个环节。因为任何文学作品的内容都不是脱离形式而抽象存在的,都只有当它找到了与之相应的表达方式,才能真正化为现实,读者也只有通过对作品形式的揣摩和玩味才能领略作品的情味、意境,以及作家所要表达的感受和体验,如同奥·斯雷格尔所说:"一首诗的全部内容只有通过形式这个媒介而为人所了解"①,离开了形式,所传达的只能是一些没有艺术特色的一般化的、概念性的东西,而非作品的具体内容。我们要求把作品的形式与它所反映的内容联系起来,从两者的辩证关系中来看待艺术形式的优劣,不但没有丝毫贬低形式在作品中的重要地位,而且正是突出艺术形式在作品中的重要地位,并使艺术形式的研究走向科学的唯一的正确的道路。

三

谈到艺术形式的研究,人们就会很自然地想到形式主义文论,并往往误以为唯有形式主义文论才是重视艺术形式的,这我认为是基于内容、形式二元分割所造成的一种误判。要说明这个问题,还需要我们回过头来对形式主义文论作一个历史的、客观的分析和评价。

形式主义文论视语言为文学的本体,这并不是完全没有道理。因为任何意识现象与现实生活的联系都是以语言为中介的,这样,语言作为文学作品的媒介自然也就成了文学理论研究中的一个重要方面,特别是当我们对文学的研究从宏观的领域进入微观的领域,从文学本质论进入文学创作论、作品论和鉴赏论时,就显得更为突出。问题在于,形式主义文论是以结构主义语言学的代表人物索绪尔的语言理论为基础的。索绪尔把语言看作是一个"自足的"系统,认为语词的意义不是由于指称外界事物而是从自身系统的结构中产生的,就像一只棋子在棋局中的地位和作用那样。这样,这就割断了语言与外部世界的联系而使之趋于封闭。形式主义文论就是按索绪尔的语言理论割断文学与生活的联系,在这样一个封闭结构中来探讨文学的审美价值,把文学当作只是一个形式的问题、修辞的问题来作纯技术的研

---

① 转引自韦勒克:《近代文学批评史》第2卷,上海译文出版社1989年版,第61页。

究。那么怎么来看待它的功过得失呢？我认为只有放到西方文论发展的历史背景上来考察，才能对它作出客观公正的评价。

在西方文论史上，从亚里士多德开创以来，实际上存在着两大传统，即"诗学"的传统和"修辞学"的传统。前者的理论出发点是"摹仿说"，着眼于反映（认识）；后者的出发点是"创制学"，着眼于传达（实践）。它们相对独立而又互相渗透。亚里士多德的《诗学》中虽然侧重讨论的是诗与现实的反映与被反映的关系，但在后半部分却大量地涉及音调、节奏、文体、修辞，特别是隐喻等关涉创制的问题。而他的《修辞学》虽然主要致力于研究论辩的技巧，但其中也有不少关于人物性格和语言风格等与诗学相关的论述，特别是对于不同年龄阶段人物的性格的分析，在后来还成了贺拉斯和布瓦洛在他们的同名著作《诗艺》中所提倡的"类型说"的主要理论来源，并对新古典主义文论产生了极大的影响。虽然我们今天研究亚里士多德以及西方古代文艺理论时一般都只是注意"诗学"的传统，而很少提及"修辞学"的传统，但不能否认后者在历史上曾经有过强大的势力和广泛的影响。首先在希腊化时期，由于战争的频繁和社会的动荡，滋生了人们的悲观厌世的情绪，使得人们对社会功业失去了兴趣而在思想上回归个人和内心，反映在文艺问题上，就不再热衷于对文艺性质和功能等根本性问题的探讨，而把注意力主要集中在形式和技艺方面，逐步从诗学的角度转向从修辞学的角度来进行研究。到了罗马时代，在演说术、雄辩术的推动下，这种对文艺作纯形式的探讨之风愈演愈烈。雄辩家西赛罗在《论演说家》中批评苏格拉底只教导人去思考内容而置形式于不顾，特别强调在演说中表达方式的重要，强调"没有语言的光辉"，就不能使思想"发出光芒"，认为"相当一部分优秀的思想是从各种修辞手段中提炼出来的。每一席谈话里都要求夹杂着各种修辞手段，就像菜肴中要加盐一样"[①]。从而进一步引导人们从形式和修辞方面去探寻文艺的属性，形成了后来被文艺史家们称之为文艺的"修辞学的时期"。以致中世纪法国诗人索性把自己称为"修辞学家"，把诗歌看作是"第二流的修辞学"[②]，意大利作家薄伽丘在谈到诗歌时就是认为所谓诗歌无非是"精致的讲

---

①　转引自吉尔伯特·库恩：《美学史》，上海译文出版社 1989 年版，第 135 页。
②　转引自吉尔伯特·库恩：《美学史》，上海译文出版社 1989 年版，第 206 页。

话"①。只是到了文艺复兴之后，在近代认识论哲学和自然科学的影响下，"诗学"的传统、摹仿的观念在文艺理论中才重新又开始抬头并取代了修辞学的传统，把"写什么"提到文艺创作的核心地位，并视真实性、典型性为评价文艺作品优劣的最高准则，而对于传达问题、"如何写"的问题不再予以关注，如别林斯基认为创作活动的主要环节是构思，至于传达只不过是"构思的必然结果"，"已经是次要的劳作"②。后来表现论美学的代表人物克罗齐则说得更加直白：对于创作活动来说，"审美的事实在对诸印象作表象的加工中已经完成了"，至于传达，"这都是后期附加的工作"，是一种"实践的事实"、机械的制作，与艺术的本质无关③。

　　从这一理论背景来看，在 20 世纪初年出现的形式主义文论在继承唯美主义的基础上，复活修辞学的传统，提出形式在文学艺术中的地位和价值自有它的合理的成分。问题在于它割裂了审美反映与艺术传达、作品的内容与形式之间的关系与联系，不理解在真正的艺术作品中，内容总是经过一定艺术形式的整合，是存在于一定艺术形式中的内容，而形式也只能是特定内容的显现形态，是由特定的内容所衍生的，就像是灵魂与肉体一样是彼此不可分离的；认为按照内容与形式的观念去看待作品，就等于把它分为"审美的成分"与"非审美的成分"，"使人以为内容在艺术中所处的状态，与其在艺术之外是相同的，从而导致把形式当作可有可无的外表装饰"，"使艺术有了审美成分与非审美成分的区分"④，以此来否定在作品中内容自身的审美价值，把决定作品的审美价值的原因完全归结为是一个形式的问题、技术的问题，一个加工的手法如"陌生化"的问题。并把这种与作品内容完全游离的形式和技巧、手法看作类似于织物的"编织的手法"或跳舞的"舞步的花样"那样的东西，认为它本身就是目的。如瓦莱里借什克洛夫斯基在《情节编构手法与一般风格手法的联系》中将舞蹈定义为"感觉到的行走"的意思，而把诗与散文比作跳舞与走路，说走路这种动作是为了达到一定的目的地，那么

---

① 薄伽丘：《异教诸神体系》，《西方文论选》，上海译文出版社 1979 年版，第 178 页。
② 别林斯基：《当代英雄》，《别林斯基选集》第 2 卷，上海文艺出版社 1963 年版，第 283 页。
③ 克罗齐：《美学原理》，外国文学出版社 1982 年版，第 59 页。
④ 日尔蒙斯基：《诗学的任务》，《俄国形式主义文论选》，生活·读书·新知三联书店 1989 年版，第 212—213 页。

"跳舞并不是要跳哪里去","跳舞就是一套动作,这套动作本身就是目的",就是让人从中得到美的感受①,以此来说明艺术的目的就在于以形式、技巧、手法来带给人以美感,除此之外,它没有其他目的。这样,就把艺术形式看作完全是技术性、工艺性的,这就等于把艺术形式的研究推向绝境,使之处于封闭。因为优秀的文艺作品的形式之所以是新鲜的、独创的、不可重复的,从根本上说是由它的内容所决定的,正是由于生活世界的丰富多彩、光怪陆离以及作家感受、体验的情境性和独特性,才促使作家为求真切生动的表达去寻求和创造别人所未曾有过的表达方式,而推动着艺术形式的不断创新。就文学语言中最常见的"隐喻"来说,就是由于人们某些独特的感觉和体验所引发的想象和联想的驱使,以及为了捕捉和表达从中产生的感受和领悟的需要而找到的,以亚里士多德在《修辞学》中所举的例句为例,如:"智慧是神在我们心中点燃的火光",就是因为"智慧"既能让人明事理,就像"火光"那样具有照明的作用,而它又那样具有卓识和预见,就仿佛是常人不会具有而是神所点燃似的。这就比一般的智慧的含义更能显示人们对于智慧的一种赞美和崇敬之情,所以当第一个人作出这样出人意料又落人意中的比喻而给人带来新鲜而生动的感觉和认识上的满足的喜悦时,人们就会感到他是一个天才。另外,在书中还谈道:"伯里克利说,城邦丧失了青年——他们死于战争——'有如一年中缺少了春天'","勒普提涅斯在谈到拉西第梦人(按:即斯巴达人)的时候说,他们不愿坐视希腊'瞎了一只眼睛'(按这眼睛指雅典,另一只是斯巴达)"以及把老年人比作是枯萎的残败的树干等都是如此②。这样,隐喻就不仅成了对作家感受体验方式的一种独特的表达方式,而且凭借隐喻使人的情感和想象得到更为充分的激活。所以亚里士多德认为"善于使用隐喻字表示有天才"③。这都足以说明艺术表达与构思之间的内在联系,它自身不是目的,而目的就在于使作家、艺术家在对现实生活感知体验的基础上所构思完成的审美意象获得真切生动的表达。一旦离开了这一前提,那么"有机形式"也就变为"机械形式",也就把形式研究引向末路,走形式主义的覆辙。

---

① 瓦莱里:《诗与抽象思维》,《现代西方文论选》,上海译文出版社 1983 年版,第 33—36 页。
② 亚里士多德:《修辞学》,生活·读书·新知三联书店 1991 年版,第 176—180 页。
③ 亚里士多德:《诗学》,人民文学出版社 1962 年版,第 81 页。

所以,我们反对把形式、技法从与内容表达的关系和联系中分离出来对之作孤立的研究,而把它纳入到审美反映论的框架内进行考察,不仅没有否定和排斥艺术形式和技巧在艺术创作中的重要地位,而正是为艺术形式研究注入生机活力,为艺术形式技巧研究所找到的最为正确的、有前途的出路,同时也说明艺术形式乃审美反映理论结构中不可缺少的有机的组成部分。

2014 年 8 月上旬

关于"人生论美学"的对话

——王元骧教授访谈录

受浙江大学中文系《中文学术前沿》主编的委托,很荣幸有机会就王元骧教授最近的学术研究和治学育人思想做一次访谈,同时也就自己在学习中遇到的问题,向王老师请教。

赵中华(以下简称赵):又是一年金秋送爽,不知不觉王老师您已经退休六年了吧!六年来,您不但没有像很多退休的教授一样放慢工作的节奏,反而接连出版了两本论文集,发表各类文章40多篇,而且文章越写越精彩!这种工作效率和成绩,真的让晚辈后学由衷敬佩!您怎么看待自己的退休生活呢?

王元骧(以下简称王):退休是学校的决定,我自己没有这个思想,我有自己的人生目标。因为既然命运安排我从事文艺理论与美学的研究,我就应该拿出好的成果来,否则就对不起父母的养育、老师的教育、国家以及一些关心过我的领导的培育之恩!我的目标还没有达到,还需要我继续努力。所以退不退对我来说是一个样。以前往往身不由己,把许多精力花在一些没有意义的事情上;退休后由于人文学院返聘,我还在继续招生,从去年(2010年)开始,我就不再招收硕、博士生了,把在校的几位带毕业就好了;所以现在我非常自由,可以完全按自己的意愿和兴趣干自己想干的事,我希望能利用有限的精力写出几篇好文章来,对美学、文艺理论研究的推进真正有所作用。有好几位同志看了我的文章也与您有同感,说我"越写越精彩",让他们"看得非常激动"。网上也有评论,说我"在七十多岁的高龄写出这样理论功底深厚的文章在学界形成了独特的'七十后'现象",让我感到非常欣慰,表明这些年来我活得还有意义!

赵:但现在理论的文章,似乎比较受冷落,您认为理论研究的目的和意义是什么?

王: 理论文章受冷落是事实,这一现状我是这样看:第一,我们做学问要排除一些环境的干扰。我们这辈人做学问的环境不好,过去是受政治的冲击,现在受经济的冲击。以前自己年轻、幼稚,缺少见识,结果弄得什么专业书都不看了,白白耗费十多年一生中最宝贵的时间,现在从惨痛的经验教训中长大了,不再左顾右盼,认准了的就去干,否则就会把自己这一辈子都赔进去的。坚信只要拿出好的成果,必将会得到历史的肯定。第二,这与目前理论文章质量不高有关。我国缺乏理论传统、过于强调应用,把理论文章看作只是说明和解释现状,普遍缺乏思想深度和逻辑说服力。再加上现在学风非常浮躁,以致不少从事理论研究的只是追逐西方潮流,很少在基础上下功夫,许多文章既无思想又无学术,这怎么能引得起读者的兴趣呢? 这个问题我在多篇文章中都曾读到。其实理论的根本问题是一个观念的问题,观念在我们的实践活动中具有先导的作用,现实的变革首先源于观念的变革,如要是没有冲破"两个凡是"发生"实践是检验真理的标准"这一观念上的转变,就不会有改革开放的伟大成果。这对文学来说也不例外,所以要使文学实践有所发展,最为关键的首先就是在文学观念上有所创新和突破。

赵: 您说得对! 但理论研究在观念上的创新和突破很难,而您似乎一直在为解决这些根本问题作不懈的探索。从 1992 年开始,您一共出了四本论文选集,题目分别是《审美反映与艺术创造》、《文学理论与当今时代》、《审美超越与艺术精神》、《论美与人的生存》,从题目上也看得出,您对艺术和美的本质的认识,似乎将目光逐步从认识论的维度转移到本体论和伦理学的维度,请问您的研究思路是如何推进的?

王: 人文社会科学不同于自然科学,它的对象是人文现象和社会现象,无不带有某种价值属性,这决定了人文社会科学不仅有知识的成分,而且还有价值的成分;它不仅是一门科学,而且还是一种学说,人文性是其中的应有之义。所以在对艺术和美的本质的探讨中总是隐含着研究者对于"应是"人生意义和价值的一种理解和探寻。这也谈不上是什么推进,不过在我近些年写的论文中对这方面的阐释确实也比以前有更深和更新的理解。这是由于现实生活的变化所引发我所作出的新思考。因为现在人们的物质生活虽然丰富多了,但是社会道德和社会风气不仅没有与之同步前进,反而每况愈下。作为一个人文社会科学工作者不能不关注这个问题，我觉得理论工作者就是以自己的理论介入社会实践的。

赵：您强调对"应是"人生和人生价值的追问，这是否是您近年倡导"人生论美学"的理论出发点？您能给我谈谈"人生论美学"与您之前所持的"实践论美学"在学理上有什么联系和区别？

王：人生论是研究人的生存的意义和价值的学问，"人生论美学"就是从人生论的角度来探讨美对于人生的意义，具体说也就是对于提升人的生存的价值，使人具有自己独立的人格而成为真正自由的人的作用的问题。其实这也是传统美学所普遍关注的问题，但是它们所理解的"自由"都如恩格斯所说"是幻想中脱离现实而独立"的，缺乏科学的内容。所以，要说明"人生论美学"，我们还得要从正确地理解"自由"这一概念入手。"自由"的本义就是"从束缚中解放出来"，使人具有自己的意志和人格，做自己思想和行动的主人。卢梭曾把"自由"分为"自然的自由"、"社会的自由"和"道德的自由"三级："自然的自由"是人处于自然状态下的"仅仅以其个人力量为其界限的自由"，"社会的自由"是进入人类社会之后"被普遍意志约束后的自由"，这些自由都不是完全自主的，认为唯有"道德的自由"才是法由己立，使"人类真正成为自己主人的自由"。所以他说"放弃自己的自由就是放弃自己的人格"。这观点是值得重视的。而要做到这一点我认为只有在活动中进入主观目的性和客观规律性统一的境界才有可能，所以它与美一样都是建立在人类的社会实践基础上的，如果说在人类实践的过程中，由于外部自然的人化而使之成为美的对象；那么，也正是在实践过程中，由于人的内部自然的人化而逐步摆脱必然的支配，才能形成自己的自由意志和独立人格，美感，实际上就是这样的一种对自由的愉悦感。这样来理解自由，就可以把"人生论美学"与"实践论美学"统一起来，而使得它所说的自由由于有了客观的、社会历史的根基而与传统美学中那种脱离现实的主观幻想中的自由从根本上区别开来。

赵：这思想对我很有启发，现在有很多学者对实践论美学的这种宏观社会学方法不满，也就是因为它在解释当代人的审美实践中显得大而不当，所以，您认为人生论美学的提倡，可以作为实践论美学在微观层面上的一种深入的推进，把社会历史层面的研究与个人的心理层面的研究结合起来，对于当今美学研究走向深入确实很有意义。但理论上的设想比较容易，而开展起来却很难，对于这两个层面结合的可能性，您能否再具体地给我说说。

王：我觉得学术研究首先要确定方向和目标，至于具体内容，还需要大家一起来探讨。新中国成立以来，我们美学研究深受苏联美学的影响，苏联美学是在黑格尔—别林斯基的传统基础上发展起来的，它的视角是认识论，对象主要是文学艺术，按黑格尔的说法是一种"艺术哲学"，像20世纪五六十年代介绍到我国的德米特里耶娃的《马克思主义美学概论》、苏联科学院文学研究所等单位主编的《马克思列宁主义美学原理》等基本都属于"艺术哲学"，重点在于探讨艺术规律。我国自主编著的第一部美学教材王朝闻主编的《美学概论》基本上也沿袭这一路子。这样，"美学"与"艺术学"就很难区分了。所以我认为美学的对象应该包括文学艺术，但不应局限于文学艺术，它应把人与现实的整个审美关系都纳入到自己的研究对象中，它的基本主题应该是"怎样的现实人生才是美的，才是我们所应该追求与创造的"，这样，在研究方法上，也需要作相应的调整，应该把认识论的研究与价值论的研究结合起来，唯此才能揭示美对于人生存的意义和价值。所以美学我认为也是一种审美的价值学、伦理学和人生学。它的意义就在于提升人的人格和境界，使人快乐、幸福。这样，也就拓展了美学研究的内容，而把现实生活中凡要能激励人们精神奋发，去创造理想人生的事物都视为美。这样，即使苦难、挫折，对于一个内心强大的人来说它也有可能是美的，因为它可以磨砺人的意志，使人变得坚忍不拔、斗志昂扬，去与之抗争，这是一个人在成长道路上不可缺少的意志训练，这就是一种崇高感。它在我们以往美学研究中却被人所不应有的忽视了，我曾多次谈到，美（Beauty）的基本范畴应该包括优美（Grace）与崇高两种形态。在这两种形态中，优美是外感的，以其感性形式直接引起人的感觉的愉快；而崇高则是内省的，就像康德说的它能从人内心唤起对自己的道德使命的崇敬。过去我们的美学研究较多地受到感觉论、经验论思想的影响，重优美而轻崇高，重感性直观而轻内心体验，从而把美仅仅局限于感觉性、经验性的，直接以悦耳、悦目为目的；人生论美学把审美与人生态度、人生体验和人生境界联系起来，这就可以使崇高这方面的内容有了充分的拓展余地，使得那些虽然不能以悦耳、悦目的方式直接给人感官享受，但却可以通过悦神、悦志的方式开拓人的情怀，提升人的境界的感觉和体验也都纳入到人生论美学研究的范围。这样,围绕着人的生存的意义和价值这一中心,美学的研究领域就可以得到全方位的拓展,为我们的美学研究展示一个"全息图景",像边沁所谈的"和睦之乐"、"虔诚之乐"、"仁慈善意之乐"、"回忆之乐"、"想象之乐"、"期望之乐"、"解脱之乐"等都可以包含在内。

赵:将"人的生存意义和价值"作为"人生论美学"的中心,也就意味着这个理论格调是面向未来的、是超前的,很显然这与强调解释现实的"日常生活审美化"不同,如果您认为是这样,那么您能否具体谈谈二者的区别?

王:您提的确实是一个非常重要的问题。"人生论美学"的英译是"Aesthetics of Life",也就是"生活美学",好像就是"日常生活审美化"的意思。这是由于"人生"这个词,很难为英语所对译之故。这还得追溯到中西哲学文化背景的差异。在西方,经验和超验是二元对立的,盎格鲁—撒克逊民族如同罗素所说的它的思想传统就倾向于经验主义的。所以在英语中,"life"一词只是就经验的、现世的生活而言,缺乏超越性的内容。而中国哲学文化中是二者合一的,像"修、齐、治、平"、"三不朽"以及张载的"为天地立心,为生民立道,为去圣继绝学,为万世开太平"这"四句教"等,都是强调通过"践仁"而达到"成圣"的目的,在经验生活中去实现超验的人生价值,所谓"道在伦常日用中"即是。所以,对"人生"意义的理解明显地带有超越性的内容,不知在德语中有没有相应的词可以对译?因为我看到奥伊肯的《新人生哲学要义》中对于"人生"的理解似乎与我国传统比较接近,但译成英语,也只是"life"一词。所以,把"人生论美学"翻译成英文,就很难传达出它原有的精神,很容易使人误解为就是"生活美学"。

赵:您的说法很有道理。但这种传统的"人生"的观念在当今似乎已不存在,至少已经趋于淡化。现在大家的思想都变得非常现实、功利,金钱似乎已成了我们时代的上帝,甚至许多媒体,都在宣传所谓"财富人生",将物质财富的多少当作人生成功的标志。在这种情况下,您的理论倡导的审美与现实之间,是否存在着尖锐的对立与冲突?

王:理论探讨的是真理,真理有它自身相对的独立性,它非但无须迎合现状,而且旨在改变现状。这是马克思主义的精神之所在。我们承认"实践是检验真理的标准",但这"实践"是一个理论介入现实的过程,是动态的而不是静态的,不是指能否直接以现状来说明。否则,理论还有什么存在的价值?所以要说明什么是真正的人生的意义和价值,我们就应该从"人是什么"、"人应如何"这两个问题探讨入手。人是从动物进化而来的,但人不同于动物就在于他具有"社会性"。"社会性"不同于"集群性",集群性是自发的,而社会性总是以对个人与社会的关系的自觉意识为前提的。所以动物虽有集群性,却没有社会性。孔子提出的"群",实际上即指社会性而言,他说"鸟兽不可与同群,吾非斯人之徒而谁与"。正是从"群"的思想出发,他提出"仁"、"礼"等维护社会利益的道德规范来。亚里士多德也很早提出了"人是政治的动物"这一定义,认为人不是一个"自足的"个体,他总是与整体相关,"如果有人不能过群体生活,那么他不是一只野兽就是一尊神"。所以他在柏拉图的相对于人的心理结构三元素知、意、情以及三者的统一而提出的智慧、勇敢、节制、正义这"四元德"的基础上又提出了"友爱",以达到强化人的社会性的目的。到了近代,由于反对基督教宣扬的禁欲主义,同时受了伽利略的机械论的自然观的影响,虽然许多哲人如爱尔维修、霍尔巴赫等,都按照洛克的感觉论的观点,把人看作只不过是"一台机器",认为人身上一切都源于感觉、源于"肉体的感受性",人的行动的动力就是"肉体的快乐和痛苦";这决定了"他们只能拿自己的利益当作判断的准绳",使人的本性天生就是趋乐避苦的,但是他们并没有把这种"自爱论"推向极端,认为动物的需要是有限的,而人却把这些自然需要无限发展而变为欲望,以致人就不可能像动物那样在自然状态下和谐共存,因此对于欲望就必须要以理性来加以控制。所以他们认为在"利己"的同时还应该"利他",唯此,不仅个人的利益能够得到维护、保障,而且社会也才会和谐、安定。他们提倡的是一种"合理的利己主义",不像现在的一些文痞那样拜倒在人的原欲之下,宣扬"人是情欲的动物","金钱,好得很!美色,好得很!"所以对于一个人来说,是不可能没有他的基本人格的;否则,他与禽兽又有什么区别!我国传统的哲学是很重视个人的人格修养的,这方面在我们今天被忽视了。特别是在市场经济的条件下,在利益原则的驱使下,许多人已丧失了做人的基本品格,什么伤天害理、损人利己的事情都干得出来,这种违背做人的道德底线的行为是不能以价值多元来解释和辩护的,否则就是是非不分、没有底线了。

赵：从人生观、伦理观来说，我倒是很赞同您的看法的；美学观虽然与人生观、伦理观有关，但它毕竟不能完全等同于人生观和道德观，在审美活动中，是否有更大的个人选择的空间？如果有，那么这是否意味着审美标准的主观化和个体化是不可避免的呢？

王：审美作为个人的一种自由爱好，当然不能强求一律，但是我们的强调也应该有一个"度"。对于这个问题，休谟在《论趣味的标准》中曾经讨论过。一方面，他认为审美是一种个人的心理活动，不仅受个人的趣味爱好的支配，而且在情感机制的作用下，还会把记忆、想象、联想都调动起来参与其中。所以由于人的生活经历、文化教养、性格气质、审美趣味以及审美活动的具体环境的不同，即使对于同一审美对象，各人的感觉、体验和评判也不一样，如陶渊明爱菊、周敦颐爱莲、林和靖爱梅、郑思肖爱兰……这种个人偏爱在审美活动中是很正常的，不像认识判断那样只有一种绝对的客观标准，而无其他选择，绝对的趣味标准是没有的。所以他提出"趣味无可争辩"。但另一方面又认为这只限于"偏爱"的范围之内，而对于"偏见"，则提出了尖锐的批评，强调"必须要有高明的见识来抑制偏见"，"理性尽管不是趣味的组成部分，但却是抑制偏见的不可缺少的指导"。因为美毕竟是一种文化现象，真正的审美判断对于人们来说应该是普遍有效的，并非任何个人的、主观的、随意的评判都能算作审美判断，它需要以一种文化的眼光去进行审视。所以审美是要一定的文化修养的，美与真和善是不可能绝对分离的，不是那些无厘头的傻乐都能称之为审美的。现在有人提倡"日常生活审美化"就是竭力消解美的文化内涵，把那些低俗、庸俗、恶俗的东西，像目前电视中所流行的搞笑节目、相亲节目等都纳入到审美的范围，这实在是对美的一种亵渎。

赵：您倡导的"人生论美学"，强调美与真和善、审美与人生的意义和价值之间的内在联系，使我认识到"日常生活审美化"消解美的文化内涵，是因为忽视了对美的理性品质的坚守。我也觉得美的理性要素，也就是真和善的内容，不但不应被批评，反而应作为一种约束力，在人的审美行为中，撑开体验和理性认识的空间，使我们的审美活动不至于任由快感牵引而滑落到纯粹感性中低俗的地步。但问题在于"人生论美学"中对审美道德功能的热切呼唤，会不会成为新的审美道德主义呢？它怎样才能谈出新的意义来？

王：您这个问题提得很尖锐！这就要看您对审美与道德的关系作怎样

的理解。传统的观点过于看重直接的功利目的,把美当作是道德的载体,借审美直接来宣扬某种道德观念,这就等于把美当作是一种工具为道德服务。而我则着眼于美在改变和完善人格结构方面的价值。因为美感是一种无利害感,它是"静观"的而不是"实践"的,它不仅只是满足于人的感官享受,而不引发占有的欲望,而且在审美的享受中还能通过彼此情感的交流而使之融合一体而形成一种"共同感",这正是道德感的一大特征,所以康德认为"审美可以实现官能的享受到道德情绪的过渡"。因此对于审美的道德功能我主要不是着眼于借美来宣扬道德观念,而看重的是培育人的道德情感。这丝毫没有削弱审美道德功能的意思,因为人的心理和人格结构是一个由知、情、意三者相互渗透、交互作用所形成的整体,所以,情感的提升就必然会对整个人格发生影响,成为人行动的心理能量和精神动力,支配着人的思维方式和行为方式。从这个意义上说审美不仅是静观的,同时也是实践的。

赵:这倒是一种新的理解。您能否再具体地作进一步的展开?

王:"情"是对"欲"的超越。欲是由于物质的需要而产生的,它内含在人的自然生命中。但在生活中,若是一个人完全受欲的支配,按照欲的驱使行事,他就连动物都不如了。现在社会上的那些丑恶、罪恶的现象的滋生和蔓延,说到底都是根源于欲。所以我们衡量一个人道德水平的高低不在于他是否有物质利益的考虑,而在于他在私利和公益面前采取什么样的态度。审美所带给人的无利害观念的自由愉快能使对象人人得以共享,这就可以通过情感的交流使人从一己的利害关系中解放出来而进入别人的情感世界,意识到别人与自己是统一的,把别人的忧伤当作自己的忧伤、别人的喜乐当作自己的喜乐,意识到自己活着应该为别人尽到点什么义务和责任。这才会有人格上的超越。所以康德把利欲看作是道德人格的最大障碍。孔子说"君子喻于义,小人喻于利",也表明一个人仅凭利欲支配行事,他的人格也就无从谈起。这些思想我觉得是很深刻的。现在社会上许多人考虑问题都太功利,对什么都没有虔诚感和敬畏感,都当作只是一种手段来达到自己的目的。这正是我深为厌恶和痛恨的。我这个人最痛恨的就是把自己和别人当作手段,作为达到某种私利的工具,教师的工作是我感到自己最适合的选择,为国家培养人才就是我所要达到的人生目的。所以在我这五十多年的教师生涯中,我最为怀念的还是本科生教学阶段。那时师生的关系比较纯正,完全是建立在教与学的关系上,没有别的功利目的,所以总的来说师生之间也比较容易建立感情,有些五十年前毕业的学生,我们至今还保持着联系,互相惦记,互相关心,而这样纯正的师生关系到了20世纪80年代中期,即我转向研究生教学以后,就越来越少了,因为现在不少考研的学生的动机不是为了求知,而只是为了能有一个较高的学历就业容易,这样师生之间也就失去了建立情感的基础,让我越来越感到自己不是在真正从事教学而是被学生当作工具在利用,这使我深感失望。我这个人对人还是比较热心的,往往为别人考虑比为自己考虑多。如我当过四届国家哲学社会科学基金的评委,后来两届还是学科组副组长,但二十年来我个人从没有申报过国家基金,在评委中有好几位同志都动员我申报,但我还是谢绝了。我的东西都是在没有一分钱资助的情况下完成的。我觉得这样很好,没有压力、非常自由,能写出好东西自然是好的,写不出好东西也不亏欠谁。在当今学界,我是一个非常"另类"的人!我的失望也可能由于我以自己这种"另类"的标准衡量"一般人",包括我的有些研究生之故。他(她)们在校期间对我还挺热情的,一旦毕业,利害关系不存在了,也就黄鹤杳然、音讯全无了。年纪轻轻的,其处世的练达我活到这把年纪还不能望其项背!不少老师谈起都有这样的同感,可见现在这样的学生不在少数!当然,注重情义的人还是有的,如我的生日我自己也都忘了,但是有些毕业了在外地工作的同学始终记着,每当生日或者其他节日,他(她)们总是会打个电话来向我祝贺、请安。这让我很是感动。所以对于现在的人际关系我虽有感慨,但并不悲观。我研究美学,也就是对于日益消逝的人与人之间的这种真诚的美好关系的一种热切呼唤。因为我觉得义利两者总是对立、很难两全的,它们之间是一种此消彼长的关系。所以我谈审美是一种无利害的自由愉快,并不希望借美来说教、劝善,仅仅作为道德目的的手段,而更重视借美感这种无利害感来净化人的情感,改变人格的结构,促使道德人格的形成,着眼于培育人的思想情操,借康德的"没有目的的合目的性"的话来说,就是一种"没有直接道德内容的道德教化"。我在一些论文和访谈里,如《美:使人快乐、幸福》、《审美:让人仰望星空》、《艺术:使人成为人》、《关于"审美超越"的对话》以及《梁启超"趣味说"的理论构架与现实意义》中都谈到这个问题,您看我的见解与传统的"审美道德主义"是不是有些不同?

赵：您的见解我很赞同！也更能理解您的"理论对现实的介入"的思想，审美道德主义之所以遭人非议，就是离开了对道德情操的陶冶和培养，借审美来进行说教，把道德的内容强加于人，给予人的不再是一种自由的愉快。但您把审美情感看作是人格的不可缺少的组成部分，这与李泽厚先生提倡的以"情"为本体有什么不同？

王：我觉得还是有根本区别的，主要是：第一，虽然都强调审美的功能在于陶冶情感，但他把"情"当作是社会历史的"本体"，作为解决社会历史问题的切入点，想借"审美"而不是通过发展生产来解决社会历史问题，我认为这是不现实的，它只能改变人的人格结构，解决个人心理的问题。情感在一个人的人格结构中的地位是很重要的，一个情感贫乏而冷漠的人是不会理解和同情别人的，也不会理解对别人和社会应尽到自己的义务和责任的。但是现在社会由于科技理性的和功利原则的盛行，正在日益把情感还原为欲望，以致人完全物化、异化、工具化了。在这种情况下，借助审美来培养和陶冶人的情感对于改变人的人格结构有着重大而迫切的意义。第二，他处处以情来否定、排除理性，认为现在"天"、"理"、"上帝"等"道体"都已不复存在，已无归路，那只能"眷恋在这情感中，以此为终极关怀"，这实际是信仰崩溃后的一种精神逃遁；而我则认为美与真和善、情与理应该是统一的，不仅认为情感体验是人们实际上掌握理的不可缺少的途径，就像卢梭说的"要让人懂得幸福首先就要体验到什么是幸福"，而且情的提升还得依赖于理的提升。尽管后现代主义都竭力反对和抵制理性，但在人的成长过程中它实际上却在起着决定性的作用，所谓"天不生仲尼，万古如长夜"（这话出自李贽的杂文《赞刘谐》，不过他是站在反对传统立场予以嘲讽的，而这里则主要从正面来理解），是说正是孔子的思想、学说，照亮了人的心，使人明事理、懂事非、辨正邪，使人从溟濛混沌的状态中解放出来而认识到世界的真相、做人的道理。这是人之所以具有文化、人之所以是人的前提条件，否则人们就永远处于黑暗和蒙昧之中。我对此深有同感，因为每当我阅读到一部好的论著后，我就会感到自己与未读之前已经不是同一个"我"了。阅读对于我来说是一种再塑造，我觉得自己在很大程度上就是在阅读经典的过程中成长的。但是求知说到底是为了实行，而人的行为是需要有情感的激发、驱动、维持和调节，否则就难以持久。所以我始终认为对于一个人的成长来说，情商与智商是互相促进的。这就凸显了"情感"对于整个人格建构的重要作用。人格是一个人内部素质和外部行为特征的总体体现，从中可以看出一个人的德性和涵养。而关于情感在人格建构方面的作用，古人有许多精辟的论述，如我国古代的"乐论"中就提出了"乐通伦理"，在西方自毕达哥拉斯学派以来，也就有类似的说法。如卡西奥多、席勒等都认为音乐会使人思维合理、谈吐优雅、举止得当，使人变得公正、平和，这正是文明人所要求的好风度。表明在人格建构过程中，审美不局限于道德说教却隐含着道德伦理的内容。若是按"审美道德主义"的理解，可能反起不到这样的作用了。

赵：您在前面曾经谈到，道德的人就是自由的人，是不受强制而凭着意志自律、按照自由意志行事的人，这里必然有自己的信念、信仰和人生理想为指导。在现在这个信仰缺失的时代，您认为人生论美学在重建人的信念、信仰和人生理想方面应起到什么样的作用？

王：信仰是一种精神生活、情感生活、意志生活，当今社会信仰的缺失是与前面所说的人的异化、物化、工具化是分不开的，这除了现代社会崇尚的功利原则之外，也与科技理性的肆虐，科学主义、实证主义的思维方式的盛行有直接的关系。如，霍尔巴赫就认为信仰与理性是不相容的，因为它不可能以科学的方法来验证的，这思想在反对宗教神学方面是有意义的，但毕竟是一种浅薄的理论，因为如果一切都以经验为标准，那么人只能永远屈从于当下的现实，一切理想追求也就被看作是虚妄的。但信仰不是迷信和盲信，正确的信仰总是建立在对人生真谛的深刻理解上，唯有真正有文化、有见识、有智慧的人，才有坚定的人生信仰，才会推动他矢志不移地为自己的人生理想去奋斗。信仰的这种作用就像黑格尔谈到斯多葛学派时说的，"当意志在自身内坚强集中时，就没有东西能打得进去，它能把一切东西抵挡在外"，否则人就经不起严峻现实的考验。但信仰毕竟是未被验证的，也就是康德说的它不是"客观上的确实"，而只是"主观上的确信"，不像知识那样仅凭理性的推导所能获得，而还需要通过自己的人生经历和人生体验才能确立，而这当中，审美体验在对于一个人的人生信念的形成就有着十分重要的作用，艺术对于人生的意义和价值主要也就在这里。

赵：那么在人生论美学为我们提供一个美学研究的"全息图景"中，艺术又有什么特殊的意义和地位呢？

王：这是因为艺术是作家审美意识的物化形态，它不同于一般的现实美，它自觉地倾注作家的审美理想，目的在于强化人的人生信念，给人以信心、鼓舞、勇气和力量的，所以在审美对象中具有自身特殊的价值，我在2007年版《文学原理》中曾以欧·亨利的《最后的一片叶子》为例说明这个问题。

赵：这篇小说我看过。大致情节是：年轻的女画家琼西得了肺炎，病得很重，医生诊断后说她要病好，只有十分之一的希望，这一分希望就是要看她自己有否坚定地活下去的信念。但是她自己断定是不会痊愈了，终日躺在床上数着窗外墙上在寒风中飘零将尽的常春藤的叶子，估计等到最后一片叶子飘落，自己也就要去了。

王：是这样，您接着说。

赵：但是一夜寒风冷雨之后，第二天早上拉开窗帘，发现还有一片叶子挂在那里，好像告诉她：是天意让那片叶子挂在那里，想死是罪过的！这感悟使她突然有了生的希望，她的病也奇迹般地好了起来。其实这不是一片真的常春藤叶，而是她楼下一位穷困潦倒的老画家为了打消琼西等死的念头，在那个寒风冷雨的晚上偷偷地画到墙上的；但他自己却由于受凉得了肺炎两天后就死在医院里。

王：这位可敬的老画家二十五年来一直想完成一幅杰作而一直没有实现，现在终于以自己的生命为代价完成了。这片"叶子"在我看来某种意义上就是真正的、美的文学和艺术的一个象征，它表明艺术是带给人希望、信心、勇气和力量的，使人不论遭遇怎样的厄运和困境，都能更坚强、勇敢地面对现实。遗憾的是现在这样的作品越来越少了。我们从事理论研究是不是应该尽到一点我们呼唤的责任！

赵：我觉得您的理论研究一直是在为此进行着热切的呼唤，读后让人感动。今年是您从教的第53个年头了，这是否也是您从事美学和文艺理论教学的精神动力？作为一个老师，您觉得给学生留下的最宝贵的财富是什么？您的最大感触是什么？您能否对研究生培养谈谈自己的经验？

王：我没有什么财富可以留给学生，如果一定要说，那么只能说是"做人"！在带研究生方面，我谈不上什么经验，因为我带得并不成功，我感到比较满意的至多只有三分之一。这除了我自身的能力之外，至少还有这样一些原因：第一，现在是一个功利化、欲望化而没有神圣感和敬畏感的时代，是一个肤浅、浮躁,只求快、求新、不求精、不求深的时代,是一个凭感觉、随大流的、无须反思精神的、只有个人而没有个性的时代,大环境是不适合做学问的,特别是从事人文学科方面的研究,这使得以学问为目的的人越来越少。教师向来是被认为是"传道、授业、解惑"的人,现在既然对学问已没有敬畏感了,所以教师也只能被学生作为一种工具。这是与我所追求的人生价值相违背的。我之所以一直坚持到去年还在招生,因为我是一个理想主义者,我想总有可能遇到真正以学问为目的的学生,而不以学问为目的的就不要来考了,减少一点研究生经费的冤枉支出,也算是对国家的一点贡献!第二,现在学校流行的这种行政化管理的模式、这种录取分数线划分的死杠子、这种在招生上完全剥夺教师自主权的做法,扼杀了许多人才,使得有些真正好的、在专业上有发展前途的考生招不进来。现在《文艺研究》的副主编、《文学评论》的编审都曾经考过我的研究生,都因为外语一两分之差而不能上档,后来分别为北大和北师大录取,毕业后在北京工作的。第三,就是年龄、知识结构和价值观念上的差距。现在的社会由于拜金主义所造成的价值迷失,反映在文艺上就是"娱乐至上"、"娱乐至死",这种时代潮流一般青年学生是很难抵制而不受影响的;而我还在喋喋不休地谈论什么人生理想、信仰,什么审美超越,什么人生艺术化,这在他们中的一部分人听来可能就与现实格格不入、有些迂腐可笑了。因此我的教学效果到底怎么样,也就很难说了。既然不能达到"传道、授业、解惑"的目的,我的教学还有什么意义?从去年开始我完全退休,也不再招生,把现有的研究生带毕业就好了,这让我求之不得。这样我可以把有限的精力全部投入到研究和写作上去。不过话又说回来,这些成果在当今又能为多少人所认同呢?但是使我一直坚持不懈的原因也有三点:第一,只要地球上还有人类,人类社会还有文学艺术,那么美学与文艺理论就不会消亡,总要有人坚持研究下去的,像我国这样13亿人口的泱泱大国,是不会容不得这样几个学人的。第二,我的理论虽然被说成是"高蹈"的,不被多数人所理解,但我自己却觉得非常实在,因为我写的都是我切身的感受和体验,也是我自己所身体力行的。您不是说我这把年纪了还能写出这样高质量的文章吗?这就是由于我有自己的理想、信念在支撑的缘故。说明我说的都不是什么脱离实际的空论,而实际的道理总是会有人相信的。第三,许多历史上出现的有价值的成果,当初都并不为时人所看好和理解,如维科、巴斯卡甚至卢梭的著作都是这样。直到半个世纪甚至更长的时间之后,它们的价值才为人所发现。我这样说并没有以他们自况的意思,只是表明我只是以自己的研究成果能发表、出版为满足,它们可以作为历史的文档保留下来,如果其中确是有些有价值的东西,它也就不会被历史所埋没了。

赵:看来您一直秉着为师之德、为人之德的人生信念来面对自己的事业,您的人生经历也和您所倡导的人生论美学一样,让人感到一种悲壮和崇高的美。您的理论研究充满着对现实的关爱之情,这种开拓气魄深深打动着我!您的经历告诉我们,理论研究也是要讲境界的,如果我们的理论研究受制于现实利益的牵绊,那也不会收获学术上的自由和幸福!谢谢王老师!

原载《中文学术前沿》第三辑,浙江大学出版社 2011 年版

收入本文集时局部有补充

文艺理论的使命与承担

——文艺理论家王元骧访谈

金　雅（以下简称金）：王老师您好，很高兴接受《文艺报》委托的这个采访任务，可以在原有学习您论著和受益您教诲的基础上，更深入地了解您的思想与学术追求。半个多世纪以来，您在文艺理论研究的道路上辛勤耕耘，取得了丰硕的成果。请问您是怎样走上文艺理论研究的道路，又是如何数十年如一日坚守在这个领域的？

王元骧（以下简称王）：这完全是出于领导的安排。我一直以为我的形象思维能力比抽象思维的能力强。我小时喜欢画画、唱歌、看戏以及无师自通地做一些小玩意儿。读初中时又偏爱文学，梦想长大后当作家。所以进大学的时候我就毫不犹豫地选择了中文系。到了大二，在撰写学年论文时，感到分析难以深入，找了一些文学理论的著作来看，才对文学理论初步有所接触，但我的兴趣还是在文学作品方面。1958年秋毕业留校任教，我当时就读的学校浙江师范学院是1952年院系调整时由浙江大学文学院、师范学院、理学院的一部分、之江大学以及杭州俄语专科学校等单位组建而成的（1958年冬更名为"杭州大学"，1998年又与其他三所由原浙大分出的学校联合，组建成"新浙大"），师资力量较强，但在1949年以前不论浙大还是之大中文系所授的课程都只限于"国学"范围，像现代文学、文学理论等课程一概没有，当然也没有专职的文学理论教师。所以毕业留校，领导就安排我教文学理论课，一教就是五十多年。我从事文学理论研究，当初也完全是由于教学工作的推动。

金：20世纪80年代，您结合文艺实践对反映论原理作出了深入的阐发，特别是强调了情感的特性及其在审美反映中的中介作用，这个思想很深刻，对新时期文艺理论的发展与深化也是重要的推进。后来我国文艺理论界也普遍把您视为新时期"审美反映论"的代表人物之一,您自己是怎么看的?

王:像我们这代人学习文学理论在很大程度上都受了当时苏联文学理论的影响。苏联理论界把马克思主义视为是一种认识论哲学,并以唯物与唯心作为区分马克思主义与非马克思主义的界线,把"反映论"作为马克思主义文学理论的思想基础。这我认为在原则上是可以接受的;问题在于对"反映"的理解在很大程度上带有直观论和机械论的倾向,在不同程度上都把主观与客观、反映与创造对立起来。我当时就不大认同这一观点,在 1962 年发表于《文艺报》的《关于"熟悉的陌生人"》和发表于 1964 年《文学评论》的《对于阿 Q 典型研究中一些问题的看法》中,就是不赞同仅仅从客观对象方面,而主张联系作家的创作个性来看待典型问题,把典型看作不只是生活反映,而认为同时是作家对生活的一种独特发现和创造,这某种意义上说,也就是我后来所主张的审美反映论的思想滥觞。我之所以一开始从事文学理论研究就比较重视文学的特性而避免教条主义和庸俗社会学,这一方面与我从小就接受各种艺术的熏陶,心目中有较多的艺术参照系有关;另一方面也得益于我当时从《文艺理论译丛》和《古典文艺理论译丛》中所读到的一些西方古典文论以及俄国革命民主主义批评家如别林斯基等人的著作;当时国内的著作虽然可读的不多,但是像胡采的《从生活到艺术》、毛星的《形象、感受和批评》以及中国作家协会广东分会理论研究组的《典型形象——熟悉的陌生人》等,都对我有较大的启示。我在 1987 年写过一篇文章,叫《反映论原理与文学本质问题》,可以看作是我前期文艺思想的系统总结。在这篇文章中我认为文学是以作家的情感为心理中介来反映生活的,并从反映的心理内容、心理机制等方面对之作了较为系统的论述,被学界概括为"情感反映"说。但后来觉得情感是一个较为笼统、宽泛的概念,像理智感、道德感、宗教感、美感等都包括在内,所以觉得当时学界流传的"审美反映"比"情感反映"更为确切,所以在 1988 年撰写的《艺术的认识性与审美性》,以及 1989 年撰写的《审美反映与艺术创造》等文中,我就接受了这个概念,改用为"审美反映"了。

金:梁启超有句名言,"不惜以今日之我,难昔日之我"。我觉得这种不计名利得失纯粹追求真理的勇气是非常值得敬佩的。而您数十年来,不仅始终在文艺研究的领域坚守,还不断有所自我突破与超越,我觉得同样是难能可贵的。有学界同仁把您过去文艺思想的主要发展,概括为"审美反映论"、"文艺实践论"、"文艺本体论"三个阶段,您自己赞同吗?

王:如果按我不同时期论述的重点来看,也不妨这样说;但我不赞同认为这是我文艺思想的"转轨"。因为这三者有着内在的深刻联系。或者可以说都是由于审美反映论的发展、深化和完善而来的。这是因为情感是客体能否满足主体需要所生的一种内心体验,是以体验的形式所表达的对客观事物的一种态度和评价,它不属于"事实意识"而属于"价值意识",所反映的不是"是什么"而是"应如何"。而"应如何"是一个理想的尺度,它是需要通过人的活动去争取的。所以我不赞同传统的反映论文艺观所理解的把文学纳入知识的系统,认为它只是给人以认识,而认为它的职能主要是表达一种人生信念,以充实人实践的心理能量和精神动力。柯林伍德认为"艺术不是观照,而是行动",萨特认为"文学把你投入战斗","写作是对现实的一种介入",也都有这个意思。这是我在 20 世纪 90 年代所发文章的论述重点。但不久又发现从这种价值论维度来理解文艺的性质尚欠周全,因为现在是一个价值多元的时代,我们凭什么来判断价值取向的正误,选择和确立我们所应该遵循的价值坐标呢?这样我就想到了"文艺本体论"的问题。因为唯此我们的价值评判才有科学的思想依据。作于 2003 年的《评我国新时期的"文艺本体论"研究》和《关于艺术形而上学的思考》,和 2007 年的《文艺本体论的现实意义和理论价值》等文大致代表我在这个问题上的思考成果,不过在后来的一些文章中又陆续有所补充和完善,像最近发表于《学术研究》上的《理论的分歧到底应该如何解决》一文中的第三节,对于这个问题就有比较多的补充论证和分析。

金:"文艺本体论"问题对文学来说是很重要的,但难度也比较大,理论性比较强。您觉得自己在"文艺本体论"研究中有哪些新的发现与突破?

王:"本体论"在古希腊哲学中视为关于世界本原和始基的学问。文艺是以人为对象和目的,这决定了"文艺本体论"与"人学本体论"有着天然的不可分割的联系。人是从猿进化而来的,是由历史和文化造就的,因此要研究人就要有历史的观点,"历史是追求一定目的的人的活动",这样"目的论"也就成了"人学本体论"的应有之义。所以对于"文艺本体论"我认为只有把存在论的维度和目的论的维度结合起来，才能获得正确的解释。实际上在古希腊哲学中"本体论"原本就是与"目的论"联系在一起的，视目的论为本体论的核心内容；如亚里士多德的"形而上学"就是由"本体论"和"神学"两部分组成的，他所说的"神"实际上是指一种"宇宙理性"，是指世界的"第一推动力"，所以罗素说"神就是一切活动的目的因"，而非希腊神话和基督教所说的是一种"人格神"，只是由于后来被基督教发展成为"上帝创世说"，认为世界都是按上帝的旨意而创造和安排的，以致到了近代被有些哲人未经深入研究就予以舍弃。这一点康德却另有眼光，他把本体论看作只是认识论中的构成原理，而在实践论、伦理学中作为范导原理，作为把人不断引向"至善"境界的价值坐标保存下来，使人从"实是的人"进入"应是的人"有了方向和目标。这思想我认为是很有价值的，这是一。其次，"目的论"与"永恒性"的关系非常密切。"永恒性"把本体世界看作是凝固不变的，认为"它没有过去，整个只是现在"而备受质疑，但这并不排除它有深刻和合理的思想在。因为它把时间的观念引入了"人学本体论"，表明人是一种时间性的存在，正是由于时间使一切美好的东西都成了暂时的、瞬息即逝的，这才引发了人追求永恒的渴望和冲动。这样，追求永恒也就成了对暂时、有限、当下的超越，它激发人的生存自觉，让人感到正是生命的有限应倍感珍惜，而不虚度年华，促使人们去如何把个人有限的生命投入到为人类发展进步的永恒的事业之中，而使有限的生命在人类的事业中得到延续。再次，传统的本体论后来之所以遭到否定，根本的原因就在于它把世界的本体看作是一种超验的东西而与经验的东西对立起来走向二元论。而我认为如果按照前述从人学的角度把"本体"理解为一个把人不断引向"至善"境界的价值坐标，那么它就不可能完全是仅凭理性认知和逻辑推论而确立，同时也是建立在自己人生体验和感悟基础上的一种道义上的选择和追求。按我国传统哲学的话来说，它不属于"认知"、"闻见之知"，而是"体知"、"德性之知"。这两者的区别是：前者的对象是外在于人的，是由人的感官所得；后者的对象是内在于人的，是由人的体验所得，它需要通过自身的"着实操持，密切体认"等"心上功夫"才能建立。这样就克服了二元论的倾向而把超验与经验、信仰与知识有机统一起来，而走出纯思辨的囹圄。"人学本体论"就是按历史的、文化的眼光来对人的本性所作的一种界定，我们把"文学本体论"建立在

"人学本体论"的基础上,既表明要说明文学是什么？它的意义何在？是不可能孤立地从文学自身而只有联系人的生存的需求才能找到正确的回答,也强调了文艺在完善人的本体建构上应该发挥自身所应有的作用。

金：我国文化与哲学传统具有浓郁的人生情怀。儒道释的学说中都潜蕴了审美的维度,注重人格情趣的提升与人生境界的建构。这种传统在20世纪上半叶中国现代美学与艺术理论中得到了进一步的发展。如梁启超、朱光潜、宗白华等以深厚的人生情怀融化中西资源,提出了"趣味"、"情趣"、"人生艺术化"等范畴与命题。近几年,您在《我看20世纪中国美学》中肯定了这一方向,并发表了《美：让人幸福、快乐》、《审美：让人仰望星空》、《艺术：使人成为人》、《梁启超"趣味说"的理论构架与现实意义》、《拯救人性：论审美教育的当代意义》等一批文章,出版了《论美与人的生存》的论文集,倡导把审美、艺术、人生统一起来,这是否标志着您开始转向"人生论美学"的研究,它与您过去的思想之间有什么联系？

王：我对美学早有兴趣,在1963年就为本科生试开过美学课,只是由于工作的需要,我才把主要精力都花在文学理论教学和研究的方面。其实美学与文学理论的联系是非常紧密的。因为美学研究的是人与现实的审美关系,而文学艺术就是这种审美关系发展到一定阶段的产物,是人的审美需要和审美理想的集中体现,所以文学艺术的许多根本问题也就是美学的问题。而直接促使我这些年来把思考的重点转移到美学上来的原因有二：第一,我觉得我国的文艺理论和美学的基础较弱,不仅美学中的许多优秀成果都没有予以吸取,而且对之充斥了种种误解和曲解,如对于美与真和善的关系,审美愉悦和感觉快适的关系,审美的无利害性与利害性的关系的理解等都非常混乱,含含糊糊、一知半解,以致各说各的,不仅讨论了半天,什么问题也没有解决,而且由于曲解而把问题引入歧途。所以我觉得要使文艺理论得以健康的发展,很需要加强美学的基础研究。第二,就美学方面来看,在当今我国"实践论美学"与"后实践美学"的对峙中,我也有点自己的想法,认为实践论美学主要从宏观的、社会历史的观点来理解审美关系,所探讨的还只是审美关系所产生的社会根源,要解释具体的审美现象和审美经验,尚有待向微观的个体的心理的层面的研究深入;而"后实践论美学"转向从微观的、个人心理的方面来理解"审美关系"时,放弃和否定了对审美关系作社会历史层面的研究,不仅难以揭示人与现实审美关系发生、发展的客观规律性以及审美在人的生存活动中的重要地位,而且由于丧失理论根基而容易走向主观主义和相对主义。如何克服前者的不足和后者的片面? 我认为就应把宏观层的研究与微观层的研究结合起来以"中观"的眼光来进行研究。于是我就想到"人生论美学"。因为"人生论"所理解的"人"既非没有个性的只是作为社会历史的普遍的人,也非游离于社会历史之外的个体的心理的人,而是两者统一的现实的整体的人,这样,从"人生论"的角度来研究美学就更能把审美与完善人格建构紧密地联系起来,这不仅是我国传统美学的精神所在,也是从古希腊柏拉图开始,经由中世纪基督教美学、德国古典美学所沿承下来的思想,我在《美学研究:走两大系统融合之路》、《再论美学研究:走两大系统融合之路》以及《康德美学的宗教精神和道德精神》、《论国人对康德美学的三大误解》等文中,曾对之作过较为周详的论证;我还写过一篇《王阳明与康德美学思想的比较研究》,说明在这个根本问题上,中西哲人的思想之同远大于异。这些研究可以说是我提出"人生论美学"的前期准备。我提倡"人生论美学"就是希望美包括文学艺术在内对于人走向自由自觉、自我完善方面有所作为。这里也融入了我对"人学本体论"思考所得的体会在内。所以"人生论美学"与"文艺本体论"之间我觉得是可以互补、互证的。

金: "人生论美学"把审美与人的生命与生存、提升人格与生命境界联系起来,因此,也就关涉到审美教育与艺术教育的问题。近年来,随着素质教育的倡导,以及人们对现代商业社会和科技时代所出现的一些流弊的忧虑,艺术教育、文学教育、情感教育等已日渐引起重视。您赞同审美教育属于情感教育,请您具体谈谈情感教育在完善人格建构方面有什么作用?

王: 我赞同美育是情感教育,但并不认为它的意义只限于愉悦身心,而认为它对人的全面发展有着十分重要的意义和作用。人如何才能走向完善? 亚里士多德提出"人是理性的动物",培根又提出"知识就是力量",以致直到今天人们所看重的只是知识的教育,而很少看到情感和意志在整个人格结构中的地位和作用。知识只不过是人们谋生的一种工具和手段,而对于一个整全的人格来说,"知"、"情"、"意"三者是缺一不可的,其中"情"又是从"知"过渡到"意",使三者有机统一起来的不可缺少的中介。所以现代心理学的泰斗冯特把情感看作是人的行动的动机,认为"如果没有情感提供兴奋，我们将不会有意于任何东西，就不可能唤起意志和行动"。因为从人格论的观点来看，认识到了的东西不一定就是属于自己的东西，只有体验到了的东西，才能内化为自己有血有肉的思想，成为人的行动的内在动力，在行动中得到落实。而情感是具有两重性的，像阿德勒、弗洛姆都把情感分为分离性的和融合性的两种，前者如恨、妒忌，它使人趋向对立，后者如爱、同情，它使人趋向统一。这就充分说明情感的陶冶在完善人格结构中的地位的重要。而人的情感生活中最可贵最不可缺少的无非是"爱"与"敬"的情感，爱驱使人无私奉献，敬激励人奋发有为。美是由优美与崇高两种形态组成的，它的目的正是为了培养人的"爱"与"敬"的情感，使人通过审美在情感上获得全面的提升。所以要谈人的自由意志和独立人格，人的全面发展，人生的意义和目的，人生的快乐和幸福亦即苏格拉底所说的"善生"的问题，也就离不开对人的情感生活的研究，离不开审美教育。

金：近年来，西方后现代"审美日常生活化"思潮也引起了不少人的关注，您所主张的"人生论美学"与它又有什么区别？

王："人生论美学"译成英文也就是"Aesthetics of Life"，也就是"生活美学"，好像就是"日常生活审美化"的意思，这是由于汉语中的"人生"这个词很难为英语所对译之故。这得追溯到中西哲学文化背景的差异。在西方，特别是英语国家中，经验与超验是二元对立的，所以所谓的"审美日常生活化"就是把美当作是一种消费文化，以满足人们生活中一时的享受的需要，并不指望通过它来陶冶和提升情感；而中国哲学中经验与超验是统一的，像《大学》中说"修、齐、治、平"、《左传》中说的"三不朽"以及张载的"四句教"等都强调通过"践仁"来达到"成圣"的目的，在经验生活中实践人生超验的价值，所谓"道在伦常日用中"即是，由此产生了我国所特有的"人生哲学"。"人生论美学"就是对于这一精神的一种肯定和继承。它把审美看作是一种精神愉悦，主张通过审美来提升人的生活情趣而达到"人生艺术化"的目的；而"日常生活审美化"则视审美是一种感觉的快适，美其名曰借以"缓解生存的压力"。感觉的快适是一时的、生理性的、纯消费的，是没有精神方面的承担的，这样就把美仅仅视作为一种手段，而丧失了它自身所固有的目的——即"以人为目的"。所以我不赞同有些学者把"日常生活审美化"当作是文艺的发展方向，是"当代形态的文学研究"来提倡，而认为这只不过是对"消费社会"

文艺现状的一种描述。因为理论不能只局限于描述现状,它更需揭示规律,让人们看清客观形成的美与人的生存所固有的内在联系。

金:我很赞同您的观点。但也有学者认为您一直偏重于情感、精神方面的美化提升,尽管在理论论述上比较周全,但这种思想倾向本身有些"高蹈"。对此您怎么看?

王:"高蹈"是凌虚蹈空、脱离社会现实之意,所以人们把出现于法国19世纪中叶的以阿波罗和缪斯诸神居住的山名而命名的主张诗歌应远离社会斗争回避政治问题,以"为艺术而艺术"为宗旨的"巴那斯派"又称之为"高蹈派"。而我的理论刚好相反,我的问题始终是从现实中来的,是针对自市场经济以来人们在物欲驱使下不断地走向物化和异化以及由此而带来文艺放弃精神上的承担而趋向消费化、娱乐化而发的,只是认为理论不能只停留在对经验现象的描述上,而应该是批判的、反思的,这样,才能与现实形成一种必要的张力,引导文艺朝着正确的方向发展。而反思就需要有一个思想前提,现在既是一个价值多元又是一个价值迷误的时代,正如现实生活中许多人已找不到生存的根基不知为何而活着那样,我们的文学理论也不知道把自己的价值坐标定位在哪里,这又怎么能承担和引导文艺发展的使命呢?我这些年来一直不放弃基础理论研究,也就是想为我们的文学理论能找到一个较为合理的反思的前提。认为我的理论有些"高蹈",可能是由于站在经验主义、实证主义、实用主义的立场,把理论看作只是为了说明现状而不理解它的反思性、批判性的品格之故。

金:按照您对于理论的性质和功能的理解,您认为我国文艺理论研究的现状如何?存在哪些问题?主要原因是什么?

王:现在理论研究不被人们所看好,认为它是"大而空"而不解决现实问题,有人甚至提出要"告别理论",认为它的出路只能是向批评转移。这观点我认为既不正确又有一定的道理。之所以不正确,因为理论乃是对事物本质规律的一种把握,是抽象思维的产物,相对于经验现象的"多"来说,是属于"一"的东西,以致人们误以为理论都是抽象的。这是由于人们把"本质"和"关系"分割的结果。而在辩证法看来,在"本质中一切都是相对的","它们只是在它们的相互关系中才有意义",因此真理总是具体的,它"只是在它们的总和中以及它们的关系中才会实现"。所以理论不是教条,它只有在实际应用过程中才能彰显它的真理性,我们不能脱离现实关系对它作抽象的理解。如我们古代对诗的理解有"言志"与"缘情"二说,前者重社会的、普遍的、伦理的情感,它反映了上古社会人们对文学的理解。到了魏晋时期,随着"人的觉醒和文的自觉",陆机提出了"缘情"说,把文学中个人的、心理的、当下的情感突出起来,这自然是对文学认识的一种发展和深化,但由于轻视情感的社会、普遍、伦理的内容,又造成了六朝绮靡的诗风。所以到了唐代,孔颖达试图把两者统一起来,提出"在己为情,情动为志,情志一也"。我们到底应该怎样评价它们的是非正误呢? 我想只能联系一定的语境,从它在解决现实问题中所产生的成效来看待它的客观真理性,判断它的意义和价值,而不能抽象地作结论。这就说明真理是具体的。所以认为凡是理论都是"大而空"的,显然是把理论看作是一种抽象的教条,而没有理解理论是一种看待问题的智慧,理论家需要有一种康德所说的"在实践中合规律而完美的理性运用的本领"之故。

　　但如果是对我国当今文学理论研究所较为普遍存在的弊病的概括,那我是完全赞同的。"大而空"就是脱离现实、高谈阔论,不解决实际问题。这种不良倾向的具体表现在我看来,有这样几方面:第一,缺乏问题意识。理论是由于实践中遇到了问题,需要解决而进行研究的。所以问题乃是理论的核心,评价一篇理论文章、一部理论著作,首先就要看它所提问题的意义的大小以及需要解决的紧迫程度。问题只能是从现实中来。而环顾我国当今的文学理论,似乎极少从我国的文艺的实践中提出问题来加以研究,不是追随西方,寄生在西方文论之上,拿西方学者的观点来吆喝贩卖,就是回避现实去钻研一些细枝末节的、技术性的、牛角尖的问题。这样的"理论"怎么能起到介入现实,促进现实发展和进步的作用呢? 第二,缺乏人文情怀。问题是现实中存在的,而发现问题需要有我们自己的见识和眼力,见识和眼力与我们自己思想上的追求是分不开的。从这个意义上说,不能发现问题在很大程度上源于我们从事理论研究的缺少应有的人文情怀,缺少对于当今人的生存状态的关注以及文学对于人的生存的意义和价值的思考。这些年来,人们的物质生活有了很大的提高,但许多人都感到生活十分抑郁而并不感到幸福。而这是不是与人们终日为"物质操劳"而忘了为"灵魂操心"有关? 文学向来被人们称之为"精神家园",是人的精神的皈依、寄托之所,那么面对当今人的生存状态,我们的文学在对人精神疗救方面到底应该发挥怎样的作用?我看文学理论界就很少考虑,相反地宣扬"娱乐至上"、"娱乐至死"的却大有人在。这是不是又是一种脱离实际?第三,缺乏应有的学养和训练。文学理论是对文学问题的哲学思考。所以从事文学理论研究,文学知识和经验的积累以及理论思维能力的培养是不可少的。文学经验包括文学创作和文学阅读两方面,我们不能要求每个理论家都兼搞创作,但是阅读经验却不能没有,只有深得文学的三昧才能在理论上提得出真知灼见。但现在的一些理论文章连篇累牍都是从西方移植过来的时髦的概念,却少有作者自己研究文学艺术的真切的感受和发现,空洞浮泛而又高深莫测。但我这样说并不等于文学理论研究回到经验的描述。因为理论既然是以问题为核心的,理论研究就逻辑程序上说就是个提出问题、分析问题、解决问题的过程。这就需要理论工作者必须具有一定思维的能力。思维是有一定的形式和规则的,因而要有效地进行思维就必须懂得思维科学。它是一种引导我们获取科学真理的思想工具和武器。如唯物辩证法,我认为就是一种很有效的思想工具和武器。有人把它比作一种"智力体操",正如我们的身体只有经过操练才能行动自如那样,我们的思想也只有有了辩证思维的武器才能目光敏锐、机智灵活,这样才能把问题不断地引向深入,在看待和处理问题上不至于走向极端、陷入僵局而有望做出科学的解决。现在我国文学理论多为浮泛之论不解决实际问题,也与缺乏理论思维能力的训练不能有效地回答问题有关。综合我们当今文艺理论普遍存在的这些现象,我认为以"大而空"来概括并非完全没有道理。

金: 理论思维能力对于理论研究确实非常重要,或许目前从事文学理论研究的人不一定都深刻意识到这一点,以致所发表的意见可能只是停留在个人感觉的层面,未能充分向学理层面深入。记得您曾提倡过"综合创新"的方法,您是否认为这就是您所推崇的唯物辩证法在文学理论研究中的具体运用?它的优势又在哪里?

王: 这是由于文学是一个整体,需要我们作多视角、多维度的审视,才能对它做出全面而完整的把握。历史上的许多研究成果由于人们视角的褊狭,对于文学的认识或只是侧重于超验的观点,或只是侧重于经验的观点,或只是侧重于社会历史的维度,或只是侧重于个人心理的维度,或只是侧重于从内容的方面，或只是侧重于从形式的方面来进行研究，虽然难以达到整体把握这一目的，而凡是流传到今天的，都必然在某一方面提出过自己有价值的见解，自有它的合理、可取之处，但这需要我们在正确的观点和方法的指导下，对之进行分析批判，才能吸取其合理的成分，为我所用。任何理论创造都不可能脱离历史成果的吸取从零开始，我们所掌握的理论资源愈丰富，在理论创造中可资参照和借鉴的材料愈多，我们的理论发展所能达到的水平也就愈高。这也是我所推崇的唯物辩证的思维方法在理论研究中的具体应用的一个重要的方面。当然不仅仅限于此。

金：从 20 世纪 80 年代开始，我就学习您的论著，在理论立场、研究方法等方面都深受教益。我认为您的文艺理论具有很好的学理性、深刻性和反思意识，具有很强的问题意识和现实针对性。特别是，您不管在哪个阶段，谈论哪个具体问题，实质上，都没有脱开文艺理论的人生使命与现实承担的问题，您的基础理论研究与文艺实践与现实关怀是密切联系在一起的，我个人认为这是您的文艺理论最具个人特征和理论价值的方面，请问您自己是怎样看的？

王：确实如您所说。我的文章重在学理上的论证，因为我觉得理论是以理服人的，不能只谈点个人的意见和感想，要把道理说透彻，就必然要做周密的分析和论证，以求思想与学术的统一，所以给人的感觉有点学院气。其实我写的都是自己人生和阅读的真切体验。我是在向读者交心，有好几位年轻同志说我的文章"让他们看得很激动"，就是由于我所说的都是发自内心的。文学理论属人文科学，人文科学是研究人性、人的教化、人格的完善的学问。它的本性就是拒斥以个人自由主义的立场去从事研究的，要是连人文学者都没有是非、善恶、美丑、爱憎的观念，对于社会上发生的一切都取冷漠的态度，不再有批判的激情，那么，这个社会还有救吗？我知道我的许多想法在当今社会有些"不合时宜"，并不为多数人所理解，但我的文与人、言与行是一致的。我所说的也就是我身体力行的，只要我自己已尽到了责任，我也就扪心无愧了！是非得失，让时间去检验吧！

原载《文艺报》2012 年 10 月 15 日

王元骧:审美超越

——从文艺学美学的视角,把一把当下社会的人文脉搏

　　这是一次特殊的采访,笔谈。持续时间超过半年。被访者王元骧先生听力不好,他后来告诉我们,1973 年在防空洞工地劳动时,他的耳朵被震聋了。

　　2012 年 6 月 11 日,通过邮件向王先生提出采访的想法。先生回邮,希望看到采访提纲。因为听力的原因,他采用通信以及电子邮件回复的方式。

　　在伊妹儿来来往往中,收到过他发来的部分学术论著——这主要用于让我们更多了解他的学术思想和体系,便于更有效地开展对话。甚至,有一回,先生还发来他亲摄的风景照片,"阅稿累了,发几张照片给您调剂调剂"。严谨之外,先生流露出不经意的小亲切。

　　时间淡淡过去,与以往急促的采访不同,王先生用他的节奏,让我们保持了不匆匆的交流。2013 年春节过后,收到先生回邮,是一张图片,上是手书的一页信。字迹整齐,回答有礼,致谢问候,然后谈了他阅读《钱江晚报》的一些看法,指出不足也有鼓励,他认为本报的时评版面中,刘雪松、戎国强他们写得不错。显然,王先生对时政消息具有相当的敏感度,并不脱离于社会做象牙塔式的研究。同时,作为理论学者,他对时评也保持着习惯性的兴趣。

　　随后,我们收到王先生根据我们的提纲手书的 12 页笔谈内容,供我们参考。

　　王先生在信中告诉我们,他不擅电脑,以往都是孩子帮他打字。因为孩子工作太忙,他不便叨扰,因此就自己手写,扫描,然后用邮件将扫描内容用图片格式发送给我们。

现在我们刊发的就是经过我们编辑，最后经王先生修改、定夺的稿子。

10个月时间，9封邮件，5篇论著，4张风景照。

与王先生笔谈，其直率性格跃然纸上。他从事理论研究工作的态度，随着时代的变化而变化，从年轻时气盛到现在的超然，岁月在王先生的研究内容、方式中，也悄悄留下了一些痕迹。

自本报2012年4月推出"文脉"浙江文化名人系列报道以来，这是首次以笔谈的方式完成采访。

一　关于"我"：生活经历和治学道路

不为名利所动，以超脱的心态从事研究，所以学界认为——
七十岁后，文章越写越好

记者（以下简称"记"）：每个时代都有自己的特征。人的不同，与他所生活的时代背景有一定的关系。您能不能先和我们说说自己的"成长记"，也许我们可以更好地了解以您为代表的一代学者，他们的所思所想，所言所行。

王元骧（以下简称"王"）：我1934年10月出生于浙江省玉环县楚门镇，母亲是楚门人，父亲是永康人，他先是在楚门，后来又是在临海的一家商行做"内账"。

抗战期间，交通中断，加上祖母去世了，我出生之后父亲就没有带我去过永康，我对永康毫无印象，所以我一直认为自己是玉环人。不过我在楚门也只生活了12年，现在似乎又谈不上是玉环人了。

抗战期间由于楚门地处沿海，常受日寇骚扰，母亲带我和妹妹到乡下外婆家避难。那里没有小学，我休学了一年半，学业全荒废了，于是父亲就带我到他工作的所在地临海去读小学。我在他身边生活了两年半，他对我的学习和生活几乎全不关心，我根本没有学习的习惯，放学后就在街头闲逛或到江边的江轮上玩耍。只要我回来吃饭、睡觉，父亲是绝不会注意到我的存在的。现在想来这某种意义上也说明他对我是比较放心的。打一个譬喻来说,对于自己身上健康的胃,人们是不会感觉它的存在的,如果他时时意识到他身上有一个胃,那么这个胃肯定是有病了。他知道是没有能力让我深造的,对我也不寄予什么期望,常对人说"读到初中毕业,将来能'自混身'就好了"。

1948 年夏在临海读完小学后回到楚门,当时新成立的玉环县立初级中学正在招生,我在一无准备的情况下糊里糊涂地前去报考,总算以倒数第二名的成绩被录取了。由于家里经济条件的限制和个人志趣的驱使,初中毕业后我就与全班绝大部分同学一起到温州(因为玉环当时属于温州地区,经济、文化方面都与温州联系比较密切,到 1956 年省里才将玉环县一分为二,将洞头岛划归温州,玉环岛和楚门半岛划归台州)去读师范,因为师范生费用是国家全包的。

1954 年夏,普师毕业,为适应教育事业大发展的需要,国家推荐一批普师毕业生对口报考高等师范院校,我被浙江师范学院中文系录取。我才有可能进入大学之门。所以我非常感谢国家的培养,报效祖国是我学习的动力,这在我们同学中是较普遍的。1958 年毕业留校工作,迄今刚好是 55 年。

记:55 年,是一个很长的时间了。那么您后来是如何对文学理论,以及文艺学美学研究产生兴趣的?

王:浙江师范学院是 1952 年院系调整时由浙大文学院、理学院的一部分以及之江大学、杭州市俄语专科学校等单位组成的,师资力量较强。但是在新中国成立前不论浙大还是之大中文系所授的课主要是"国学"方面的内容,优势在"三古"(古代文学、汉语史、文献学),像"文学理论"等课目都是之后新设的,当时任教的只有一位从古代文学改行过来的讲师,于是领导就分配我从事文学理论教学。

由于没有"家底",这专业在中文系很被某些教师看不起。但是我生性好强,从不服输,若是人家说我好,我总感到离目标很远,好不到哪里去;若是人家说我不好,我就想,那我做出点成绩来给你看看。

在这种性格驱使下,1963 年我就结合教学中所遇到的学生疑问最多的文学典型问题,写了一篇论文在权威刊物《文学评论》1964 年第 4 期发表了。当时中文系除了夏承焘先生之外,还没有人在这一刊物上发表过论文,所以在中文系颇引起一些轰动。《文学评论》给我寄来了相当于我半年工资的

316 元稿费。

这一切后来被中文系总支领导知道了，认为我"名利思想"严重，是"白专道路"的典型。据说还准备公开批判我。我当时年少气盛，把已经寄到《文艺报》和《文艺月报》的两篇文章都要了回来，决定以后不再写作了。

这样一晃就过了 15 年，直到 20 世纪 70 年代末粉碎"四人帮"后才恢复研究工作。我在恢复研究后投寄给《文学评论》的第一篇文章于 1980 年 3 期以头版头条位置刊出，这增加了我的自信。迄今，我写了 250 多万字的论著。不过，我认为我的学术成熟期和高峰期还是在近十年，其标志是 2003—2005 年《文学评论》连续三年以头版头条的位置刊发了我的论文，并在"编后记"中都给予很高的评价，而且主要论文也都被中国作家协会理论批评委员会所编的《中国文学理论批评文选》（年选）选入，有数篇也都列为卷首。学界也普遍认为我"这些年来的文章越写越好"，被认为是"独特的七十后现象"。

我之所以在学术研究领域能坚持下来，并取得一定的成果，除了对学术本身的兴趣以及感恩意识和使命意识的驱使之外，也与我不为名利所动，能以自由超脱的心态来从事研究有关。我当过四届（每届五年）国家哲学社会科学基金评委，后来两届还是副组长，但我个人没有单独申报过课题资助，一方面我觉得考虑问题应该先人后己；另一方面也为了减少压力，因为只有这样以完全自由的心态去从事研究才能出好成果。即使出不了好的成果，我也不会亏欠谁。

二　文学研究：应该从实际出发

美的艺术的熏陶是一种强有力的教化方式，因为——
"仓廪实"未必"知礼节"

记：你的学术观点是什么？通常人们会认为，文艺学、美学是很虚无的，与现实生活无关。对此，您是怎么认为的？我们欣赏美的文艺作品，到底能收获什么？这些收获真的重要么？

王：我从不把文艺学、美学当作是一种"纯粹的学术"，而始终强调在研究中要有问题意识,针对现实问题来进行发言。所以我的研究的重心总是随现实的变化而有所转移。现在学界对我的了解似乎还停留在20世纪80年代,说我是"审美反映论"的代表人物。其实我的研究重点已有过几次转移,近十年来我研究的内容重点有两方面:文艺学的方面是"审美超越"问题,美学的方面是"审美教育"问题。

"审美超越"论是针对传统认识论文艺观的片面性,并为发掘文艺在抵制当今社会人的日趋"物化"的作用而提出的。因为物质的东西既是人生存的基础,又只为个人独享的:一碗饭我吃了你就不能充饥,一杯水我喝了你就无法解渴,所以一旦当人们沉迷于物质享受就会导致占有欲的膨胀,使原本的"需要"发展为"欲望",导致人与人之间关系的疏离和情感的淡漠,而使人成为西方学者所说的,一种以"自恋"为特征的、"那喀索斯式"的"当代的个人主义者"——那喀索斯是古希腊神话中的美少年,他天天看着自己水中的倒影,顾影自怜,以致憔悴至死变成水仙花。大家都感到当今社会物质充裕而道德滑坡,这显然是与人们愈来愈追求自我享受,在情感上与别人、与社会日趋疏离有关。

而文艺之所以能起到抵御人的"物化"的作用,就在于审美具有超越性的品格,从空间上来说,当我们阅读和欣赏文艺作品的时候,一旦为作品中的人物打动了,在情感上也就进入到了他们的生活世界,与他们共同分享欢乐、承担忧愁,把他们的命运和遭际当作了自己的命运和遭际,也就把别人看作与自己是同一的,将心比心、设身处地为别人着想,这就是对自己思想境界的一种拓展和超越。从时间上来说,美是人类永恒的追求,它的目标永远是在前面,它能引导人生命不息奋斗不止,如果你创造的业绩是有价值的,成为一种社会的财富,就能为历史所肯定,你的价值也就超越了暂时而进入永恒,这就是《左传》中所说"三不朽"。这虽然不可能人人都能做到,但至少可以使人不至于完全受当下的利害关系的诱惑,而把眼光放得远一些。唯此,人才能成为一个有道德的人。

记:我们读到您的一篇论著《拯救人性:论审美教育的当代意义》,有一部分分析了当代社会"仓廪实"而未必"知礼节",是否也是由于对物质生活的追求而影响了人与人之间的沟通?

王:"仓廪实则知礼节,衣食足则知荣辱"是管仲说的,叶适也说过意思类似的话:"衣食逸则知教,被服深则近雅。"我以前对之都颇为赞同,都以为经济的发展自然会带来社会风气的好转,现在看来并不是那么回事。

因为"仓廪实"只不过说明物质的富裕,而"知礼节"则需要人们有良好的涵养,它们分别属于物质和精神两个不同的层面,它们是不可能自发地趋向统一,需要通过社会教化才能达到协调和发展。

而美的艺术的熏陶就是一种强有力的教化方式。达尔文在他的"自传"里谈到,他早年对艺术有广泛的兴趣,但是到了晚年,由于对文艺的兴趣渐渐淡化了,以致使他的情感日趋淡漠,这让他深感忧虑,认为这不仅使他的脑子变成仿佛只是一台机器,而且还危及道德。这说明文艺熏陶对于一个人的道德人格的形成是不可缺少的。

我提倡文艺的审美超越性,就是希望通过文艺的熏陶,使人免于沦为物质的奴隶,而能够保持一种良好的情感状态,一种人作为人所应该有的精神生活。这样他的生活就会有了一种张力:在苦难中看到希望,在幸福中免于沉沦。

三　审美教育:还需要更全面理解

美不仅仅只是给人以感官的愉悦,其实——
对于工作、学习,都需要有一种审美的态度

记:我们知道审美教育的重要性,理想中,我们应该如何进行美学教育,从而让现代人的人格,在教育经历或成长经历中更为完善?

王:我研究审美教育就是为了说明审美包括文艺的熏陶是一个整全的、健全的人格所不可缺少的素养,把审美超越的精神落实到学校教育乃至国民教育中。审美教育是一种情感的教育,情感教育对于一个人的成长的重要意义是由于人格结构是由知(理智)、意(意志)、情(情感)三部分组成的。人有了理智,他的行为才有方向和目标;有了意志,才会有实际行动而使目标化为现实。而这两者之间又是由情感为中介的。因为情感是一种能量,是行动的动力,它对行动有驱动的作用,人的行动只有有了明确的方向和内在的动力,才能克服困难、坚持到底。所以我一直认为要在学习、工作、事业上取得成绩,"情商"甚至比"智商"更为重要。

我接触过不少学生,非常聪明,但一辈子碌碌无为做不出什么成绩;倒是一些看似资质平平的学生学有所成,有的还成了全国知名的学者。为什么?就在于前者情感不够专一,往往见异思迁,不能持之以恒,而后者则认准目标,矢志不移,不畏艰险而坚持到底之故。

现在,不仅学校教育,甚至整个社会对于一个人的评价都是持唯智主义的观点。只要考试成绩优秀就被捧上了天,各省年年颁布的"高考状元"之类就足以说明。这种急功近利、缺乏远见卓识的评价准则的流行,以致许多学校对于"智者第一"的教学追求欲罢不能,而导致学校教育放弃了"修身"、"成己"这一大前提,沦为应试教育或职业教育。

我反对"唯智主义",并不是说知识不重要,只是认为知识只不过是一种工具,它主要是为了教人"做事";而事是由人来做的,所以为了做好事,就先要学会"做人"。但做人和做事的准则是不完全相同的,前者属"伦理德性",后者属"职业德性"。前者强调的是"爱人"(助人),以别人为目的,不求个人利害得失,甚至为了别人宁可牺牲自己,若是把别人当作达到自己目的的手段,那就成了一种赤裸裸的利用关系,德性也就无从谈起。

而做事就是为了在对象世界实现自己的目的,所以它不可能没有利害得失的计较。但若是做事仅仅为结果所吸引,那就会陷入功利主义而走向与德性相悖。因为任何事都不可能不与人发生关系。造假牟利是属于做事问题,而损人利己则就成了做人问题。所以,对于一个真正有德性的人来说,做事与做人两者就应该是统一的。这样,才能保证他做事的正确方向,使工作也成为目的本身,成为对自身智慧和技能的一种确证,才能在工作中找到了自身存在的价值。这样,就能把"敬业"与"乐业"结合起来,就会让人感到其乐无穷、乐在其中而乐此不疲,他对于工作也必然是兢兢业业、精益求精的。这既是一种职业德性的表现,从广义上来说,也就是一种审美的人生态度。

现在许多学生都带有强烈的厌学情绪,便是由于学习上过多地为功利目的(如升学、就业)所强制,而非出于自己情感、兴趣、爱好的驱使,好比"异化劳动",是一种"异化学习"。这也与缺乏审美教育、缺乏对学生良好素质的培养有关。

记:您关于情感教育与人格完善的道理说得很透彻。现在我想再请您谈谈情感教育为什么要借助于审美?

　　王：审美教育的意义目前尚不为多数人所认识，我在报纸上看到有家长认为加强审美教育会占去学习时间，使学业成绩下降，这说明以往我们在这方面宣传得很不够。

　　审美对于情感教育的意义是由于我们通常所说的"情"是有不同级别的，至少可以分为"情欲"和"情操"两级。情欲是与物质的需要联系在一起的，总是带有一定功利的目的；而情操是超越物质需要的一种精神的追求，唯此人才具有普世的情怀。而审美就方式上来说，它虽然给人以感官上的愉快，但却是"静观"的，不带有占有的欲望，所以最有利于消除功利目的的约束而促使人格的提升。就内容上来说，美是由"优美"（即通常所说的"美"）和"崇高"两方面所构成的。优美所给予人的是"爱悦感"，就像我们面对花、鸟、虫、鱼、小猫、小狗、乖巧的小孩所生的感觉那样，它可以培养人的同情心，唯此，我们才能甘愿为它们付出；崇高所引发的是人的"敬畏感"，就像我们面对崇山峻岭、星空大海、伟人伟业所生的情感，它既给予我们巨大的精神压力，又能激发我们在逆境中奋起的勇气和毅力，像挫折教育、逆境教育，一切能培养勇敢精神的教育都带有这样的一种性质。所以古希腊苏格拉底、柏拉图、亚里士多德以及我国孔子都把"勇"看作是人的不可缺少的一种德性，如苏格拉底认为，一个勇敢的人，是不被困难、艰难所吓倒和利欲所征服的人，他不仅是战争中的勇士，也是在航海中，在与疾病、贫困、欲望斗争中以及在处理公共事务中的勇士，对于学生来说，也是学习中刻苦、忍耐、迎难而上、战胜困难的勇士！若要在学习和工作中获得成功，就少不了这两种情感的驱动。

　　我们以前谈审美教育只强调它能使孩子们如坐春风、如沐化雨，在愉快中得到成长，显然只重视优美的教育，这虽然应是对少年儿童进行美育的主要方面，但如果忽视崇高的教育，也会使他们成为温室中培育的花，经不起风吹雨打。所以在今天要实现"中国梦"、要抵制侈靡萎颓形成一种雄强的世风，我认为特别需要强化对青少年的崇高的教育。

　　自王国维在20世纪初提出"美育"以后，又经蔡元培的大力倡导，这个问题在我国已经讨论了一百多年，但不仅认识的深度有限，而且它的内容还很少为人所全面理解，表明这还有很大的开拓空间，所以我觉得很有必要再把它深入研究下去。

四　理论的作用:让人"明事理"

理论水平上不去,创作和批评的水平也不容易上得去,因为——

知其然,还要知其所以然

记:您能和我们说说文艺理论研究与创作的关系吗? 与文艺创作的多样性相比,理论研究的是一种普遍性、规律性的东西,所以很多年轻人认为太过"枯燥"。对当下的年轻研究者,您有什么样的经验或建议?

王:理论是古希腊哲人的创造,他们的思维方式与我国传统哲学不同,不只是为了实用,而旨在反思,所追究的是"为什么"、"何以然"。目的是让人明事理,在做人和做事中懂得应该怎样不应该怎样,以增强自觉性而减少盲目性。它不是框框条条,而是一种思想原则,需要我们结合实际来做灵活的运用,这样它才不致成为死的知识,而变成活的智慧。就文艺创作和批评来说,像文学是什么? 它对人的生存到底有什么意义和价值? 为什么有些作品尽管轰动一时而稍纵即逝,而有些作品虽无轰动效应却能历久弥新? 这些都是每一个作家和批评家所必须考虑的一些问题。

从历史上看,凡是伟大的文学家和艺术家,像歌德、雨果、巴尔扎克、列夫·托尔斯泰、鲁迅等等,几乎都是兼攻文艺理论的,他们把理论看作是提升自己创作水平所不可缺少的一种学养。我在网上看到一篇记叙作家黄亚洲在杭大学习生活的文章,其中写道:"王元骧老师的美学课令他获益匪浅。第一次上美学课他真是惊奇万分,没想到居然还有这么一门课程。以前搞文学创作,大都从真实的生活出发描绘真人真事,虽然有一些对人生、对社会的思考,但较少涉及理论层面,而美学则教会了他如何用审美的理论心情来看待生活。生活中处处存在美,关键在于如何去发现美、表现美。这成为黄亚洲日后创作的准绳,而'美'则在很大程度上逐渐演变成为他作品中的'曙光情结'。"这说明理论并非什么不切实际的"高论"和"空论"。所以要正确认识理论的价值,需要我们自己首先克服对理论的偏见。我国自古以来强调"经世致用",只求"知其然"而不问"何以然",只重应用,不重理论。卢梭、李约瑟、杨振宁都认为这是我国古代只有技术而没有科学的原因,所以那些创造发明也都属于应用层面上的东西。我们今天文艺创作和批评的水平上不去,很大程度上我认为是由于轻视甚至鄙视理论,与理论水平上不去是分不开的。

认为理论"枯燥"是许多年轻读者较为普遍的反应,这需要我们做具体的分析。我在第一次读葛赛尔记述的《罗丹艺术论》时真是惊讶之极,一个从事创作的雕塑家,他的理论修养竟是如此精深,对艺术的本质、真谛、奥秘理解得那么深刻、透彻,能谈出这样让人回味无穷、启迪心智的艺术见解,难怪他能创作出像《思想者》、《青铜时代》、《地狱之门》、《加莱义民》等好作品!现在一些搞理论的人不研究具体作品,对于文学艺术没有自己真切的感受和体验,以搬弄一些洋教条来吓唬人,这样的"理论"怎么能不枯燥呢? 连我搞理论的都感到难以卒读! 这不是理论本身所固有的。读了《罗丹艺术论》我相信这错觉定会自然消除。

如果有志于文艺或文艺理论研究的青年读者要我介绍一本入门书,那么我就会毫不犹豫地介绍这一本。如果你读懂了它,如今的许多畅销读物、流行读物对你也就没有吸引力了。

记：您的著作中,《文学原理》在年轻人中的影响很大。它是基础教材,但又是一本知识读物。这是您250多万字的专业论著中的仅有的一本,您自己是怎样评价这本书的?

王：我现在从事的主要是文艺学和美学的基础理论研究,我觉得这两门学科历史积累下来的问题很多。想梳理出一些理论上的难点、疑点、争论的焦点、突破的关节点,结合现状来对之谈一点自己的看法。不解决这些问题,我们的理论就永远处于徘徊之中而难以推进和发展。但这些研究不仅一般读者,即使专业圈子内的学者,在他们自己没有发现和意识到这些问题之前,恐怕也未必会感兴趣的。

如您所说,在我的论著中,在青年读者中影响最大的恐怕还是那本《文学原理》。这原是一本教材,出版后反映不错并获教育部"国家级优秀教材一等奖",所以后来教育部要我牵头,在全国高校中挑选六位优秀青年教师组成编写组,编写一本供普通高等院校使用的《文学概论》教材。但由于是临时凑成的班子,以往缺少交流,学术观点一时难以统一,最后这本书宣告流产,使我感到有愧教育部的重托。因而我接受了其他同志的建议,根据自己的那本再作修订，虽然不能充任，但至少也使自己心安一些。

到广西师范大学出版社今年出第三版时，这本书我已修订了三次。现在文艺理论界的思想很乱，奇谈怪论很多，使许多青年读者深受迷惑。所以我想使之成为不仅只供教学使用，而且能把经过历史筛选而积累下来的一些文学理论的精华加以提炼、梳理，而使之成为一部内容完整、论述透彻、深入浅出、有助于读者正确认识文学问题，并能为他们所接受和喜爱的文学知识读物。从我所得到的口头和读者从网上的反映来看，我的目的还是达到了。我觉得要提高青年读者的艺术欣赏和理解水平，做理论普及的工作非常重要，只是我现在精力有限，心有余而力不足了。

记者：吴蒂、方时列

文字整理：傅玉婷、冯紫青

原载《钱江晚报》2013 年 5 月 17 日

求实严谨的科学态度　求真创新的科学精神

——王元骧教授访谈

陈飞龙（以下简称陈）：王老师您好，上次我见到您是 2011 年 11 月在绍兴文理学院举办的"二十世纪中国文学的经验与理论"国际学术研讨会上。时间过得好快呀，一转眼两年过去了。见到您身体还是那样矍铄和硬朗，心里特别高兴。今年上半年，我们编辑部开了一个会，商量着为您开一个专栏介绍您的学术思想。后来我与您的学生李胜清博士联系商量这件事，他告诉我您今年 79 岁了，您的学生们正在忙着给您写文章纪念您的 80 大寿。之后，我们编辑部的崔柯博士跟您联系了好多次。现在撰写研究您的学术思想文章的作者已经确定了，只是和您访谈的事一直没有落实。正是和您有缘，今天（2013 年 11 月 28 日）国家非物质文化遗产保护中心安排我来杭州讲学，能有机会到您家里来拜访，并能当面请教您，心里真的感到特别高兴。

王老师，您在学界是一位深受大家尊重和敬爱的学者。您一生都在从事教学工作，在教学之余，您又把大部分时间和精力都用在文学理论与美学的研究工作上。在利仁撰写的您的《审美反映与艺术创造》一书的"作者简介"中提到："王元骧为人正直，坦荡无私，生性淡泊，不慕名利，凡遇与个人利益相关的事，一概采取回避态度，从不主动伸手"，在生活上"设身处地为别人着想"，在学术上"从不把学术研究作为猎取个人名利的手段"。您还认为人的快乐并不在于物质的享受，而是不断地进行自我超越。在当下这种浮躁喧哗的社会氛围和争名逐利的学术环境中，您始终保持着学者的本色，不失自我，不慕名利，不求闻达，只希望自己能尽力推动马克思主义文艺学和美学理论的发展，真的是难能可贵的。

当下存在着文艺批评挤压文学理论的现象。搞文艺批评的人只要脑子活一点找准了一条路子,就容易引起震动和反响,也容易出人头地,说不定还能产生轰动效应。很显然,急功近利的文学批评导致了对文学理论的轻视。另外,当下的文学创作也存在着蔑视文学理论的现象,总觉得现在的文学理论没有用,指导不了文学创作。您曾经愤慨地指出"我国当今文艺理论研究受经验主义、实证主义、实用主义的影响太深,完全以评论(文艺批评)来排斥、取代理论,以致把文艺理论研究逼到了绝境"。正是这种实用主义和无用论,导致了对文艺理论的忽视和轻视,使我们的文艺界长期以来存在着一种忽视文艺理论发展和文艺理论队伍建设的倾向,从而造成了我们的文艺理论界中青年文艺理论人才严重断档的危机。这几年来,您一直在批评文艺理论批评化的倾向,现在我们应该怎样正视这种现象,采取什么样的措施来改变这种危机呢?

王元骧(以下简称王):"文学理论无用论"已流传多年,最先是从作家那里听到理论无助于创作;近些年有些评论家也认为普遍的原则不仅说明不了具体现象,甚至还会遮蔽艺术感觉,窒息艺术心灵,而提出唯有理论的终结才有批评的开始。造成这种片面的认识我认为有两方面原因:第一,是不了解理论的性质,把理论当作是一种教条、法规,一种操作工具,就像鲁迅当年所批评的"文章作法"、"小说作法"之类那样,认为看了理论,不会写作的立即就会写作,原先写不好的立即就会写好,否则就是无效的;而不知文学理论是在对文学本质规律认识的基础上向我们提出的一种文学主张,它的核心是一个观念的问题,像文学是什么? 它对人有什么意义? 为什么有些作品尽管轰动一时而瞬息即逝,有些作品却能流传千古、魅力不减? 为我们的创作和批评提供一个指导思想原则,使我们在实践中增强自觉性而减少盲目性。所以古往今来的许多大作家如巴尔扎克、雨果、歌德、席勒、列夫·托尔斯泰、高尔基、鲁迅、郭沫若、茅盾等都十分重视理论的研究,把它看作是作为一个作家所不可缺少的一种学养。从没有看到像今天有些人那样对之采取这样鄙薄、轻蔑的态度,这显然是与当今社会思想浮躁、急功近利、实用主义盛行是分不开的。这个问题若不解决,理论的价值就不会为人们所认识。对此,我曾经写了《文学理论:工具性的还是反思性的?》、《对于文学理论的性质和功能的思考》、《也谈文学理论的"接地性"》等文表达过自己的看法。

第二，从我国目前文学理论研究的现状来看，也确实与理论所应承担的使命很不相称。我觉得真正的理论家应该具备四个条件，即问题意识、人文情怀以及良好的艺术修养和较强的理论思维能力，他不仅是一个鉴赏家，也应该是一个思想家，唯此才能使文学理论在实践中发挥它的作用，并促使理论在解决现实问题中求得自身的发展。而现在我们看到的不少"文学理论"的文章，既缺乏对现实问题的研究和思考，又没有自己对艺术真切的感受和体会，很少能就文学问题谈出自己的真知灼见，给人以认识上的启示，大多是跟随西方学人亦步亦趋而没有形成自己的话题，这又怎么能引起人们的兴趣？更谈不上对实践有什么指导意义。但这不是理论的"原罪"，而是理论工作者自身的无能之故。所以我认为"理论无用论"的流行与我们当今文学理论的研究自身存在的问题有很大的关系。要改变人们的这种偏见，就需要理论工作者自身端正学风，面向实际，努力提高理论研究的水平来解决。

陈：您认为理论的核心是一个观念的问题，但现在有人以"反本质主义"、"反基础主义"和"逻各斯中心主义"对之加以否定，您怎么看待这个问题？

王：以我的理解，"本质主义"是一种"唯本质论"，它把本质看作是抽象的、凝固不变的、超时空的东西，以为只要抓住了本质，一切就都会迎刃而解，这当然是应该反对的；但不能因此否定对于事物本质的探讨的重要性。因为任何事物都有它的质的规定性，例如水，它就是由一个氢原子和两个氧原子构成的，破坏了这个分子结构，水也就不再是水了。同样，对于文学研究，我们也只有认识了它的性质，然后在解释具体问题上会有所依据。所以对于一些具体问题，由于人们对于文学性质认识的不同，就往往会作出不同的理解和解释。但另一方面我们又应该看到，"本质"如同黑格尔所说的，还只是一种"贫乏的规定"，它只是指导我们看待问题的思想原则和理论依据，而并非对具体事物的具体认识，因为"真理不是抽象的普遍性，而是具体的普遍性"，而"具体之所以具体，就在于它是多种规定的综合，是多样性的统一"，它还需要我们从特殊性和个别性层面上对之作进一步的规定才能从"知性的抽象"上升为"理性的具体"。所以当我们认识了事物的本质之后，还需要联系一些具体的问题，在具体的分析中来予以完善，一部文学理论著作,就是一定的观念在解决具体问题上的具体演示。因此,虽然一些老而又老的问题,但是如果能以不同的观念来加以解释,也会翻出新意。比如对于"艺术想象",以前我们一般按高尔基所说的是一种特殊的思维形式,即"形象思维"来理解,这是按认识论的观点来看待艺术想象所作出的解释;如果以审美论的观点来看,想象就不仅是一种认识活动,同时也是一种在审美情感激发下对于审美理念的表现活动,就像杜威所说的:"从一个人所构空中楼阁的特征中可以推知他心中未遂的期愿。现实生活中的困难和失望在幻想里可以变作显著的功业和得意的凯旋,事实上是消极性的,在幻想所构成的意象中将是积极的,行动中的困顿在理想化的想象里可以得到巨大的补偿。"我在论著性的教材《文学原理》中,就是试图以"审美反映论"和"审美意识形态论"来尝试对于文学理论中的一系列具体问题来作新的阐释,相信细心的读者通过比较多少会有发现。

　　陈:新时期伊始,随着思想解放运动的开启,各种社会文化思潮纷至沓来,各种思想学术主张粉墨登场,美学、文艺学界也是眼花缭乱。在文艺理论界众声喧哗、竞相争艳的学术氛围中,您率先提出审美的意识形态理论。有人把您列入中国的审美学派。但是熟悉文艺理论的人都知道,您提出的审美意识形态和别的学者讲的审美意识形态还是完全不同的。有一种观点试图把文学的审美属性与意识形态属性结合在一起,并以这样的审美意识形态论解析文学的本质问题。还有一种观点,认为所谓的审美意识形态是审美意识的形态。细心的读者会发现,您主张的审美意识形态在内涵和外延上都不同于其他提法。您明确提出,文学是一种审美的意识形态,是作家以审美情感为中介反映生活的产物,它所反映的一切无不打上作家思想情感的印记,作家不在作品之外而就在作品之中。您对文学的性质的阐述虽然从普遍性、从意识形态性出发,但把普遍性落实到特殊性亦即文学的审美特性之中,把文学的外部关系与内部关系有机地统一起来,这是您写作《文学原理》所追求的主要目的。由于您提出审美的意识形态论对于怎样认识和如何界定文艺的本质起了不小的推动作用,而且还由于它在基础理论建设方面具有重要的理论建树,所以您的《文学原理》一书在 1992 年获得了当时的国家教委亦即现在的教育部颁发的"国家级优秀教材"一等奖,这在当时的文艺理论界确实引起过不小的轰动。您说过,1993 年以前您主要是从认识论,具体地来说也就是审美反映论的视角来研究和阐释文艺问题的。您的"审美反映论"尽管与以往我国文艺理论界所流行的"反映论"文艺观是不同的,它强调文艺是以作家的审美情感为心理中介来反映生活的,反映到作品中来的一切无不都是作家审美评价和选择的结果,我注意到您一直坚持以马克思主义认识论来研究文艺的本质和规律的。在新的历史时期,从认识论和反映论来研究文艺问题一直遭到许多质疑,尽管您花了很大的力气辨清了苏联的机械主义和教条主义,一直主张把认识论和实践论统一起来研究文艺问题,但是中国美学、文艺学界对实践论依然有着兴趣,而认识论好像被人淡漠和遗忘了似的。我想请教您把认识论和实践论统一起来研究文艺问题的推进有什么作用,它的难点和重点在什么地方?

王:我对目前我国流行的"审美意识形态"的各家的观点没有细致而全面的了解,不同是肯定存在的,因为这里都有个人自己研究的心得、体会和理论诉求在内。要说我对"审美意识形态"的理解,还得要从"审美反映"说起。我觉得文学作为一种精神现象,它不可能主观自生,说到底是一定社会生活在作家头脑中反映的产物。所以要说明什么是文学,就得把它放到"意识与存在"的关系这一理论框架中来考察,否则就没有客观依据。

现在学界对"反映"这个概念有不少的误解,把它理解为"照相"、"复制",这是以直观的甚至按常识的观点来理解哲学的用语所产生的。而从实践的观点来看,"反映"作为人的一种意识活动,不仅只有在实践过程中,当事物与人发生关系之后才会成为反映的对象,而且还总是经过主体的意识活动的选择和建构,所以由于人们的主观目的和对事物的态度不同,反映也有两种形式:一种是按事物本身存在的样子来反映事物,旨在表明"是什么";另一种是按照人们的主观需要与愿望来反映现实,旨在表明"应如何"。前者属于事实意识,在我国流行的哲学著作中,把它称之为"社会意识形式",凡自然科学著作都属于这一类;后者属于价值意识,旨在为人们的行为确立方向和目标,即人们通常所说的"社会意识形态",一般人文社会科学都属于这一种反映形式。我们说文学也是一种意识形态,就是由于作家是社会的人,他对于社会现象不可能是完全采取价值中立的态度,而总是按自己的审美标准对所反映的对象有所褒贬,有所评判,因而必然会对读者的思想行为产生这样那样的影响,所以就其性质来说无疑是属于社会意识形态。

有些学者把审美意识形态理解为"审美意识的形态"，我猜想可能是为了强调文学的审美特性以免它再度沦为政治的工具。而按我前面所谈的认识，这两种提法，是没有什么区别的，因为既然意识形态是指价值意识而言，它的内涵就不应该只指政治意识，像伦理意识、审美意识都应包括在内，即使作品表达了政治的主题，如果是基于作家自己政治信仰和内心要求，以真切的情感来感动人的，像鲍狄埃的《国际歌》那样，也不能说与审美是互相排斥的。当然，文学作为一种特殊意识形态，它与其他人文社会科学如哲学、伦理学、政治学等又不同，它不是借助理论思维，而是通过作家的审美感知和体验来反映生活的，感知和体验是未经逻辑分解的一种全身心的活动，并带有鲜明的作家个性心理的印记，不仅是作家对生活的一种独特的理解和发现，而且还总是这样那样地带有作家自己的态度和倾向，所以黑格尔认为它的特殊内容也只有以感性的形式才能达到具体生动、神完意足的表达，绝非像形式主义所说的两者是外在对立的。这样，就以审美情感为中介，使意识形态的理性内容与感性形式不再油水分离而融为一体了。这就与以前那种"图解政策"、"主题先行"，从概念出发的创作方式从根本上划清界限。有人认为"审美意识形态"是"意识形态＋审美"，乃是由于他们自己机械论的思想过于顽强，不能理解我所主张的"审美意识形态"是按唯物辩证法的"一般与特殊的关系"的原理，把"特殊"（审美）当作是对"一般"（意识形态）的规定，而使之趋向具体这一思维方式之故。在改革开放初期，它从各种文学观念激烈碰撞中杀出一直流传至今，我觉得就在于"审美意识形态"这一界定既可以与机械论与庸俗社会学划清界限，又可以抵制形式主义与纯艺术论对于文学作品社会内容的消解，是对文学所做的一个比较科学、正确的定性。

至于我把文学理论研究的重心从认识论转向价值论和实践论，原因就在于我在前面曾经谈到的，研究文学理论应该具备的四个条件中，首先要有问题意识，理论的创新也只有在解决现实所提出的问题的过程中求得自身的发展，我自己就是这样身体力行的。但我认为理论要说服人，必须加强学理上的分析和论证，所以在当今重感觉经验轻思想和学理的文学理论界，我的文章似乎显得有些学院气。不过我的每一篇文章几乎都是针对现实问题发言的。我关于"审美反映论"的文章一般都作于 20 世纪 80 年代的中后期,当时文学理论掀起一股批判和否定"反映论"的思潮,认为它"重视客体忽视主体","遏制作家的主观意识",只有推倒"反映论","从反映论向主体论转移"才能改变我国文艺理论的现状,推进理论的创新。这些文章虽然有一定的道理,但在思想方法上却是不够辩证的,背离了意识与存在、主体与客体的关系,把主体看作是一个脱离客体而存在的预设的实体,在理论上就更难以成立。但是为什么会出现这一思潮呢? 我认为与我们以往不认识在反映过程中主体的作用,而对"反映论"作机械的直观的理解是分不开的。所以要使我国的文学理论得以健康的发展,我觉得就需要对"反映论"特别是文学创作中创作主体的地位有一个全面深入的阐释,发表于贵刊1988年第1期上的《反映论原理与文学本质问题》一文就集中地对反映活动的心理机制和心理内容等作过较为系统深入的论述,比较全面地体现了我当时对这一问题的思想认识,后来在《艺术的认识性与审美性》、《审美反映与艺术创造》以及在1989年版(即初版)的《文学原理》中,又对之作出进一步的补充。但是这些论著我主要还是从认识论的角度来驳斥当时否定反映论的思潮的。到了90年代中期,"反映论"与"主体论"的论争似已告一段落,而随着市场经济的发展所产生的物欲膨胀、道德滑坡,以及消费文艺的畸形发展已引起了社会的普遍忧虑,那么文学作为一种精神产品,它对于改变这种不良的社会风气还有什么意义呢? 这就成了我当时所着重思考的一个问题,也促使我平时阅读有意识地转向选择伦理学和人生学方面的书籍,其中康德的《实践理性批判》和《道德形而上学原理》等对我的启示最大,使我对文学的性质和功能的认识从以往认识论的视角突破出来,更明确地意识到它不只限于给人以认识的启示,而更主要的是帮助人确立人生的目的,服务于人的实践,所以写了《艺术的实践本性》以及《再谈艺术的实践本性》、《实践的思想与马克思主义文艺理论研究的变革》等文。其实,这思想也可以说是审美反映论的一种必然的逻辑引申,因为审美反映是以审美情感为中介来反映现实人生的,情感是客体能否满足人的主体需要所产生的一种体验,是以体验的形式所表达的对事物的一种态度和评价,所以它反映的不仅是"是什么",是"实是"的人生,而且更是"应如此",是"应是"的人生。而"应如此"是一个理想的尺度,是人们所追求的目标,它需要人们通过人们自己的行动去争取。这些思想虽然文学理论界以前也不是完全没有谈到,但通常从文学的认识本性出发,所以在作品中往往试图以说教,亦即以所谓"训诫"、"劝善"方式来提高人的思想认识着眼,这实际上是很难在人的行动中得到落实的。因为事实如同亚里士多德所说认识是不会直接转化为行动的,"人们知道公正不会马上变得公正";所以马克思说"思想根本不能实现什么东西,为了实现思想,就要有使用实践力量的人"。这里所说的"实践力量"在我看来不仅指实际操作的能力,而且更指支配行动的心理能量和精神动力。表明一切在理性上所认识到了的东西,只有"内化"为自己的意志和愿望,才能成为实践的力量,而转化为自己的行动。所以我认为文学作为一种"审美的意识形态",一种作家对社会人生的审美反映的成果,它在凝聚人的情感,激励人的意志,引导人们朝着美好的人生目标去奋斗,营造一种健壮雄强的世风方面有着不可缺少的作用。这些思想在"审美反映论"和"审美意识形态论"中虽然都已包括了,只不过当时还没有自觉地意识到,只是到了 20 世纪 90年代,有感于世风的衰败和道德的沦丧,以及消费文化在我国的畸形发展才促使我去思考,通过对艺术的实践性的研究把它的内在精神发掘出来,这是我对文学性质的认识深化的过程,也是在解决现实问题中求得理论自身发展的过程。在近十年所写的《评新时期我国"文艺本体论"研究》、《关于艺术形而上学的思考》、《我对"审美意识形态论"的理解》、《论人、文学、文学理论的内在张力》以及一些"对话"中也都谈到这些问题。

陈:目前我国美学、文艺学界处在静态思维的状态,研究的方法往往是描述的、实证的,艺术实践本性的提出是否表明在文学研究的思维方式上从静态的转向动态的,就像您在《文学原理》中所说把"体"与"用"统一起来,把文学不仅当作一个"实体性的定义",同时也当作一个"功能性的定义",从"体用一致"的观点来看待文学问题?但紧接着您又提出审美超越论,把您在 2006 年结集出版的新世纪以来的论文选集冠名为《审美超越与艺术精神》。这与您之前以价值论、实践论的观点来研究文学问题有什么联系?审美超越论的提出在我看来具有醍醐灌顶的效应,现实的生存困境,物欲的肆意横流,名利的引诱困扰,让人难以面对,无法回避,也无力解决,现在看来也只有凭着一种内心的信仰和向往去进行审美的超越。不过也有人认为您的审美超越论是只"仰望星空,不接地气",还有人认为您是不自觉地陷入了唯心史观,说这是您理论贫困的产物。我想请您谈谈审美超越论的理论价值。

王:"审美超越"也是"审美反映论"和"审美意识形态论"的应有之义,既然审美情感所反映的不是"是什么"而是"应如此",是作家心目中的"应是人生",在优秀的文学作品中,这种"应是的人生"的图景虽然不一定在作品中直接描绘出来,却通过作家对现实人生的审美评价让人强烈地感受到。所以凡是优秀的作品它在反映现实生活的同时也必然体现着对现实生活的超越。这种超越性是人的生活中所不可缺少的东西,人不同于动物就在于康德所说的他不仅能"感觉到自身"而且还能"思维到自身",思考为什么活、怎样活才有意义。这样,他在物质生活之外就有一个精神生活的世界,经验生活之外还有一个超验生活的世界,唯此,他才能与动物区别开来而具有真正的生存自觉。而"应如此"这个概念在我印象中最初好像是休谟在《人性论》中提出的,后来广泛地应用于价值论和伦理学,我谈论"审美超越"为的是使之能更紧密地与美学结合在一起,因为审美就是一种凭借情感体验来把人带入一个超越"实是"而进入"应是"的境界,唤起人们生存自觉的最为有效的精神生活的方式,这种超越性可以从两方面来看:从空间上看,就在于超越一己的利害关系在情感上进入别人的空间,通过情感的交流把自己与别人融为一体,使人意识到自己活着对别人、社会应尽点什么义务和责任;从时间上,美作为一种永恒的期盼,它会激励人生命不息,奋斗不止,他的目标永远是在前头。这样也就拓展了人的情怀和境界,激发了人的生存自觉,提升了人的生命的意义和价值,同时也是对当今社会日趋物化、异化险境中的人的一种疗救。我的思想能得到您的理解,我很高兴。但也遭到有些人严厉的批评,认为当劳苦大众连温饱问题都还没有解决之前,谈论"审美超越"乃是一种不切实际的空论,是一种主观唯心主义的妄言。我认为这是由于这些学人不能辩证地看待问题所得出的结论。我可以从两方面来进行辩驳:从理论上看,是由于不能辩证地理解主观与客观、理想与现实的关系。文学作品所表达的审美理想愿望自然是属于主观的、意识的、精神的东西,但它之所以能成为引导人们前进的普照光,就在于它不仅仅只是作家的主观愿望,同样也是对于现实生活的一种反映,因为事实上如同海德格尔所说的"形而上学是'此在'内心的基本现象","只消我们生存,我们就是已经处在形而上学中的"。这说明我所说的"审美超越"与浪漫主义不同,这里,理想不是空想，不只是作家个人的主观愿望，它反映的正是现实生活中所缺失而为人们所热切期盼的东西。在这个意义上，作品所表达的审美理想从根本上说都是以美的形式对于现实生活中人们意志和愿望的一种概括和提升，所以鲍桑葵认为"理想化是艺术的特征"，"它与其是背离现实的想象的产物，不如说其本身就是终极真实性的生活与神圣的显示"，是现实生活中存在于人们心灵中的一个真实的世界，是人所固有的本真生存状态的体现，它不仅是生活的反映，而且是更真切、更深刻的反映，它形式上是主观的，而实际上是客观的。而在实践上，把我作为对当今社会人的日趋物化、异化所提出的心理疗救的意见当作一个改造社会的方案来误解了。按社会存在与社会意识的辩证关系来理解，我们承认物质生产是社会存在、发展、进步的基础，承认当一个尚存在贫穷、失业、连温饱这样的生活基本需求尚未得到解决的社会里，要提倡和普及审美教育总会受到限制的；但这不等于说只有等到物质生活条件完全解决之时才能谈论审美。因为人的活动不同于动物就在于他不仅受制于必然律，而且还受着自己自由意志的支配。从必然律的观点来看，当人们的温饱生活尚不能得到解决的时候，他首先追求的自然必然是物质上的满足，也就无暇顾及审美，或没有条件去审美；但从自由律的观点来看，人毕竟不是必然性的奴隶，正是由于穷困，就更需要借审美理想来给予精神上的抚慰和激励，来缓解生存的压力，否则那太凄惨了。所以尽管劳苦大众没有进入高雅的艺术殿堂的机会，但在他们的生活中不乏他们自娱自乐的民间文艺在，一个有志于为人民大众服务的作家，在创作中就应觉察到他们的这种实际的需要。如果这些学人的思想方法能辩证一点，我想就不至于会产生这样的误解。

陈：您不仅从必然与自由的关系，而且还就客观与主观、再现与表现、反映与创造、意识形态的本性与审美的特性的对立统一的关系娴熟地运用马克思主义的辩证法来分析和研究文艺问题。可也有人说辩证法解决不了文艺问题。我们应该如何看待辩证法在文艺理论研究中的意义和作用呢？

王：有人认为辩证法是"一方吃掉一方"，我不大赞同。我的理解是，辩证法认为矛盾是普遍的，它存在于一切事物之中。但它不是把矛盾的双方看作是静止的，是绝对对立的，而认为是发展的，是互相转化的，是既对立又统一的。这就要求我们把事物看作是多种因素处于关系和联系中的整体，从它们的相互作用中来看待事物的性质以及它的变化与发展的规律,它的核心思想和精神实质就是黑格尔所说"从对立而统一中把握对立面"以及"在否定中把握肯定的东西"。唯此才有可能对事物作出完整的认识,它是免于我们的思想陷入僵局,引导我们获取真理的智慧。我觉得,这种精神正是我国当前文学理论研究中最缺少的,以致看待问题往往是"非此即彼"而不能做到"亦此亦彼",从一个片面走向另一个片面,一个极端走向另一个极端。从空间的、横向的来看,就是把"主客二分"理解为"二元对立",把意识与存在、主观与客观、理想与现实、再现与表现、反映与创造等关系对立起来,以一方否定另一方,不能作全面的理解,这方面我在前面已经谈到;从时间的纵向的方面看,就是不能历史地看待问题,看待事物发展过程中否定与肯定、批判与继承之间的辩证关系,像前面谈到的所谓"反本质主义",在批判"唯本质论"的时候把对事物的"本质"的研究也否定了。其实从历史上来看,进入对本质的研究是苏格拉底的一大贡献,因为当时流行的"智者学派"的观点认为人们的认识都是相对的,"事物在你眼中就是你所见的样子,在我眼中就是我所见的样子",并没有什么客观标准可言。苏格拉底认为这都只不过是个人的"意见",只有认识到了事物普遍性之后才能掌握"真理"。这实际上是认识论研究中的一大推进,只是由于他把感性与理性对立起来,认为"感官是昏庸的","借助感官来把握事物灵魂的眼睛会瞎",而把本质当作认识的出发点,对推理在认识过程中地位和作用做了过分强调,再加上后来理性派哲学家的片面发展才造成了"逻各斯中心主义"和"思辨形而上学"而与现实世界日趋分离。对之,我们应该批判地加以继承。但由于今天人们在反对"思辨形而上学"、"逻各斯中心主义"的时候,把"本质"的问题也予以否定,以致我们的文学理论只停留在经验的描述和实证的研究,而放弃了在观念上的创新的努力,我认为这是我们的文学理论界外表上看热热闹闹,但实际上少有理论的建树和发展的重要原因之一。我强调理论研究要有理论思维的能力,就是出于对现状的强烈感受而提出来的。

　　陈：近十年来,您又对"文艺本体论"问题给予了特别的关注。我注意到您受康德知识本体论和道德本体论的启发,同时您在对实践本体论、人学本体论、生命本体论和存在本体论辨析的基础上开始研究文艺本体论。您认为"文艺本体论"与"人学本体论"有着天然的、不可分割的联系,您怎么又从

"审美超越论"发展到"文艺本体论"？我想请您谈谈"文艺本体论"的价值取向及其理论前景。

王：我说过文学理论只有在解决现实问题的过程中求得自身的发展，这决定了我的研究永远没有止步的时候。我从价值论、实践论视角来研究审美超越性的时候，逐步感到现在是一个价值多元的时代，我们凭什么来判断文学作品不同价值取向的是非和正误呢？所以我想只有通过对"文学本体论"的研究才能说明。"本体论"所研究的是世界的本原和始基的问题，在古希腊哲学中，原本是与"目的论"紧密联系在一起的，这表明它所追问的不只是一个"实是"的问题，而且也是一个"应是"的问题，承担着对世界、存在做出终极解释的职能。"文学是人学"，它的对象是人，目的也是为了人，所以"文学本体论"是不可能脱离对人的本体问题的回答作孤立的探讨的。而对于人的问题，我觉得我国文学理论界的认识恰恰是最混乱的。过去我们仅仅从社会历史的普遍原理的观点把人当作是历史的工具固然不对，但现在反过来只是从感性、个人性的观点来看人是否就是正确了呢？我觉得同样是十分片面的。在西方思想史上，尽管自文艺复兴以来张扬个人性和感性声音不断，但在严肃的思想家那里，从没有把感性、个人性与理性、社会性完全对立起来看待人的，即使像以倡导"自爱论"为代表的法国18世纪哲学家爱尔维修，也认为"自爱"是具有两面性的，它"既可能导致罪恶，也可能走向美德"，因为一个真正懂得"自爱"的人，他必然会珍惜自己的生命、尊重自己的人格，他不会只是为追求私欲的满足而不知羞耻，而总是通过自己所承担的义务和责任来实现自己的人生价值的，绝不像我国有些学人那样把金钱和美色当作人生追求的最高目标，甚至以所谓的"欲的激烈"来作为衡量文学作品成就的高低的标准。面对这种情况，我觉得加强对于人的研究就显得十分迫切和重要。我们今天所说的"人学"，我认为就是在对社会历史关系中的"有生命的个人存在"的认识的基础上，吸取了传统"本体论"的精神来研究人的问题的一门新兴的科学，以求为我们建立一个统一"实是"与"应是"的人的科学概念。所以作为"本体"的人如同克尔凯郭尔谈到"人是什么"时说的："只能就人的理念而言……那些庸庸碌碌的千万万人不过是一种假象，一种幻觉，一种骚动，一种噪音，一种喧嚣，等等，从理论的角度看他们等于零，甚至连零也不如，因为这些人不能以自己的生命通达理念。"我们认为从"审美反映论"的角度提出文学所反映的不仅是"实是人生"而且是"应是人生",其目的也就是为了给人自身的生存确立一个目的,为"审美超越论"提供一个理论依据。这目的是什么呢？我认为就是人的自由解放。"自由"的本义就是"从束缚中解放出来",但这不是随心所欲,它相对于"必然"而言,是基于"必然性"又是对"必然性"的超越。"必然性"是一种客观规律的制约性,人作为处身于一定社会关系中的有生命的个人存在,他在生活中不可避免地会受到自然和社会的关系的制约；但如果仅仅如此,人也就成了"必然性"的奴隶。人类历史的发展和进步,就在于使人从"必然性"的强制中解放出来而像柏拉图所说的"做自己的主人",唯此,他在行动中才会进入"自由",使主观与客观,外部的强制与自己的意愿达到和谐的统一。这就是我们所理解的"自由的人",也就是我国哲学中所说的进入"天地境界"的人。这也就是"人学本体论"为我们所揭示的人的理念,是我们今天一切人文学科所追求的共同目标。但人文学科所做的毕竟只限于理论上的阐明,如何使这种"理念的人"转化为"现实的人",我觉得文学艺术负有神圣的使命。而能否完成这一使命,作家是关键的一环,因为文学不同于一般人文科学,它作为一种"审美意识形态"是通过作家的审美感知和审美体验来反映现实人生的,它所描绘的人生图景都是作家所指引给我们看的、向我们叙说的他心目中的现实人生,所以作家不在作品之外而就在作品之中。这就使得文学作品也就成了作家自己人格的投影,就像歌德所说的："在艺术与诗里,人格确实就是一切。"鲁迅也说："表面上是一张画或一个雕像,其实是艺术家思想与人格的表现。"所以即使同样的题材经过不同作家的处理,它的意义也不一样,甚至大不一样。这样"文学本体论"落实到创作上也就是一个"作家人格论"的问题,表明并不是一切"写手"、一切"码字者"都称得上是作家的,唯有那些以自己的作品拓展人的境界,提升人的人格,促进人的自由解放的才能与"作家"这个称号相称。所以我认为真正的文学历史应该由这些作家的创作来书写,正确的文学观念应该由这些作家的作品来解释。

　　以上所谈的都是我们对文学问题所作的哲学思考,旨在确立指导我们文学创作和批评的文学观念,并不都是以某个作家或某一作品所能直接证实的。这是由于"观念"不仅只能就事物的总体而言,而且总是带有一定理想的成分,如同康德所说它是"有关完善性的概念","人们虽然越来越接近它们，但却永远也不能完全达到它们"，它只是人们努力的目标而不是用来描述现状的，因此在经验主义、实证主义、实用主义的观点看来，似乎都是"大而空"的理论，而从唯物辩证的观点来看，它的科学性与现实性不应是以是否符合当下的事实来衡量，而只能是在实践过程中由历史来证明，就像霍克海默所说的，它不只是一个"逻辑的过程"，同时也是一个"历史的过程"，"不只是对具体历史状况的表达，而且也是促进变革的力量"，只有这样，"它的真实作用才能显现出来"。我觉得在我国当今文学实践中所缺少的正是这样的一种理论指导。从我国推行市场经济以来，文学以及整个文化产品也迅速地沦为商品，发行量、收视率、票房价值似乎成了衡量产品成败的唯一标准，以致媚俗、低俗、庸俗、恶俗的东西大肆泛滥，这种状况不仅没有引起理论界和批评界的忧虑，反而以所谓"缓解生存压力"来为之辩护，把文学欣赏与阅读降低为如同嬉水、滑冰、坐过山车那样只求生理上的刺激和心理上的满足，而不再具有精神方面的承担，这就集中反映了当今我国文艺界观念上的混乱。我们的一些领导讲话和报刊上也一直在宣传文艺要为人民服务，为社会主义服务，但之所以人们感到这些都只是"一般号召"，就在于没有与美学和文艺学的学理上的分析和论证结合起来，落实到具体的文艺观念上。这不仅是我们的理论工作者的失责，更是我们由于不重视理论所产生的直接后果。若是不能解决观念问题，我国的文学艺术事业就难以求得健康的发展而走向繁荣。

陈：这确实值得我们反省。现在我还想问一个问题，您在 2010 年出版的《论美与人的生存》一书中又提出了"人生美学"的概念，"人生美学"概念的提出是否意味着一个新的美学原则的崛起？"人生美学"原则与马克思的"人的解放"有什么联系吗？过去有人提出过："为艺术而艺术"，后来我们提出过"艺术为政治"、"艺术为人民"，现在你提出"人生美学"原则是否意味着我们的艺术要走一条"艺术为人生"的道路。

王：我觉得"审美超越论"主要是从文学艺术的性质和精神来谈，"人生论美学"则把它落实到人的生存需求以及审美与完善人格建构的意义和作用上来。这一认识还是我今天对自己的研究作历史回顾时所认识到的，当初谈"人生论美学"我并没有这样明确意识。我想先说说我怎样会想到"人生论美学"的。我对美学的兴趣早在 20 世纪五六十年代之交"美学大讨论"

中就已经产生,在当时各派中我比较赞同李泽厚在苏联万斯洛夫、斯托洛维奇等人按照马克思的《1844年经济学哲学手稿》的思想精神来研究美学的思路影响下所提出的"实践论美学",认为它既不像古典美学那样仅仅从物的自然属性,也不像现代美学那样仅仅从人的主观心理出发来研究美,而是把美看作是人类在生产实践过程中改变了人与自然的关系,从客体方面看使自然从原先"自在的"变为"为我的",从主体方面看,使人的感官从"自然的"变为"文化的",亦即是主客体的关系得以"人化"而产生的,从而为我们解释"美"这个难题打下了一个科学的理论基础,实现了美学研究历史上的伟大的突破。但是到了新时期,不少学者在看待人的问题上由于受了西方现代人本主义思潮的影响,从以往着眼于普遍的人转向个别的人,这样实践的观点和方法也就逐渐为人们所冷落,甚至否弃,认为它大而无当,转而从个人的、心理的,亦即美感论、审美心理学的观点来研究美,甚至连李泽厚本人也易辙改向,为此推波助澜。这实际上等于把社会历史的观点驱逐出美学,对此,我曾写了《李泽厚美学的哲学基础还是唯物主义吗?》和《"后实践论美学"综论》两文来进行评论。我觉得"实践论美学"主要是理论美学,它旨在探讨美的历史生成,所要解决的是美的本质的问题,目的是为我们建立科学的美学体系提供一个理论的依据,而不是为了解释具体的审美现象,所以加强审美心理学方面的研究对于完善我们的美学理论建构是十分必要的。但若是以此来否定对美的本质作历史唯物主义的研究,把美看作完全是在个人审美活动过程中生成的,那么,我们的美学也必然丧失历史的深度而流于浮面,对个体的审美活动也不可能作出科学的解释。因为任何个人的审美判断都不可能完全是个人的、心理的,其中总是这样那样地体现着社会、历史、文化的内容。怎么使微观的个人心理的研究与宏观的社会历史的研究统一起来?于是我想到"人生论美学",因为按我的理解,所谓"人生"是人的生存活动,所谓"人生论"就是探讨人的生存的意义和价值的学问,它的对象与我们前面谈及的"人学"一样,都是现实生活中具体的人,所不同的是我认为"人学"倾向于从理论的角度,而"人生论"倾向于从实践的角度来研究而已。但这现实中的具体的人不是游离于社会历史之外的原子式的个人。因为自从人类进入社会之后,个人的存在是离不开社会的,这就要求"人生论"必须把个人与社会统一起来探讨人的生存的意义和价值,并通过对个人生存意义和价值的探讨来唤醒人的良知,促进人的生存的自觉;而美在人的生存活动中之所以不可缺少,就在于审美如同康德所说的它带给人愉快是不受利害关系所支配的,它既没目的的又是合乎目的性的,它既没有概念的又具有普遍有效性,它既满足于个人的感官享受又合乎社会的共同心理的,这样就会在人的意识中把感性与理性、个人性与社会性统一起来,把人带入到自由的精神境界,所以康德把美看作是"自由的象征",我提倡"人生论美学"在某种意义上说也是对"文艺为人民服务"这一宗旨所作的美学论证和美学阐释。它能否成为一个新的"美学原则",那要由历史来做结论。

至于与马克思所说的"人的自由解放"的关系,我认为要这样来分析,我觉得马克思的"人的自由解放"这一命题有两个层面的意思:一是从社会学、从历史唯物主义的层面来谈的,是指消灭私有制和社会分工对人的束缚,而使人的潜能和才智得到全面的发展,并把这一目标与人类社会实现共产主义联系起来,在《德意志意识形态》、《共产党宣言》以及《资本论》等著作中主要是侧重于这方面来谈;二是从人学、从人的活动的层面来说,主要是认为真正的人的活动应该与动物的活动不同,它是自由自觉的,借以来批判资本主义"异化劳动"所造成的"人的异化",在《1844 年经济学哲学手稿》中主要是侧重于这层意思来谈,在《资本论》中也有所论及。这两层意思不是完全分割而是有着内在的深刻的联系。因为既然"人的异化"是由私有制和社会分工所造成的,那么只有到了彻底消灭私有制的共产主义社会,"人的异化"才能彻底终结。所以意识领域内的人自由解放从根本上说总是以物质领域内的自由解放为基础,不是孤立地脱离物质领域内的自由解放所能根本解决的。但这并不否定人的意识活动层面的相对独立性,以及意识对于存在的反作用。审美是人的一种精神生活,美对于人生的意义,在我看来,也就是使人在情感上从一己的利害关系中超越出来而具有社会和历史的意识,从社会历史的视野中来领会人生的意义和价值。所以凡是经过美的浸润和陶冶的人,在境界上总是会开阔一些,人格上总是高尚一些,行动上总会自由一些。这是伦理学意义上的自由和解放,它与社会学意义上的人的自由解放应该是并行不悖、相辅相成的。所以审美虽然不能直接解决社会现实问题,却能塑造人们高尚美好的心灵。"文学为人民服务",我认为它的最根本的使命也就是在这里。但这并不排斥在需要的时候文学也可以充作直接变革现实的武器和工具,如在抗日战争时期,以文学为刀枪来与日寇拼杀,恐怕是每一个有良知、民族意识、爱国情怀的作家都会自觉这样做的,但对文学来说,也只能是通过唤起民族意识,激发抗战的热情来实现,所以那些"标准口号式"的东西的效果都是短暂而不可能持久的。"为艺术而艺术"的倡导者不仅否定艺术应反映社会人生,并且也否定作家的审美评判,把艺术看作是一个纯形式的问题,我认为这只不过是一种理论上的倡导,这样的文学实际上是不存在的。

陈：您是十分重视文学理论建设的学者。您一直强调,我国的文学理论若要有所发展,亟须加强基础理论的研究。您本人也身体力行,撰写了《文学原理》。您的这部著作如今已经出了第三版了,应该说这是一本比较受欢迎的文学理论著作。在这部著作中,您力图以求实严谨的科学态度和求真创新的科学精神阐释文学理论的深刻内涵,对我国的文学理论建设作出了很大的贡献。您说过您原来还计划写一本《美学原理》,而且提纲都有了,您还想把美学原理的研究工作推进吗？

王：我致力于文学基础理论研究,首先是与我的职业生涯有关。我是一个教师,并长期承担"文学理论"与"美学"的基础课程的教学工作,我必须向学生讲清这些学科的基本道理,力求使他们信服并有比较深入透彻的理解。我的《文学原理》就是在讲稿的基础上整理而成的。其次,我认为基础理论非常重要,基本的问题不解决,具体问题的研究也就没有理论依据。但基础理论的研究难度很大,其中许多都是讨论了千百年又没有完全彻底解决的问题,要出新意非常困难。所以,在当今这个急功近利、思想浮躁的时代,被许多学人所否弃,总想试图另立"新说"来求得一时的轰动。其实学术的发展史离不开对传统的批判和继承的,没有积累哪来创新？许多传统命题,如果我们能发现其中的难点、疑点、争论的焦点、突破的关节点,能以新的观念来加以阐述,同样会显出新意。怀特海说:西方两千多年的哲学都是柏拉图思想的一个注脚,这我认为就是由于"注家"各人的观点不同,会对它作出种种不同的阐释。我在《文学原理》中就这方面做了比较全面的尝试,由于这工作的难度较大,我先后修订了三次,直到 2013 年版我才比较满意一些。您的肯定是对我的鼓励和鞭策,我很高兴。20 世纪 80 年代初,由于"美学"在学校里曾列为本科生的必修课和全校学生的选修课,我曾经为他们讲过五六次,也留下一个讲稿,因为除文学之外,我自己对于绘画、音乐、戏剧、舞蹈、建筑、书法等都感兴趣,多少能谈得出一点自己的心得和体会,联系艺术欣赏方面谈得较多,学生听了都感到受益很大。当时也曾想把它整理出来,所以当《审美反映与艺术创造》的编辑同志为写我的"简介"采访我的时候,我还谈到"若条件允许,我还想把现存的'美学原理'的讲稿整理出来"。但后来感到理论上比较薄弱,再找一些经典来读,这样愈读就愈感到难以下笔了。虽然后来我为研究生开设"美学"课两次重拟过纲要,但自己都感到不甚满意,所以这事就拖下来了,按照目前的身体和精力,这辈子恐怕是难以完成这一承诺了。不过我在学习经典的过程中所获得的一些新的领悟虽然没有将它系统化,但有些重大的认识上的发展和变化还是可以在这里谈一谈的:首先,我认为美是人生存的一种必不可少的需求,美学不只是"艺术哲学",不只是对艺术创作和欣赏经验的总结,而更主要的还是为了研究如何通过审美来陶冶人的情操,培育人的自由意志和独立人格,它同时还应被视为"审美人生学"和"审美伦理学";其次,美不仅是经验性的,也是超验性的,如同李泽厚所说它不仅可以悦目悦耳,而且还可以悦神悦志,柏拉图、普罗提诺以及中世纪基督教美学把美分为"可见的美"与"不可见的美"两种,并认为"不可见的美"高于"可见的美",表明至高、至大、至深的美不是凭感觉,而是要靠体验亦即普罗提诺所说的"内视觉"去把握的,它只有为向美的心灵才能领略,这思想是值得我们重视的;最后,以往人们有意无意地总是把美等同于"优美",而忽视"崇高"在美学中的地位,所以对于美的功能(美育),所看重的只是实现"爱"的教育而忽视了"敬"的感情的培养,其实从培育一个健全的人格来说,这两者是互相补充,缺一不可的,凡是高尚的人格和伟大的功业,都是同时在这两种情感驱使下建立的。这些认识我在单篇论文以及有些"访谈"中也谈了一些,其中比较有代表性的除了前面提及的两篇之外,大概还有《审美自由与人的解放》、《何谓"审美"?》、《美学研究:走两大系统整合之路》、《再论美学研究:走两大系统整合之路》、《康德美学的宗教精神与道德精神》、《论国人对康德美学的三大误解》、《王阳明与康德美学思想的比较研究》、《美育并非只是"美"的教育》、《梁启超"趣味"说的理论构架和现实意义》、《美:使人快乐、幸福》、《拯救人性:审美教育的当代意义》等,如果在 20 世纪 80 年代初,这些文章我是写不出来的。当然,这些认识不是我思考的终点,我在《我的学术道路》一文结尾中曾说:"读书使我感到每天都是新的,自己的研究好像才刚刚起步。"我很希望听到大家的批评指正,共同把我国的文学理论和美学的研究推向前进。

陈:在我们对您新时期学术生涯的简单回顾中,我深深地感到您那种执着的学术探索的艰辛和孜孜不倦的求学精神。您曾经说过:"我总觉得看书、写作、搞研究、做学问是一件乐事。当我们从书中得到前所未闻的知识、发现一个值得研究的有价值的问题,通过自己的研究把前人所留下来的疑难问题说得较为正确、完善,写出一篇自己较为满意的文章,那是多么大的快乐!"在读您的文章的时候,我也深刻地感受到了您对学术研究的这份热爱,这份乐在其中的情怀。非常感谢您能接受我的采访,并且谈了这么多有价值的意见。明年是您八十寿辰,衷心祝福您身体健康,祝愿您继续快乐地在文艺理论的园地上笔力更健,为我们的马克思主义文艺学、美学做出更多、更大的理论贡献。再次谢谢您。

原载《文艺理论与批评》2014 年第 2 期

校后记

　　本文集收入的是我自 2010 年 10 月至 2014 年 8 月这四年间所撰写的论文；其间 2013 年 9 月至 2014 年 3 月由于心律失常，医生劝我多休息、多活动，所以除了完成业内的教学任务、到外面去走走看看之外，业余的写作也就完全放弃了。直到今年 6 月，身体状况有些好转，我的最后的一位博士生的毕业论文答辩也通过了，似乎又有了写作的冲动，我才重新提起笔来写了三四篇文章，虽然达不到前几年的速度，也由于缺少激情而文章显得有些枯涩，但还能保持一定的质量，我自己也就很满足了。因为我毕竟已是这个年龄了。

　　我把这本论文集取名为《审美：向人回归》，乃是由于我这些年来一直在思考：文学艺术对人到底有什么意义？我们为什么还需要文学艺术？因为人总是在一定的需要驱使下进行活动的，如种粮为了充饥、建屋为了居住、造船为了运输，那么文艺作品呢？它既不能吃又不能用，而为什么千百年来一直流传不衰？我想唯一的理由只能是为了满足人的精神需求，给人营造一个精神的家园。精神是人的心灵生活的总称，是认识、意志、情感综合体；其中情感又是人与人建立联系、使动物的人成为社会的人和文化的人最为根本的心理生活。因为人之所以成为社会的人和文化的人，就在于他具有推己及人的能力，能通过自己的痛苦与欢乐来体察别人的痛苦和欢乐，而懂得孔子所说的"己欲立而立人，己欲达而达人"、"己所不欲，勿施于人"的道理，这才使人与人之间的联系有了一条精神上的纽带，由此可见精神生活对人的重要。这丝毫没有否定物质生活对人的生存的基础地位，以及物质生活与精神生活的互相促进的关系；但精神的价值与物质的价值从人的生存的意义上来说毕竟是不同的：物质价值是有限的，亿万富翁，他所能吃的也不过是一日三餐；而精神的价值则是无限的，不论是哲学、艺术还是宗教，它们都无不直接、间接关系到人们对自身人生价值的一种终极的眷念，以求人的灵魂有所安顿而不至于成一个游魂，一个无家可居的精神漂泊者。要是把两者的关系颠倒过来，把精神产品的价值视为有限的，像当今流传的一些大众文化那样只是充当消遣、娱乐、牟利的工具，而把物质的价值视为是无限的，以追求财富最大满足来作为衡量一个人的人生价值的标准，那么经由亿万年的人类历史、数千年的人类文化所造就的由于知、意、情的统一而形成的"作为人的人"的心灵也就趋而分裂，使情感与理性分离而成为欲望，而使私欲成为人的一切活动的唯一的内在动力。这就是马克思所说的人的"异化"，这在我看来就是当今社会的风尚不仅不能随经济发展同步前进反而日趋衰败的根本原因。尽管我们可以以康德、黑格尔的"恶"是历史发展的动力、按黑格尔的"理性的狡计"的思想，把"恶"看作是理性借此来达到"善"的目的的手段，或像王夫之说的"天假其私以行其公"，是历史前进中所不可能避免发生的一种倒退的现象，我们不能完全放弃历史的观点，站在道德主义的立场来加以谴责；但这毕竟是要以巨大的牺牲为代价的。因为物质的东西毁损之后我们是可以在短时间内予以恢复，而一旦精神的东西败坏了，就会像瘟疫病那样流传开来，即使经过几代人的努力也很难得以治愈和复苏！那么，如何使这种牺牲的代价尽可能地缩小到最大的限度？我想只有从拯救当今社会在欲望的迷途中越陷越深的人的灵魂入手，这里，我认为审美不失为一剂有效的良方，因为审美作为一种"无利害关系的自由愉快"，它在满足人们的感官享受的同时不仅不会引发人们的占有的欲望，而且还能把个人的愉快推及别人的愉快，从而把人与人之间的情感沟通起来，而成为抵制人的"异化"和"物化"，使"人"按"作为人"所应有的方式而生活，它虽然不能直接改变社会，但却能净化人心，起着维护人自身的人格尊严和人格独立的作用。虽然这些思想都不是什么原创的，它在卢梭那里就已经萌生，后来经过康德、席勒从美学的角度和马克思从政治经济学的角度的研究和阐发，使得"异化—复归"的思想成了现代人学理论一个重要的论题而广为流传；但是联系我国当今的社会和文艺的现状，把文学艺术放在这一思想框架内来阐述它的价值，我觉得比那些所谓"原创"的高论来说似乎更有现实意义。收入本书的主要论文就是按这一思想来阐述文艺问题的，因此我才以《审美：向人回归》为这部文集命名。

　　文集中大概有五分之二篇幅是属于学术争鸣的文章，对象包括学界的先贤、朋友以及我当年的学生和今日的同事。因为我觉得学术的问题只有经过互相商讨才会不断求得进步；所以凡是真正的学者都会感到学海无涯、学无止境，对不同的意见持欢迎的态度而绝不认为自己就是真理在握的。我就是本着这样的认识来写争鸣文章的，并自问对对方的研究都心怀敬意，绝无一点个人私心或意气，完全就学术来谈论学术，并相信对方也会乐意听取的。我觉得我国当今的文学理论与美术研究之所以进展不大，原因之一就在于缺少这样一种纯正的学术探讨的风气，所以很希望能通过自己的努力把它开展起来。

　　本文集的论文如同我以往的文集那样，都按写作时间的先后为顺序而编排。因为对于有些所论的问题，我自己也处于思考和探索的过程中。尽管书中的基本观点一以贯之，但在对具体问题的论述中为了准确、透彻和完善起见，后续的文章对此前的可能多少会有所修正和补充，为了便于读者了解，所以我觉得还是以写作时间的先后编排为好。

　　我不会用电脑，我的文章都是将手写稿送打字店输入电脑的，由于我的手稿不仅涂改较多，而且字迹也比较潦草，所以打字稿的差错率一般都比较高，以致本书的校订工作足足拖了半年。虽然我自己断断续续、或粗或细的看了三四遍，但由于我每次都只是把文章通读一遍，没有逐字逐句对文字进行审订，书中的许多差错还都是宋旭华和周晶晶同志发现的，他们一丝不苟的工作态度和认真负责的精神令我深为感动，本书能达到目前的编校质量，首先得要谢谢他们！

2015 年 1 月 29 日

图书在版编目(CIP)数据

审美:向人回归/王元骧著. —杭州:浙江大学
出版社,2015.6
ISBN 978-7-308-14740-8

I.①审… II.①王… III.①文学美学—文集 IV.
①I01－53

中国版本图书馆 CIP 数据核字(2015)第 116109 号

审美:向人回归

王元骧　著

责任编辑	周晶晶　宋旭华
封面设计	项梦怡
出版发行	浙江大学出版社

　　　　　　(杭州市天目山路 148 号　邮政编码 310007)

　　　　　　(网址:http://www.zjupress.com)

排　　版	浙江时代出版服务有限公司
印　　刷	杭州日报报业集团盛元印务有限公司
开　　本	710mm×1000mm　1/16
印　　张	21.5
彩　　插	1
字　　数	330 千
版 印 次	2015 年 6 月第 1 版　2015 年 6 月第 1 次印刷
书　　号	ISBN 978-7-308-14740-8
定　　价	58.00 元
